6
恋歌の行方
So, What Happened with Your Love, After All?
The Curious Cases of My Next Life as a Noblewoman
転生令嬢と数奇な人生を
かみはら
Kamihara
イラスト しろ46
Shiro 46
早川書房

The Curious Cases of
My Next Life as a Noblewoman:
So, What Happened with Your Love, After All?

by

Kamihara

Illustration
★
しろ46

Book Design
★
早川書房デザイン室

転生令嬢と数奇な人生を6　恋歌の行方

Contents

1 ✶ 見えない妨害の手 9
2 ✶ 鈍すぎると少年は思っている 55
3 ✶ 側室希望のお姫様 79
4 ✶ 皇帝陛下の決意 98
5 ✶ いつか目覚めるあの子のために 130
6 ✶ 嘆きの館は血と屈辱で彩られる 157
7 ✶ 実りはいつになるか知れず 206
8 ✶ 嫌がらせの天才達 264
9 ✶ そして恋が動き出す 302
10 ✶ いなくなった人達を少し懐かしんで 343
11 ✶ 婚約者候補、協力者、共犯者、そして 374

12 ✶ 異端は異国の地に去れども 388
13 ✶ 転生令嬢と数奇な人生を歩む人々の物語 424

外伝
遺跡に封じられたもの 445
とある復讐鬼の結末 473

特典
想い人ではなく兄として 489
愛している、愛したいから 501

あとがき 517

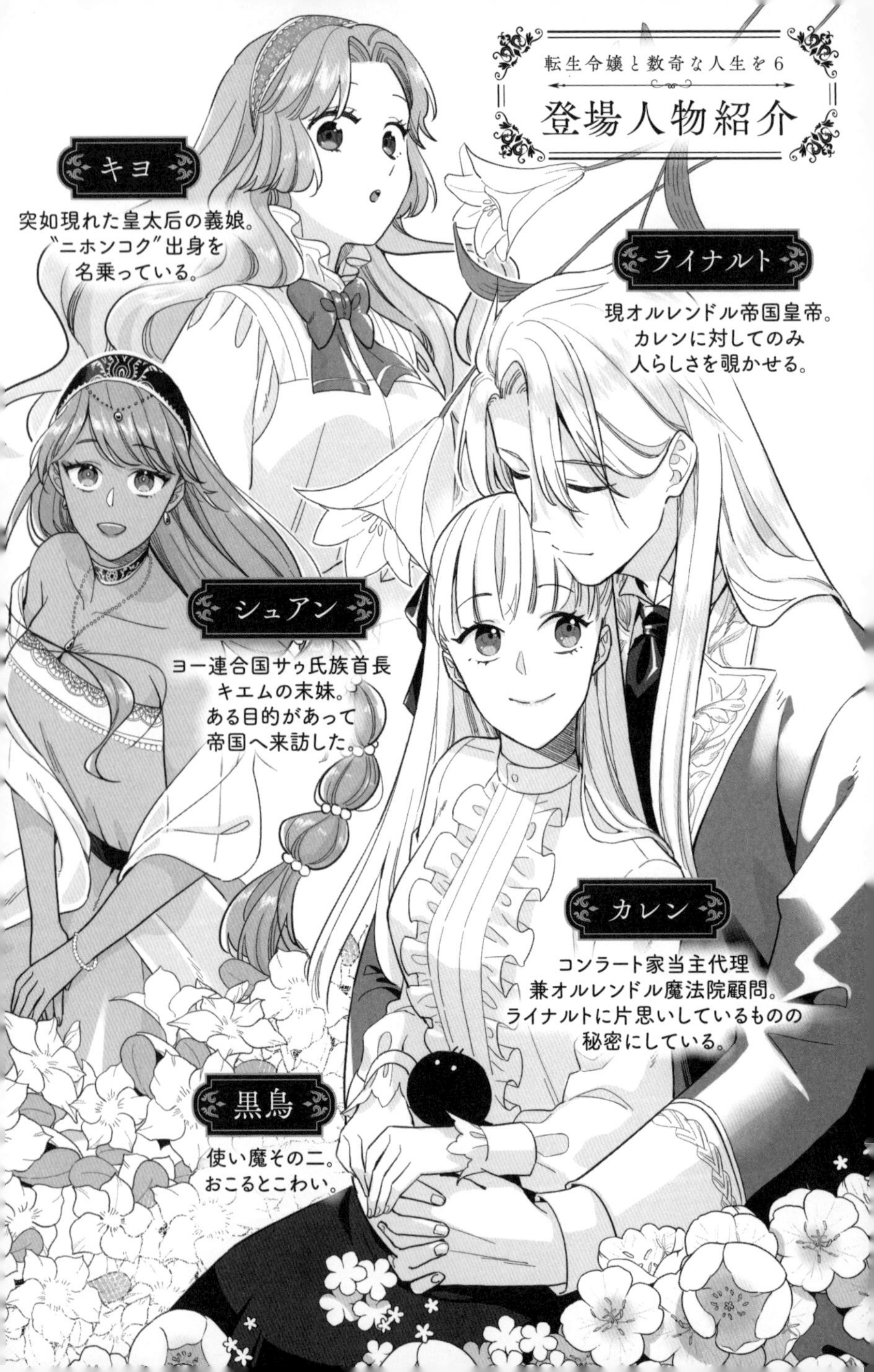
転生令嬢と数奇な人生を6
登場人物紹介
キヨ
突如現れた皇太后の義娘。
〝ニホンコク〟出身を
名乗っている。
ライナルト
現オルレンドル帝国皇帝。
カレンに対してのみ
人らしさを覗かせる。
シュアン
ヨー連合国サゥ氏族首長
キエムの末妹。
ある目的があって
帝国へ来訪した。
カレン
コンラート家当主代理
兼オルレンドル魔法院顧問。
ライナルトに片思いしているものの
秘密にしている。
黒鳥
使い魔その二。
おこるとこわい。

ルカ
カレンの
使い魔その一。
現在は人形に憑依し
シスに同行中。
シス
(シクストゥス)
元半精霊。
『箱』から解放された後は
旅に出ている。
カレンの魔法使いの
師匠だがろくでなし。
エミール
キルステン家次期当主で
カレンの実弟。
ヴェンデル
コンラート家次期当主で
カレンとは義理の
親子の関係。
アヒム
キルステン前当主アルノーの
乳兄弟。
当主を降りたアルノーを
北の地に送り届けに
オルレンドルを発った。
ニーカ
皇帝付きの側近。
ライナルトとは
気の置けない友人関係を
築いている。

1

見えない妨害の手

日々を仕事に追われていると半年なんてあっという間に過ぎてしまう。

すっかり厳しくなってしまった冬の寒さ。外はあちこちから温泉の湯気（ゆげ）が上っていて、これこそが帝国の名物なのだとクロードさんに教えてもらっていた。

午前の商談を終えて背伸びをすれば、すかさずマルティナが手帳をめくっている。

「本日のご予定ですが変更がありました。トゥーナ公が来られなくなったそうです」

「リリーが約束を違（たが）えるなんて珍しい」

「外せない用事が入ってしまったとか。後日の調整はこちらで行っておきます」

「そのあたりはお任せしますけど、リリーには釘（くぎ）を刺しておきたかったのに……あ、まって、でもそれなら午後のために設けていた時間は……」

打ち合わせの後はお喋（しゃべ）りに興じるつもりで予定を入れていなかった。

言いたいことを察したマルティナがにっこり微笑む。

「しばらくお休みもなかったですし、せっかくですからゆっくりなさってくださいませ」

「やった……！」

思わず零（こぼ）れる勝利の叫び。

私に呼応し足元の影からぽん、と手の平サイズの丸い物体が飛び出す。

「あらまあ、黒鳥ちゃんも大喜びですね」

黒鳥はいままではなんとなくいた不思議生物だったが、私の『使い魔』だと正式に通達してからは、隠す必要がなくなった。みんなには黒いの、だとか丸いの、とか様々な名で呼ばれているが、自分が呼ばれていることは理解している。

黒鳥が出現すると、シャロがひょっこり顔を持ち上げる。

スンスンと鼻を鳴らし近付くまでは微笑ましいのだが……。

「シャロ、その子はオモチャじゃないのだから持っていったらだめよ」

「黒鳥ちゃんも遊びたそうですよ。ルカちゃんがいなくて寂しいのでしょうか」

「だからって抵抗くらい……シャロー！」

普段はルカがいないためか、こころなしか出現率が低い。

……うん、そう。ルカとシスは、いまはオルレンドル国外へ旅に出ている。

まったく今頃どこをふらついてるんだろ。根っこで繋がってるって感覚があるから無事なのは知ってるけど、もうちょっと頻繁に手紙を寄越してくれないかしら。

少し不満はあれど、便りがないのは元気な証拠ともいうし、シスが一緒なら安心だけどね。

思考を切り替え、久しぶりの休みになにをしようか考えを巡らせていると、来客を告げられた。軍服を纏ったヘリングさんと、旦那様の隣で嬉しげに顔をほころばせているエレナさんだ。

「ヘリングさん、足の具合はどうですか。経過は聞いてましたけど、ずっと気になってたんです」

「完全ではないのですが、おかげさまでひととおりの事はできるようになりました。先ほど復帰のために職場に顔を出してきたところです」

「そうですか、仕事ができるまで回復したのならよかった！」

お名前はノアさんなんだけど、ヘリングさんと呼んじゃうのはもう癖だ。

旦那さまの復帰がよほど嬉しかったのか、涙を溜めたエレナさんが手を取り抱きついてくる。

「カレンちゃんが魔法院に仲介してくれたから、ずっと早く回復したんです。本当にありがとう」

半年前、憲兵隊に連れて行かれたせいで拷問を受け、歩けなくなってしまったヘリングさん。

回復は見込まれていたものの、まともに仕事できるようになるのは早くて一年後と言われていた。

そこで私が魔法院の新院長シャハナ老に融通を利かせてもらい、医者と治癒師をセットで紹介してもらったのだ。

療養に集中するため夫妻は家を離れていた。久しぶりに会ったヘリングさんは痩せていたけれど、これから体型も戻るだろう。

「こちらの家に帰れるようになったのもあって挨拶に伺ったのですが、もう一つ報告があって、エレナには軍を退役してもらうことにしたんです」

「じゃあ……お会いできる機会が増えますね」

「エレナはじっとしてられない性分ですから、暇を持て余しそうで……」

「お手伝いさんは雇うんですけど、私もちょーっとは家のこと出来るようになりたくて……でも家事とか苦手なので、色々教わりたいなーって……」

「歓迎します。エレナさんがいてくれると、ゾフィーさんやチェルシーも喜びますもの」

二人の名にエレナさんも微笑んだが、すぐに真面目な顔になった。

「あと……ベンさんがお亡くなりになったと聞きました。お墓の場所を教えてもらえませんか」

「あの方は急がしくて手が回らないだろうとおっしゃって、うちの庭まで手入れしてくれていました。そのあとも鉢植えや花壇までずっと……」

「不在の間も継続してくださってたんですよね。母さん達に聞いていましたけど、あんなに綺麗に保ってくれてるなんてびっくりしました」

「勝手をしていいのか悩んだのですけれど、ベンにはお隣も綺麗にしておいてほしいと頼まれていたんです。なので、いまはヒルが後を引き継いでいます」

「そのヒルさんは……？」

「いまは買い出しに行ってますが、お二人が戻ってきたと知ったら喜びます」

ベン老人はあれから間もなく息を引き取った。

最期は苦しまず皆に囲まれながら静かに逝ったが、皆の覚悟ができていたのが救いだ。葬式は重苦しくならず、故人を語りつつ笑って見送った。

遺言で身体はオルレンドルに土葬したが、髪の毛の一部をヒルさんが預かっている。いずれコンラートの地に埋めに行くのだと語っていた。

コンラートの庭師はいなくなったが、こちらはベンさんに師事していたヒルさんが後を継いだ。責任感から剣を握っていたものの、隻腕で生涯剣を振るうのは厳しいと悟っていたためか、半ば引退の形を取り、後をハンフリーとジェフに任せたのだ。年を取ってからの新しい仕事、庭師は才覚が問われるから大変だと苦笑しているけれど、土いじりをしながら新しい学びを得るのは楽しそうだ。

「そうだ、チェルシーのことなんですけど……」

最近の彼女は普通の人の倍以上眠りについている、起きても以前ほど騒がしくなくなったと伝えた。

「幼い女の子のように振る舞うことはなくなって……。それに頻繁に熱を出しているんです」

「お医者様はなんて？」

「原因は不明と。だけど憶測ではそう悪い理由ではないので、今度ゆっくりお話ししますね」

チェルシーの変化も然り、ルカの不在やシスの目を返した私がぎりぎりで、へっぽこでも『魔法使い』でいられるのは、地下遺跡とそこに封じられていたものの存在が関わっている。

――あそこには本物の精霊がいたのだ。

「そうだそうだ。先輩から聞いたんですけど、カレンちゃん、陛下に会いに行ってないって本当ですか。全然来てくれないって愚痴ってましたよ」

「戴冠式を終えてからは数回お会いした程度ですね」

「会いに行ってあげてくださいよー。仕事の虫で全然休んでくれないみたいですよ」

「なに言ってるんですか、私がいなくても休むくらいはできますよ」

「カレンちゃんこそ、陛下に普通の人の感性を期待しちゃ駄目ですよ」

……そう言われてもなぁ。

エレナさん相手だから、他の人には言えなかった胸の内を明かした。

「でもあれから何度か謁見は申し込んでるんですよ。この間も……十日くらい前かな、ちゃんと手続きを踏んだのですけど、お会いできなくて」

「え？」

「今度ヴェンデルの誕生日のお祝いをするから、招待状をお送りしていたんです。返事が来なかったし、どうされたのかしらと思ってたのですけど、お忙しいからと断られてしまいました」

「陛下を招いてお誕生日会するんですか⁉」

「ええ、今度こそ盛大に」

いままでは内々にひっそり行っていたが、ライナルトの即位で帝都やコンラートは落ち着いた。お祭り好きのクロードさんの提案のもと「近年稀にみる華々しい隆盛を遂げたコンラート家跡取りの誕生祝い」となったのだ。本人は嫌がっていたけど、これもオルレンドルで繋がりを作るためだ。

でもヴェンデル曰く、私の十九の誕生日はなにもしなかったのに、今回だけ宣伝目的に催しを行うのはずるいのだそう。本人の意向に沿わない誕生日会なので、プレゼントはかなり値の張る稀覯本と洋服類、そして猫たちのための登り台を家に設置する約束を取り付けてきた。

この様子だと、あの子あての釣書の量が増えたのは、まだ黙ってた方がいいだろうなー。

「……断られたんですか？」

「はい。お会いしようにも私ではままならないんです」

寂しくないといったら嘘になるけど、でも覚悟していたことだし……。

無理矢理会いに行くことはできても、周囲を押し退け印象を悪くしてまでやる理由はない。

ところがエレナさんとヘリングさんは顔を見合わせた。

「そんな話は聞いていないぞ。なにか聞いているか？」

「なんにも、っていうかあり得ない。先輩は陛下を誰よりも案じてるし、休ませるためならなんだってする人なのは知ってるでしょ」

目が点になっている間にも夫妻は会話を続けていく。

「むしろあの吊り目が妨害してる可能性はないの」

「モーリッツはその程度の嫌がらせするくらいなら堂々と圧をかける。それに最近は忙しさのあまりバッヘムの役目を一部人に任せたくらいだ、彼女が会いに行く程度、手間を割く理由がない」

「……なら」

「決まりだな」

なにが？

夫妻は頷き合い、エレナさんがガッチリ私の肩を摑んだ。

「いいですか、陛下がコンラートの謁見を拒むはずがないんです。それは第三者による意図不明な嫌がらせですから、真に受けてはだめ。場合によっては真剣に訴えなければならない案件です」

「ですけど伝えに来たのは陛下の書記官でしたよ」

「帰　っ　た　ら　だ　め」

真顔で迫る圧に負けてこくこくと頷いた。たぶんそうしないと登城までついてきそうだ。

「あの内乱でカレンちゃんは大きな功労を残し、だからこそ魔法院の専属顧問なんて前代未聞の地位を預けられたんです。たとえ大々的に表彰されなくても、周囲が何も言えないのがその証拠」

「新参者だったからと遠慮するのは良くありません。どのみち陛下の政権下では新しく登用された者も少なくない。強気に出るくらいが丁度良いんです」

「それでも気が引けるならエレナお姉さんがついていきますが、どうします。これでも先輩と陛下には重用されてましたし、無視なんかさせませんよ」

「い、いいえ。そこまで言ってくれるなら、あとで行ってみます」

「絶対ですよ？」

「絶対、絶対行きますから！」

そう太鼓判を押すからもう一度宮廷に行ってみることにしたが、半信半疑だったのは否めない。

だって書記官が面会を勝手に断る理由がある？

エレナさん達はニーカさんが何も知らないのを不審がっているが、文官と武官では管轄も違うし、文官にこんなことされる理由が見当たらないから納得できないのだ。

……されども会いに行くとなれば身綺麗にしてしまうのが悲しいところ。

やはりというか、予約なしの訪問は先方を慌てさせた。出てきたのは前回とは違う書記官で、驚きを隠せない様子で訪問理由を尋ねられる。

「宮廷に上がられるとは伺っておりませんでしたが、本日はどのようなご用件で……」

「コンラート家は、なにもかも事前にご連絡しなくては宮廷に来てはいけないとおっしゃる？」

「とんでもない。しかしながら普段はご連絡いただいておりました。陛下のご都合がよろしいときはこちらからご連絡を差し上げるとお伝えしていたはずですが……」

今回はエレナさんのアドバイスもあり少し強気にいく。

「そういった連絡も惜しいから直接お伺いしたのです。陛下に取り次いでくださいな」

「夫人の予約は入っておりません。それにただいま陛下は忙しくされておりまして……」

「忙しいのは以前より重々承知していますが、無理とおっしゃるならニーカ・サガノフ様に取り次いでください。近衛の彼女であればまだ時間が取れるはずですね」

「いえ、サガノフ様も……」

「サガノフ様も、なんでしょう？」

さっと青ざめた顔色にピンときた。

……まさか、嘘でしょ。本当に？

エレナさん、ヘリングさん。信じきれずにごめんなさい。言われて気付くとは情けないが、この態度を見る限り先方が私を通したがらないのは真実だった。

不機嫌に見せるために眉（まゆ）を寄せる。

「まさかと思うけれど、陛下やサガノフ様の返事も聞かずあなたが勝手に判断している、なんてことはありませんよね」

「わたくしはただの文官です。陛下の助けとなることが務めでございまして……」

「答えになってませんね。では二人とも忙しいから誰にも取り次ぐなと言ったのですか」

「それは……」

「あなたは第三書記官補佐でしたか。前回対応してくださったのはあなたの上官でしたが、失礼ですがあの時も陛下にきちんと取り次いでくださいましたか？」

あからさまに溜息を吐くと慌てはじめるのだけど、これは首謀よりも命令された側の動揺だ。一体全体何故こんなことになっているのか理解し難いが、とにかくこんな事態は困る。

第三書記官補佐は息が荒くなりはじめていたが、それでもどうにか私を帰そうと言い訳を始める始末。うんざりして口を開きかけたとき、助け船を出してくれた人物がいた。

「そこの目も見張る美しいお嬢さん、もしかしてお困りかな」

「……ベルトランド様！」

バーレ家当主を襲名した不良おじさんは、相変わらず服を着崩している。

「こんなところでお会いするなんて、もしかして陛下にお目にかかった帰りでしょうか」

「困ったことに、規模が大きくなってしまったうちの隊の状況を伝えたところだ。まったく忙しくて困る、私はイェルハルドみたいにとっとと引退したいんだがね」

「引退されるにはまだ早いお年ですよ？」

「国に縛られるのは面倒なんだ。それよりも、最近はコンラートの噂をよく耳にしている。貴女の活躍をイェルハルドが殊の外喜んでいてね、うちの坊主にも見習わせたいもんだ」

「ロビンだって頑張ってるじゃないですか。どんな噂かは聞かないでおきますが、私を真似させてもいいことはありませんよ」

「これはまた……魔法院の新たなる指導者の登場に、国が大盛り上がりだと知らないかな」

「指導者って、それこそ本当に間違った噂ではありませんか」

「謙遜はよくないな。なにせ魔法院の広間には歴代の院長の絵画が飾られているが、その中に貴女の絵が飾られている。それもひときわ珍しい半精霊と一緒に描かれた動く魔法の絵画だ」

「あれは私に断りもなく……。いいえ、それより私は発言権をいただきましたが、顧問であって……私がそういうのを好まないと知っていて、わざと言ってますね？」

「戴冠式のときの礼典もそうだが、貴女はどうも派手なのを好みそうにないんでね」

絵画の件はほとんど騙されたのだとしか言い様がない。

シスが私の転生前の記憶をヒントに動く絵画を作りたいというから付き合ったら、その絵画が魔法院に寄付されてしまったのだ。

それだけでも頭が痛いのに、最近の魔法院は軍人の出入りが多い。銃の取扱資格を得るため、一時魔法院に入る必要があるせいで、絵画を目にする人が増えてしまったのだ。

しかも世にも珍しい動く絵画を、魔法院は手放したがらない。

せめて人目のつかないところへ下げてとお願いしたら、シャハナ老は「副院長の姿が残せる唯一の絵ですし、顧問のお姿も映えるから問題ないでしょう」とやんわり断る。

そう、ここでの肝は副院長だ。

魔法院は『箱』から解放された半精霊を逃したくなかった。彼をここに留めるため、副院長の座を明け渡し、おまけに顧問なんて役職を新設し、彼と仲の良い私に寄越した。

これはライナルトの要請に応える形になったとはいえ、想定よりもずっと発言権が強い地位だ。いくらなんでもやりすぎと呆れていたら、シスは面白そうだからって理由で嫌っていた魔法院の仕事を引き受けてしまった。

だから魔法院じゃ私の顔を知らない人がいない。絵画を飾られてる時点で顔から火が出そうなのに、もっと近寄りがたくなってしまった。

ベルトランドはそういった話を織り込み済みでわざと言ってきた。意地の悪い顔で笑っていたが、その視線はそのまま書記官へ向く。

「陛下は常に玉座にいるお人じゃない。いまとて私と話せる程度にはお手すきの状態だったが、夫人の面会を断らねばならないほど重大な予定が詰まっていたのかな」

「い、え……そのようなことは、はい」

「なら一介の書記官が決めるもんじゃないと思うんだがね」

もう書記官には為(な)す術(すべ)がない。……私が言っても引き下がってくれなかったのはなんだかなーな気分だが、これで関門が突破できたのなら安いものだ。

ベルトランドの後押しで執務室への道が開けた。

「ありがとう、ベルトランド様」

「これもトゥーナ公と引き合わせてくれた礼だが、恩義を感じてくれるのなら、弟君をイェルハルドのもとへ寄越してやってくれ。私にはさっぱり理解できないが、絵の趣味が通じると喜んでいた」

「伝えておきます。弟にも次の機会があったら行きたいとせがまれていました」

「よろしく頼む。では、お父上にもよろしく」

颯爽(さっそう)としつつ、絶妙に気がかりな発言。

これは私の知らない間に父さんとベルトランドが会談を行ったためで、あとから父さんに教えてもらっていた。父さんもベルトランドも何も言わないから詳細は不明のままだが、おそらく言い争いには発展していない。二人とも穏やかなものだった。

……こんな風に、半年の間にどんどん周りも変化して行く。

とうとう諦めた書記官は上階まで案内してくれたが、態度は明らかに離れたがっている。

流石皇帝のいる部屋が近くなると雰囲気が重々しくなり、高位文官の数も増え始めていた。

「おや？　……おやおやおや、まさかコンラート夫人ではありませんか！」

早歩きでやってくる、頭頂部が悲しいおじさまはライナルトの側近だ。名をジーベル伯といって、以前は政の中間管理職を担っていた。

前皇帝の御代では地味で身分が足りないと燻っていたが、有能だったために新皇帝の治世で異例の抜擢をされた。実は元流民の女性と身分差を超えて結ばれたドラマを持つ愛妻家さんである。

「お久しゅうございますね。このようなところでどうされました」

「陛下のお顔を見たくなって足を運んでしまいました。連絡も無しに申し訳ありませんが、陛下のご予定を確認してもよろしいでしょうか」

「そのようなことでしたらご足労いただかなくとも、そこの第三書記官補佐がいくらでも……」

「ああ、ええと、わたくしは、その……」

「陛下のご予定の把握など、書記官の初歩中の初歩だろう。まさか知らないとでも言うのかね」

「そんなことは！」

「ではなぜお答えしなかったのかな」

顔色が変わる第三書記官補佐に、瞬時に異常を察するジーベル伯。

「……コンラート夫人にお答えするのに何を躊躇う必要があるのか、私には理解しかねる」

なるほどー、これはジーベル伯はなにも知らないな。

「突然押しかけた無礼はお詫びいたします。ただ、こちらも少々理由がありまして……」

「このような押しかけなどトゥーナ公やバーレ家に比べれば可愛らしいもの。問題などなにもございません。それに貴女様はいつでも通して構わぬと、陛下からお達しをいただいております」

チラリ、と血の気を引かせた第三書記官補佐を見て、人好きのする笑顔で言った。

「このままお帰ししては、私めがお叱りを受けてしまいましょう。ささ、ここからは私がご案内します、こちらへどうぞ」

大きなお腹を揺らしながら案内を買ってくれたので書記官補佐はお役御免だが、一体なにがこの人を頑なにさせたのかは気がかりだ。

ライナルトの執務室に近付くにつれて、警戒は物々しくなる。帯剣は当然として長銃を肩にかけている者もおり、かなり銃の配備が進んだのが見て取れた。

ジーベル伯は両開きの扉を叩く。

「陛下、ジーベルにございます。コンラート夫人がおいでになったのでお連れしました」

やや間が空いて「入れ」と声が届いた。

返事をしたのは中にいた文官だが、彼の意志だったのは間違いない。

まっすぐにこちらに向いた眼差しは柔らかかった。

……会えるのが嬉しい。顔がゆるんで絶対気持ち悪くなっていると思い、慌てて頭を下げた。

「お久しぶりでございます、陛下。またお会いすることが出来――」

「堅苦しい挨拶は不要だ。こうして直接会うのはどのくらいぶりだったか」

「それほどは経っておりません。ですが日々を追われていると長く感じるのも事実にございます」

口元に指を添えながら曖昧に微笑んだが、これで誤魔化されてくれるだろうか。

「しばらく手を止める。お前達も下がれ」

「は……休息、でしょうか」

「それ以外になにがある。……ジーベルもご苦労だった」

「陛下はいささか働き過ぎでございますれば、ごゆっくりお休みください」

人払いを行う際、文官がいたく驚いていたのが印象的だ。運ばれたお茶は皇太子時代とは比べものにならないくらい香りが高く、鼻腔をくすぐる。

「気のせいでしょうか、訪ねる度に宮廷が元気になっていく気がします」

「建物は大半を閉じたからな。無駄な人員は廃したが、それでも余った者がこちらに詰めている」

「それでも仕事が無くならないとは、ここの広さを思い知らされますね。陛下の仕事の早さにも驚かされます」

「利になるようなことはまだなにもできていないがな。宮廷にしてもまだ中途半端だ。後宮など完全に潰したいのが本音だが、侍女頭や侍医長に止められてしまった」

「潰すのもお金がかかりますよ？」

「そういって止めてきたのはモーリッツだ。あそこのものは高く売れると思うのだが」

「……それは止められてもしょうがないのではありません？」

ライナルトは即位に伴い宮廷の大半を閉じた。それは彼にとって無意味な教会や……皇室に連なる人々のための住居で、前帝の側室達を追い出したいまは必要がなくなったのだ。

「今日はとてもご機嫌がよろしいですが、なにか良いことでもございました？」

「どちらかといえば毎日悩ましい話題ばかりだな。そう言うカレンもいつになく笑みが絶えない」

「私は、まぁ……おかげさまで、コンラートも隆盛の一途ですから」

あなたに会えてうれしいからなんだけど、言えるはずもない。ライナルトのご機嫌な理由はわからないけど、彼がご機嫌だと私も嬉しくなるし、いっか。

「最近は顔を見せないから気になっていた。ニーカから聞く限り忙しいようだが、こうして足を運んだからには緊急を要する内容でなければ良いが」

「うーん……。用事はあるにはあったのですが、今日に関していえば思いつきです」

「思いつき？」

「急に暇になったものですから、行けば会ってくれるのかしらと来てしまいました」

「そのような疑問が謎だな。私が貴方相手に門を閉じる理由の方が思い当たらないが、もしや遠慮でもしていたか。その程度でしばらく顔を見せなかったとなれば、リリーやバーレの面の皮の厚さを学ぶべきだな。彼らほど皇帝を敬わぬ者はいない」

「彼らを参考にしすぎるとヴェンデルの教育に悪いのですよ。……即位後はいささか遠慮していたのは事実ですが、面会は申し込んでおりました」

「……その話は聞いていないな。いや、貴方を疑っているのではない」

　本来彼に伝わる話がまったく届いていない事実に目つきが変わった。

「ヴェンデルの誕生日会を開く招待状を送ったのです。ニーカさんにもお送りしたんですが、彼女からもなにも？」

「初耳だ。だが、あれが招待状を受け取っていたなら私に話さないはずがあるまい。あちらにも届いていないと考えるのが自然だろう。……まだ返答は間に合うか」

「それは、はい。まだ招待客を整理している最中でしたので」

「ならば参加としておいてもらえるか。私が後見人を務めた少年だ、出ない理由がない」

「ありがとうございます。ヴェンデルもきっと喜びます」

「謁見と招待状の件はこちらで対処しておこう。苦労をかけた」

　為政者としての顔を覗かせる際は感情が読めないときがある。このときも同様だったが、この話題を引っ張るのはやめたようだった。

「しかし大々的に披露するとなれば、あの家に人を呼ぶのは手狭ではないか」

「あはは、やっぱり陛下でも思われますよね。実はうちの者達にも同じ事をいわれてしまいまして、父に相談してキルステンの家を間借りすることにしたんです」

　アルノー兄さんが住んでいた邸宅は、いまは父さんとエミールが住んでいる。家が広すぎるとエミールがしょっちゅうぼやいているが、お友達を呼んで演奏会をしているから要領がいい。

「ヴィルヘルミナがアルノー卿に与えた家か。あの家なら広さも申し分ないが、今後も借り続けるとなれば手間だろうに。いまのコンラートならばもっと広い家に移れるのではないか」

「確かにあの家は馬車を引いたお客様をお迎えするのは不向きです。なので購入の検討はしたのですが、ヴェンデルもですけど、みんな愛着を持ってしまって……」

「引っ越したくないか」

「近くにお友達がいますから惜しくなってしまうんです。どうせなら近くの家をいくつか買い取って新しい家を建てるか、そうでないなら帝都外の土地を買い取って家を建ててしまおう、なんて話も上がったくらいなんですよ」

「帝都外か。それはまた大胆なことをする」

「これから帝都を広げていく計画がおありでしょう。いまから建物付きの一等地を買うよりずっと安上がりではないですか」

　帝都沿いであれば野盗に狙われる心配も少ないし夜も静か。なにより広大な湖の島の上に建つ帝都を一望できて見晴らしも良くなる。

「帝都内に拘(こだわ)らないのが貴方らしい。新区画に貴族、それも魔法院顧問が家を構えてくれるなら治安もよくなるだろう。もし進める気になったのなら、土地の選抜は相談してもらいたい」

「嬉しいお言葉ですけど、どういった裏がおありですか」

「水路に連なる脱出口のひとつの管理を任せたい。すでに脅威は取り払われたが、あれが帝都に繋がっているのは変わりないのでな」

「重大なお役目をぽんと投げつけるのは良くないですよ」

「だが引き受けてもらえるだろう」

「保留です。計画にもなってない話なんですから、安請け合いしたら本気にするでしょう」

帝都地下だが、惑わしの魔法効果は薄れている。そのため地下通路の存在を知っていれば、そこから帝都のどこにでも行くのが可能だ。出入り口は魔法使い等が結界を張るなどして厳重に塞いでいるが、いまの警護の手間や費用なんかを惜しんで言ってきたのだろう。

「地下で思い出したが、シスとの繋がりはどうなっている。いまだ白髪のままだが……」

「ずっとこのままではないでしょうか。目を交換した影響だけならともかく、加えて本物の精霊の祝福までもらってしまいましたし、彼もどうにもできないと言っていました」

「呪いだとか言っていたな」

誤解を招く発言を残していくんだから。

「弱っていたとはいえ、元が強い方だったせいで影響が大きいだけです。祝福自体はけっして悪いものではありませんよ。……そんな顔しないでくださいってば、この通り私は元気です」

「この間も熱を出して倒れたと聞いている」

「どこから仕入れたんですかそれ……。元々の体質です、むしろ素で魔法が使えるようになっただけ、魔法院顧問の座にいられる理由に足ります」

強いて言うなら私が影響を受けやすかったのだ。

シス同様、精霊との相性が良すぎたから効きが強かったというか……。

「肝心の精霊に解除させるわけにはいかないか」

「行方は追えないでしょう。なにせ地下遺跡に封じられ、力を吸い取られ続けてなお存命し続けた方です。精霊の中でも異例中の異例……らしいですから、人の手には負えません」

……それにもう、解放されたあの精霊が生きているかもわからないし。

祝福の追加は、シス曰く「あーるぴーじー風に言うなら僕との目の交換で属性が変わったところに、さらに呪いが降りかかって完全に属性転向した」となるそうだ。

交換していた日は返却したので健康な身体とはさよならだが、魔法は使えるままだ。ルカとの契約も残ってるし、黒鳥だって使役できるから悪いばかりじゃない。

ライナルトと会うのは久しぶりだったのもあるし、楽しく聞いてくれるおかげで色々なことを話したが、最終的に仕事の話になってしまうのは私たちらしい。

「魔法院の運営もよくやってくれている。シャハナの尽力もあるが、あちらも貴方の案のおかげで銃の管理が上手く行くと言っていた。経過もいまのところ順調に進んでいる」

「私は騒ぎを最小限に抑えるための提案をしただけです。問題がなくなったわけではありません」

彼が言ったのは予想の範囲を上回らなかっただけの話で、銃周りの問題は細々と発生している。

大量生産に踏み切りだした銃の流通が止められないからやらざるを得なかっただけで、私が提出した銃法案は、それ自体は私自身が考えたものじゃない。前世の知識を総動員し、いまのオルレンドルの状況とうまく照らし合わせながら魔法院側と根気よく相談した結果だ。

話し合いは難航したが、初期ロットを除き銃の製造番号は魔法刻印で刻む仕組みになった。使用者の登録も同様で、たとえば許可なく外で銃を使用すれば犯人を突き詰められるようになっている。

「刻印は魔法院側に渋られると思っていましたから、了解をもらえたのは意外でしたね」

「『箱』がなくなったいま、彼らも役目を得るのに必死だからな」

「ライナルト様も相変わらずですね。その様子では、役目が終われば魔法院は用済みですか？」

名前呼びにしたのは正解で、薄ら寒い微笑みが答えを物語っていた。

新皇帝陛下は、あわよくば魔法院を潰したいと考えていて、シャハナ老も同じ危惧（きぐ）を抱いているに違いなかった。

「貴方には顧問を任命したが、それだけでは礼として釣り合っていないように思える。何か欲しいものがあれば融通するから遠慮無く言ってほしい」

「ふふ。私を労（ねぎら）ってくださるのは嬉しいですが、ライナルト様こそまともにお休みになってないと聞きました。毎日頑張ってらっしゃいますし、無理はなさらないでください」

「私はこれが役目だ、無理はしていない」

「ちょっとはやぼ……夢以外にやりたいことってないんですか。前は本を読んだりされてたんでしょうに、読書はどうなんです」

「帝都はカールの影響が作家にまで及んでいた。ここに私の好みに合う本はない」

「……弟が劇場に新しい風が吹いていると言っていたのを思い出しました」

休む気がないのは自明の理で、ニーカさんが心配するのも無理もなかった。

「やりたいこと……になるかは不明だが、文官に向き合ってばかりだと退屈するときはある。そういうときにはふと浮かぶものはあるが、一人では不可能だ」

「あら、ゲームかなにかですか。私にできることがあればお手伝いしますのに」

深く考えず放った言葉にライナルトはやや悩んだ様子を見せてから言った。

「ならば髪に触らせてもらえるか」

んんんんん！

「かっ、髪!? 髪ですか!? わわ私、手入れ失敗してます？ 確かにこの間まで枝毛があったけど今はちゃんとしてますよ!?」

なにせ美容の女神マリー様がいらっしゃるから！

「たしかに以前より手入れは行き届いていそうだ」

「見てたんですか!?」

自ら恥をさらしてどうする、ちょっと落ち着こう。

「く……あ、ああ、昔は髪結いをされてたのでしたっけ。それで髪を弄（いじ）りたいと？」

「いまとなっては無心となってやれることも少ないが、私が櫛（くし）を握ろうものなら周囲は驚く。モーリッツにも皇帝が髪結いなどするべきではないと言われ控えている」

「モーリッツさんは気にしそうですね。でも控えるって……言われるまではやってたんですか？」

「軍学校を出るまでの短い間だな。ニーカがいい暇つぶしだったが、いまはもう断られる」

「……ニーカさんも大変」

断りたくなる気持ちもわかる。

主君と仰いだ人物に髪を触られるのも、その趣味を他の人に広げるのもよろしくないから。

「断りたいなら断ってくれていい」

「い、いい言いだしたのは私なんですから、断りませんよ！」

それにいかにも不満げに見てくるじゃない！

腹を括ると席の端に詰めて後ろを向いた。ライナルトが背後に座り、髪に指が触れる。

「……髪留めとか道具はなにもありませんけどどうするんですか」

「なくても纏めるくらいはできる。必要になったら取りに行かせよう」

「それはしなくていいですやめてください」

パーティーに出席したのは大分前だから、うなじの産毛を剃っていない。

やだぁぁ首に指が触れた絶対見られてるぅぅぅぅぅ……！

するすると髪を梳かす感触は心地良いのに、顔が熱くて不自然な汗が流れる。数年前にライナルトに髪を直してもらったが、その時とはまるきり心の持ちようが違うせいだ。

心を落ち着けねばならない。パニックになりながら、必死になって話題を探した。

「か、髪を結えるって知ってる人が少ないと、なかなか趣味に手が出せませんね」

「これは趣味と言えるだろうか。長年なにもやっていない上に、思いついただけでしかない」

「趣味ですよ。少なくとも私は二回も結ってもらってるんだから、腕前は充分です。こう、職人心を刺激されたりなんかはしないんですか」

「刺激……。この間はリリーが流行だという髪型を自慢しに来たが、私でも結えそうなものだった」

「最近の流行ってたしか……手先が器用すぎる……」

「いくらか試してみるが下手になっていよう。気に入らなければ解いてくれて構わない」

「い、いいえ、ライナルト様の腕前は知っていますし……」

あなたが結ってくれたのなら解きたくない。

……と、声に出来たらどれだけよかったか。もちろん言えない言えやしない。

「あの櫛は相変わらず現役ですか？」

問えば後ろから木櫛が姿を見せた。

あっ、ちょ、黒鳥、やめなさい。いまはライナルトの邪魔をしちゃだめ！

浮かれて飛びながら踊る黒鳥を捕まえるも、これが自分の感情に呼応する存在と思うと、とても複雑だ。いくらなんでもここまで浮かれてないもの。

「サミュエルはどうです。彼は真面目に務めていますか」

「時折抜け出しニーカを苛立たせているが、仕事ぶりは真面目だ」

「あ、それはたぶんマリーに呼びだされてるんですね。抜け出してたんですか」

「一隊にいるときよりも明るくなったと言っていた」

「……そうですすか」

「しこりが残るなら処分しても構わない」

「そうやって血なまぐさい方法で片付けようとするのは悪い癖です。少しは平和を学ばれてはいかがです」

「平和か。私からはもっとも遠い響きだ」

「私の知らないところで苦労されているのは聞き及んでいますが、ライナルト様は民を導く皇帝になられたのです、簡単にそんなことを口にしないでください」

「貴方がそう言うのなら控えよう」

「もう……。あ、櫛ありがとうございました。相変わらず綺麗に手入れされてますね」

これはわかってないけどわかったと約束するやつ。絶対に理解していない。

欠けた櫛は長持ちさせるために、良質な油で拭き取りされている。大事にしている証拠だ。

他には北の地に到着した兄さんとヴィルヘルミナ皇女の話をしたが、ライナルトは私が知るよりも多くのことを教えてくれた。

「手紙には本当に寒くて驚いていると書かれていました。あと、薪割りが追いつかないと」

「薪が生命線だろうな。北は資源が貴重になる。作物も育ちにくいが、手付かずの自然が残っているから狩猟と採取が主な生活になるだろう」

「そうだと思って、私や父でなるべく必要なものを送っております。甘いものなんかは特に貴重でしょうから、チョコレートも送ったんですよ」

「貴方たちの助けがあれば、忠義に篤い召使いがいることだし、問題なくやっていけるだろうな」

「ヴィルヘルミナ様も元気になったみたいですから、交流に本腰を入れ始めたら領民を掌握してしまうかもしれません」

「あれならばあり得るな」

「嬉しそうですね」

「貴方ほどではない」

新しい髪型にチャレンジするのだろうか。すっかり遊ばれている。

「カレンはヴィルヘルミナを生かしたがっていたが、もしやこれを見越していたか」

「なんのことでしょうね、さっぱりお話が見えません」

「……そう言うのならそれでいい。私はあれらが反旗を翻さない限りは手を出さん」

彼女を生かした理由と、保険はあくまで保険。

いまは髪に触ってもらえる感触を楽しむ方向に頭を切り替えて目を瞑る。

……エレナさんの忠告通りライナルトを訪ねて良かった。

穏やかな時間を過ごしたかったが、そうは問屋が卸さない。

「ライナルト、入るわよ」

ノックも無しに扉を開けさせた、トゥーナの大領主リリー・イングリット・トゥーナ。

彼女と目が合うもライナルトはせっせと手を動かしており、ろくな反応を返さない。

「どうした」

「どうした、ではないわ。これは一体どういう状況」

「見ての通りだ」

「それがわからないと言ったのよ。……ああ、いいわ、いらない、おおむね理解したから。まったく、あたくしの髪を梳いてといっても無視したくせに、いけ好かない男。……誰かいらして！」

拗ねてみせるが本気じゃないのは一目で伝わった。

呼ばれた文官が入室したが、私の髪を弄るライナルトを目撃し固まってしまう。

「そこの貴方、女ものの髪飾りをもってきてくださる。……十点くらいで足りるかしら」

反応のない文官。トゥーナ公はパチンと扇子を畳み彼の正気を引き戻す。

「あたくしの声が聞こえないのかしら、躾のなっていない犬は嫌いよ」

「は……はっ、か、髪飾りでございますね。至急集めてまいります」

「ちゃんとコンラート夫人に合うものを選んできてね。似合わない物をもってこられても困るわ」

「か、かしこまりました」

逃げるように文官が出ていくと、クッションをぽんぽんと投げて移動させ、それらを背に長椅子に横たわった。本当に自由だ。

「ああ、疲れた。今日は約束を反故にしてしまってごめんなさいね」

「約束など滅多に破らないあなたです。理由があったのだろうとお察しします」

「助かるわ……。で、その手に持ってるのが噂の使い魔かしら。あたくしに触らせてくださいな」

彼女の要望に応えた黒鳥がリリーの手の内に収まった。手触りの良さに、リリーはむにむにと黒鳥のフォルムを弄り出す。

スリットから艶めかしい太ももが露わになるのも厭わず、深い溜息を吐いていた。

「今日はね、急におば様に呼びだされて行かざるを得なくなってしまったの。いくら親戚とはいえ、仕事を荒らされるなんてこまったものよ」

「皇太后様のお呼び出しなら当然でしょう、こちらとの時間はまた作れば良いのですから……」

「本当に重要な話ならおば様を優先するけど、いつまでも皇后気分でいられるのは迷惑だわ」

「リリーほどの人でも断れないのですか」

「断りたいけど、どうしてもって言われてしまったら、ね。実体はなんだろうが、世間的には夫を早く亡くした傷心の元皇后なんですもの。だけど鬱憤が溜まってしょうがないわ」

前皇帝カールの妻、つまり元皇后に呼びだされ、愚痴を吐きに来たらしかった。

「なんといって呼び出された」

「それが言わなかったのよ。それだけでも予定を邪魔されて憤慨してるのに、いざ行ってみたら、ただ人を会わせたかったって……くだらなくて帰ってしまったわ」

「ほう、誰に引き合わせたがっていた」

女、とリリーは言った。

「ニホンコクってところから来たまでは記憶したわ。他にも長ったらしく言っていたけど、発音も変だし、知らない名前ばかりで覚える気もしなかった」

叫びそうになる衝動を堪えた。

リリーの発音は違っていたけれど、間違いなく彼女はニホンコクといった。正式名称はとにかく「日本」がつく国なんてこの大陸にありはしない。私の愛して止まない食材を提供してくれる海の向こう、クレナイ国がある大陸にも、産地名を聞く限りはないはずだ！

　皇帝と公爵の会話に割り込むのは大変な勇気を必要とするけれど、興味の前には吹き飛んだ。

「聞かない地名ですね。……どんな方だったんですか」

「……なに、興味がおありなの？」

「は、はい。皇太后さまが紹介したいなんて、よほどの方かしらと」

「十代の若い子よ。育ちは悪くないけど、お行儀はよくなかったわね。おば様が教育しているからいずれ形になるでしょうけど、それならしっかり覚えさせた上で引き合わせて欲しかったわ」

「は、あ。なるほど、皇太后様のお眼鏡に適ったのなら、綺麗な方、だったり……？」

「まあ、顔はいいわよ。そこらの女の子より可愛かったもの」

　他にも聞き出した限り、身体的特徴は日本人とかけ離れている。言葉も不自由してないから転生者と思うのだけど、やはり「ニホン」が気にかかる。転生者がそんな迂闊なことを口にするだろうか。

「そのご様子ですと、お顔だけは気に入ったと」

「一応はね。でないとおば様もあたくしに会わせようとはしないでしょう」

「は、あ……他にはなにか覚えていないのでしょうか」

「わかっていないわね。あたくしが名前や素性を覚えて差し上げるとしたら、それはあたくしにとって貴女みたいに価値がある人間になれる素養があるかよ」

「でしたら私は運が良かったのですね。なら可哀想な話ですが、その方はリリーが惹かれるものは持ち得なかったのでしょうか」

「そうねえ……」

　こと人間の好みに関しては、曖昧な返答を好まないリリーが首を捻る。

「なぜか放っておけなかったのよね。だからあたくしも最後まで話を聞いてあげたのだけど」

「リリー、どうされたのですか。少し様子が……」

「……目の離せない子よ。不思議な魅力はあった、かしら。ええ、どうでもいいんだけど……」

おかしなことに、その人を語るリリーには自分自身に対する困惑があった。名前を覚える価値がないと語った割には態度がちぐはぐ。相手を何と形容して良いのかわからない様子だったが、これ以上は語りたくないのか口を閉ざしてしまった。

気になりはするが、どのみち彼女を呼びだした相手が皇太后ならばいつか知るチャンスはある。

「問題はおば様よ。さっきから素知らぬふりをしてる皇帝陛下。面倒ごとの中心になるのは御身だとわかっているのかしら。おば様ったら性懲りもなく皇帝にあてがう女を捜しているのよ」

「そうか。ではバルドゥルは見つかったか」

「いたらとっくにお伝えしていてよ。少しは裏切り者を捜すために、おば様に取り入る努力をするあたくしに気を遣ってくださらないかしらね」

「ご苦労だった。引き続きそのまま捜せ」

「もう！」

そう、バルドゥル。オルレンドル帝国騎士団元第一隊隊長バルドゥル。

彼が血を分けた息子や部下と共に逐電したのは記憶に新しく、いまもオルレンドルのどこかに隠れ、前皇帝を弑逆したライナルトを狙っている。

そして男を匿っていると目を付けられていたのが皇太后クラリッサだ。

これは当時の目撃情報と、彼女にライナルトを恨むに足る理由があるため容疑者の位置に入ったのだが、ここ数ヶ月は完全に首謀者として目を付けられている。

理由としては国外に張っている網に一行が引っかからず、さらには国内での行方も掴めないから。複数人で行動していれば必ず目撃情報が出るはずなのに、ここまで透明人間じみているとなれば、相当な有力者に匿われていないと難しい。

「いい加減おば様を追い出したらどうなの。もし宮廷にバルドゥルが残っている話が事実だとしたら寝首を掻いてくださいと言ってるようなものよ」

「ねずみは下手につついて散らすよりも一気に叩き潰すに限る」

「……ライナルト様は楽しんでるから平気なのでしょうが、皆はたまったものではありませんよ」

「ほら、彼女もこう言ってるじゃない。少しはあたくしたちの心労を鑑みなさい」

「カレン、私ならば問題ない」

「あたくしにもその優しいお声で言ってくださらないかしら！」

で、皇太后はいまも宮廷の一画に住み続けている。カールの側室達は宮廷を追い出されたが、義理の母たる彼女だけは別格だ。

新皇帝即位の折『突如夫を亡くした不遇のクラリッサ』は大勢の前で泣いた。

「国に身を捧げると決め家を出た。いまさら帰る場所などない、帰すくらいなら夫共々埋めてくれ」

とさめざめと泣き周囲の同情を誘い、ライナルトは願いを許諾した。ただでさえカール皇帝を廃し、ヴィルヘルミナ皇女を追い出して国内が乱れたのだ。実家がオルレンドル有数の名家であり、国内への投資を惜しまず、慈善活動で名高い皇太后を追い出すのは得策ではなかった。

「……リリー、本当に皇太后様はライナルト様のお命を狙っているのでしょうか」

「狙うというよりそれしかないの。だって陛下のせいで好き勝手できなくなったんだから」

「私には理解できない感覚です」

「わからなくて当然よ。おば様の矜持は遙か北の峰より高くていらっしゃるから、ご自身の権威が揺らぐのが許せない。ヴィルヘルミナが追い出された恨みよりも、そちらの方が大きいのだから」

「ご自分の娘よりもですか……」

「自分が大好きな御方なの。性格は格別悪くていらっしゃるから、もし遭遇したらお逃げなさいね」

トゥーナに帰りたがっている彼女がいまだに国内に留まり続けているのも、堂々と皇太后の懐を探れる存在だからだ。

しかしリリーは真面目に話しているのに、肝心のライナルトはバルドゥルにしか反応を示さない。はなから義理の母など眼中になく、髪で遊び続ける指もせわしなく動き続けていた。

「あたくしはこんなにも陛下のために働いているのに、まったく仕え甲斐がない主君だこと！」

「ふむ。綺麗に纏まったな。カレン、髪が引っ張られている感覚はないか」

「ありませんけど、あの、リリーの話を……」

「聞いてないわね」

正面を向かされた。髪留め無しで髪が纏まっているのが不思議で、相手は私の顔を観察している。髪と顔のバランスを見ているのだろうが、普段より距離が近すぎてつらい。また汗が吹き出てきそうで落ち着いていられなかった。

「陛下、トゥーナ公ご所望の髪飾りを持ってきてございます」

文官が戻ったのはこの頃だけど、置かれた髪留めを前に問われた。

「カレン、どれを身につけたい」

「へっ？」

「好きなのを選べば良い」

「え、あ、わ、私が選ぶんですか⁉」

「どれも適当に合わせてみたらいいじゃない」

しどろもどろになっていると、諦めたリリーまで口を出す始末。

幾多もの髪留めはどれも彩り鮮やかだった。地味なものでも、観察すれば小さくカットした金剛石（ダイヤモンド）が無数に配置されている。私もそれなりに目が肥えたから断言するけど、たった一個で中古の一軒家を買える代物を選ぶ勇気はない。

だってライナルトの性格上、身につけて帰れば、あとで「お返しします」というわけにはいかないからだ。

日本円換算数千万の髪留めを気軽に選ぶのは無理……！

「ちょ……っと私には選びきれないです」

「しかし私では貴方に似合いそうなものが見当たらない。女性の髪には髪飾りが必要だろう」

「いまは髪留めがなくても纏められてますよね。まだ見てないけどとっても素敵だと思います！」

「飾り立てる宝石一つないのは無粋だろう。少し待っているといい」

「どちらへ？」

「所用を済ましてくる」

終わらなーい……。

ライナルトがいなくなるとリリーと二人っきりだ。仲は良い方だから平気だけど、今日のリリーは意味深な視線を寄越してくる。

「彼、本当に貴女にだけは違うわよね」

「……前からリリーはそう言ってきますが、私にしてみればあのライナルト様が普通です。特別ご縁がありましたから贔屓にしてもらっている自覚はありますが……」

「咎めてないから安心して。落差が酷いから、さしものあたくしでも戸惑ってしまうだけよ」

「そんなに違うのでしょうか。私も一応怒っている姿は見たことありますが……」

「きっと天と地ほど差があってよ。さっき入ってきた文官の顔を見たでしょう。非人間が人間の顔をしたら誰だって驚くけど、だからって知る必要はなくってよ。知りなさいとも言わないわ」

横たわる姿は扇情的かつ気怠げだが、瞳に浮かぶ感情は冷淡だった。

「コンラート夫人。貴女、皇后になるつもりはあって？」

反応が遅れたとかそういうレベルじゃない。

何を言っているのか一ミリも理解できなくて、彼女が言い直すまで間抜け面を晒した。

「ライナルトを意識してないとは言わないでちょうだいな。そんな愚かなことを言われてしまったら軽蔑してしまうから」

「何故皇后などと話が飛躍するのでしょうか」

「いまの話の流れでわからなかった？」

「わかるはずないでしょう。大体その発想は突拍子がなさすぎます」

「そうかしら？　だってライナルトは貴女に心を許してる。あれは愛よ。……ライナルトには一番縁がなかったものだけどね」

愛って！

「リリー、誤解が生じています。話を聞いてください」

「なにが誤解なものですか。あたくしは真剣な話をしています」

「私も真剣な話をしてます。皇后筆頭と名高い御方にそんなことを問われる身になってください」

「筆頭って、その噂本当に信じているの？　あたくしにどれだけの醜聞があるとお思いかしら」

「醜聞なんて思ってないのに試し発言はやめてください！」

ふふん、と口元をつり上げられた。彼女も不意打ちで試してくるから人が悪い。

「醜聞もなにも、噂があってなお名前があがっているのは、オルレンドルの繋がりを強固にするにはあなた以上の方がいないからです」

「実力を認めてくれるのは嬉しいけど、皇后なんてやる気が無いのはご存知でしょ」

皇太后があれこれ画策しつつ姪を呼びだしている理由はこれ。トゥーナ公なら皇后の条件を満たしている上に、親戚なら取り入る余地がある。「皇帝に女をあてがう」は保険で、主目的はリリーを傀儡にすることだ。

「トゥーナの女公爵は与えられるより与える女なの。なにを好きこのんでお飾りで恵んでもらった地位に甘んじなければならないの、皇后なんて立場に行動を制限されるのは死んでもお断りです」

「ええ、そういう方と知っているから私はリリーを好ましいと感じています。きっとあなたの領民たちもその気高さを愛し、自らの公爵を自慢に思って……」

「大体ライナルトなんて好みじゃないわ。疲れたあたくしを慰めてくれるのはお尻のつややかな可愛い夫でなければ嫌よ、それ以外のどこに楽しみを見出せというの」

「場所！　ご趣味を語るのは結構ですが場所を考えてください！」

「それ以外なら生真面目が売りの男ね。貴女のお父様でもよろしくてよ、ああいう殿方があたくしを前に蕩ける顔はいっそう胸がときめくの」

「何度でも言いますが父は絶対駄目ですからね！」

そう、リリーに釘を刺したかった理由がこれ！

彼女の守備範囲はとても広い。オルレンドルに来た父さんを紹介したら、それ以来事あるごとに父さんの身を気にかけていて、隙あらば狙ってくるから油断できない。

そりゃあ父さんがリリーがいいって言うなら反対しないけど、本人がエミールの教育に力を入れる方針を掲げているし、本能的にリリーを怖がってるので近づけたくない。

「とにかく貴女の本心を聞いていなくてよ。それとも言いたくなるまであたくしに喋らせたい？」

ああもう、彼女といいエルといい……本当に言い逃れさせてくれない。

誰も戻ってこないことを確認し、彼女にだけ届く声で言った。

「片思いは認めますが皇后になる気はありません。無理と断言するだけの理由があります」

「その理由はなによ」

「なんで教えなきゃならないんですか」

「あたくし達の仲でしょ。まさかご身分や敗戦国出身を気にしていらっしゃるのかしら」

「違いますし、そこまで明かすほどリリーとは親しくございません」

「じゃあ側室ならどう。寵愛は独り占めだろうし、子供を生めば自動で繰り上がるわよ」

「それもお断りします」

「けち」

「けちで結構です！」

リリーは不服そうだけど、だからって心の内は明かせない。

彼女の言いたいことはわかってる。なにせこの胸の内に恋心が宿っているのだ。もしライナルトと『そういう』関係になったとして……考えたことくらいはある。

だけど身分や外国人って問題を差し引いても、私自身が納得できなければ意味がない。そして私はこの難題を越えられないから現状維持を望んでいる。

「じゃあいつかライナルトが皇后を立てるときは黙って身を引くのね？」

「……言われずともその日がくるのは覚悟しております」

「意気地の無い子だこと」

「好きに言ってください。私の恋愛です」

リリーをがっかりさせたけど、彼女の意に沿わねばならない理由はない。

そっぽを向いてお茶を飲んだところで、ふと思った。

……私は変わった。ファルクラムにいた頃だったら、相手に合わせ苦笑いで誤魔化していた。

お互い無言になれば気まずくなると思うだろう。だがこの手の感情は後まで引っ張らないのがリリーという人。私がライナルトに想いを明かす気がないとわかると、再びクッションに沈む。

「その気がないのなら仕方ないけど、だったら誰を皇后に推薦しようかしらね。おば様みたいに話が通じない女は嫌だし、肝心の皇帝陛下さまは跡目に興味がない、まったく面倒ったらないわ」

「蒸し返して申し訳ないですが、リリーこそ本当にそのつもりはないのですか。早い段階でライナルト殿下を見出し、いまもこうして陛下のために残っているあなたは献身的です」

「その響き、物は言いようね。でもあたくしは公爵として国を、ひいてはトゥーナの民を守ってくださる方を厳選しただけよ」

「そういえば……はっきりと聞いていなかったのですが、どうしてリリーはライナルト様の味方を決めたのでしょう？」

「あら、本当にいまさらね。それはもちろん薬の精製を制限されては困るからよ」

「以前ならそれで納得しましたが、あなたは誇り高い方ですから、原料を守るだけとは思えません」

鳩が豆鉄砲を食ったような顔には、少し間を置いて恥じらいも混ざった。

先の皇位争い、リリーがライナルトに味方したのはトゥーナの稼ぎ頭となっている麻薬原料を守るためだったと思われている。ただ麻薬と書くと聞こえが悪いが、実際は精製される薬が鎮静効果を持つので、この大陸においては大事な痛み止めのひとつだ。薬目的以外での濫用が目に余るから、ヴィルヘルミナ皇女統治下では規制される懸念があった。

「収入を守るのは当然でも、決め手に欠けていてよ。それにたとえヴィルヘルミナが皇帝になったところで、現状を保つ手段はあった。あたくしは純粋に、どちらに将来性があるかを見極めたの」

「では、ヴィルヘルミナ皇女は駄目だった？」

「いいえ。あの子は綺麗事を好むけれど、馬鹿ではない。清濁（せいだく）を併せ呑むくらいの許容はあります」

「……では、ライナルト様のどこが国を守るに足りえると判断されたのですか？」

私にはいまいちピンとこない。

「貴女は外国人だし、帝都にいると中央の情勢はいまいち理解できないのかもね」

「よろしければご教授願えますか」

「いいわ、授業料に次の交易品を安くしてね」

「それはできかねますが、リリーには特別に厳選したファルクラムの特産品をお贈りします」

「干し杏を入れてくださるかしら。あと、貴女はバーレと親しくしてるからクレナイの食材が手に入るわね？　棗（なつめ）も入れてくださらない」

「できる限り大量に。……本当に干した果物がお好きですね」

「本当は生が好きだけど、日持ちしないから仕方ないのよ。でもファルクラム産は甘くて好きよ」

……トゥーナ公の美貌と美容にあやかると銘を売ってドライフルーツを売り出したら儲かるかな。

新しいアイデアが浮かぶ傍らで、リリーの話が始まった。

「正直、ヴィルヘルミナは悪くなかった。たとえばライナルトが五年前に皇太子として擁立されていたとしましょう。そのときに前帝陛下がヴィルヘルミナに皇位を譲ると言っていたら、あたくしは迷わず彼女を応援しました」

「その理由は？」

「五大部族の均衡が崩れたヨーの立て直しが定かではなかったから」

彼の国はいまようやく立ち直りつつある状態で、ヨー連合国が前帝カールに爪痕を遺される以前の大陸の状況を説明をしてくれた。この授業の規模はオルレンドル一国では納まらない。

「この大陸にある国は我が国オルレンドル、ヨー連合国、ラトリア。この内に小民族はいくらか残っているけど、ファルクラムもオルレンドルに呑まれて、国は三つしか残っていない」

「昔はもっとたくさんの国があったと聞いています。随分減りましたね」

「あたくしのトゥーナだってどこかの小国だったけど、それがこんなにも減ったの」

各国があらゆる形で他の部族、国、土地、文化、人を呑み込んで行き、争いの結果がこの時代に集約されている。大陸に残ったのはいずれも強国だったのだ。

「ヨーは前帝陛下が起こした騒動で、ラトリアの詳細はわからないけど内紛が起きたせいで国がごたついていたけど、これってとっても運がよかったのよ。それぞれに偶然が重なって他国への侵略を中断せざるを得ないくらいの問題が起こっていたの」

「ラトリアは、最近コンラートへ侵略しましたね」

「そ、あの様子を見るに、ここ数年でやっと外に目を向けられるくらいに回復したのでしょう」

「……まさか、この数十年の平和がかりそめだったと？」

「そうよ。だって昔のオルレンドルはヨーやラトリアと、たくさん戦争をしてたのよ。勘違いしていらっしゃる方が多いけど、休戦協定なんて結んでないんだから」

……リリーの言いたいことがわかってきた。

「ヴィルヘルミナは好きだったけど、政の姿勢は保守的だった。外敵に備えた守りなら固めるけれど、他国への攻撃は避けるべしとね」

「民に犠牲は出したくないと……そういうお人でしたものね」

「誤解なさらないでほしいけど、平和的な考えは好きよ？　でも彼女の考えって、このグノーディア帝都民の守りに限っての話。トゥーナを守る公爵としては別の答えになってしまうの」

「みえてきました。ヨーやラトリアに近い地方では状況が違いますね」

「トゥーナも兵は備えているけど、戦となれば本国の助けがないと持ちこたえられない。少しでも外国に面している地方領主なら大抵は同じ考えになるでしょうよ。そうでなくてはただの能無しね」

「戦を仕掛けられたとき、真っ先に被害を受けるのは地方領主やそこの民ですか……」

「隣国に近い領主は外敵への備えも考慮しなければなりません。ヨーもラトリアも侵略に躊躇のない国だってこと、中央の方々はすっかりお忘れになられたの。貴女もサゥの族長を知っているなら、少しはわかるのではない？」

「……部族は下剋上が華で、禁じられていないのでしたか」

「あそこは平和に纏まっていそうだけど、それは上から五大部族がぎゅうぎゅうに押さえつけているだけで、部族間抗争や土地の争奪に余念がないわ」

「ラトリアは……資源が乏しいですね。ファルクラムの豊かな土地を欲しがった」

「こう言ってはなんだけど、貴女の祖国を落としたのがオルレンドルでよかったわよ。ラトリアなら根こそぎ奪われたはず。なにせヨー以上の実力主義ですもの。弱きは罪、強い戦士こそが至高」

「戦こそが戦士の誉れ。争いそのものが欠かせない国民性、ですね」

「よくご存知ね」

「ラトリアについては……調べる機会が増えたので」

偶然が重なり止まっていた戦が、近年になってラトリアとヨーに回復の兆しが見え始めたのである。

「二国に挟まれたオルレンドルが、同時侵攻されては苦心するのは目に見えてるの。そうならないようにライナルトも努めるでしょうけど、とにかく示し合わされては厄介なのよ」

「ラトリアとヨー連合国がオルレンドルに侵略を始めるといいたいのですか」

「そうよ。特にヨーなんて下剋上されたのはドゥクサスだけじゃない。この半年の間に五大部族のうち二つも入れ替わってしまったし、早く功績を示したくて仕方ないでしょうよ」

「ファルクラムのコンラートはカール皇帝陛下とラトリア間で発生した約定のため譲られた……とはご存知でしょうか」

「あら、そうなの。でも譲っただけなのよね。その後はなにか約束したのかしら」

「……いいえ、聞いておりません」

「なら簡単よ。コンラートを足がかりに侵略戦争を始めるに決まってるわ」

からからとリリーは笑う。

……だからコンラートは復興に時間がかかるよう、壊滅的な打撃を与えられた。

ライナルトからカール皇帝のラトリアに対する嫌がらせだとは聞いていたけど、こうして改めて事情を聞けば、また新たな視点で見えてくる。

「あたくしの見立てでは、早くて五年、遅くて十年の内にはオルレンドルのどこかへ侵略がはじまる。その時に帝都はおろか、あたくし達を守ってくださらない王では困るの」

「だからといってよかったのですか、リリーなら陛下の野心もお気付きでしょうに」

「国を強くしてくださらない王よりはずっと良いわ」

……ここまで聞いて、背もたれに深く身体を沈み込ませた。

「各国の歴史や国民性については考えていたつもりですが、侵略までは考えが及びませんでした。お恥ずかしい限りです」

「貴女は奪われた側だもの。あたくしみたいに考えるのは難しいでしょうから責めるつもりはありませんが、皇后となれば忘れてはならない問題よ」

「……リリー。私の意思はお伝えしたはずですよ」

「口で言うのは容易いけど、そんな簡単に諦められるものなの？」

「しつこいですよ。人の恋路に……」

「あら、おかえりライナルト」

苦言を呈したいが、ライナルトが戻ってきたので話は終わりだ。

リリーも黙ってくれるだろうと気を取り直した……ら。

「ちょっと皇帝陛下、貴方コンラート夫人を奥方に迎える気はある？」

リリー、リリー。あなたにはオブラートというものがないのですか。ないのですね。

この質問に私はおろか、付き添っていた文官までもが固まった。恭しく両手で持った髪飾りを落とさなかっただけ素晴らしい。

ところが肝心の質問されたご本人はどこ吹く風。まるで堪えていない様子で、再び私の髪に触れた。

「なぜそんな質問に？」

「貴方がいつまでも独身でいるのが悪いから」

「相変わらずくだらんことに時間を使う」

「答えは？」

「ない」

………あっ、痛い。

心臓は患っていないのに、いまたしかに心臓がぎゅっと痛くなった。

「ないって、ねぇ」

「最近その手の画策をしているが、私もそろそろ疲れてきた。いい加減にしてもらえないか」

「あたくしだけじゃなくて皆が憂いている話よ。誰でもいいから候補はいないの」

「妃を欲しいと思わん。お前達が散々気にしている子供も同じだ」

「個人の願望の話ではないのよ。後継問題もあるのだからさっさと決めろといっているの」

「決める必要はあるまい」

はっきりとした返答はリリーを不機嫌にさせた。国の未来へ思いを馳せる彼女だ、後継問題でごたつきたくないのは明白だ。

「皇帝など、なりたい者がなればいい。私の子に拘る必要はないし、亡き後は好きに争えばいい」

「……色々言いたいことはあるけど、そこは目を瞑りましょう。けどね、貴方はそれでいいのだろうけど、周りはそうはいかないわ」

「周りがどうした。私が彼らに従う必要はない」

「ええそうね、命令されるのが嫌だから皇帝になった人だもの。けれど、だったらその子はなんなのよ。珍しく目をかけていて、いまだってこんな風に甘えている状況をなんというつもり」

ライナルトの選んだ髪飾りが髪に刺された。これで完了らしく、指も離れていく。

楽しい時間が一変して生き地獄と化していた。

「頼りにさせてもらっている自覚はある。だがそれと皇妃問題は別であり、私の私情をお前に明かせとでも言うつもりか」

「頼りにしている自覚があってそれなら救えない男ね」

「リリー、いささか口を挟みすぎではないかな」

低い声に、リリーは引き下がった。ライナルトの不興を買ったと悟ったのだ。

「あたくしも好き勝手している身だし、不躾だったのは認めるわ。けれど後継問題は放置できないし、侍女頭や侍医長は確実に敵とお思いなさい。ただでさえ彼らはおば様に傾倒気味なのだもの。国のため、なんて大義名分で何をしでかすかわからないわ」

「忠告は受け取っておく」

去り際のリリーの目が「ごめんなさいね」と謝っていた。文官も退散し、再び二人っきりだ。

黒鳥はライナルトの頭の上に落ち、そこから彼の手の平におさまっている。

……気まずい！

手鏡で顔を写してみたら、なるほど遊ばれただけあって手が込んでいる。

「髪、ありがとうございます」

「いや……それよりも、不快な思いをさせてすまなかった」

「なにを謝られるんですか。不快なんて、そんなことありません」

しょうもない、と言いたげにゆっくり首を振っていた。

「私が皇妃——伴侶や子を必要としていないのは知っての通りだ。同じように貴方が私にそういった感情……異性として興味がないのはわかっている」

「あ……お、同じよう、に……」

「皇帝だからと意見を翻す必要はない。初めの頃に感じた私への評価は間違っていない」

「そんな失礼なことしましたっけ!?」

緊張のあまり声がひっくり返ったら、苦笑気味に教えてくれる。

「私の隣は大変、伴侶に興味なさそうと言っていた。あの感想は間違っていないし……あの時はよくぞ見抜いたと感心すらしていた」

「あ、ああ、あれですね。あのときはライナルト様がいると知らず、大変失礼な物言いをしました」

「盗み聞きをしたのはこちらの方だ、率直な意見を聞けて楽しかったと感じている」

ライナルトとの二回目の邂逅だ。彼は姉さんの館で、ファルクラム王国王位継承者のダヴィット殿下と一緒に姿を現したが、あのときの私は、ライナルトを勧められて「えー」だなんて言っていた。

だってあの時は彼を知らない。国を出ることが優先で、ライナルトに興味なかったから……！

過去の発言が遅効性の毒となってやってきたのだ。

黒鳥も雷に打たれたみたいにショックを受けて元気がない。

「これまで何度も踏み入った話をしている。話しやすい相手だからか、恥ずかしながら必要以上に甘えていたと自覚した。そちらにも立場があるだろうに、これでは勘ぐられてもおかしくない」

「あ、う……」

「髪を弄らせてほしいと言ったのも、断りにくいのをいいことに無理を言った。謝罪にはなるまいが、髪飾りは売るなり好きにして構わない。いくらか足しになるだろう」

話が……話が勝手に進んでいく！

これ以上言わせてしまったら聞きたくない言葉がガンガン刺さっていく。そりゃあライナルトが皇妃を立てるときか、いい人が見つかった折には距離を置くつもりだったけど、いまはまだぬるま湯の関係に浸っていたかった。いくらなんでも不意打ち過ぎて、覚悟という麻酔は浸透していない。

あなたは壊す側の人だ。

だけど、少なくとも私はその有り様に目が離せなくて、時に助けられて、心を救われて、惹かれてしまった。だから違う、いまは違うのだと訂正したい。

だけど言えない。

眼中にすらないのに告白紛い（まが）の発言なんてできるわけない。

「綺麗にしてもらえるのを嫌とは思いません。だって兄さんの就任祝いでは私の髪を直してくださったとき、本当に素敵だと思ったんですから。さっきだって飾ってもらえるのが嬉しいくらいで――」

「カレン？　どこか……無理をしていないか？」

「してません！　あと、嫌だったら私はちゃんと拒否します！」

弱気を隠すために勢いをつけた。

「だいたい、まさか私が立場が変わったから断れずにいると思ってませんか。ちゃんと……ちゃんとあなたの良い配下として力になりたいんです。気晴らしに付き合うくらい当然ですよっ」

自分の発言にワンヒット、ツーヒットとコンボが炸裂していく。

だがその甲斐あってか、ライナルトは納得してくれた。

「染まらぬつもりでいても、宮廷の毒に侵され疑心暗鬼になっていたらしい。思えば貴方は自らを壊してまで私に協力してくれたのに、これはいかんな」

「く、苦労が多いのでしょうから……」

隣に座ったり、抱きしめてくれたりもしたけれど、彼にしたら大したことない問題なのだ。

特定の人は作らないけど、女性で遊ぶのは慣れているってよく聞くし……。

大丈夫、持ち直せる。親切にしたいと言ってもらえたから、私の思い違いが甚だしかっただけ。

「貴方に良い相手が見つかった暁には友として心から祝うと約束しよう。どうかその時までは、もうしばらく話し相手として付き合ってもらいたい」

「もちろんです。それに私はヴェンデルの養育がありますから、恋愛とかそういうのは考えられないというか……」

リューベックさんで思い知ったけど、あなた以外の男性に興味が湧かないみたいなので。

ライナルトの顔がまともに見られず、俯き加減にカップに口を付けて微笑んでみせた。

「……よかったら別の話を聞かせてください。ライナルト様しか知らない話はありませんか」

「そうだな。……実は、近々ヨー連合国のキエムがこちらに来る予定になっている」

「キエム様ご本人がですか?」

「サゥ氏族は見事ドゥクサスを打ち倒し、五大部族に加わった。その協力に対する礼だそうだ」

「礼としては理に適っていますが、族長自らなんて、随分思い切ったことをなさるんですね」

「ヨーではドゥクサス以外にもうひとつの部族が反旗を翻されたとは知っているか」

「五大のうち二つが入れ替わったのでしたか。ヨーの歴史の中でも同時に二つも入れ替わるなんて、異例の事態と耳にしています」

「サゥの反旗による混乱に乗じたらしい。好戦的な一族だと聞いているが、詳しくは不明だ」

「ではヨーは混乱しているのではないですか。なおさらキエム様がこちらに来る理由なんて……」

「ある。サゥはドゥクサスが使っていた拠点をそのまま引き継いだ。新参者だから私との関係を他の者に見せつけておきたいのだろう」

「……ああ、そうか。ドゥクサスの拠点は帝国領の近くにありましたものね。先方の狙いはわかりましたが、利用されるのをライナルト様は容認されるのですか。ヨー連合国も情勢が落ち着けばこちらの土地を欲しがってくるでしょうに」

「近年ではラトリアがきな臭い動きを見せている。ヨーとの仲を見せつけるのはこちらとしても歓迎だ。カレン、こういうのは互いにうまく利用し合うのが良い関係を維持する秘訣だ」

「……難しいですね」

「国と国の情勢を考えるのは私たちの仕事だ。貴方はせっかく落ち着ける環境を手に入れたのだから、ヴェンデルの養育に力を注ぐといい」

　ただ、と苦笑交じりに言った。

「先に話をしたのは理由がある。キエムがオルレンドルを訪問した折には、どうか貴方にも彼を迎えてもらいたいのだ。あの男は貴方にくれぐれもよろしくと伝えてきた」

「名前を出されてはお会いしなければならないでしょうね。ええ、その時はお知らせくださいませ」

「ヨーを招くとなればそれなりの催しも必要となるだろうから、遠くないうちに使者を送ろう」

　それと、と付け足す。

「重要な用事でなければ融通を効かせるから好きな時に来てもらって構わない。今後は貴方の声が私に届かないといった間違いもしでかさないだろう」

「……まるで問題解決したかのような物言いですね。お戻りになるまで時間がかかっていたのは、もしやもう対処されたのですか」

「まだ確認中だが、私の意に反する者がいる事実は早く共有しておく必要がある」

「こちらも理由が気に掛かります。なにかわかったら教えてくださいますか」

「折を見て人を送ろう。貴方の手の者に報せてもいいが、使いに出しやすいと言えば第一隊の……」

「サミュエルは関わらせないでください」

彼が私に雇われた経緯はご存知の通りだが、現在はうちの情報収集役を担っている。最優先はオルレンドル帝国騎士団第一隊の仕事だけど、特殊な役割を担っているだけに、自由が利く身だ。連絡役として最適だったけど、咄嗟に口をついていた。

私はコンラートの当主代理だ。話題に出すくらいならしてみせるけど、彼が出張ってくるのは困る。

……へらへらしているようで、実は気まずいのはサミュエルも同じとマリーから聞いた。お互い思うところがある関係だから、あれ以降、サミュエルと直接的な会話をしたのは数える程度だった。

「……彼は別の任に当たっていますから、他の人を寄越してくださいませんか」

「すまない。私が迂闊だったな」

「いえ、私は……」

「まだ傷は癒えていまい。思い出させるつもりはなかった」

「そんなの大袈裟です」

いくらなんでも私が弱いと思いすぎだ。

皇帝となったいまでもそんな神妙そうにされては、思い上がってしまうではないか。ところがこれも無理をしていると勘違いされた。

「争いを苦手とし、利より感情を優先する心は私には共感し難いものだ。遠きものゆえに不躾な言葉が刃と感じることもあろう。不愉快であれば言ってくれていい」

「不愉快に感じるなんてありません。どうしてそんなことをおっしゃるんですか」

「傷ついた心を隠してまで話し相手を務めてもらいたくはない」

「隠してなんかいません」

「だが隠そうとしたときはあった」

それは否定できない。

リューベックさんを殺した後は、自分の心を隠そうとしたから。

「我慢を重ね、心身の限界まで溜め込み周囲にわかる形になる頃には限界を迎えているものらしいから、貴方は都度発散するくらいが丁度良い。私もそのくらいは受け止められる」

「……皇帝陛下相手に発散って大変な事おっしゃいますね。でも触れたら壊れるみたいな扱いをされますけど、私はライナルト様が考えているほど弱くありません」

「過ぎた扱いとは思わない。私が得意とすることを貴方は不得手とし、その度に心を削っている」

「その分だけお心を砕いてもらっています。休む時間はいただいておりますし、そもそも私が決めた道ですから良いのです。些末事に囚われていては足元を取られますよ」

「傷つく貴方を些末事とは言うまい、削れたまま戻らないものもあろう」

「いまの私をみてください。ちゃんと……」

「よもや私の前で元通りだ、などと言うつもりはないな」

ちょっと怒った言い様に座り直した。

「……今日は特にお心を明かしてくれますが、以前と違って余裕が生まれたからでしょうか」

「忙しさは前よりも増しているが、余裕とは言ってくれる」

「夢は一歩前進いたしました。お味方も増えて安心できる環境が整ったからだと存じます」

「……貴方が言うのならそうなのだろうか」

「いまの言葉で一気に不安になりました。ダメですよ、私を信用しすぎじゃありませんか」

「しすぎもなにも、不思議と貴方には心を言い当てられる。時折私自身が気付かぬことも教えられるくらいだ」

「そんな覚えはありませんから、ライナルト様がわかりやすいだけです」

「それはない、と断言しておく」

「いいえ、わかりやすいです。全部お考えが読めるわけじゃありませんし、いまだってわからないことだらけですが、わかりやすいときはすぐなんですから」

脈無しってわかったばかりで優しく微笑みかけられるのは堪える。

だけど考えを変えれば『配下』あるいは『友人』なら、きっと最上級の扱いだ。ニーカさんやモーリッツさんとも少しは肩を並べられると思えば空元気でも出せる。

……そろそろ彼の時間を取り過ぎたし、お暇しなきゃ。

帰る、と伝えれば少し残念そうにしてくれたのが、悔しいけど嬉しい。

「リリーだが、次からはああいった話題が耳に届かぬよう配慮しておく」

「お気持ちだけ受け取っておきます。それはそれで仲間はずれにされてる気分ですし、リリーが止まらないのは、私よりライナルト様の方がご存知でしょうから」

殊の外彼女にはライナルトも苦心している模様。

退室したけれど、階段を降りかけたところではたと気付いた。

……大事なことを言ってなかった。

このまま帰って次の機会にするか、それとも戻るべきか、悩んだのは一瞬。

すぐさま来た道を引き返し、守衛に不審がられながらも扉を開けさせてもらった。中にはすでにジーベル伯とニーカさんがいて……引き返せない状況に、ヤケクソになって声を出す。

「あのっ、か、これ……綺麗にしてくれてありがとうございました！」

お礼を言ってなかったのだ。ろくに呂律（ろれつ）が回らず髪を指で指していた。

ニーカさん達の視線が刺さる。邪魔してごめんなさいすぐ帰ります！

「よかったらまたお願いしますね……！」

意図せず振られて悲しい目には遭ったけど、髪を結ってくれたお礼はしておかないと。

扉を閉めて盛大に深呼吸していたら、周囲は奇異なものを見る視線で、いまだにへこんでいる黒鳥を摑んで脱兎（だっと）の如く逃げ出した。〝あなたの気晴らしは私にとってもいい気分転換だったのです〟とまでは伝えられなかったのは残念だ。

心はいつまでも落ち着かなくって、帰りはあれこれお店に寄りまくりだ。

家に帰り着くころにはおやつの時間。ちょうどヴェンデルも帰ってきていたが、いつもは静かに本を読んでいる少年が、瞳をきらきらと輝かせはしゃいでいた。

「おかえり！　ねえ、これ見てよ！」

「なに、この荷物の山は……ウェイトリーさん！」

「トゥーナ公の使者よりお詫び、とだけ承っております」

「リリーがこれを⁉」

草烏頭（トリカブト）を筆頭に蠍（サソリ）、熊の肝と、入手困難なアロエまで見つかった。

「これ、母さんが育ててた木の苗木なんだ！　凄く珍しいからいつか手に入れようと思ってたんだけど……早くヒルに植え替えてもらおう！」

「これは……いったい……本当に予定の……いえ、リリーがそんな殊勝（しゅしょう）な性格のはずない」

きっと目の前で振られた謝罪だ。彼女なりに気にしたのかもしれないけど！

ありきたりなお茶や菓子類、消耗品であれば返品したのに、よりによってヴェンデルが気に入るものを中心に送ってきたのがいやらしい。流石に苗木は偶然だろうけど、満面の笑みで苗木を抱える姿には「返却する」とはとても言えない……！

そんな私をみていたウェイトリーさん。わけありだと気付いたか、私の負けを素早く悟った。

「くぅ……リリー、たった数時間でなんて卑劣な手を……」

「此度は一歩上を行かれたようですな。返しますか」

「今回は受け入れますが、次にリリーが来たときのお茶はうんと渋くしてやってちょうだい。クッションも硬いのを置いて、お茶菓子も砂糖たっぷりのチョコレートにするの。手を抜いてはだめよ」

「トゥーナ公は相当な怒りを買ったご様子。ところでお帰りで大量に詰んでこられたこの箱は、すべて洋服や靴といったものでよろしいでしょうか」

「…………はい」

「かしこまりました。後でローザンネ達に開封させましょう」

途中からクロードさんも顔を出したのだけど、ご老体は私の飾りを見るなり数度瞬きした。

「もしや地主にでもなるつもりかね、それとも衝動買い？　そうじゃなければ表彰でもされたかね」

「じぬ……なに言ってるんですかクロードさん」

「そんな大層な髪飾りを身につけていては気になるじゃあないか」

「ただの髪飾りですよ。冗談にしても意味がわかりません」

「……価値を理解してない様子だが、それはどこで手に入れたのかな」

「色々あって陛下にいただきました」

銀細工で宝石は嵌まっていたけど素朴な造りだから、あの家一軒分の物とは違うはずだ。ところがクロードさんの反応は違った。背後や横に回りながらしつこく髪飾りを観察し、顎を撫ですさり、怪訝そうに告げた。

「このあたりの家数軒分は言い値で買い叩ける代物なのだが、どうやったらそれだけの代物をもらえるのか、私に教えてもらえないかね」

私は今度こそ本当に叫んだ。

2

鈍すぎると少年は思っている

憂鬱な気分は隠せなかった。

小洒落(こじゃれ)たローブを羽織った女性が冷ややかな眼差しを向けてくる。彼女は魔法院の配給する装(よそお)いに銀刺繍と装飾品で細工していた。

「バネッサさん、お忙しいところご足労いただきありがとうございます」

「わかっているならその足で魔法院に顔をお出しいただきたいですね。これが私の仕事とはいえ、魔法院とコンラート邸を往復するには距離があります」

「なにぶんやることが多い身ですので……」

「顧問はいいご身分ですこと」

「いい身分だから顧問なんですよ」

「キィィ……これだから金持ちってやつは……！」

「実物のそういう悲鳴初めて聞きました」

魔法院院長の直弟子ともなれば、いまや忙しい身だ。シャハナ老の手伝いもある中で、まめに私の元へ通い議事録や状況報告を持ってきてくれる。

彼女もライナルトに懸想しているから敵愾(てきがい)心は相変わらずなのだけど、根が真っ直ぐだから意地悪はしてこないし、なんだかんだで面白い人だった。

「師匠からの言伝です。仔細はいまお渡しした報告書にありますが、ケアリー師は確保できましたので、大事には至っていません」

「多少騒ぎになったと聞きましたが、周囲に被害は出ませんでしたか」

「院の者が怪我を負いましたが軽傷ですし、市民に被害は出ていません。ただ……」

苦々しい表情で声を潜めた。

「確保前に誰かに会おうとした形跡がありますが、相手は摑めませんでした」

「……誰が逃走を助けようとしていたかはわかりますか」

「それなのですが、元より監視が必要なアルワリア師の弟子に加え、ケアリー師周りを調べなければならなくなりました。これまで通り動けないかもしれません。なので人手が足りず……」

「他から手を借りた方が良いわけですね。わかりました、軍に協力を仰げるように話を付けてみますから、調査は続行してください」

「了解です。顧問ならそう言ってくださるだろうってことで、そちらの方向で進めてます」

平和を維持するには相応の働きが必要だ。

魔法院のアルワリア長老は前皇帝カールのお気に入りで『エル』の殺害計画に加わり、改造まで推し進めた主犯格だ。こちらはすでに院長を外され投獄済みだけど、師に忠実だった弟子達が要注意対象になっている。ケアリー『元』長老は、生前のエルとひと悶着あって称号を剝奪されていたが、ひとかけらの温情で魔法院に席だけは残っていた。

バネッサさんが持ってきたのは、ケアリー師がオルレンドルを離れようとした一連の報告書だった。

「せっかく温情をかけてもらえたのに、情報を持ち逃げしようとするなんてね。行き先はヨーか、それともラトリアかしら」

「ヨーではないでしょうか。ラトリアは国民的に直接対決を好みますし、銃なんて好かれませんよ」

ケアリー師については報告書の範囲でしか知らない。銃の保持資格者一覧を抱え、どこかへ逃亡を計画していたとだけ判明している。

「で、ですね。他の長老からケアリー師の助命嘆願が寄せられてるんですが……」

「エルとの件では見逃してもらえたのでしょうが、兵器問題は別です。ここで甘い顔を見せれば皆さま方が陛下の不興を買いますよとお伝えください。私もこれに関しては厳しく糾弾いたします」

「了解でーす。……あの小狡いじじいには妥当でしょう」

　この様子だとバネッサさんは助命派ではないみたい。

　おそらくケアリー師は憲兵隊に引き渡されるのだろうけど、明るい未来は待っていない。

「でも登録者名簿はさして重要じゃありません。肝心要の火薬や銃本体の管理は軍になりますし、いつかは様々なものが外へ流れてしまう。魔法使いはラトリアやヨーにもいますし、復元は難しくないのですが、そのあたり顧問はどうお考えなのか、改めてシャハナ老が聞きたがっています」

「私たちの行いがただの遅延行為なのは理解しています。それでも皆に存在を正しく認識してもらい、危険を回避する術を教えるのが魔法院の役目ではないでしょうか。……バネッサさんだって魔法使いの十八番を奪われたら危ういのはわかってるでしょう？」

「ええ、ええ、もちろん。だからこそ私たちも秘密厳守に努め、信用できる人材を育て、次に繋げるためにやってるんですから」

　銃や魔法火薬の存在は民衆へ周知されつつある。いまはオルレンドルのみが所持しているけれど、新しい兵器は商人や隣国の興味を引いており、製造方法を知りたがる人は多い。すべて守り切るのは難しく、私から魔法院を通して出来るのは『その時』に際し、銃に対し皆がどう対処したらいいのか、逃げ方等の危険性を周知させることだ。

「それとクワイック師の長老復帰は時間がかかるそうです」

「もとより長期計画でしたから、無理のない範囲で、ゆっくりで構いません」

　こっちは完全に私の自己満足。いまのエルは大罪人とされているけれど、それはあくまで前皇帝カールの視点の話。ライナルト統治の観点でみれば違うとも取れるし、騒ぎにならない程度の速さで、前皇帝に被せられた汚名を雪ぐべく各所に働きかけて名誉回復を進めている。

「はー……まぁ、報告はこのくらいかしら」

あ、お仕事モードが終わった。

それで？　とジロリと睨み付けられるだけの身の覚えは……残念ながらある。

「陛下からいただいた飾りを身につけて街を堂々と闊歩しあたりに見せつけたって話は本当？」

「はい」

「こ、の、ぉ……」

姉弟子モードの影に恋敵モードが見え隠れしている。

あの高音の叫びといい、歯ぎしりしながら震えるなんて、バネッサさんは本当に表情が豊かだ。これで私たちは存外打ち解けている。

「知らなかったって言ったら信じてくれます？」

「はぁぁぁなにそれ舐めてんの？」

「ほらーなに言っても無駄だー」

オルレンドルの魔法使い達は絶対数が少ないためか、仲間意識が強い。魔法使い同士が生き残るための処世術、あるいは身内感覚と言おうか。ともあれ本人の懐っこい性格もあって距離は近かった。

「まさか噂が気になって外に出られないとかありませんよねぇ？」

「いいえそこでバネッサさんを使いぱしりにするなんてまっさかー。……ちょっと出かけるのが億劫だなってくらいで忙しいのは本当ですよ」

「ちょっとは魔法院に顔を出しなさいよ！　絵画だっていまさらでしょうが！」

彼女が言っていたのはライナルトに刺してもらった髪飾りの話だ。身につけて買い物をしただけなら問題ないけど、ヤケクソで向かった服飾店がよくなかった。高い装飾品を扱う店だから価値は店側にバレバレ、おまけに数日後には陛下から高値の物を下賜されたと噂が流れて、店の目撃情報が噂を補強してしまった。

「まぁ、なに？　普通ならもっと文句言ってやりたいところだけど……」

「だけど、っていいながらしていい顔じゃないですよソレ」

「ほっといてよ。それよりも貴女も気をつけなさい」

「なにをですか？」

「知らないの？　あー……でも私もご報告に向かった先で知ったくらいだし、無理ないか」

姉弟子としては優しい面を見せるも〝恋敵〟としては厳しいバネッサさん。珍しいと思っていたら、こんな忠告をされた。

「この間から、皇太后様のところの若い女が陛下にちょっかいかけてるの。それも後ろ盾や協力者が多いみたいで止めにくくてね。貴女陛下に近しいんだし、どうにかしてよ」

「どうにかするもなにも、私になにができるっていうんですか」

「なんだっていいわよ。……あれって侍女連中も味方に付けてるから、せっかく報告にかこつけて陛下に会いに行っても、息のかかった連中に邪魔されちゃうのよ」

「……その皇太后様のところの若い女性はどんな方なんですか？」

「ただ可愛がられてるって噂しか知らない……けど、顔がいいとは聞いてるわよ、顔はね！　……そりゃあ、振り向いてもらえるとは思ってないけど、せめてご尊顔を拝せると思ったのに、見られたのは辛気くさい女連中の顔だけ！　まったく散々だわ！」

浮かんだのは、先日のライナルトに取り次いでもらえなかった秘書官の件だ。

憤慨する姿に言葉を選んでいると、ピシャリと言われた。

「他人事みたいな顔をしている暇はないんじゃないの。髪飾りの件といい、お付き合いしている、いないに関わらず貴女は目を付けられてるに違いないでしょ」

「その可能性が浮かんでしまったので現実逃避してました」

「そんな認識で本当に大丈夫なのかしら。師匠が貴女は人を慮(おもんぱか)り過ぎるって心配していたのよ」

「……あら、シャハナ老が？」

「師匠が言うから聞こえがいいだけで、要は危機管理が足りなくて判断が遅いって意味よマヌケ」

「心外です。いまでは使い魔もいますから遅れをとりはいたしません」

「その答えは十点ね」

「何点満点で？」

「百点でよ。貴女に自信は必要だけど、周りを見なきゃいけない上では減点」

いい？　とバネッサさんは額に人差し指を押し当てる。

「魔法使いは万能じゃないし、いまの貴女にシクストゥス様はいない。把握漏れ、一瞬の判断を誤ればそれだけで命取りを招くと知りなさい」

忠告する姿は普段の彼女とかけ離れ、正しく魔法使いだ。

「いざ何かを成すとき、心を落ち着け集中するためにも、きちんと魔法院においでなさい。本業でないのはわかるけど、立場もあるし、ただでさえ素人なのだから」

「……状況が落ち着いたらお邪魔します」

顧問は顧問でも、なにぶんひよっこなのでシャハナ老に教えを乞うている状況は変わらない。

バネッサさんが帰ったら長椅子にもたれ掛かるのだが、話し相手になってくれたのはウェイトリーさんだ。

「どういった事情はあれ、皇太后様周りが関わってくると難儀でございますね」

「もしもの話、誤解とはいえ皇太后様に目を付けられていたら、どのくらい拙(まず)いと思います？」

「憶測でものは言えません。それを知るにはもう少々内部に詳しいものがよろしいでしょう」

そう言ってゾフィーさんを呼びだしたが、事情を聞いた彼女は難しい顔を隠せない。

「コンラートはいままさに良い気運に乗っています。カレン様のご活躍も含め、商談の邪魔は入らないと思われますが。陛下の……その、皇后様に関してですと……」

「私は皇后周りの諍いに関わる気はないから放っておいていいです」

「そう……なのですか？」

「そうなんです。厄介ごとには近付かないに限るもの」

「しかしカレン様は……いえ、いまも皇太后様のご威光が届く社交界での活躍を希望でしたら厳しい視線に晒されるでしょうが、商売に影響はないと存じます。いまはもう新しい時代、時運を逃さぬ方が大事と捉える方も多いでしょうから」

「ニホン」を語った女性は気になるし……。

ライナルトの女性関係が気にならないといったら嘘になるけど、私に口を挟む権利はない。そもそも彼は独身を貫くつもりだから自分のことくらい対処できるはずだ。

……そのはずだけど……でももし、もしも、彼の心を揺らす人が現れてしまったら。

「……せめて心安らげる相手が見つかることをお祈りするくらいかしら」

実際はこんな余裕ぶってる暇がなくなるくらい泣くかもしれない。我ながら未練がましいけど、感傷に浸る暇はなかった。

それというのも慌ただしく扉を開ける人がいたからだ。転がるように入ってきたハンフリーが大声でチェルシーの名を叫ぶ。

ただごとではない叫びに全員が走ると、かけ込んだ先で見たのは仰向けに横たわるチェルシーと、肩を震わせながら彼女の手を握るジェフだ。

チェルシーは半開きの唇でぼんやりと天井を見つめている。

もし異常があったのなら、今すぐ医者を呼ばなければならない。

「ジェフ、チェルシーになにがあったの！」

そう言って、この家に住むものなら誰もが違和感に気付いた。そこには幼い童ではなく、年相応の知性を併せ持つ女性がいたのだ。

「おにいさま……」

声はゆっくりでかすれていたが、確かにそう言った。自らの意志で発した声は私たちにも届き、全員が目を見開く。ジェフが洟を啜りながら妹の手を握っていた。

「ああ、ああ、私はここにいる。ここにいるぞ」

「わ……たし……ああ、ながい、ながい、ゆめをみて……」

「無理に喋らなくていい！　もう大丈夫だ、大丈夫だからな……！」

「泣か……」

泣かないで、と言いたかったのだろうが意識が途切れてしまった。すぐさまウェイトリーさんが手首を取り、脈を測りだす。

「呼吸は安定している。気を失っただけでしょうが、ジェフ、これは一体……」

「昨日からいっそう眠りが深くなったのです。揺すっても起きぬので、朝から様子を見ていたのですが、先ほど意識を取り戻し……」

ちょうど差し入れに来ていたハンフリーが目撃し、大慌てで走ったのだ。悲報ではなく朗報に胸をなで下ろした。

「よかった。なにかあったのかと思って焦っちゃった……」

「申し訳ありません。チェルシー……さんのこと、皆さんに報せなくてはと焦ってしまい……」

「心意気は嬉しく思いますが、もう少し落ち着くことですな。ヒルにも言われていたでしょうに」

ウェイトリーさんの言葉にしゅん、と縮こまるハンフリー。せっかく教えてくれたのに、あとでヒルさんに叱られるんだろうな……。

チェルシーは深い眠りに落ちてしまったが、心の回復は皆を喜ばせたし、家の中はお祭り騒ぎだ。

ジェフなんかはやっと実感が湧いたらしく、感極まって静かに泣き出した。

その姿を見ていて思うのは、チェルシーが順調に回復してくれるなら、頑なに拒んでいた顔の治療にも前向きになってくれるかということ。ウェイトリーさんがそれとなく話を振ってみたら、これまでと違い返答にも考えるそぶりがあった。

いくら兜を被っているとはいえ不便があるし、少しずつだが治療を勧めていたのだ。

あては魔法院のシャハナ老。元々は魔法だけでは治癒できない病気があることから、シャハナ老が医者と提携しはじめていたのだが、前皇帝は秘匿を好み魔法使いを外に出したがらなかったため、その活動範囲は狭かった。

しかしライナルトは前帝と違い、あるものは最大限有効活用したい人だから、早速補助金を出すことで医療技術の発展を目指したのだ。だから医者と魔法使いの力添えがあれば、多少見目を変えることになるけど、崩れてしまった顔の治療ができる。新皇帝の治世では医者と魔法院の連携が推奨されているのだった。

ごく一部だけど優秀なお医者さんの中には執刀をこなす人もいるので、提携が進み彼らの教えも広まって、魔法使いの力添えがあればオルレンドルの医療はさらに先を行くだろう。

外科手術の存在は意外だったけど、いまにして思えば、この知識は山の都が発祥になるのかもしれない。そして『山の都』といえば……。

「これも精霊の祝福なのかしらね」

突然のチェルシーの回復は、きっと本物の精霊が私と我が家に授けた『祝福』が原因だ。

この『祝福』の経緯にはルカが関わっている。彼女がシスと旅に出ているのは知っての通りだが、現在の彼女は手の平サイズのお人形さんだ。『目の塔』で遺跡を破壊する折、遺跡最深部に本物の精霊が封じられているのを見て取ると、私のために純精霊と取引し、自身をかなり消失してしまった。

彼女をたとえるなら、アプリ開発から管理までなんでもできたハイスペックＡＩが、数十年前の型落ち品になってしまったくらいのランクダウンだ。落としてしまった知識も多く、旅を決めたのもあらゆるものを見聞きして魔力を補塡し、拡張を図り、自身を回復するためである。

自己の大半を失ったルカだが、とうに覚悟していたのか気楽なものだった。

『若い頃は悪い遊びを覚えろって誰かが言ってたから、ちょっと外で遊んで成長してくるわね！』

高らかに宣言していまは旅を満喫している。この間届いた手紙なんてシスに代筆させて、〝手紙を記す、なんて行為を楽しく感じる日が来るなんて思わなかった〟なんて書き出しから始まっていた。ルカがはしゃぐ一方で、人形を連れたシスが奇人変人の類に見られる、などと文句を追記してくるくらい二人は仲が良い。

人形の身体は腕の良い職人に作ってもらったので見目が良く、ルカ自身が狙われる時もあるらしい。二人が元気なように……うん、うちも平常運転かな、料理人のリオさんに元気がない以外は。振る舞いはいつも通りなんだけど、考え込む時間が増えてしまった。誰にも悩みを打ち明ける様子がないので見守るしかないけど、いつか元気になってもらいたい。

それから皆でチェルシーの容体を看つつ、仕事に明け暮れながらも誕生日パーティーの準備を進める毎日。大々的に催すのを嫌がっていた主役も、そろそろ諦め気味で挨拶を練習しはじめた。

その傍らで料理の種類、設置場所、お客様のリスト……あれこれ書類と睨(にら)めっこしていたある日のことだ。

「カレン様、陛下よりこちら届いてございます」

盆に乗ってやってきたのは一枚の招待状。

近々食事でも、とお誘いが載っていたけれど、しばらく考えて首を振った。

「せっかくの申し出ですが、行けそうにありませんと返事をしてもらえますか」

「お断りされるとは……失礼ではございますが、陛下の誘いでございますよ。以前はあれほどお誘いを心待ちにされていたではありませんか」

「ありがとう。でもいいの、体調が優れないと断って」

「左様でございますか……」

「ただ、そうね。ヨー連合国のキエム様をお招きするみたいだから、そのお話があったのかもしれない。大事なお話だったら、書簡で知らせてくださるようお伝えしてくださいな」

「なんで行かないの？」

「ヴェンデル」

「行って来なよ。忙しいっていっても負担は減ってるんだろ。最近変に考え込むことが多いし、疲れてるんじゃないの。息抜きくらいしてきなよ」

こうも問えるのは子供特有の無邪気さ故(ゆえ)か。

普段なら心地よい歴然とした問いも、いまの私には居心地が悪い。

「んー……いまは関わらない方がいいのよね」

「僕は仕事方面の事情は詳しくないからわからないんだけど、それって政治的な意味で？」

「……そんな感じ」

「じゃあ会うこと自体は嫌じゃない？」

「そうなんだけど……ヴェンデル、そういうわけで大人の事情だから、ね？」

「はー。大人の事情でとか言ってくるんだ？　じゃあやだね」

「やだ、って、ねえ」

「どうせ大人になったらそのあたり嫌でも察しなきゃいけないんだから、子供扱いのうちは思いっきり言うよ。兄ちゃんも子供の間はうまく立場を利用しろってよく言ってた」

「スウェン……なんてことを……」

成長するにつれて小生意気さが増している。

最近はあれをしたくない、これをしたくないと我がままも増えて、それ自体はいいことなんだけど、私に対しては特に口やかましくなった。他の人が大人で一歩引いた態度だから、なおさら言いたくなるのかもしれない。

うう、家族って認めてくれてる証拠なのだろうけど、ずばずば言われるのはきつい。

助け船を出してくれたのはウェイトリーさんだが、この人も地味に追い打ちをかけてくる。

「ヴェンデル様、恋愛とは繊細で他人には推し量れないものでございます。ここはまだ見守っていてくださいませ」

「僕にはよくわからない感覚だな。行きたいーって顔してるくせに、なんで遠慮する必要があるんだか。向こうが会おうっていってるんだからいいじゃん。頼りない人だったら反対するけど、一応ちゃんとしてるんだし」

「一応ってなによ。あとそんな顔はしてません」

「してた」

「しーてーまーせーん！」

「ウェイトリー、カレンがまためんどくさくなってる」

関わるまいと誓ったばかりなのだ、なんと言われようがお断りの方向は変わらない。

なにせつい先日、皇太后が他家から養女を迎えると噂が流れたばかりだ。その娘は名門からもらい受けるようだけど、サミュエルから新たに受け取った情報によれば「ニホン」の子で間違いない。

養子を迎えるため、一旦別の家の子にするのはよくある手段。

ライナルト周りが気にならないといったら嘘になるけど、新たな娘を作ってまで動き始めた皇太后もきな臭いから渦中には飛び込めない。

「とにかく行かないの。どうせ別でお会いする機会はあるのだし、私のことより自分のお誕生日に集中なさい。呼びたいお友達がたくさんいるのでしょう？　早くお返事をもらってきてちょうだいな」

「……大人ってずるい」

「大人っていうのはずる賢いものなのよ」

「カレン様、それは偏見にございます。ヴェンデル様、健やかにお育ちくださいませ」

それ以降はなにもいってこなかったけど、終わってからウェイトリーさんを自室に呼びだしてたのは何だったのかしら。なんだか既視感を覚えてしまう。

ライナルトのお誘いをお断りするなんて滅多になかったせいか、ただお断りするのは申し訳なかった。うちで育てた花を添えて返事をしたところ、届けられたのは薬湯と一輪の花だ。

自宅に戻るついで、配達役に任命されたヘリングさんが教えてくれる。

「陛下手ずから手折っていました。無理をしないようにとの言伝を預かっています」

こちらの心なんて知らずに、そんなことしてくるから諦めきれなくなる。

受け取った花を眺めていると、視線を感じて振り返った。

「ヴェンデル」

「明日、キルステンに泊まりに行ってくるね。おじいちゃんの許可はもらってるから安心して」

「もしかしてウェイトリーさんを呼び出してたのはそれ？　父さんによろしく伝えてね」

いつの間に父さんをおじいちゃんと呼ぶようになったんだろう。

私の知らないところで、みんなが変わっていく。

ほんの少しの寂しさを覚えていたら、それどころじゃなくなってしまったのは……なんといえばいいのだろうか。

ヨー連合国はサゥ氏族、キエム首長との再会が想像よりも早く、ヴェンデルの誕生日まであと少しといったところで沙汰が下った。

間もなくサゥ氏族のキエム族長が帝国領入りするとのことで、帝都グノーディアまでの案内役を仰せつかったのだ。外交官じみていても本物は別にいて、私はオマケといったところ。向こうは親交を深めるため帝国にきたのだ、キエムと顔見知りの人間がいた方がいいとのことで声がかかったらしい。

しかし最初に飛び出たのは困惑だった。

「いまから行けとおっしゃるのですか？」

「左様にございます。コンラート夫人におかれましては、すでに陛下より話を聞き及んでいると伺っております」

「確かにそうですが、迎えに行くだなんて陛下は一言も口にしませんでしたし、迎えの方々はすでに出発していると聞いております。いまから追って間に合う保証はございません」

「今回は軍人ばかりではありませんので、進みは遅うございます。聞けばコンラート夫人は馬の扱いに長けているとも聞き及んでおりますので、早馬で駆ければ充分間に合います」

「ですが……いくらなんでも急すぎます」

「疑問はもっともでございますが、ご子息の誕生日には間に合うよう配慮されてございます。サゥ氏族との親交はオルレンドルに有益な取引をもたらすもの、何卒ご理解くださいませ」

「宰相閣下を疑うわけではありませんが、本当に陛下の御意なのですか」

「いかなリヒャルト様とて、陛下のご意向を無視できないと存じます」

いままでこういった命令はライナルトから直接か、モーリッツさんを経由していたから、宰相から指令を受けるのは初めてだ。しかし多忙なライナルトがいつまでも直接伝えてくる道理もないし、書簡にはしっかり宰相のサインが入っている。使いの文官も身分を間違えようがないし、なにより嘘は見受けられず、誠心誠意といった様子で頭を下げられた。

……多少戻りが遅れるのを見込んでも、ヴェンデルの誕生日には間に合うのは事実だ。命令なら出向しなければならないが、この間の第三書記官の件もある。

準備すると戻った間に裏庭からヘリングさんを呼んでみたが、書類に不備はないと言った。

「たしかに正式な手続きを踏んだものです。宰相閣下も陛下に二心を抱く人物ではありませんが、それにしても陛下がなんの知らせもなくこんな命令は……すみません、普通に寄越してました」

「確認をしたいのですが、引き延ばしても大丈夫でしょうか」

「命令自体は本物でしょうから、どんな裏が絡んでいるかが重要です。宰相閣下の発行した書類に間違いないようだし、そうなれば陛下が知らない……とはならないでしょうから」

「結局行かないとはできないんですね」

「……ですが、そうだな。確認は走らせるんですよね」

「もちろんそのつもりです」

「だったらどんな理由を付けてもいい。全力で飛ばしすぎないように馬を走らせてはいかがでしょう。間違いがあったのなら、こちらの伝令も追いつけるはずです」

「わかりました。うまく言ってみます」

「幸いにも、使者の彼は悪い評判を聞く人ではありません。むしろ陛下の治世を歓迎している若者だから、その陛下が懇意にしている貴女に悪意は持っていないはず。わざわざ足を連れてきたのも、そちらに馬がいないと配慮しての善意でしょうね」

「善意はありがたいけど……この場合は困りましたね……」

そうなのだ。気を利かせて、ご丁寧にも早馬と護衛を用意してくれている。ヘリングさんにこっそり見てもらったけど、護衛の軍人さんたちも古株の精鋭で、おかしな顔ぶれはないと断言してくれた。憲兵隊とも親交のあるヘリングさんの見立てだからこそ安心できる一言だ。

ここまでくると、こちらも宰相閣下の使いを疑いにくい。ウェイトリーさんが裏から人を送るのと、出発は同タイミングだ。私はジェフとハンフリーを連れて出立した。

道中は軍人さんと話す機会もあったのだが、向こうは急な命令を受ける羽目になった私をかなり気遣っている。馬をわざと遅めに走らせても嫌な顔ひとつせず付き合ってくれたのだ。

マイゼンブーク氏率いる一隊と合流したのは深夜になってから。結局伝令が追いかけてくることはなかったが、いざ外交官やマイゼンブーク氏に会うと困惑された。

「夫人が補佐としてキエム族長の案内役を仰せつかったといったが、こちらはそんな話は聞いていない。なにかの間違いではなかろうか。マクシミリアン卿はご存知か」

「いいや、そんなはずはない。私も初耳だ」

ううむ、と唸るのは中肉中背の人の良さそうなおじさま。

「サゥ氏族のキエム殿は一見気が良く見えるが、勇猛と自信を過剰に備えた人柄ゆえ、ひとたび気に入らぬ人物がいれば短気を起こす可能性がある。卿はそう評価したな」

「いまも間違っておらぬぞ」

「それをリヒャルト殿が危惧していた。そのためかの族長を知る者を応援に送ると言われたが、こんなに若いお嬢さんを連れて行けとは、あの方はなにを考えておられるのか」

「書簡はどうなっている」

「偽造は難しく、本物で間違いない。マイゼンブーク殿にはどう映りますか」

「困ったことに、私にも本物に見える」

おじさま達は余程困っているのか、本人そっちのけで話し出す始末だ。

外交官マクシミリアン氏は始終頭を捻り、宰相リヒャルト・ブルーノ・ヴァイデンフェラーの考えに疑問を抱いた。しかしながらマイゼンブーク氏はいつまでも悩んでも仕方ないと考えたらしい。

「ええい、命令に間違いないのであれば追い返すわけにもいくまい。もとよりいまから帰すのも危険すぎる。夫人、急な命令だったと言っていたが、宮廷に確認は送っているのだろうな」

「出立と同時に手配いたしました」

「朝までは時間がある。行軍を遅めに進めさせれば、伝令が来るまでは間に合うだろう」

「マイゼンブーク殿、それではサゥとの合流が……」

「もとより勇み足で進めていた。気を引き締めなければならないのは帰りになるのだから、行きを多少遅らせたところで支障はない。非力な者を連れている方が問題だ」

真偽を確かめるには伝令を待つしかなかったが、結局翌日になっても伝令は来なかったので、正式にマイゼンブーク氏率いるオルレンドルク帝国騎士団新生第一隊にお世話になるのが決定した。マイゼンブーク氏は女性が多い場所に天幕を構えさせてくれたが、基本的に自分の世話は自分でとなる。これはこれでちょっと楽しかったので良しとする。

で、道中は外交官マクシミリアン卿から提案があった。

「リヒャルト殿の心遣いは嬉しく思うが、貴女はまだお若く、そして未来がある若者だ。こんな行軍に外交官でもない者がいては目立つし、魔法院顧問の肩書きだけでは難しい。万が一に備え、私の部下ということでヤエム族長には紹介したいのだが如何だろう」

「むしろこちらがお礼を申し上げねばなりません。是非ともお願いさせてください」

「表向き部下と上司の立場になる。コンラート夫人には上からの物言いをすることになるがお許し願えるだろうか」

「どうかお気になさらないでください、名前も呼び捨てで結構です」

「ご配慮感謝する。……突然のことに心配とは思うが、アルノー殿の妹御を無傷でお返しするため力を尽くすとお約束しよう」

「兄……ですか？」

「ご存じないだろうが、私は元々はヴィルヘルミナ皇女殿下に支援を表明していた人間だ。彼の上司にあたるレイモン・バイヤールを通し懇意にしてもらっていた」

少し寂しそうな笑みを見せたが、それも一瞬だ。

「アルノー殿はよく皇女殿下を助け、気のいい青年だと好ましく思っていた。ライナルト陛下の御代(みよ)でこんなことを言っては不敬だが、叶うならばまた共に仕事をしてみたかった」

「それを聞けば、北の地にいる兄もきっと喜んだでしょう」

駆け出してバタバタしていたけど、マクシミリアン卿の言葉ですうっと頭が冷えてきた。

……そっか、この五百相当のお迎え部隊、たぶん「もしも」の場合も想定されている。マクシミリアン卿はおじさまと分類したけど、外交官としては相当若い部類に入る。いくらライナルト政権が能力主義と言われていても、元ヴィルヘルミナ皇女擁護派であれば肩身は狭い。親交と謳いながら腕の立つ重鎮は送らず、護衛もマイゼンブーク氏が率いているとはいえ、中身は再編されたオルレンドル帝国騎士団第一隊だ。

その上ヨー連合国はオルレンドルを狙い続けていると、この人達が知らないはずがない。キエムなら今回は問題ないと私は思っているけれど、安心に身を委ねられないのが軍人と外交官。

なるほど、マイゼンブーク氏とマクシミリアン卿が私の到着に驚くはずだ。

……本当なら指令が下った時点で察しなきゃいけないのに落ち込みたくなる。

だけど落ち込んだところで事態は好転しないし、こうなったらマクシミリアン卿の下で勉強させてもらうしかない。幸い相手もよその土地のことを色々教えてくれるみたいだし！

「あら……？　マイゼンブーク様、サミュエルの姿が見えませんが、彼はどうしたんですか。まさかクビにされたとか？」

「不祥事でも起こせばすぐにでも我が隊を追い出してやりたいが、まだできん。単にやつのやかましさが誠実と厳格を求める外交に向いてなかっただけだ。それにやつはヨーを好いておらん」

無駄口を叩いてサゥ氏族を怒らせたら一大事だから置いてきたそうだ。

やはり地位が向上したからか、マイゼンブーク氏は城塞都市エスタベルデにいた頃よりずっと風采が上がった。

「私、宰相のリヒャルト様とは数度顔を合わせただけでお話ししたことがないのですが、マイゼンブーク様からみて宰相閣下はどのようなお人柄なのですか」

「いけ好かん狐だ。まったくいけ好かない人物だが、陛下への忠誠は間違いない。まあ、好きになれんのはバッヘムの若造も同様だが、あちらはまだ可愛げがあるからな」

「モーリッツさんに可愛げ……」

あるといえばある、かな……。

ライナルトの右腕といえばモーリッツ・ラルフ・バッヘムを連想する。宰相になり得るほど家柄と信頼を有しているとなれば彼が宰相でも不足はなかったが、周囲が危惧したのは経験と年齢だ。それにモーリッツさんは文官寄りでも軍属だから、バランスを考慮してリヒャルト・ブルーノ・ヴァイデンフェラー侯爵が宰相として推薦された。

私が知っている宰相閣下の経歴は、狐と称したマイゼンブーク氏とは逆で、世間と同様根気の人。ライナルトは前皇帝カールの宰相メーラー侯を処刑した。理由は様々あれど、やはり前帝の元で地位を守り続けた人物の警戒と、政治的な様々な不満の押しつけ先になると考えられる。

かつてリヒャルト・ブルーノ・ヴァイデンフェラー侯爵はそんなメーラー侯と宰相の座を争って負け、騒動で跡継ぎの長男を失っている。なんとか爵位だけは保てたものの、社交界は実質追放で、これだけでも並の貴族は生きる気力を失うだろう。ところが新しく投資と商売に手をつけ、人脈を作り、落ち目貴族の影に潜みながら雌伏の時を過ごし、数十年かけて力を付けた。

ライナルトの登場には真っ先に駆けつけると忠誠を誓い、協力しながら人事を尽くした人である。すでに御年六一過ぎとお年を召しているが、政治的な勘は失っていない。ライナルトにも働きを認められ、苦節を経てヴァイデンフェラー侯爵家は栄華を取り戻した。

前宰相が処刑されたと国内を駆け巡ったときは、ヴァイデンフェラー侯爵家は真っ先に諸手を挙げてパーティーを開いたとかなんとか……。

マイゼンブーク氏は宰相の顔を思い浮かべたのか、口をへの字に曲げていたが、これをマクシミリアン卿は、マイゼンブーク氏は軍人気質が強すぎるためと評した。

「マイゼンブーク殿は根っからの軍人だ。筆よりも剣を握り刃で語り合うことを良しとする御方だから、リヒャルト殿とは折り合いが悪い」

「あの方と折り合いが良い者がいたら、その方が珍しいのではないか」

「……マクシミリアン様から見た宰相閣下はどんな御方でしょう」

「真面目ではあるが、あらゆる状況を想定し周到に準備を整えておられる。お年を召しても物事を決めつける真似はせず、頭も柔らかい。国を真摯に考えている御方だし、陛下の意に沿わない真似はしないと考えたい」

「宰相閣下なりの理由があって私にキエム族長の迎えに行かせたのでしょうか」

「私はそうであると願っている。でなければ若い女性をこんなところに送り出すなど、普通では考えられない」

「ですが面識すらありません。私は何を宰相閣下に望まれているのか……」

「……悩みはわからんでもないが……それよりも、夫人はエスタベルデでキエムと話していたな」

「え、ええ、そうですね。でもマイゼンブーク様ほどはキエム様を知りません」

「それをマクシミリアン卿に話してもらえるか。あれの人となりを知りたいというのだが、私の話だけでは偏見がすぎると文句を言われる」

「事実ではないか」

「ありのままの話をして何が悪い」

道中で私ができたのは……キエムの人となりやサゥ氏族の心証を話せたくらい。たいした話も出来なかったのに、マクシミリアン卿はいたく労ってくれた。

「知っていることなんて殆どありませんのに……」

「ひとりの主観より複数の人間の意見が重要だ。貴女の話でまた新たな側面が見えてくるのだから、無駄な情報などひとつもない。どうか気落ちせずに胸を張ってほしい」

将来はこんな気遣いとお礼ができる人になりたいなと思う。

サゥとの合流には三日ほど要した。本来はもう少し早い予定が、先方がやや遅れて到着したのだ。

　五大部族入りしたサゥのキエム族長は以前より痩せていたが、精悍さが増していた。身に纏う衣類は上物になっていたが、もしぼろ切れを纏っていたとしても一目置いていただろう。あふれ出る自信は存在感を隠しきれずにいる。

「サゥ氏族のキエム族長、よくぞオルレンドルに参られた。これより我らが帝都グノーディアまで案内させていただく。道中はこちらのマイゼンブークが皆様の安全を守らせていただきます」

「よろしく頼もう」

「それとこちらはマイゼンブークと同じく、見知った顔と存じますが……」

「無論覚えている。カレン殿、これは随分久しい」

　マクシミリアン卿の挨拶に鷹揚に頷いていたが、挨拶も終わらぬうちに破顔した。

　殊の外喜んでいただけたようで……。ただちょっと距離が近いのはやめてもらいたい。これにはマクシミリアン卿も苦笑を隠せない。

「白髪の魔法使い殿を迎えに寄越すとはライナルト殿もわかっているではないか。むさ苦しいばかりの道中もこれで少しは楽しみができた」

「あれから無事祖国にお戻りになられたようで、五大部族への就任おめでとうございます」

「それも貴国のおかげだとも。背後を突いてやったときのドゥクサス共がどれほど見物だったか、語って聞かせたいところだ」

「……サゥ氏族のキエム族長にそう言っていただければ陛下もお喜びになるでしょう」

　マイゼンブーク氏に目配せすれば、私とキエムの間に入ってくれた。

「それよりも、だ。予定よりも随分遅れたが、道中なにか問題でも生じただろうか」

「集団行動ともなれば多少は遅れも出よう。貴殿、相変わらず神経質だな」

「文句を言いたいのではない。尋ねたいのはあそこにいる……」

　マイゼンブーク氏は全員の心中を代弁していた。キエムは族長だから護衛を連れているのは当然だとしても、それにしては馬の数が多い。十や二十なんて話ではなく、群れの数は膨大だった。縄を持った兵士がぐるりと取り囲んで誘導しているのだが、それらを見せつけるようにキエムは笑った。

「良い馬たちだろう。貴国も良い馬を育てるが、ヨーは名馬が生まれやすく、大陸一の産地だと自負している。貴様も武人ならば、あのしなやかな足腰と見事な筋肉がわかるだろう？」

「それはわかるが、荷馬ではないな。かといって鞍を付けている様子もないが、調教は済んでいないのか？　あの馬の群れは……それと後方の巨大な荷はなんだ」

「返礼品だ」

ふふん、と胸を張って言った。

「挨拶に手ぶらで来るほどサゥは礼儀知らずではない。此度はヨーが誇る駿馬百頭を貴国に献上するべく連れてきた」

「なんと」

「せっかくだし、貴国はわかってないみたいだから教えてやろうと思ってな。五大部族に上り詰めるとは、貴殿が考えているよりも偉業なのだと」

私に馬の善し悪しはわからないけれど、どの馬もひときわ体格が優れており骨も頑強そうだ。優雅に伸びた四肢や豊かに張り詰めた胸は素人目でも美しく、名馬の産地と誇るだけはある。

マイゼンブーク氏は一目で馬の質を見抜いたのか、すっかり歓喜し、馬たちに熱い眼差しを隠せない。この反応にキエムも上機嫌だ。

「駿馬となれば陛下も喜ばれましょう。しかしながら後ろの荷は……」

「あれは檻だ。そちらもライナルト殿へ渡すものだが、到着後のお楽しみといこうではないか。なに、決して悪いものではないと保証しよう」

「先んじて検めさせてはもらえないでしょうか」

「マクシミリアンとやら。それ以上は無粋になるからやめておけ」

　マクシミリアン卿は中身を検めたがったけど、キエムが強く言ってしまえば逆らえない。

「それよりも、むさ苦しい旅に女性がいて、これほど助かったと思う日もない。よければ会ってもらいたい娘がいるのだが、手隙の時間にでも我が元においでいただけるか」

「伺わせていただきたく存じますが、紹介されたい人とは、どんな御方でしょう？」

「私の妹だ。まだ後方にいるから紹介できずにいる」

「妹さんがいらっしゃったのですね」

「エスタベルデの時は本国に置いていたのだが、無事家族共々暮らせることになった。オルレンドルに行くといったらどうしてもときかず付いてきたのだが、我らは男ばかり。退屈だなんだの文句ばかりで口煩(うるさ)い」

「つまり可愛らしい妹さんなのですね」

「一応はな。外の世界を知らぬ娘だし、そなたとは歳も近い。話し相手になってやってくれ」

「喜んでお相手を務めさせていただきます。お会いするのが楽しみです」

「少々気難しいが、オルレンドルの白髪の魔法使い殿には妹も興味を持っていた。仲良くしてくれると期待している」

　ヨー連合国の同世代の女性ともなれば興味もひとしおだ。

　個人の興味も相まって頷くと、キエムは少年みたいに喜んだ。

「これからの予定を確認したら時間も出来る。道中はオルレンドルについて教えてもらいたいのだが、迎えに来てくれたからには頼めるだろう？」

「それでしたら帝国に来て日の浅い私より、マクシミリアン様の方が興味深い話をできるでしょう。ですから私はマクシミリアン様の同行程度になりますけれど、それでよろしければ是非」

「うん？　帝国に来て日が浅いとはまた気になる発言をする。そのあたりも含めて伺いたいな」

「夕餉(ゆうげ)の時にでも」

いらぬ興味を引いてしまったが、移住者とすぐにバレるだろうし、話題の呼び水になるくらいなら良しとしよう。

意外にキエムが『白髪の魔法使い』を諦めていないのがガンガン伝わってくるのだが、このあたりは折り込み済みだ。ヨー連合国の伝承を知っていたマクシミリアン卿、マイゼンブーク氏の助言を受け、二人きりになりそうな誘いはすべておじさま達を通すようアドバイスをもらっている。

実は出会い頭、再び持ち上げてグルグルされそうだったのを妨害してくれたマイゼンブーク氏。ジェフ達も後ろで控えているけれど、キエム相手じゃ手を出せない。

行軍の最中持ち上げられるのなんて御免だし、守ってくれてありがとうおじさま方……！

3

側室希望のお姫様

後続と合流を果たせば、少しの休憩を挟んでまた出発となった。兵士達の様子をつぶさに観察していたジェフとハンフリーが、マクシミリアン卿が緊張しており、兵士は警戒心が強いと教えてくれる。

「緊張するのも無理はない。此度の親交は、オルレンドルは失敗できないのでしょうから」

「自分には、他の兵士達はもっと別の意味でサゥ氏族を怖がっていたように見えました」

「長らく国交が途絶えていた国だから、襲いかかられては堪るまいと思っているのかもしれないな。特に第一隊は、先の内乱でも国内に残っていた者がほとんどだ。サゥとの交流は知識として知っていても、詳しくあるまい」

ジェフはマイゼンブーク氏やマクシミリアン卿を、ハンフリーは末端の兵士の動きに注目していたみたい。話すとなればジェフは注目を集めてしまうのだが、ハンフリーが上手い具合に緩衝材になって、踏み込みすぎた質問は逸らしてくれたらしい。ヒルさんが土いじりに熱中するようになってからは、ジェフが彼の剣や作法を教え込んでいるから、そのためか距離も近くなった。

二人の所感は私にとって貴重な意見で、両国の関係を深く考えさせられる。ぽっと出の小娘にマクシミリアン卿が頭を痛めるのも無理はない。

「ジェフはマイゼンブーク氏に話しかけられてなかった？」

「たいした話はしておりません。ただ、良く働いているとお褒めのお言葉を……」

「なんて言ってますが、実は軍人にならないかとお声がかかってました」

「ハンフリー、何故お前が知っている」

「え、いや普通に聞こえてましたよ。マイゼンブーク卿は声が大きいんで」

責めなんかしないのに、気まずそうにわざとらしい咳をこぼす。

「……いまの私が剣を捧げるのはお一人だけです。あの方の誘いはお断りしております」

「あの方にまでお声をかけられるなんて、ジェフは余程優秀なのねえ」

「少なくともそこらの武人より一線を画してるのは素振りでわかります」

ジェフは前帝カールにも興味を持たれていたし、体つきや素振りだけで興味を引くなんて余程だろう。主人としては嬉しい限りだが、注目を浴びすぎて、素性に気付く者がいないか不安になる。

「ハンフリー、あなたも頑張らないとねー」

「あははは、それはカレン様もでしょう」

あははうふふと笑い合う私とハンフリー。

「でもみんなそれぞれの道を進んでるし、あなたもやりたいことがあったら言っていいからね」

「実はウェイトリーさんからも同じ事を言ってもらえてまして、それで、将来的には御者になりたいかなと考えていました」

「転向は構わないけど、それにしては剣もかなり熱心よね。まるで思いもよらなかったわ」

「どちらも好きなんで、両方できる剣士を目指したいってことです。いざってときは降りて皆さんを守れるのってかっこいいでしょ」

「両方いいとこ取りっていうのはヒルから学んだのかしら」

「かもしれませんね。師匠は土いじりが性に合ってて、自分は生き物の、とりわけ馬の世話が好きだって気付かされまして、ここなら両方やってもいいんだって思えましたから」

ハンフリーは一度コンラートを捨てようとした過去がある。誰が言わずとも、本人がかなり長い間引きずっていたのだが、こんな風に将来を前向きに考えられるようになったなら良いことだ。

　さて、キエムの接待も重要だが、彼の妹さんとも会わねばならない。私は道を逆に進み、ヨーの人達の中を進むのだが、この髪はやはり注目を集める。物珍しさにじろじろ見られたものの、素早く道が譲られ、辿り着いたのは道幅いっぱいを占拠する大きい荷馬車だ。屋根張りもひときわ豪華だったから貴人が乗っていると一目でわかった。

　侍女の数は少なめで、いずれも民族衣装に身を包んだ綺麗な人が多いけれど、オルレンドルの感性を考えたら目を引いてしまうだろうな……なんて感想を抱いてしまう。馬車内に上がり込めるのは女性だけと言われてしまったので、ジェフ達は外で待機だ。

　馬車は上がり口まで丁寧に彫られているのがちょっとびっくり。細かい意匠まで気を配るならキエムの馬車より豪華なのだけど、上がって分厚い仕切り布を潜れば、中は見た目ほど広くない。天井から壁まで布で覆(おお)われ、床は絨毯(じゅうたん)が敷き詰められている。奥には主人のための大きなクッションがいくつも置かれていた。

「ようこそおいでなさいました、異国のお客様。兄より話は聞いております」

　こう言ってはなんだけど、キエムとは似ても似つかない可愛らしい人だった。彼の印象から抱くなら、きりっとした女性像を抱いていたのだけど、目の前にいる人はふんわりと柔らかな心証を抱かせる。堂々とした振る舞いでも傲慢さはなく、むしろ控えめな大人しい人だ。

「お初にお目にかかります。オルレンドルより参りましたコンラートのカレンと申します」

「私はサゥ氏族がキエムの血に連なる者、シュアンです。馬車は揺れるでしょう、そちらにお座りになってもらいたいのですが……」

　言いにくそうに身じろぎした。

「履物を脱いでいただくことはできるでしょうか。オルレンドルでは室内でも履物を履いて過ごすのは知っているのですが、サゥで人をお招きする際は、素足でくつろいでもらうのが習わしなのです」

「かしこまりました。御前でございますが、少々失礼いたしますね」

彼女の仮宿だし、郷に入っては郷に従えだ。壮年の侍女に靴を預けると、相手はほっと笑んでいる。

私たちが挟むのは足のないテーブルで、とんとん拍子で茶器が用意される。

「こうしてお目通り叶いましたこと、感謝に堪えません。時間を設けてくださり感謝いたします」

「貴女のことは兄より伺っております。あの人に無理を言われていらしてくださったのは承知しておりますが、お許しくださいね。オルレンドルの女性とは一度お話をしてみたかったのです」

「無理なんて、とんでもない。お目にかかるのを楽しみにしていました」

「いいえ、兄のことだから白髪の魔法使い様を困らせたのはわかっています」

「たしかにお話は賜りましたが、サゥの女性とゆっくり話せるまたとない機会です。私からお願いしたいくらいでした」

「まあ、なんてお優しい……。でも、あの人は困った人でしょう？　もし無理難題を言われてしまったら、遠慮無くはね除けてくださいね」

キエムをあの人と呼んで笑う姿は苦笑交じりで、どことなく遠い存在のように話す。

私の疑問に気付いたのか、お菓子を勧めながら教えてくれた。

「私はずっと本国にいたので外のことは詳しくないのですが、兄のことならわかります。気に入った方ほど困らせて、そして手に入れたがる人ですから、白髪の魔法使い様であればさぞご苦労なされたのではないかと、母と話しておりました」

「白髪の……ですか。キエム様がどこまで誤解されていたのか、私では定かではありませんが……」

「良い機にあやかったのだと喜んでいましたよ、とても」

そんな話を聞いてしまうと、元祖『白髪の魔法使い』に会わせてみたくなってくる。

きっと夢に抱いた幻想を粉々に打ち砕いてくれるはずだ。

「白髪の魔法使いでは呼びにくくありませんか。どうぞカレンとお呼びください」

「礼を失することになります。よろしいのですか？」

「お断りする理由がございません。それに御国に失礼とは存じますが、私が白髪の魔法使いである事実は変わりませんが、どうもその呼び名はしっくりこないのです」

「あ……。それもそうですね。あれはヨーでの言い伝えですもの」

「ここにいるのは魔法使いではなく、ただ気晴らしの話し相手とお思いください。国を出てずっと馬車では、道中は退屈だったのではありませんか」

「……おわかりになりますか？」

「シュアン様ほどではございませんが、私も長旅の経験がございます。多少ならばご苦労もわかるつもりです」

「ええ、ええ、実はそうなんです。兄の周りは無骨な人達ばかりで……」

五大部族の族長の妹となればお姫様も同然だ。それなのに相手に気を遣われるのは大変気が引ける。聞いたとおり歳も近く、二十歳とのことだった。『白髪の魔法使い』扱いしなくて良いと会話で示せば、いくらか緊張を解いてくれる。

「シュアン様、私はサゥ氏族の作法に詳しくありません。ですので教えてもらえると嬉しいのですが、サゥでは客人を招く際は靴を脱いでもらうのですか」

「馴染みがありませんよね。履物（はきもの）を脱いでもらうのは、こちらが相手をもてなす証であり、また相手がこちらを信頼していると示す証明となります」

「オルレンドルにはない考え方ですね。たいへん興味をそそられるのですが、この習わしはサゥ独自のものですか。それともヨー連合国全体に浸透しているのでしょうか」

「昔は一部部族だけだったのですが、いまでは大体の部族で当たり前となっています。そんな質問が出てくるなんて、カレン様はヨーに詳しくていらっしゃるのでしょうか」

「聞きかじった程度の知識なのです。……実は、女性の茶会は初めに甘い茶を振る舞う、くらいは知ってたのですが、いざ立ち合ってみると、知らないことだらけですね」

「まさか！　国交が断絶した中で、そんなことまで調べてくださっていたなんて恐縮です。ああ、よろしければこちらのお茶をどうぞ。お話の通り甘くしてあるのですが、山羊の乳を搾ったものを加えてあって、御国のものとは風味が違います」

「では、お言葉に甘えまして」

ファルクラム然り、オルレンドルでは家の中で靴を履くのが当然で、ふかふかの絨毯を土足で歩くのもいまではすっかり慣れてしまった。日本ではなんとなしに靴を脱ぐのが当たり前だったけれど、こんな考え方になるのが面白い。

他にもサゥ氏族について聞いてみたのだけど、彼女は知識が豊富で、自らの氏族のみならず他の部族の例も出して話してくれる。

私が質問する側にしたのは、彼女に会話への躊躇いを感じたためだ。人慣れしてないと表現するべきか、微妙な空気で過ごすよりも相手の心を開かせた方がいい。会話のコツは我が家の家令と顧問に学んでいるので、教えに従い話をしたら手応えを感じられる。

自然な笑みを誘えるようになった頃には、遠慮の壁を取り払えたとさえ感じていた。

「こんなことをお尋ねしてお気を悪くしないでいただきたいのだけど……」

「どうぞなんでも聞いてください。私にわかる範囲でしたらなんでもお答えします」

政治面だとちょっと自信ないけど！

彼女はなにを躊躇っているのか、きょろきょろとあたりを見回すと、身を乗り出し小声で囁いた。

「…………貴女は女なのに役職についているとは本当なのかしら」

……おや？

話の風向きが変わった。

「女なのに、なんて聞き方になってしまってごめんなさい。でも、その……」

「シュアン様は仕事にご興味がおありですか？」

「あります。ですので、私の認識が正しければ、オルレンドルは……」

サゥ……とりわけヨー連合国は部族間の争いが激しいから、様々な事情、家族を守る意味を込めて女性は家に籠もりがちだ。

「おっしゃるとおり、役職を持っております。魔法使い……そちらでの呪術使いと申しましょうか。彼らが集う魔法院の顧問の肩書きと、あとは我が家、コンラートの当主代理ですね」

「それはどういったご事情でしょうか。ヨーでは家長が意図せず亡くなってしまった場合、跡目になる男の子が幼い場合は家長の妻か母が代理を務める場合があります」

「私の家も似たようなものですね。義息子が幼いので、成長するまで見守っている形です」

「それなのに、魔法院の顧問も務めていらっしゃる？」

「ありがたいことに任命していただきました。ですが、私の立場は別にしても、オルレンドルで多くの女性が働いているのは本当ですよ。知り合いには軍人もいますし、街中ではあらゆる店で女性が雇用されています」

「ああ……じゃあ、本当なんですね」

はぁ、と息を吐くシュアン。自然体の姿は悩ましげで、一度仮面を取り払えば、己を偽るのは難しかった。

「ヨーでは女性が進出しにくいのでしたね」

「はい。女だてらに活躍してる方もいますが、そういった方は特別な生まれや背景があります。ですから、政に関わる組織で地位を獲得できる、なんてことは根本的にまかり通りません」

「でしたら、オルレンドルで活躍される女性の話が聞きたいのでしょうか」

「それもありますが、なぜオルレンドルが女が独立しても許される社会なのかが知りたいのです」

「社会、ですか」

「変とお思いになるでしょうが、どうか私にご教授願えませんか。オルレンドルの軍人には女性もいると聞きました、どうして殿方はそのことについてなにも言われないのでしょう」

学校の先生方の話、あるいは教科書にある歴史を紐解けば、オルレンドルやファルクラムだって、昔は女性が活躍しても良い顔をされなかった。男性が主体で働く社会を変えるには、女性が進出しても相手に違和感を感じさせないまでに至る歴史がある。

オルレンドルの場合は、かなり昔の戦争で国が疲弊し、働ける男性が殆どいなくなったために、女性が表に出てきたのが始まりだったのではないかといわれている。この歴史が禁忌とされず教科書や図書館に資料が残っているのも、昔の人たちの努力の賜物だ。

「——お答えすることは出来ますが、ひとことで説明するには難しいかもしれません」

「構いません。あ、いえ、カレン様のお時間が許すのならですが」

「そちらはお気になさらず。どのみち、オルレンドルに到着するまでは時間があります。今日は要点だけにして、細かい話は後日に——その前に、個人的な興味で伺うのですが」

「はい」

「シュアン様はどうして働く女性にご興味があるのでしょうか」

これに対し、彼女はぱちりと目を丸める。恥ずかしそうに頬を赤らめた。

「尋ねるばかりで理由も言わないのは失礼ですね。その……カレン様がこんなにお話しできる方とは思わなくて興奮するあまり、礼を欠きました。申し訳ありません」

「いえ、違うのです。ただ御国の在り方に疑問を感じてらっしゃるように思えたので……」

「もうとっくにお気付きでしょうが……。私はキエムの妹ですが、周囲を満足させるほど礼儀作法に通じておりません」

「そんなことは……私には立派な姫君としか映っておりませんでした」

「慰めは嬉しいのですが、事実なのです。先ほどもそう、予習していたはずなのに緊張が先に立って、貰い方をお相手になんとお話しすれば良いのかわからず固まるばかりでした」

「外との親交がなかったのでしょう。他国の人間ともなればなおさらです」

「学びを疎かにしていたのは本当なのです。サゥが五大部族にのし上がるなんて考えもせず……姉たちと違い、自由に育てられたのをいいことに甘えました」

「普通の女の子と変わらず育てられたのです、良いことではありませんか」

「箱庭しか知らないのです」

「真実箱庭で育った方は、己の育った環境に疑問を抱いたりはしません。その問いは、シュアン様が歩んできた道があるからこその疑問です」

「……いま、少しだけ気持ちが楽になりました。カレン様はお優しいのですね」

　彼女はヨー本国首都に住まいを構えており、そのため外の人間とふれ合う機会が多かった。勉強が好きだったために様々な本を読み解いたと語る。

「外の人から聞いた話には、ヨーの中にいるだけでは決して知る由のない物語がありました。ヨーの女は学校を卒業した後は嫁ぐか、あるいは学校の途中でも嫁ぐのが通例ですが……」

「オルレンドルでも貴族階級になれば親の決めた結婚がありますが、一般的には恋愛婚が普通です。それに大体は働きに出られますね」

「ヨーはいまでこそ恋愛婚を許してくれる家庭が増えたといったところです。働くことも、家計の手助けくらいなら許されますけど、それが本格的に要職に就こうとすれば大反対されます」

　家の裁可次第でバイトなら許されるけど正社員は駄目らしい。

「結婚も早いのです。女学生は十代前半から半ばまでですが、途中で嫁ぐために辞める子もいます。それが普通で、一般的です。よほど問題がない限り独身はあり得ません」

「あ、ら……？　でしたらシュアン様は……」

「私は一度嫁いでいます」

「え？」

「サゥがドゥクサスと不仲になったと噂が流れたあたりで、粛清を畏れた婚家から離縁されました。他の姉妹達は全員国を離れたくないと言っていましたし、ちょうど良かったので兄に連れて行ってほしいとお願いしました」

思考が停止した。

一度結婚している部分じゃない。それだけならお気の毒と思うだけだけど、私の注目はもっと違うところに向いてしまった。

え、え——待って、待って待って、じゃあ彼女がオルレンドルに来たのって……！

「ちょうど良かった、って……こと、は……？」

「オルレンドルで離縁は悪い意味に取られるそうですが、ヨーでは婚姻と離縁は頻繁に起こるんです。本当の結婚は二回目から、なんてことわざもあるくらいで……」

「つまり……シュアン様は、二度目の……」

「はい。オルレンドルで側室は皇室の伝統と聞きましたので、皇帝陛下さえよろしければ可愛がっていただけるかしらと」

「かわ」

「一部族の女ですが、婚姻を成せば両国の架け橋になる程度はできるはず。それに御国でしたら色んな学びを得ても許されるでしょうし、私の知らないこともたくさん見聞きできます」

「あの……それって、正室をご希望で……？」

「まさか。私の身分では側室がせいぜいですし、そんな大層なものは望んでおりません。私は、ただヨーから抜け出したいだけなのです」

「キエム様はご存知でしょうか？」

「目的は知らないでしょうが、側室を望んだことは知っています。反りの合わない兄ですが、今回は笑顔で承諾してくれました」

動揺が抜けない中、シュアンは両手を合わせ喜んでいる。

「自分で決めたこととはいえ、遠い国に行くのは不安だったのですが、カレン様がお話しできる方でよかった。どうか向こうでも仲良くしてくださいね」

その後は色々話したはずなのだが、内容をよく覚えていない。なんとか正気に返ったのは、見送りを受ける時で、その折、シュアンは「気をつけてください」と忠告した。

「今日お話しさせてもらって、なんとなくわかりました。ヨーの出じゃないカレン様にとって『白髪の魔法使い』のお話は迷惑ですよね」

「いいえ、迷惑とまでは……ちょっと困るかなとは……ありますけど……」

「私は、正直なところお伽噺（とぎばなし）なんて信じていないんです。だけど兄みたいな人や、外にふれ合う機会が少なかった上の世代は、いまでも伝承を信じています」

「信心深いんですね……？」

「言葉を選ばなくても大丈夫です。要は、彼らは非常に面倒くさいのです」

大陸中央部の宗教観は前帝に禁じられたせいでほぼ息絶えている。神や祈るだとかの概念は残ってるけど、信仰とは縁遠くなってしまったのだ。……だから元日本人の私はとても過ごしやすかったのだけど、彼女の様子を見れば、そんな風に語るだけでも厳しい視線に晒されるのだと察せられる。

「兄は『白髪の魔法使い』を欲しがっておりますが、私はせっかくできたお友達をあんな国に送りたくありません」

「え、送る……？」

「兄は野心深い人ですから、機があればカレン様を欲しがるでしょう。ですから兄の要望には、決してうんと頷かないでくださいね」

似ていない兄妹だと思ったけど、しっかり手を握って目を合わせてくる姿はキエムを彷彿（ほうふつ）とさせる。

サゥの一行と離れたあたりで、ハンフリーがおそるおそる話しかけてきた。

「カレン様、随分長い間話し込んでいたみたいですが、なんかその、大丈夫ですか」

「もちろん。楽しくもてなしてもらいました……よ……」

「……うん、こりゃだめだ。どうしようか、ジェフ」

「そっとしておいて差し上げろ。……カレン様は先に天幕へお戻りを。サゥの姫君との談笑はつつがなく完了したとマクシミリアン卿には伝えておきます」

「お、お願いします……ちょっと、頭が、追いつかなくて……」

「早くお休みください。風も強くなってきましたし、外では冷えます」

「そうする……。晩餐(ばんさん)まではなんとか立て直すから……」

オルレンドル到着までの間、適度にシュアンと話をしたが、その間にはオルレンドルの歴史に加え、礼儀作法についても教えを乞われた。側室希望な点は差し置くとしても、他国のマナーを学ぼうとする意欲は強い。そして……残念ながらとても良い子だ。

彼女はライナルトについても知りたがったが、これは礼儀を失しないようにとの意味で、恋といった感情はなかったように見受けられる。

オルレンドルに帰還を果たした日は、私の身心はやや限界にあった。

見知らぬ人々の中での慣れない天幕生活、外に出れば愛想笑い、これに加えサゥ氏族の接待だ。数日ですんで本当に良かったと胸をなで下ろす中で、宮廷の門前では新皇帝自ら客人を出迎えた。

「キエム族長。遠路はるばる、よくお越しになられた」

「ライナルト陛下におかれては、その頭上に至高の冠を戴いたこと、心よりお祝い申し上げる。心ばかりだが名馬百頭を連れてきた、好きに使ってくれ」

「祝いの品に感謝しよう。ひとまず我が宮廷でゆるりと過ごされるがよかろう」

歓迎はつつがなく完了した。私のお仕事も完了かと思いきや、肩を叩いたのはジーベル伯だ。

「陛下よりお帰りになるのは待つよう言付かっております」

「かしこまりました。宰相閣下にも会う予定でしたし、しばらく待たせていただきます」

「休憩用に部屋を準備しておりますので、そちらをお使いください。長旅ご苦労様でございました」

ジーベル伯は労ってくれたが、話はこれで終わらなかった。

そっと声を潜めたのである。

「帰ったばかりでお疲れでございましょうが、私には少々気に掛かることがございます。どうか陛下と話し、様子を見てはいただけないでしょうか」

「様子を見る、とは？　陛下になにかあったのですか」

「なんと申しあげればよろしいのでしょうか。私としたことがうまく説明できないのですが、たった数日だというのに、陛下は――」

「どうされたというのですか。変わった様子はありませんでしたが、もしやお体に不調が？」

「いいえ、それはございません。ですが……」

説明しようとするも、補佐官がジーベル伯を呼ぶ。

「ジーベル伯、サゥ氏族との会談が始まります、早くお越しください」

「ああ、すぐいく。……申し訳ありません、時間がありませんので、私はこれにて失礼いたします」

はきはきと喋るジーベル伯にしては珍しく言い淀んでいた。

何を伝えたかったのか気になるところだが、見た感じ、ライナルトに異変はなかった。会ってなにかがわかるのなら良いけど……。

ああ、でもオルレンドルの外に出ていたせいか、宮廷が懐かしく感じる。お務めだって頑張ってきたし、これで少しは褒めてもらえるかな？

……なんて、甘い幻想が保ったのはわずか数時間足らず。いざライナルトの手が空いた頃には、憂鬱な気分で笑顔を取り繕っていた。

わざわざ彼が訪ねてくれたのなら、それだけで喜べたのに、とてもそんな気分になれない。

「ここは陛下の居城でございます。自らお越しいただかなくとも、私か……」

「遠出帰りで疲れているのを呼び止めたのはこちらだからな」

「……お疲れでしょうか。それともご気分が――」

「なんでもないと言った」

私にとって彼との会話は穏やかで心地良いもののはずだった。

素っ気ない態度など記憶にないし、いつでも真剣に話を聞いてくれた覚えがある。

ところがいまの彼は私の顔を見ようとしない。直視を避けていると表現すべきか、目が合っても眉間の皺を深くして目を逸らすし、喋れば遮られた。それはまるで汚物や不快なものが目の前にあると言いたげで、わけもない不安に煽られるのだ。

現在の心境も相まってなおさら不安が胸を占める。

「お呼びとあらば私はいつでも参上いたします。もし体調がすぐれないのであればすぐにお休みくださいませ」

「いや、そういうわけではない」

「本当ですか？」

「貴方が気にすることではない」

「……かしこまりました。出過ぎたことを申しました」

「ああ。それで、マクシミリアンから話は聞いた。まずはよくやったと言っておこう」

口調もそっけないが、これが変かと問われたら、おかしいわけではない。むしろ皇帝としてはこちらが正しいくらいで、あの柔らかな態度は、ただ私が厚意に預かっていただけなのだ。

だから傷つく必要はない。あまりに突然の変化だから戸惑いを隠せなかっただけだ。

なのに私たちの間に流れる空気はいつになく気まずく、堅苦しい。

「貴方のおかげもあり、道中はキエムの機嫌も良かった。衝突もなく安定した道のりだったと聞く」

「ありがとうございます」

「だが私に知らせもなく帝都を発ったのは如何なものか。私は外交の経験も無い者に補佐を任せた覚えはないし、この采配に不満でもあったか」

「不満などと、そんなことは」

「だが異議を唱えもせず勝手に出ていったとあらば、そう取られてもおかしくあるまい。私はあの二人ならば充分に期待に応えると信じ任を与えていた。そのようなことで私の機嫌を買ったつもりか」

「そんな……ことは……」

「……いや」

「陛下？」

「いまのは忘れよ。コンラート夫人なりに考えがあったとは理解している」

……ああ、これは相当お怒りなのだ。

心の準備が整って頭を下げた。傍目には謝罪だったけれど、私的には顔を見られたくなくて伏せていた意味が強い。

「こちらこそ失礼いたしました。陛下のお怒り、おっしゃることはもっともにございます」

「リヒャルトから勝手に帝都を発ったと聞いた時には驚いたが、そこは置いておこう。それで、私の采配に不満がないのであれば、如何なる理由で勝手に帝都を出た」

「……オルレンドルとヨーの架け橋になりたいと思ったためでございます」

「それを宰相に直訴したと」

「左様にございます」

謂われもなく、覚えのない行動のお叱りは心が重い。

できるものなら数時間前に時を戻して家に帰りたいが、時間は巻き戻らないし、問題を先延ばしにするだけだ。

いまの私に事実の食い違いを指摘するだけの発言権がない。ないというか、しない約束をしているから口を閉ざす。

「にしても宰相に直訴か。コンラートとヴァイデンフェラーが懇意にしていたとは知らなかった」

「コンラートも陛下の知らぬところで縁を作っております」

「それがこの結果では褒められたものではないがな」

「はい」

相手はリヒャルト・ブルーノ・ヴァイデンフェラー宰相閣下。ライナルトに会うより先に面談し、事実確認を行った結果、私が宰相に直訴して出立した筋書きになった。

相手は私の名誉の回復や誤解を解くと誓ってくれたけど、誠実な対応を心がけてきた相手に嘘をつかねばならないのだ。憂鬱になるのは仕方ない。

何を言ってもライナルトの意に添えない。苛立つ彼を宥める事もできず、空気は悪くなる一方だ。

「結果が伴ったからといって、貴方の行動を容認しては規律を損なおう」

「……はい」

「だが宰相、それにマイゼンブークやマクシミリアンにコンラートを赦免(しゃめん)するよう言付かった。今回は大目に見るが、以後勝手な行動は慎んでもらおう」

「寛大なお心に感謝いたします。陛下のお心に背きましたが、変わらぬ忠誠があることだけはお誓い申し上げます」

「そう願いたいものだな」

足を組み直す仕草だけで苛々していると伝わる。

他人ならいざ知らず、ライナルトにはあまりそういう感情を向けられたことがないから、萎縮しているのを自覚していた。

「キエムと話したが、帝都の案内には貴方も同行させたいと請われた。シュアン姫にもだ」

「かしこまりました。キエム様のご予定に合わせて動きたいと存じます」

「しばらくは多忙になるだろうが、貴方が始めたことだ、最後まで責務を全うしてもらいたい」

……こんなはずじゃなかったのになぁ、と落ち込むのはまだ早い。サゥ氏族のお迎えから帰り、宰相閣下と会い、ライナルトと気まずくなっただけでもお腹いっぱいなのに、災難はまだ続く。

言うなれば一番遭遇したくなかったイベントだ。

ノックや知らせもなかった。ドア向こうの警邏が止める間もなく扉が開かれたのだ。

「ライナルトさま」

砂糖菓子を煮詰めた甘い声音だった。

小走りで駆けてきたのは豪奢なドレスに身を包んだ少女だ。年は十代後半くらいで、やや暗めの金髪にくりっとした目鼻立ちが可愛らしい。おっとりとした雰囲気が周囲を明るくさせる、そんな印象を……。

——なにかが、変。

「こちらにいらしたのですね。公務が終わったとお義母さまから聞いて探していましたの」

「すまないがまだ公務中だ。見てわからないだろうか」

「キヨはそういったことには不慣れですからわかりません。公務を知り、相手を学べとおっしゃったのはライナルトさままでございます」

「ならば割り込むのは感心しない」

「いいえ、学んでおります。いまは大したことないお時間だって」

しかし容姿は一般的なオルレンドル人とは異なっていた。悪い意味ではなくて、むしろ可愛らしさが際立つと表現するべきだろうか。キヨと呼ばれた女性を迎えるべく席を立つも、相手は私など見向きもしない。

ライナルトは彼女を追い返さなかった。絡め取られた腕は振り払われず、なすがままだ。

「大したことのない用事ではない」

「でも今日はキヨとお茶をしてくださる約束でした。ニーカさんには場所を教えてもらえませんでしたが、こうして見つけることができたのは私たちの絆の賜物でしょう？」

はしゃいで喜ぶ彼女を、戸惑いながらも拒もうとしない。

むしろ悪くないとさえ感じていると取れる素振りだ。

……私、なにを見せられているのだろう。

「で、そちらの方はどなた？」

「コンラートのカレンでございます。以後お見知りおきくださいませ」

「あら……そ、あなたがコンラートの……」

声のトーンが下がる。相手の身なりと大胆な行動から、正体は予測がついていた。

「私はキヨと申します。遠き我が祖国日本から辿り着いた身の上ですが、皇太后様とご縁を授かり養女として迎えていただきました」

「お噂はかねがね存じております。その、ニ……ッポンよりいらした、貴き御方だと」

「やっぱり貴女も発音できないのね。いいわ、ニッポンよりニホンと呼んで、その方が発音しやすいでしょう。ニホンという国が私の故郷だと覚えてちょうだいな」

「ニホン……から来たキヨ様でございますね。ありがとうございます」

馴染みがありすぎたと言うか、あまりにも懐かしすぎて上手く発音できなかった。リリーがニホンコクと言ったのは発音が訛ったのが原因か。だとしたら予想通り、彼女は転生人ではなく転移人になりそうだ。

根拠はあまりない。ないけど時々ちらりと覗く発音や、キリッと……もっと言ってしまうと、下手をすればきつめの顔立ちが多いオルレンドル人よりも、ややマイルドで可愛らしい顔立ちが『向こう』の日本人、それもミックスを連想させるためだ。こればっかりはテレビや動画を知らないと違和感を突き止められなさそう。私も容姿は褒められた方だけど、彼女はリリーの付き人エリーザに共通する愛らしさがあった。

「キヨは表に出しゃばるのは好きではないの。ですから貴女のご苦労も察することしかできないのですが、殿方ではあるまいし、陛下を面前に薄汚れた格好は如何なものでしょう」

「面目次第もございません」

「キヨ、ここは私とコンラート夫人が話している場だ」

ライナルトは苦言を呈するが、相手も負けじと首を背ける。聞く耳持たずといった態度だが、やはり会談に割り込んだ行為を咎められはしない。

……なぜだろう。先ほどから胸の内には違和感が生じているのだけど言葉に出来ない。

ただこの謎を究明する時間はない。義理でも皇太后の娘となれば皇族の一員になるし、身分は遙か上の人。彼女を前にライナルトを留め置くなどできなかったのだ。

「じき義息子の誕生日です。どうぞその時には義息子に労いの言葉をかけてやってくださいませ」

「ああ、その日は必ず――」

「ほらライナルトさま、早くしてくださーい！」

返答はかき消された。

結局ろくな話もできずに終わってしまい、空虚な部屋で思い浮かんだのは、もしかして私たちは喧嘩をしたのかな、なんてしょうもない感想だ。

4

皇帝陛下の決意

我が家の家令に語るのは宰相リヒャルト・ブルーノ・ヴァイデンフェラーとの約束だ。

「まさか宰相閣下の提示した条件を呑まれたのでございますか」

「呑んだというか呑むべきかしらと思ったというか……。相手が宰相閣下だけなら蹴ってましたよ」

現在の帝都で宰相を担う人物とは、ライナルトより前に会っている。平均よりも身長が低く、ぱっと見は好々爺。同じ歴史ある大家でもバーレ家のイェルハルド老ほど存在感はなく、衆目の中にあっという間に溶け込めてしまいそうなほどに控えめだが、いざ向き合うと眼光の鋭さに背筋が伸びる。

「マクシミリアンから良い仕事をされたと聞いた、サゥの姫君とも仲を深めたのならば期待以上でございましたな」

「オルレンドルのためでございますので……」

「その忠節、宰相として感謝の念に耐えぬ。突然の命にもかかわらずよくぞ動いてくださった」

「ありがとうございます。しかしながら宰相閣下、その件なのですが……」

「なぜコンラート夫人をあの場に派遣したかだな。マクシミリアンにも問われた」

「ご明察恐れ入ります。書簡に間違いないためご指示に従いましたが、これまでコンラートは陛下から直接の命を賜っておりました。宰相閣下からは……はじめてでしたもので……」

「そうだな。それが私が貴女をお呼びした理由でもある。先にお答えすると、今回の件は陛下を通しておらぬ。私の独断だ」

息が詰まった。

「お待ちください。いまなんとおっしゃいました」

「私の独断で夫人に迎えに行ってもらったと申し上げた。まことご苦労をかけるが、サゥ氏族のキエム族長を迎えに行った話、しばしの間だけ夫人の独断であったとしてもらいたい」

「は、い……？」

青天の霹靂（へきれき）だった。だって帝都を発ったときには事実確認のために使いを送っていた。てっきりライナルトも知っていると思ったのに、宰相閣下はそれも口止めした、と平然とのたもうた。

「誤解が生じるやもしれぬが、貴女は陛下の信頼も厚く、ひとたび不興を買ったとしても早々見放されることはない。この提案はライナルト陛下の御代をお守りするためだとご理解いただきたい」

「こちらに相談もなしにそんなことをされては困ります！」

「ゆえに、この誤解は長くは続かぬと約束しよう。貴女の名誉は必ず回復させるとお約束する」

「承服しかねます！　失礼ながら、宰相閣下ともあろう方が、あの陛下になにも知らせずそんな話を通すなんて、陛下のお心をなんと捉えてらっしゃるのですか！」

「夫人は陛下の気性を知っておられたな。確かに、事の次第を把握されれば私の首が飛ぶかもしれぬ。……が、それも承知の上である。オルレンドルの膿（うみ）を吐き出すためには必要なことだ。落ち着いて聞いてもらえぬか」

ふざけないで、と言えたらどれだけよかったか。

腹立たしさをぐっとこらえ、拳（こぶし）を強く握る。

「聞くだけであれば拝聴いたしましょう。ですが、宰相閣下と陛下を天秤にかければ、どちらを優先するかは明白ですね。こちらはだまし討ちのような形をとられたのですから」

「私では夫人の信頼を得ることは能（あた）わぬだろうな」

「お言葉ながらその正気も疑ってございます」

命令もなしに帝都を発ったのだ。挙げ句の果てに泥を被れ、なんて呑める話じゃない。大体ライナルト相手に嘘をつくなんて、これまで培った信頼関係を崩す行為を容認できるはずない。この時点ではどんな内容だろうと蹴るつもりで挑んでいたら、そんな心積もりはあっさり崩された。

「まずは私以外の者の話を聞いてもらおうではないか。……入りたまえ」

「……モーリッツさん!?」

第三者の介入だ。モーリッツ・アーベライン登場のくだりにウェイトリーさんは瞑目した。

「あの御仁が噛んでるのならば、ヘリング殿が口止めされたのも納得できます」

モーリッツさん相手なら、私が耳を傾けると宰相は知っていたのだ。だから相手の頼みを聞いたのも、あの人を信用したのが大前提。事が済んだら、ライナルトには必ず経緯を説明するとモーリッツさんは保証してくれた。

……それでもバルドゥル絡みじゃなきゃごねてたかもしれないけどね。

簡単に言うと、宰相閣下は皇太后クラリッサの懐に入るべく邁進している。

モーリッツさんが加担しているのは二人が協力しているため。彼らによればオルレンドル帝国第一隊元隊長バルドゥルが皇太后の元に潜んでいるとほぼ確信を得た。彼らはバルドゥルを捕まえるために動いているが、皇太后側のガードが堅すぎて、住処を思うように探れない。

「確信があるなら踏み込んでもらいたいけど、それで見つからなかったら一大事だしね……」

「宰相閣下は、カレン様を遠くに追いやることで信頼を勝ち取ろうと?」

「私、皇太后様には陛下に近付く女として目の仇にされているそうです。だから宰相閣下が細工して私を一時的に追いやったと……そういうことにしたかったと言われました」

「そこまでせねばならぬ事態でございますか」

「みたい、ですね。すべての言葉を鵜呑みにはしませんが、養女のキヨ様とライナルト様が接触できたと、皇太后様は大変ご機嫌だそうです」

「養女……でございますか。宮廷が魔窟とは知っていたつもりですが、世も末でございますな」

「まったくです。こんなことで皇太后様から目の敵にされてたなんて、知りたくなかった」

「現場はよほど、皇太后様のご実家に気を遣わねばならないのでしょうな」

「名家が嫌いになりそう」

「陛下にお伏せになっている理由すら聞けず終いでは無理もありますまい。カレン様は、ただアーベライン殿がいたからこそ、すべてを伏せられても承諾なされたのですから」

「でも相手の思うつぼと思うと悔しい」

どうりで、入れ違いになったマイゼンブーク氏やマクシミリアン卿に同情されていたはずだ。

「ですが幸いにも、カレン様が培ってきた信用は、オルレンドルの象徴たる『目の塔』よりも高いと存じております。陛下のお心が揺らぐことはないでしょう」

「……それはどうかしら」

「カレン様？」

「なんでもない。それより、商船の活用方法を考えておいてください」

「かしこまりました。宰相閣下に紹介を融通してもらうとは大胆でしたな」

「口約束だけでは悔しいし、どうにも落ち着かないですから」

「結構でございます。先方もこちらに利がある申し出の一つ二つあった方が安心するというもの。どのような理由があれど、損を被り続けるだけでも疑われるのが宮廷でございますから」

踏み入れれば踏み入るだけ誠実や忠誠といった言葉が軽くなるのも政だ、とウェイトリーさんやクロードさんから教わっている。

彼らの教え子である私は『約束』を『取引』に変えた。

だっていくら誤解を解いてくれるといっても、ライナルトに嘘をつき続けるのは苦しい。半ば八つ当たりを含め、せめて利を得るべく商船を扱う商会と渡りを付けてもらうよう取り付けたのだ。

宰相と話した概要はこんな感じだけど、ただ、なぁ……。

個人的な所感だけど、彼らはまだなにか隠している気がする。

ついでにキヨ嬢の話もしたが、ウェイトリーさんは解せない様子で首を傾げていた。

「しかし理解できません」

「私もですけど、宰相閣下に頭を下げられてしまっては……」

「カレン様の話を聞く限り、陛下が会って間もない女性にそこまで心を許すでしょうか。公務中とあれば尚更(なおさら)です」

「え、そこ?」

「そこでございます」

「宰相閣下とモーリッツさんの企みについて考えるべきじゃありませんか」

「アーベライン殿が同席されたのであれば約束は守られるでしょう。それにカレン様がそれで良いと判断したのならば、これ以上申し上げることはございません」

注目する点がちがうのは、キヨ嬢のくだりはなるべく淡々と説明したつもりだったけど、もしかしてかなり主観が入ってた？

でもウェイトリーさんの言うことも一理あるかもしれない。あのときは萎縮(いしゅく)して冷静でいられなかったけれど、ライナルトの様子はおかしかった。ただ苛立っているにしたって、露骨に感情に揺さぶられる人ではなかったはずなのだ。

それに私がキヨ嬢に感じた違和感もある。

「……気になることは多いけど、すぐ答えがでるわけでもないし、考えるのはヴェンデルの誕生会が終わってからにしましょう」

「かしこまりました。たしかに、誕生会でわかるものがあるかもしれません」

「え？」

「こちらの話でございます。それよりも、サッ氏族の案内に同行するからには予定に変更がございましょう。念のため魔法院にも連絡を入れておいた方が良いのではないですか」

「どうして？」

「動く絵画がございます。有名でございますよ」

「気が重くなってきた……」

意味深な呟きを残すウェイトリーさん。キエム達には結局魔法院を案内する羽目になったのだが、そこで『白髪の魔法使い二人』と『半精霊』の絵画を見たキエムはいたく感激した。

「もしやこの半精霊殿こそ、かつて我が国を訪れた旅人ではないのか」

「兄さま、それは流石に思い込みが過ぎます」

「いやいやわからんぞ。この御方はいまも旅をしているというではないか。世界各地を巡る伝承によく似ている。是非とも我が国を訪ねてはもらえないだろうか。なあ、カレン殿」

「……どうなのでしょう、いまや師はどこをさすらっているかわかりません」

「師と弟子揃っても構わんぞ」

「私の言うことを聞いてくれる人ではありませんので」

「しかし我が妹はライナルト陛下に預けることになる。せっかくだしオルレンドルからうちに誰か寄越してくれても良いとは思わないか」

「兄さま。しかし、の意味がわかりませんよ。それがカレン様になる理由もありません」

「妹よ。お前はすでに側妃気分か？　それでは正妃のキヨ殿の機嫌を損ねよう、自重を覚えろ」

「そのお言葉、そっくりそのまま、兄さまにお返ししますね？」

助けてくれるシュアンだが、キエムは止まらない。

「いやぁ……これは我らだけではなく、他の者達にも見せたかったな」

それは勘弁願いたい。マクシミリアン卿も同意見だったのか、苦笑気味に制した。

「魔法院は本来、特別な者しか立ち入りを許されておりません。どうかそれはご勘弁を」

「言ってみただけだ。私とてオルレンドルで無茶を言う気はない」

上機嫌に喉を鳴らすキエムに、ちょっと案内役を後悔した瞬間だ。

こんな風に四方八方駆け回って早数日、コンラート家は『ヴェンデルの誕生会』という一大イベントを迎える。

ライナルトとの気まずい空気を悩まずに済んだのはこの準備のおかげだ。最近の周囲はライナルトとキヨ嬢が仲良くやっている、異国からやってきた姫君の側室入りが決定か、なんて囁かれてばかりで、どうにも集中できなかった。

オルレンドル式の正装に身を包んだ少年は立派だった。

コンラートでは十歳だった子が、いまや十二歳。身長もすっかり伸びて、顔立ちも大人びた。

「うぇ……首元が苦しい。もうちょっと緩めたらだめ？」

「だーめ。今日はあなたが主役なんだから我慢なさい。陛下や異国のお客様もいらっしゃるから、気を引き締めないと」

「陛下はともかく、ヨーの方はカレンのお客さんじゃん。僕は完全にとばっちりだ」

「うん。それはごめんね？」

「謝罪は物でしか受け付けない」

「なにが欲しいのよ」

「馬」

「馬？」

「南門の厩で生まれたけど、体が小さいからって母馬と処分される。うち、まだ余裕あったでしょ」

「……管理はクロードさんに任せてる。これが終わったら相談してきなさい」

よし、と小さく拳を握るヴェンデル。

「馬もいいけど、今日は他国のお客様とふれ合う日なんだからしゃんとなさい。誕生会に陛下や五大部族の長を招けるなんて、これ以上ない名誉なんですからね」

キエム達とは話の流れで義息子がいて、もうすぐ誕生会だと話したら興味を示したのだ。

天気が心配だったが見事に晴れ渡り、白と緑が基調になるキルステンの屋敷を見事に映えさせてくれている。会場の準備は父さんが主体で行ってくれたが、オルレンドル式にするためクロードさんに意見を仰ぎ、マリーやゾフィーさん、それに愛すべき隣人等の知識をお借りして飾り立てていた。

「それで、もう落ち着いたみたいだけどこそこそ動いてたのは終わったの？」

「なんのこと？」

「隠しても無駄よ。あなたのお使いでマルティナやハンフリーがあちこち走ってたのは知ってるの。みんなを巻き込んでなにしてたのよ」

いい加減なにをしていたのか教えてもらいたいのだが、ヴェンデルは「知らない」と突っぱねるばかりで語ろうとしない。

「ろくでもないこと企んでるんじゃないでしょうね」

「……ま、今日でぜんぶわかるよ」

「あなたのことだから大丈夫だとは思うけど……」

ヴェンデルが邪悪な顔をするときはろくな事がない……とはいえ、気にかける余裕はないし、無事に誕生日を迎えてみると、ただ明るく喋ってくれるだけで胸があたたかい。

感慨深くなっていると招待客リストを携えた父さんが部屋を訪れた。

「カレン、最後に招待客の確認をしてもらいたいのだが、時間はあるかね」

「はぁい、こちらの準備は終わってます」

「はい、は短く一度だ」

「お客様が見えたら直しますー」

「カレンこそ気が抜けてるじゃん」

「おだまり」

今日は招待客が多い。ヴェンデルのお友達をはじめ、コンラートが懇意にしている取引先や知り合いに声をかけた。加えて皇帝陛下が来るのは周知の事実だし、ヨー連合国のサゥ氏族長が足を運ぶ。うちが開催する初の大規模パーティーになるわけで、昼会といえど全力で取り組まねばならなかった。

「ならば二人ともいますぐ気を引き締めなさい。もうすぐバーレのイェルハルド殿がいらっしゃる」

「もうですか？　お早……早いですね」

「静かな方がゆっくり話せるからと仰せだ。ヴェンデルも一緒に出迎えて挨拶なさい」

「そうね、イェルハルド様なら挨拶の練習にちょうどいいかも」

「ちょうどいいって……僕はイェルハルド様をそんなに知ってるわけじゃないんだけど……」

「あなたが主役なの。使用人を貸してくれたお礼をしなきゃ」

ヴェンデルは平然としていても、毎日口上の練習を欠かさなかったので、どれほど緊張しているのかは知っている。イェルハルド老相手なら練習にもちょうど良かったのだ。

実際、先にイェルハルド老が訪ねてくれてよかったと安堵した。出迎えた折、私やエミールはにこやかに挨拶できたけれど、ヴェンデルはそうもいかなかったのだ。

「こんにちは、イェルハルド様。この度は僕の誕生会にわざわざお越しいひゃ……」

なぜなら噛んだから。

口を押さえるヴェンデルの頬は赤い。これにイェルハルド老は揶揄(からか)いはせず、笑いもしなかった。何事もなかったかのようにしれっと挨拶を交わしてくれる。

「……すみません」

「失敗は誰でもある。むしろいま失敗できたのなら良かったのではないかね、次は頑張りなさい」

「はい。ありがとうございます」

イェルハルド老は微笑ましいと言わんばかりに目元を和ませているのだけど、ヴェンデルはそうもいかない。ずぅんと音を立てそうなほど肩を落としているが、フォローは後だ。

二人は微笑ましいが、そんなやり取りを眺めてぼやいたのはロビンだ。

「……いいなぁ。オレが失敗してたら素振り百回は追加だぞ」

「追加されたことあるの？」

「嫌ってほどにな」

最近はベルトランドがバーレの後継の選び方を変える旨を宣言した影響で、次の後継者なのではと囁かれている。本人は迷惑がっているけど、イェルハルド老の血の繋がった孫でベルトランドにも可愛がられているとなれば、噂の的になるのは仕方ないのかもしれない。

「悪戯小僧だった孫の悪行はあとで話すとして……」

「げぇ!?」

「始まってもいないのに済まないね。うちの使用人達がうまくやっているのか気になって、つい早く出てしまった。彼らは失礼をしていないだろうか」

「むしろこちらが教わる事ばかりです。バーレ家のみなさんのおかげで憂いなく準備を進められましたし、感謝してもしきれないくらいです」

「それならよかった。うちは普段静かすぎるから使用人の気は緩みっぱなしだし、こういった催しで少しは緊張を補った方がいい」

「……爺さまは孫とひ孫にいい顔できるしな」

「その通りだ、よくわかったね」

私たちはバーレの使用人さんをお借りしている。なにせ著名人をお招きする誕生会なのに、我が家は使用人の数が足りない。キルステンも兄さんが退いたために体制が万全とは言えず、クロードさんに人を借りても配膳や警邏が不足していた。そこで相談させてもらったのがイェルハルド老だ。

気の引けるお願いにもご老体は快く承諾してくれ、教育の行き届いた使用人さんを派遣してくれた。中には本家のベテランさん達も交じっており、パーティーの要領も得ているためか、ウェイトリーさんが感心しっぱなしだ。バーレの協力がなかったらまともに準備を進めるのも叶わなかっただろうから、総出でお迎えしようというものだ。

「君達の顔を見に来ただけだから、いつまでも年寄りに構い続ける必要はない。ああ、それと贈り物を用意してあるから、あとでロビンから受け取ってもらえるかね」

「使用人までお貸しいただいたのに、贈り物まで……」

「そのくらいしか楽しみがないのさ。さて、よければキルステンの庭園を見ていきたいのだが……」

「あ、じゃあ自分が案内します」

「お願いできるかね、エミール？」

「この間の話の続きもありますから、是非案内させてください。いいですよね、父さん」

「くれぐれも失礼のないよう、時間までには戻ってきなさい」

「はい！」

エミールとイェルハルド老、趣味が合うとはいえ打ち解けてるなぁ……。

「ヴェンデル、イェルハルド様も気にしていなかったし、いつまでも落ち込まない。次に失敗しなきゃいいのよ」

「落ち込んでないし」

「心配だったら時間までクロードさんに練習に付き合ってもらいなさい。たしか休憩室にいると思うから、いまなら空いてるでしょう」

クロードさんならそれとなくうまく励ましてくれるだろうし。

招待客リストを見直し、最後の打ち合わせを行っていたら開催時間だ。

ここからはもう本当に忙しかった。お客様を出迎えるのはもちろん、相手はヴェンデルへのプレゼントを持参してくるので、それを使用人さん達に運んでもらい、リスト化まで行う。

エレナさんや、リングさんといった親しい人たちは気が楽だが、ほんっとうに色んな人と挨拶を交わしたから、あっという間に時間が過ぎる。挨拶回りに庭を行き来し、てんやわんやしていたが、皆の協力もあって誕生会は順調。一度ミスしたからか、緊張もなくなったヴェンデルの評判も上々で私も鼻が高い。マリーは新しい彼氏を探しているが、サミュエルはどうするのだろう。

ま、注目のコンラートの跡取りだけど、大体の皆さんが注目するのはトリでやってくる招待客なので、お株は奪われてしまうのだけど……。

開始して一時間くらい経った頃、招待客ら一同が注目するのは本日一番の大物だ。

オルレンドル帝国皇帝ライナルト。

並びに異国からのお客様サゥ氏族のキエム族長とその妹シュアン姫。

「すごい、とても素敵な催しね」

そして、お招びはしていなかったはずのキヨ嬢。

なぜ彼女がここにいるか問うてはならない。ライナルトと腕を組んでいるが突っ込むのも禁句だ。

むしろ皇族を迎えられた誉れを喜べと、コンラート当主代理として頭を垂れた。

「本日は義息子の誕生会にようこそおいでくださいました、皇帝陛下。ならびにキヨ様、サゥ氏族のキエム族長、シュアン様」

「すまないな。彼女は招かれてはいないのだが、オルレンドルの催しだと聞いて来たがった」

「キヨ様に興味を持っていただけるとは光栄の極みでございますね」

瞳を輝かせる彼女に折れた……といったところだろうか。

「キエム様と、シュアン様も、どうぞゆるりとご覧になっていってくださいませ。華やかな歓待とは参りませんが、心尽くしのもてなしをさせていただきます」

「なに、すでに充分楽しませてもらっている。先の宮廷でももてなしを受けたが、一般的な貴人の宴はまだ参加していなかったのでな。贈り物も持参した、活用してくれ」

「ヨーの格式高い香炉と香木です。オルレンドルの方にも気に入っていただけるものと存じます」

「ありがとうございます。キエム様、シュアン様」

キエムの堂々たる有り様は相変わらず、反対にシュアンは人目に晒されて恥ずかしそうだ。キエムとの話も終えたので、折を見てライナルトが声を出す。

「さて、本日の主役はどうかな」

「おかげさまをもちまして順調です、皇帝陛下。キヨ様も、本日は私の誕生会に足を運んでいただき、感謝の念にたえません」

「……初めまして、ヴェンデル。お誕生日おめでとうございます」

ヴェンデルの挨拶に、キヨ嬢は一拍遅れて答えた。うちの子が賢すぎてびっくりした？

ライナルトは好ましいものを見る目でヴェンデルに語りかける。

「壮健そうでなによりだ。少し背が伸びたか」

「少し、でございますが。ヨー連合国の方々も、ようこそおいで下さいました。コンラートのヴェンデルと申します、どうぞお見知りおきください」

「おう。これはこれは、思いのほか利発そうな少年だ」

「歓迎をどうもありがとう、カレン様、ご立派なご子息ですね」

個性の強い彼らを相手に気後れしないヴェンデルは……天才かな。

キエム達の相手もあったからライナルトに集中できなかったが、彼の隣には始終キヨ嬢がいたから、話しかけても無駄だったかもしれない。

だけどこの日、意外に感じたのはキヨ嬢だ。彼女は夢物語に憧れる少女のような瞳でキルステン邸を見つめていた。この会を「素敵」と評したのも嘘ではなく、本気で褒めちぎりながらライナルトの

手を引いていたのだ。

まあその、ちょっと穿った見方をしてしまうのなら「洋館の鮮やかな飾り付けと料理が並んだ催し」に感激していた感じがあるのだけど……。

……ライナルト、抵抗しないなぁ。

「カレン殿、そなたまったく話してくれなかったが、こちらでは色々派手にやったそうではないか」

「一体どんな噂がキエム様のお耳に入ってしまったのでしょうか」

「色々だ、色々。だが誤解してくれるなよ、熱心に噂を集めていたのはシュアンだ。私は妹が熱心に語る様を聞いていたに過ぎん」

「兄様！　それは秘密にしてくださいと言ったのに！」

「まったく、魔女退治だなんだの、かような活躍があったのなら話してくれてもよかったろう」

「自慢にはならない話でございますので。それよりもオルレンドルの料理のお味はいかがです？」

「私には味が薄い。……が、嫌いではないな。ここの料理人は腕が良い。使用人も上等、義息子殿も聡明とあらば、披露したくなる気持ちもわかる」

「私共にとって一番の宝物でございますので、キエム様にそう言っていただければ嬉しく思います」

「はは、本当に嬉しそうに笑うな」

良かったのはキエムと始終平和に話せたことくらい？

ライナルトと二人で話せたのは、キヨ嬢が一時的に離れ、キエム達の気が逸れたわずかな時間だけだ。サゥの兄妹と話すヴェンデルを並んで眺めていた。

「陛下は、もしかして怒ってらっしゃいますか」

「いや、そういうわけではない」

「ではどうして目を見てくださらないのでしょう。目が合ってもずっとお顔を顰めてばかりです」

本当はお礼を言って、お洋服が素敵ですねと褒めるつもりだった。恨み言をいうつもりはなかったのに、どうしてこう口が滑ってしまうのか。

「この間の件、まだお怒りでしょうか」

「違う」

「どう違うのでしょう。お言葉が以前よりぶっきらぼうです。いまを怒ってないと言うのなら、私はライナルト様の認識を改めなければいけません」

「私もいま考えているところだ。あまり喋らないでもらえるか」

「……………すみません」

　こうして並び立てばいやでも違いが浮き彫りになってくる。他の人はわからないかもしれないけど、声の端々に冷たい響きが混じるのを感じずにはいられない。

「あとで必ず話すから、落ち込まないでもらいたい」

　子供じゃあるまいし、そこまで顔に出してない。

　キヨ嬢が戻ってくるとライナルトは連れて行かれ、ニーカさんに話を聞く暇もなかった。しかもニーカさんさえ、私を見るなり目をそらしてしまったし……。

　誕生会はみなさんには過分にお褒めの言葉をいただいた。参加者たちも始終笑顔で、一般的に今日の誕生会は大成功の部類になる。

　招待客が帰った後はもうヘトヘトでそのままキルステンの家に泊まらせてもらおうと思ったのだけど……。

「いや、駄目」

「へ？」

「カレンはうちに帰って」

　なんと愛息子ヴェンデルが氷点下並みに冷たい態度で家に帰れという。私だってたまには父さんと語らいたいのに、とにかく帰したがる。

「私も父さんと話したい」

「ごねない。ごねたって今日キルステンに泊まるのは僕だから絶対ダメ。ウェイトリーはもう家に戻ってるし、僕は贈り物の開封作業があるんだからさっさと行って」

「父さんー！　私もヴェンデルの贈り物見たいんだけど！」

「……今日はヴェンデルに従っておきなさい」

「マリー！」

「あ、私も今日はこっちに泊まるからアナタはあっちね」

一体なにがどうなって私をのけ者にするのか。

正直、寝るまでわいわい騒いでいたかった。ライナルトの女性関係に関わるまいと決めたのに、醜い言葉と態度を重ねてしまった。自らの駄目さが浮き彫りになって、内心落ち込んでいたからだ。

しかし打ちひしがれて家に帰ると、食堂が綺麗に飾られている。ウェイトリーさんのみならず、早めに切り上げたゾフィーさんまで残っていたのだ。正装に身を包み、くつろいでいる様子もない。

「これ……はなに、どういうことですか。今日はもうなにもなかったわよね？」

「理由は後でお話しいたしますので、いまは汗を流し、こちらにお着替えください」

「ゾフィーさんも、早く帰らないとお子さん達が待ってるはずでしょう」

「いまごろは慣れない宴に疲れ果てて寝ています。ご心配なさらずとも、起きる頃には帰ります」

昼会ほど派手じゃないけど余所行きの服を渡され、汗を流して一休みだ。時間までは休んでて良いと部屋に押し込められたのだけど……。

「いくら何でも遅くない？」

眠気を殺して待つも、外が藍に染まれど誰も呼びに来ない。

とっくに夕餉の時刻は回っているし、ろくに食べていないせいでお腹が空いていた。そろそろと階下に降りていくと、焦った様子のウェイトリーさんとエレナさんが話している。

「本当に来られないとおっしゃるのですか？」

「どうも宮廷から出てくる様子がないみたいなんです」

「しかし必ずお越しになると約束いただきました、約束を違えられる方ではないはずです」

「わかってます。ですからノアが先輩に連絡を取ろうとしてるんですけど、音沙汰がなくて……」

宮廷？ 先輩っていったらニーカさん？

驚き足が動いた弾みで盗み聞きがバレた。二人はさっと態度を取り繕ってくるけど手遅れだ。

「……そろそろなにをしようとしてたのか、教えてもらえません？」

言い訳しても無駄だと思ったのかもしれない。

エレナさんがばつが悪そうに瞑目しながら言った。

「その……ヴェンデル君のお願いで、今夜はカレンちゃんと陛下にこちらで夕餉を召し上がっていただく予定だったんですけど……」

「申し訳ございません。陛下と連絡がつかず、いまだお越しになられないのです」

「でもでも、絶対理由があるはずですから、もうちょっとだけ待っててください」

……ヴェンデルの悪巧みはこれかぁ。

残念な気持ち半分、もう半分は、私のことを考えてくれた皆の気持ちが嬉しい。

「約束を忘れる方ではないから、お忙しいときは本当にそうなんでしょう」

「しかし、せっかくカレン様にお戻りいただきましたのに……」

「そうですよ、旦那に耳引っ張ってでも連れてきてもらいますから！」

「ありがとう。でも秘密の約束に押しかけてしまっては迷惑がかかりますから、無理しないで。ウェイトリーさんも朝から動いて疲れているし、焦らず、座って待ちましょう？」

結局ライナルトは寝る時刻になってもコンラートの玄関を叩かなかったし、遅い夕餉の相手はエレナさんとウェイトリーさんが務めてくれた。

特にエレナさんは、どう気持ちを表現していいかわからない私の代わりに怒ってくれてたのだと思う。だから少し虚しかった気持ちも持ち直したし、最後は心から笑えるようになっていた。

あとは寝てしまえば元気も出る。そう思って布団にくるまっていたらノックで起こされた。

「夜分に申し訳ありません、陛下がお越しにございます」

……聞き間違いかな？

「あの……ちょっと？　いまライナルト様がお越しになったと聞こえたのだけど、嘘ですよね」

「聞き間違いではございません。先ほど訪ねられ、いまは下でお待ちになっております。カレン様が起きるまで待つとおっしゃったのですが……」

「いいいいますぐ行きますっ」

こんな夜更けに来たのだからただ事のはずがない。着替えもそこそこに部屋から飛び出ると、ライナルトは食堂にいる、と告げられた。

「広い部屋の方が良いとおおせで……」

「それは構いません。それよりどんな様子でしたか」

「酷くお疲れのように感じられますので、温かい飲み物がよろしいと存じます」

「……他の人は入れない方がいいかもしれないから、私が直接渡します。いますぐお願い」

「お任せを」

「ありがとう」

なみなみと注がれたお茶を持って食堂に入れば、ライナルトは壁際の少し小さめの長椅子に、上体を折り曲げて座っている。片手で両目を覆う姿は疲労が濃く、見たことがない姿だった。

「ラ……」

「起こしてしまったな」

「はい。ですが起こしてもらえてよかったです。それよりこんな夜更けにいらして、お疲れではないですか。お茶を飲んで、一息ついてください」

「気持ちだけもらっておく」

目元を覆った手を動かそうともしなかった。

「夜も冷える頃になってきましたし、少しでも温かいものを飲めば違います。それで……あの、私は視界から消えますので……落ち着いたら呼んでください」

用意してもらったお茶が無駄になるけど、ここまで様子がおかしいと傷つくどころじゃない。自信に満ち満ちた以外の姿なんて、焦りと心配でいてもたってもいられない。

「頼みがある、私の傍に来てもらえるか」

「しかし、私が近くにいては問題があるのではありませんか。ずっとお辛そうです」

「説明は確認を終えてからにしたい。頼む」

「傍にと言われても……」

「隣に座ってくれ」

声は切実だった。

言われたとおりにしたものの、変わらずライナルトの両目は閉じられている。

「触れさせてもらえるか」

「どうぞ」

手を差し出そうとしたら、彼の動きは予想を上回った。

探りながら伸ばされた指が躊躇う仕草で手の甲に触れ、なにかを確認し終えると、手の平が頬に伸びた。意外とごつごつとした感触に撫でられていく。

待って待って。触るって言っても手と思っていたのに、顔を触れるなんてそんなのない。

「……温かいな」

「さ、さっきまで、寝てましたので」

「すまないな、約束を破った上に、深夜に起こしてしまった」

「そ、そそそ、そんなことはっ!?」

びっくりしたけど恥ずかしいくらいで、でもだからって心の準備ができていなかった。頬を触られるのははじめてじゃないけど、あの時はエルが亡くなった直後で……。

ああ、大事な理由があるのだとわかっていても顔に熱が集中するし、心臓がばくばく脈打って落ち着かない。親指が頬を撫でる感覚は優しいのに、妙に背中がぞわぞわして離れたくなってくる。

「……触れるだけなら大丈夫か」

「あの、これは一体っ」

「はね除けてしまわないか心配だったが、触る分にはまだ問題ないらしい」

安堵の声が私の知るライナルトを想起させる。その様子に私もようやく熱が引いたが、気付いたら離れようとした手を握りしめていた。

理由は自分でもわからない。

もしかしたらいつになく不安定なこの人に、私は大丈夫だと伝えたかったのかもしれなかった。

「思えばキエム様の迎えから戻った日にはご様子がおかしかったですね。てっきりお怒りになったものだと思っていましたが、気付かず申し訳ありませんでした」

「謝るべきは私の方だ。貴方に向けるべき態度ではなかった」

「違います。私だって言葉が不足していたし、ライナルト様がお叱りになるのは当然なんです」

「その言葉を感情で遮った自覚はある。カレンのことだからなにか理由があるはずと……私はそこを問うつもりでいたのに、貴方を萎縮させた」

「ライナルト様は間違っておりません。臣下の勝手を主君が怒らないわけはないのですから、あれでよかったのです」

「違う、そうではない」

「いいえ。私もいつもと様子が違うのに、指摘できませんでした」

「それでよかったのだ。対面していたあの時では、なにを言われてもまともに受け入れられなかった。なにも言わずにいるのが正解だ」

何故だろう、彼は自分の行動を後悔している。

「怖がらせるつもりはなかった」

力の込められた手が痛い。すぐに緩められたが、いつものライナルトと違い勝手がわからない。

「だとしても、ライナルト様なりの理由があってのことでしょうから、もう気にしていません。言ったでしょう、私にだって非があったんです」

「……ではこれで仲直りとなるかな？」

「はい、仲直りしましょう」

成人男性と仲直り、なんて言い合うのは不思議な気分だ。それはライナルトも同様だったのか、唇をつり上げてくれた。

「視界を塞がれていることと、私の姿を見られないのは関係があるのですよね。お急ぎになられた理由を教えてもらえませんか」

なにか私に出来ることはあるのか。

指に力を込めると、弱い力で握り返される。

長い沈黙の後、彼はこう言った。

「貴方の姿が視界に映りこむと無性に苛立ちや嫌悪感が生まれてくる。この間からずっとだ」

「確認しますが、体調が悪かった、なんてことはないんですよね」

「ないな。まして気分で流されたものなどではないと断言しよう」

普通聞く分には馬鹿馬鹿しいと一蹴されてもおかしくない話だが、無下に否定するつもりはない。

「……この間お会いしたときからですか？」

「そうだ、あの時から私は自分の感情に違和感を覚えた。はっきりと気付いたのは、貴方と別れた後からだがな」

「……では私がいない間、顔を合わせる前はどうだったのでしょう？」

「少なくとも入室するまで私は、理由はどうあれ貴方の無事の帰国を喜んでいた」

素直な心情を吐露してくれるが喜んでもいいのだろうか。

「いつからこうなのかははっきりとしないが、原因を鑑みれば、食事の誘いも断ってくれてよかったかもしれん。この状態では貴方を呼びつけても、理不尽な怒りしかぶつけられなかっただろう」

「そんなに前から……？　では、今日の昼も……」

「訳のない嫌悪感が日に日に強まり状況は悪化している。この間は顔を見ただけで、今日は視界に体の一部を納めるだけで苛立つとなれば、そんなものを貴方にぶつけるわけにはいくまい」

謎が次々と解けて行く。

「声はどうでしょう。あまり喋らない方がよろしい？」

「大丈夫だ。こうして試してわかったが、いまのところ視界に入らなければ苛立ちはしない」

「どうしてそうなったのか、当てはありますか」

「ある」

今度は打って変わって固い声になった。

「皇太后の養女、私の義妹にあたる娘だ。あれをそばに置くようになってから、不愉快にも心をねじ曲げられている。だがあれを直接目の前にすると様々な頼み事が断りづらい」

曰く、夕食に来られなかったのはキョ嬢が遅くまで纏わり付いていたからだとか。もしかしてと思っていた理由、なにも知らずに聞けば肩を落としたままだったが、仔細を語ってくれるなら事情は変わる。

「言い訳にしかならないな。すまない」

「なぜ謝るんですか。こうして教えに来てくれたじゃないですか」

「貴方の誕生日を失念していた代わりに、今夜は必ず向かうと約束していたからだ。これではヴェンデルに叱られてもなにも言えん」

「失念などと、ライナルト様はお忙しいのです」

「少し前までは覚えていたつもりだった」

「そんな気にしなくても……。あの子はライナルト様になにを言ったんです」

「なにもしなかったのだから、せめて食事くらい共にしたらどうだと」

「言うこと聞く必要なかったんですよ!?」

「私がそうしたいと思ったから約束した、それだけだ」

聞けば誕生会の準備と並行して約束を取り付けた一連にコンラート家の皆が絡んでいる。

「……は、話を戻しましょう。キヨ様と会うようになってからおかしいとおっしゃいましたが、なぜお気付きになられたのでしょう。きっかけは何だったのですか」

「自分の言動に違和感があったからだ。あのような変化、一人になれば冷静になれる」

「どこに違和感があったか聞いても？」

「貴方や友人以外の人間に親切にする意味がない。まして理由もなく話に割り込む礼儀知らずを、なぜ私が容認するのか、私自身が納得しがたいのだ」

……あ、そうでしたか。

改めて言われると恥ずかしい。

「でも心をねじ曲げるなんて、魔法の域の話です。よくお認めになりましたね」

「半信半疑だったのは認めよう。だからニーカに貴方を見せてはっきりさせた」

「あ、ニーカさん……今日はご様子がおかしかったですが……」

「この現象、どこまで被害が及んでいるか知るために試させた。キヨと接触させたのがこの間だが、今日は貴方の姿を見た途端に嫌悪感が湧いたと言った。症状は軽いが良い傾向ではない」

「ライナルト様は原因を突き止めていらっしゃいますが、そうなるとキヨ様は魔法使いですか？」

「違うはずだ。魔法使いにしては無知すぎる上に、なによりそんなものである時点で私の傍には置けない。……ああ、カレンを除いてだが」

「いいですよ、無理されなくて。ライナルト様の魔法嫌いはよく存じてます」

「……そうだな。いまさら偽る必要はない」

「もう少し詳細を教えてください。先ほどキヨ様の前だと頼み事が断りづらいとおっしゃいましたが、それはどんな感じですか」

これにはなぜか無言だった。

応える直前の様子は諦め交じりで、嫌々ながら答えたのだ。

「普段私が貴方に対する感情と同じ類のものが生じている……と、ニーカには言われた。そんなつもりはなかったが、間違いないとな」

「……ライナルト様、流石に私は公務の邪魔はしません」

「わかっている、例えだ」

「でもよかった、嫌われたわけじゃなかったんですね」

不安が解消されたのは嬉しい……けど、またひとつ不安要素が浮き上がってしまった。

「これからシャハナを呼び出すつもりだが、カレンは人の心を惑わす魔法に覚えはあるだろうか。もしあるなら見解を聞いておきたい」

「……ない、といえば嘘になりますが、正直本当にあるのかと疑わしいところでして」

「構わない」

すっかり現代日本人だった頃の記憶が遠くなっているが、その頃の知識を総動員すると一つの答えが導き出される。

所謂『魅了』なるものをお持ちとか……そんなこと……。

……あり得ない、とは言えないなぁ。

「推測の域は出ませんが、強制的に自らへの好意を相手に擦り込むのでしょうか」

「好意、か……」

「だとしても、なぜ私に嫌悪感が生まれるのかはわかりません。キヨ様が魔法使いでないなら……」

「そこは調べさせてみよう。必要なのはなんだと思う」

「キヨ様と接触しないことではないかと思われます。彼女と距離を置くことはできませんか？」

「難しいな。……あれにはそれなりの意味があって近付くことを許している。いま離せばあまり良い結果にならない」

「わかりました。それなら朝になったら早急に魔法院に行ってください」

何故近づけるか、気にならないと言ったら嘘になるけど、この言い様には踏み込まない方が良い。

「朝になったら魔法院に向かおう。貴方の意見を交えシャハナに相談する」

「是非そうしてください。それともうひとつ気になっていたのですが、かなりお疲れですよね。失礼ですがちゃんと休んでいますか」

「いや……。寝てしまうと状態が悪化する気がしてな」

「一日二日でそんな顔色にはならないはず。どのくらい休んでないんですか」

無言を決め込まれるが、私よりもともとはずっと健康な人だ。思わず強い口調になっていた。

「寝ないのはだめです、正常な判断さえできなくなってしまいます」

「それでも私が私でなくなる感覚は不快だ」

「すぐ解決する問題なら多少寝なくとも問題はないでしょう。ですがこれはそうもいかない。もっと長引くかもしれないんですよ、ご自分の身体を優先してください」

「……どうしてもという場合は休む。気にしなくて良い」

彼の神秘嫌いは、逆を言えば自らの力だけを信じている証拠。誰かに自分の心をねじ曲げられるのが許せないために、意地でも抗おうとしている。

私だって気持ちはわかる。もし同じ目にあったらと想像するだけで背筋が凍るが、ライナルトには自分を大事にしてもらいたい。

「シャハナ様ならなんとかしてくださいます。私からはシスに戻ってくるよう働きかけますし、他にもできることがないか探しますから、どうか寝てください」

「しかし」

「それにもし異常が続いたとしても、私へのあたりが強くなるだけです」

「カレン、私にはそれがなによりも耐え難いのだ」

「大丈夫です」

これは自信をもって断言できる。

握った手に力を込めて言った。

「わかりませんか？　ライナルト様には素晴らしい臣下がいる。あなたが人にどんな対応をされようとも、部下の声に耳を傾けない方ではありません。違和感は周りが指摘してくださいます。ご自分で違和感に気付かれたのなら、なおさら見過ごす方々ではないはずです」

そもそも自分の心変わりを気付けたことそれ自体が、「おかしい」と正体を突き止めようとした行為が普通じゃない。

「ニーカさんは必要な意見を述べてくださいますし、モーリッツさんだってそう。あの方は手厳しくはありますが、ライナルト様の異常を見逃す人じゃありません」

二人が「おかしい」と声を上げれば、彼はしかるべき原因を必ず突き詰め対応する。

だから絶対大丈夫だ。力強く告げればライナルトの態度も軟化する。

よっし、あと一息。

「それにほら、私への態度が変わってしまったとしても、ご自身の信念を曲げはしないでしょう？頭で理解されているのなら、コンラートが有用である限り、無下にされないんじゃないかなあって。ですから将来についてだけは心配してません！」

「その発言は不快だ。以後は慎んでくれ」

「……失礼しました」

慰めたつもりだったんだけど……。

だけど話を続けた効果はあったらしく、少しずつ雰囲気も和らいでいる。

「だが忠告はもっともだ。休むことは頭に入れておく」

「それを聞いて安心しました」

うんうん、いつもの調子に戻りつつある。

「……気のせいか、悲しんではいないか」

「なにをおっしゃるのですか。大変な目に遭ったライナルト様ならともかく、私が悲しむ理由はございません」

嘘を言った。

本当は嬉しくて泣きそう。こんな状況で思っていいことじゃないけど、私がこの人に必要とされているかを直接聞くことができて嬉しい。

だってそうでしょう？

自分だって疲れているのに、いままでなら考えられない行動を起こして会いに来てくれた。友人達を除いて親切にしたい相手だと言ってくれた。

おこがましくも、もしかしたらこの人の特別になれたのかもしれないと、嬉しくて悲しかった。

でもこの気持ちは言わない。

この夜の出来事は胸に秘めて、手を握るのだって最後にするべきだ。

「そろそろ宮廷にお帰りになりませんか。きちんと寝台で眠ってもらいたいのです」

なぜなら私に一線は越えられない。越える勇気もないし、覚悟もないから口を噤む。

「もう少し休ませてもらっても良いか」

「うちでは充分な休息をとっていただけません、疲れを取るならご自分の部屋が一番です」

「戻るのが手間だ」

「面倒でも横にならないと駄目です。どれだけお疲れかわかってらっしゃるでしょう」

けれども、いくらいっても帰ろうとしないし、しまいには黙りを決め込んでしまう始末。

「ライナルト様？　ライナルト様ってば……あっ、ちょっと、寝たふりは卑怯です」

声をかけても揺すっても頑なに動かないのに、握った手は離さない。

無謀な争いにそのうち折れたが、その頃になるとライナルトの呼吸が一定になりはじめる。本当に寝ているらしいとわかれば起こすわけにもいかなくなった。

「……本当に寝てます？」

反応はない。

せめて疲労が取れるのを願い頭を預けたら、目覚めたときには数時間は経っていた。

外はそろそろ白みはじめる頃か、食堂の扉が叩かれる。

「おくつろぎのところ申し訳ありません。外にお迎えがいらしております」

ウェイトリーさんの一声にライナルトが目を覚ますも、目が合うなりすぐに両目を瞑った。わずかなりとも彼の表情が嫌悪に染まっていたのだ。

「忘れてくれ」

「いいんです、理由はわかってるんですから。それよりもお迎えがいらっしゃいましたよ」

ライナルトは席を立とうとしなかった。彼にしては何かを決めかけた……迷いが見受けられる。

……何が彼を躊躇わせてるのだろう。

「玄関まで手を引いてもらえるか」

「もちろん。ちゃんと目を瞑っていてくださいね」

よく考えれば私は後ろに下がっていればいいだけなのに、その考えに至りもしなかったのは不覚としか言い様がない。要は視界に入らなければよかった。

「帰る前に聞かせてもらえるだろうか。サゥ氏族の件だ」

「サゥ……キエム様ですか？」

キエムの名前を出したとき、ちょっと嫌そうな顔をされた。

「オルレンドルとヨーの架け橋になりたいと言ったのだろう。あれはたとえば、彼の国に永住する覚悟があっての言葉になるのか」

……それは流石にびっくり。

確かにライナルトに向けてはそういう話になっている。聞こえようによってはなんでもします！って受け取れるだろうけど、流石にその気はない。

「力になりたいという意味でなら申し上げましたが、私はヴェンデルが成人するまで何処にも行く気はありません。ライナルト様だって、ラトリアからコンラートを取り戻すといってくれたではないですか」

「ああ、約束していたな」

「私はその言葉を信じてるんです。なのにどうして余所に行けるんですか」

声に力が入ってしまっているが、止められなかった。

「それにせっかくオルレンドルに馴染んできたのに、三度も故郷を変えるつもりはありません」

「オルレンドルを故郷と思ってくれると？」

「思えるようになりたいのです。色々ありますけど、この国の人たちだって好きですもの」

そもそも私がヨー連合国に行ったって、国民性の違いで苦労するのは目に見えている。

「架け橋と言うなら、シュアン様が側室に入るという話を聞いています。……そのあたりはどうなっているのですか。シュアン様を受け入れれば、少なくともサゥとの仲は保てますよ」

「考え中だ」

「……足元にお気をつけくださいね」

自分で地雷原に突っ込んだ。やめよう。避けられない話題でも、これ以上突っ込んだらいけない。

手を引いて玄関まで向かうなんて、ウェイトリーさんはさぞびっくりしたはずだ。

いつになく長い間共有できた時間もこれでお終い。

「この件が片付いたら話がある」

「いまはお話しできない？」

「できるが、まだ貴方の顔を見られないから私の気が進まない」

「それと顔がどう関係しているかはわかりませんが……。わかりました、心に留めておきますね」

「ああ、とても大事な話だから覚えていてくれ」

どれくらい重要な話なのかな。もしかしてさっきのサゥの話題に関連している？

キエム絡みだとあんまりいい予感がしないのだけど、なんて思いながら廊下を進む。玄関口に差し掛かると、手を放すのを惜しみながら指を放し、彼の背を押した。

「深夜に迷惑をかけた」

「迷惑だったらとっくに追い帰してます。……寒くなってきましたから、身体を冷やさぬよう温かくして寝てくださいね」

キヨ嬢や魔法院についての話題を口にしかけて……止めた。言わずとも彼ならやるべきことを行うし、きな臭い話で空気を濁(にご)したくない。

「どうぞお気を付けて行ってらっしゃいませ」

行ってらっしゃいは違うけど、紡(つむ)ぐのは安全を祈るための言葉。

私から彼に贈れるのはこのくらいしかない。

こんなこともう二度と無い機会。

去る背中を見送ろうとしたら、その背が一度だけ曲がったように見えた。

諦めに近い溜息を――。

「え」

腕を引っ張られ、身体ごと倒れたと思えば視界が塞がっている。顔どころか全身が押しつぶされそうになっているが、ぶつかっているのは壁じゃない。見た目以上にごつごつしている体に、柔らかい布の感触。服越しに伝わるのは体温だ。

抱きしめられたと気付くには遅れた。

声が出ない。出ないというか出せない。さらさらと揺れる髪の音が耳に届く。相手は深く、何度か深呼吸を繰り返す。抱きしめてもらう機会はあったけど、これほど肩に顔が埋もれた記憶はなかった。

あの、これ、どういう……。

「行ってくる」

離れるなり素っ気ない一言だけで行ってしまった。

………いまの行動はなに？

思考が働かない。働くのを拒否している。もうなにも考えずにいますぐ布団に直行して寝るのだと頭が訴えているが、そこで重要なことを思いだした。

そうだこの場にいるのは私一人じゃない。

深夜にもかかわらず、律儀に待機していた家令が「ほう」とお向かいの悪友の如き仕草で顎を撫でる。

「これはまた、ずいぶんとのんびりした春でございましたな」

あああああああぁぁぁぁぁぁ……！

5

いつか目覚めるあの子のために

その日は朝から大変だった。

「チェルシー、頑張ってお出かけしましょう。お兄ちゃんも一緒だから大丈夫ですよ、ね！」

マルティナが呼びかけているのは、玄関先でしゃがみ込んでしまったチェルシーだ。彼女は涙目になり、ジェフの腕にしがみ付いていやいやと首を横に振っている。みんなが呼びかけても外への恐怖が拭えず、新品の服は皺だらけになり、帽子も外れてしまっていた。

「早めに出ようってマルティナがいってくれて正解ね。ご機嫌を直してくれるかしら」

「問題ありませんよ、最悪私がチェルシーを抱えていきます」

胸を張るゾフィーさんだが、彼女は身体に後遺症を残しているし、チェルシーには自主的に動いてくれるのを願うしかない。

「その時にはお姉さんが運びますよぉ、高い高いしてあげたらすぐにご機嫌です」

騒ぎを聞きつけ出てきたエレナさんは、専業主婦になって以来、我が家に顔を出す機会が増えた。

「でも元気になってよかった。この間までずうっと寝込んだままでしたもん」

「お前も面倒を見てくれたしね。おかげで助かったよ」

「看病なら旦那で慣れちゃったからね。もっと褒めてくれていいんですよゾフィー」

「はいはい、すごいすごい」

肝心のチェルシーは、以前よりは正気を取り戻す時間が増えたものの、いまは幼子（おさなご）の時間みたい。こうやって皆を困らせているけど、本来の彼女はとても聡明な人だと伝わった。実際に話をしたときなんて、長い微睡（まどろ）みの狭間で漂っていたにもかかわらず、お礼を言ってくれたのだ。

「まるで夢の中にいたみたいだけど……あなたたちがつたない私を助けてくれたと知ってる。助けてくれてありがとう」

　こう言って一同を泣かせたのは記憶に新しい。

　ジェフなんて「ベンさんに見せたかった」と兜を外し壁に向かって号泣だ。

　医者は「奇跡だ」と驚いていたけれど、これでジェフの決心が固まった。

「チェルシー、今日のお出かけは私も一緒だ。だから問題ない、お医者様のところに行こう」

　顔の治療だ。前主への罪の意識もあって首を縦に振れなかったが、このままではチェルシーに心配をかけると説得を受け入れた。しかしただ治療しただけでは祖国の人に見つかってしまうので、完全に人相を変える形で話が纏まった。

　そしてチェルシーも類を見ない回復を見せたし、『祝福』の影響を重く見たシャハナ老が彼女を診察したいと連絡してきたのだ。

「チェルシーの空白期間はうちで埋めればいいし、早く良くなってもらいたいわね」

「心の病にも強いお医者様に看てもらえたらもっとよかったんですけどね」

「シャハナ老も勧めてくれたんですけど、珍しいお医者様だからなかなか捕まらなくって」

「あらぁ。シャハナ老に相談しても駄目だったんです？　だったら陛下も使っちゃいましょうよ」

「あはは、それ、ジェフに止められちゃったんです。先方は重要なお客様も多いから、無理を通したら反感を買うし、体の方を看てくれるお医者様だけでも十分だって」

　陛下、の単語にぎくりとしたが、笑って誤魔化した。

　あれからライナルトのことは考えないようにしている。誰も知らない出来事だから、やたらと笑顔を零(こぼ)すウェイトリーさんを除けば家の中は平和だ。

　それよりこの大陸では心の病に対する理解がいまいち薄い。各々資料を取り寄せた感じでは、真摯に向き合っている診療所はオルレンドルでもひとつしかなく、珍しいがゆえに顧客は絶えず、抱えきれない患者を受け持っている状況だ。診療代の高さから並みの人では手が出ないし、貴族といえどおいそれと予約は取れず、だいぶ前から予約待ちとなっている。かなり時間が経っているからそろそろ看てもらえるはずだけど、その前に患者の方が回復するかもしれなかった。

　ジェフの説得にチェルシーが渋々従いだした頃、隣家の扉が開いた。

　ヘリングさんと一緒にいる立派な風体(ふうてい)の人物は、憲兵隊隊長のゼーバッハ氏だ。衿(えり)をきっちり調えた軍人さんは、私をみるなり背筋を伸ばした。

「久方ぶりでございます、コンラート夫人」

「お元気そうでなによりです、ゼーバッハ憲兵隊長。遅れてしまいましたが、この度は昇進おめでとうございます」

「ありがとうございます。今後はいっそう陛下への恩に報いるため励む次第にございます」

　前に顔を合わせた時はもう少し気安い方かと思っていたのだけど、やたらと堅苦しい雰囲気だ。ゼーバッハ氏との間に割り込みながらヘリングさんが言った。

「まあまあ、それにしても朝から皆さん元気ですね。今朝もヴェンデルの声が聞こえてきて……」

「ああ……お恥ずかしい。あの子、学校に行くぎりぎりになって提出物があるなんて」

「ははは、いや、どうぞお気になさらず。うちは元気をもらってたくらいなんです」

「ヘリングさんはいつもお早いですし、てっきりもうお仕事に出られたのかと思いました」

「陛下からの信頼が厚すぎるせいですよ、ゼーバッハを朝飯に誘ったらこんな時間です」

「あっ、なるほど。朝からお仕事の話なんて大変ですね、お疲れさまです」

「これも僕にしかできない仕事なのでむしろ光栄ですよ。嬉しいくらいです」

憲兵隊長自ら出向いてくるなんて、よっぽど大事な任務なのだ。わざわざ自宅でお話しするなんて、二人の絆は深いに違いない。

「エレナから聞きましたが、今日は魔法院と病院ですか？」

「ええ、シャハナ老にチェルシー達を看てもらおうと思って」

「彼女の病がよくなることを祈ってます。お帰りは真っ直ぐでしょうか」

「うーん……チェルシーが久しぶりに外に出てくれたし、彼女の機嫌がいいなら公園なんか寄ってもいいかしら」

「公園はいいですね。あそこは広いし、きっと彼女も落ち着いて過ごせる」

いつも愛想が絶えないヘリングさんだけど、妙に違和感が付き纏った。ただこのときは、やっとその気になったチェルシーや皆を待たせてしまって、聞き返す時間がない。

「カレンちゃん、いってらっしゃーい」

エレナさん達の見送りを受け出発したとき、三人で話し込む様子を見せたのが疑問だが、魔法院に到着する頃にはすっかり忘れてしまっていた。ジェフがいるとはいえ、女性陣が揃ってしまえば話題に事欠かなかったのだ。

さらには魔法院で意外な人物と遭遇した。

サゥ氏族のキエムと、その妹シュアンだ。たいした供も付けず、二人で見学に来ていたらしい。

「魔法院の見学でしたら、言ってくだされぱお付き合いしましたのに」

「私もライナルト殿に頼んだが、貴女も忙しいと言われてしまってな。まあ、それも納得した。身内の治療であれば仕方あるまいよ」

バネッサさんに連れて行かれるチェルシーを目で追うと豪快に笑っていた。

「時間があるときにでも改めて案内してもらおうではないか。それより私としてはまた絵画を見学できて嬉しく思う。そうだろうシュアン」

「ヨーでも見られるものではございませんものね。兄様は余程お気に召したみたいで……」

「まあ、それではあれを見にまた魔法院に？」

「できれば我が国でも活用したいと院長殿を訪ねたが、製法は秘密だと断られてしまった」

「難しいものなのです。それにあれを作ったのは副院長ですので……」

「不在が本当に残念だな。もしお目にかかれたのであれば話を伺いたかったというのに」

「兄様、副院長様はシュアンにお任せくださいませ。私はオルレンドルに残るのですから、兄様の代わりにお話を伺っておきます」

「彼の方には俺みずからお目にかかりたいのだ」

「どうせ兄様は、最終的にヨーへ勧誘することしか頭にないのです。先方に失礼があってはいけませんから、大人しく私に任せてください」

シスに会うならシュアンくらいの気軽さの方が良いのかもしれないが、その彼女は気がかりな発言を落とした。

はにかみ気味の微笑は可愛らしいが、心はざわざわする。

「シュアン様、オルレンドルへの滞在が決まったのですか？」

「ええ、陛下にはオルレンドルに残ることを快諾いただきました」

「こうなれば側室入りも間近だろうよ。妹ほどの娘となれば、側室といわず皇妃でもよかったかもしれんが、側室制度のせいでオルレンドルの華になる機を逃したかな」

「思ってもいないことを口にしないでください。それに側室があるからこそ私がサゥのお役に立てるんですから、兄様だってわかってるでしょ」

「まあ、そうかもしれん。これればかりは歴代のオルレンドル皇帝に感謝せねばならんな」

「調子のいいこと言って」

側室制度があるから、シュアンを受け入れやすい体制が整っていた、と暗に語るキエム。

「カレン殿、これからもうちの妹をよろしく頼む。私としては貴女をサゥにもらいたかったが、ライナルト殿にそれはできんと断られてしまった。あの男、存外けちかもしれん」

「兄様、失礼はおやめください。それとヨーの男の悪い癖が出てますよ。女を物扱いするのは感心しません。嫌われますよ」

豪毅に笑うキエムに、オルレンドルに残れることを喜ぶシュアン。

とうとう噂が現実になる日が間近らしい。無意識に握りしめる拳を隠す。

「私たちはこれから郊外を回ってきます。またお会いしましょうね!」

オルレンドルを見学する二人と別れ、シャハナ老達にチェルシーを看てもらった。バネッサさんの見立てでは、チェルシーの回復はやはり『祝福』が関係しているとの見解で、引き続き彼女を看たいとの申し出だ。一番嬉しかったのは子供の側面の裏側に、本来の彼女が根付いているとの言葉。この調子なら今後鎮静薬の必要はなくなると言われた。

ジェフの顔も、怪我から相当時間が経っているにもかかわらず治療を約束してくれた。シャハナ老が馴染みの医者を呼んでくれていたのだ。

先生は朗らかな人物で、笑顔で言った。

「すでに再生してしまっているからいくらか切らねばならないが、幸い体力も有り余っているようだし、ボクの腕とシャハナの治癒を合わせればすぐ回復するよ」

いくらか及び腰のジェフ。

「き、切る、ですか」

「うんそう。だって顔の形変えるんでしょ? だったら切るよ~切る切る。大丈夫、ボクは執刀ができる医者だし、整形だって初めてじゃない。うまく相談しながら詰めていこうじゃないか!」

「うふふふ。大丈夫ですよジェフさん。わたくしが付いておりますので、間違いは起こりません。それに痛くない特別なお薬を打ちますから、寝ている間に終わってますよ」

お医者様とシャハナ老はノリノリで、ジェフの肩を押さえた。

あとからバネッサさんに聞いたのだけど、シャハナ老とこのお医者様は大変趣味が合うらしく、決して腕は悪くないのに皆からやたらめったら怖がられていると語っていた。

「お顔の造形を相談しなくてはならないし、絵師も呼んでいるの。お時間を取らせるけど、貴方はこのまま魔法院に残ってくださいね。それに日取りは別として、手続きもやってしまいましょう。内容が内容ですから、書いてもらわねばならないものが多いのです」

「いや、しかし自分は仕事が……それに今日は看てもらうつもりだけで来たので……」

「手続きでしたらわたくしが行いましょうか」

「マルティナ、任せてもいい？」

「もちろんです。終わり次第みなさまを追いかけますので、何処に行くか教えてもらえたら……」

善意で挙手するマルティナで、ジェフの運命は決まった。

そうなると空手になるのは私、チェルシー、ゾフィーさんの三人。外は曇り模様だけど、チェルシーも大人しいし予定通り公園もいいかもしれない。雨が降る前に散歩くらいは……と話していたら、口を挟んだのはお医者様だった。

「もしチェルシーさんの容体が気になるようだったら、宮廷に行ってはどうだろうか」

「宮廷ですか？」

「うん、ボクでよかったら宮廷勤めの医師を紹介させてもらうよ。チェルシーさんは、ボクらみたいな専門外よりちゃんとした医者に看てもらうべきなんじゃないかな」

「先生の申し出はありがたいのですが、専門医の方にはすでに予約を入れておりまして、診療を待っている状態なのです」

「専門と言ったらデニス診療所？　だったらなおさら連れて行った方がいい。どうせ宮廷じゃ専門じゃないと投げ出すだろうけど、ボクの紹介があるならデニスへの紹介状をしたためてくれるさ」

自信満々に言い切るこの先生、結構な大物らしい。

先生曰く、件の診療所は定員制で、原則患者につきっきりになるから空かないときはまったく空かない。紹介状で無理矢理捻じ込む方が早いそうだ。

「その、先生からデニス診療所に連絡をとってもらうのは難しいのですか？」

「ごめんねぇ、そうしてあげたい気持ちはあるんだけど、あそこはちょっと取扱が特殊だろう？　帝都じゃ認めないって医者も多くて……周りとの付き合いがあるから、直接連絡はできないんだよ」

「なるほど……。先生も大変ですね」

「どうせ診療する内容も患者も違うから、競う必要なんてないんだがねぇ……」

お医者様の世界も色々あるらしい。

「では、お言葉に甘えさせていただきます」

「紹介状があって入院の必要がないなら、すぐに受け付けてくれるだろうさ」

きっかけを作れるなら乗らない手はない。先生が手紙をしたためる間、眠り続けるチェルシーの頭をジェフは撫でた。

「手術は恐ろしいが、チェルシーと素顔で対面できると思えば耐えられます。……妹は私の人相が変わっても受け入れてくれるでしょうか」

「そんな人じゃないことはジェフが一番わかっているのではない？」

「……彼女には今度こそ自分の時間を取り戻してもらわなくてはならない。話せる日が楽しみです」

「そのために出来ることを私たちもしていきます。彼女のためにも頑張りましょう」

手術代金は膨大な金額になっているが、私の懐から出すと決めていた。コンラートから出していいとウェイトリーさんが言ってくれたけど、最初に二人を見つけた者として責任を持ちたかったのだ。

それに帝国公庫に預けて利息が積もる個人資産が、使い道はここだと叫んでいる。

先生に手紙を用意してもらうと、挨拶もそこそこに宮廷へ足を伸ばした。手紙の効果は絶大で、チェルシーはすぐに白いカーテンの向こうに消えていった。付き添いはゾフィーさんに任せたからしばらく一人きりだけど、待っている間に花壇を眺めていると声をかけられた。

　年の頃は二十代の青年で、親しみを込めた眼差しでこちらを見つめている。

「失礼、もしやコンラート夫人ではありませんか」

「あなたはたしか、ニルニア領伯の……」

「覚えておいてくださいましたか！　はい、ニルニア領はハーゲンの息子、ハンネスにございます。お会いするのは陛下の戴冠式以来でしょうか」

　エスタベルデ城塞都市ニルニア領伯のご子息だ。なぜ帝都にいるのか、青年は教えてくれた。

「ニルニアはライナルト陛下に多大な恩がございます。恩を返すべく家を出て参りました」

「じゃあお父様とは別々に暮らしていらっしゃる？」

「はい、領地は父に任せ、家を離れ宿舎に暮らしております」

　詳しく聞けば、ニルニア領伯に世間を見てこいと言われたらしい。

「帝都はどうです、もう馴染めました？」

「それが……初めは夜まで活気づいているのが慣れず、なかなか苦労しました。それに多少腕に自信があったつもりなのですが、ここに来てみれば猛者揃いだ。武功を立てるのは大変そうです」

「はじめは戸惑うことが多いですよね。腕の立つ方はたくさんいらっしゃいますが、ハンネスさんの関心を得た方はいました？」

「手本になる人が多く、目が移ろうばかりです。ですが陛下にはいざという時、バーレほどは行かなくても、ニルニアを思い出してもらえるまでにはなりたいですね」

「陛下はニルニア領伯の力添えを忘れていらっしゃらないと思いますよ」

　彼の目にはバーレのベルトランドが相当頼りにされていると映るらしい。

「だといいのですが……。今日も早朝からベルトランド殿が呼びだされ、話し込まれているご様子でした。それにこの間は魔法院の長老でしたか、陛下はいつお休みになっているのか不安になります」

「お身体は大事にしてもらいたいですね」

「まったくです。おひとつしかない体なのですから……」

世間話に興じていたら、話は突如宮廷に舞い現れた蝶の話題になった。

……そう例えたのはハンネスさんなんだけどね。

「夫人は何度か宮廷に参じているご様子。皇太后様のところのキヨ様とはお話しになりましたか？」

「ああ、ええと、数回、ですね」

「そう、でしたか。私は幸運にも数度話をさせてもらったのですが、素晴らしい人でした。とても愛らしく、くるくると動く表情についい目を奪われてしまいます」

「大変お可愛らしい方でしたものね」

「皇太后様に養女入りですからご苦労があったでしょうに、努めて明るく振る舞っていらっしゃる。中には目の敵にする人もいるようですが、話せば間違いだったと気付かせてくださいます」

「ハンネスさんの評価は高いのですね」

「評価など、そんな私などが……」

ぽっと頬を赤く染めるのは、はてさて真実恋に落ちているのか、それとも不思議な力の効果なのか。

「他国からいらした方ですよね。目の敵とおっしゃいましたが、そんなに問題なのでしょうか」

「人によって作法が気になるなど口にしていましたが、皇太后様がいらっしゃるし、すぐに慣れるでしょう。私としては、あれほどの方が皇室に加わったのがめでたく思います」

「キヨ様はそれほど素晴らしい御方なのですか？」

「はい。それに毎日陛下の身心を気にかけるのはもちろん、私共にも配慮してくださいます」

思わぬところでキヨ嬢の情報が手に入る。

熱心に語ってくれる青年だが、突如目を丸めると口が止まった。

視線に誘導され振り返れば、ドレスを引きずり、大股でやってくるのは件の姫君ではないか。しかもこちら目がけて真っ直ぐ。なにやらお怒りのご様子で眉をつり上げている。

「ちょっと、貴女！」

「はい？」

「貴女よ貴女、コンラート夫人！　貴女いったい陛下になにをしたの！」

砂糖菓子を煮詰めた甘い声はいまや甲高く怒りに染まっている。

鬼気迫る勢いに気圧された。

「キヨ様？　あの、すみません、少々意味がわかりかねます。一体なにを……」

「無害そうな顔をしてとぼけるのではないわ。この間から陛下がお相手してくださらないの、貴女のせいではないの⁉」

彼女のお付きがいなかったら、いまごろ胸ぐらを掴まれていたかもしれない。彼女を見ていると思考が定まらなくなり、頭がぐらりと揺れるが、それも一瞬。意思を強く保てば相手を見据えられる。

キヨ嬢への違和感の理由がわかった。

いま私は『魅了』をはね除けた。これが転生者だからなのか、魔法使いだからなのかはわからない。

考えを纏めている間にも、キヨ嬢は捲し立てる。

少女の言はこうだ。ここしばらくライナルトが会ってくれず、私に原因があると言っている。

「陛下がキヨ様を避けているなどと、いま知ったくらいで、私にはなにも理由が思い当たらず……」

「揶揄うのもいい加減になさい、それとも馬鹿にしているの⁉」

「馬鹿になどと……」

「この間の早朝よ、陛下が貴女のところから帰ってきたのは知ってるの。あの日から陛下はなにもいってくださらないのは、どう考えたって貴女が関係してるじゃない！」

空気が固まるとはまさにこのこと。

私はもちろん、居合わせてしまったハンネスさんや、耳を立てていた通行人まで動きを止めた。顔をぐしゃぐしゃにしたキヨ嬢はキッと私を睨み付ける。

「は、え、は……」

「家を守るは女の務めだと、それはこの国でも変わらないらしいじゃない。なのに貴女は役目を放棄して世間に出た。それを駄目とは言わないけど、名声を掴んだのなら、これ以上何を望むのよ」

「い、いいえ、いいえ、お待ちになってください。話がよく」

「陛下くらいキヨに譲ってくれてもいいじゃない。キヨだって鬼じゃないから側室くらいなら許してあげようと思ったのに！」

「側……」

「キヨ様、人の目がございます。お止めくださいまし！」

侍女衆が止めなければ、いくらでも続けていただろう。引きずられて行ってしまったが、残された側はとっくに心が死にそうだった。

「あ……っと、た、大変失礼を。自分はこれにて……ご、ご無礼をお許しください」

ハンネスさんもそそくさと去ってしまう始末。通行人の視線を受け止めきれず、早々に庭を引き上げたが、診察が終わるまで地獄だった。

もう宮廷にいるのがつらくて、マルティナを待ちきれなかった。彼女には伝言を残し、チェルシー達が戻ってくるなり早々に馬車に駆け込んだのだ。

私の様子を訝しんだゾフィーさんに事情を話すと、なんとも言えない表情で口を噤んだ。その彼女の膝を枕にしてチェルシーは眠っている。

「事故と思っておくのがよろしいかと……実際なにもなかったわけですし……」

「その口ぶりだとなにがあったか知ってるんですね」

「……ご関係の把握くらいはしておかねばならないので」

ウェイトリーさん、こっそり話しちゃってた。なんて話したのか詳細は聞きたくない。

「もしかしたらそれで侍医長や侍女頭が姿を見せていたのでしょうか」

「……侍医長や侍女頭って暇人なんです？」

「暇人……。いえ、侍医長はともかく、侍女を総括するひとりである方が理由もなく足を運ぶのは珍しい。私もちらっと見かけただけですが……」

「キヨ様がいたからですよ……。そう思いたい、思わせて」

「この話題はやめましょうか。そもそもあの二人がカレン様を見に来たとは限りませんしね」

私の憔悴ぶりを気の毒に思ったのか、あえて話題を逸らしてくれる。

「ニルニア領伯のご子息でしたか。ニルニア領に限らず、地方からは早くも子息や娘を送る者が多いようですね。主に軍人か宮仕えが目的のようです」

「……そうなの？」

「前帝陛下の御代では、上に行きたければ陛下のお気に入りの方に紹介されるのが大前提でしたが、ライナルト陛下は実力さえ備われば身分や性差関係なく登用すると公言しています。実際ニーカも側仕えになりましたし、ニルニア領伯は領地を広げたのですから、一旗あげようと考えるのでしょう」

上部に備わっている棚から毛布を取り出し渡してくれる。

「それ以外にも前の戦で力を貸せなかった分、忠誠を証立てる意図もありますか。軍にいたときは、昇進のために苦労する話を聞きました」

「やっぱりそういう事情に明るいのね」

「貴族本人が愚痴りながら酒をあおってましたから、つくづく平民で良かったと思いながら付き合ってました。……雨が降りだしましたね。冷えてきますから公園は諦めましょう」

「……あ、本当ね。霧も出てきてるけど、速度を緩めた方がいいのではない？」

「飛び出してくる者がいるかもしれないから、注意してもらいましょうか。オルレンドルでは霧が珍しいから子供がはしゃいで、飛び出してくる事故も珍しくないのです」

「喜ぶのもわかる気がする。やっぱりレオとヴィリもはしゃぐの？」

「いくら注意しても直りませんね。ファルクラムほど濃くないから安心していますが、それでも他人様にぶつかって尻餅をつくのも珍しくないんです。去年は卵を割って帰ってきました」

「あらまあ」

「あのやんちゃはどちらに似たのか……」

ゾフィーさんといると、こうして時々お子さんトークが聞けるのが楽しい。

小窓の外は、激しい雨が降り注ぎはじめている。

祖国の名と霧と雨にしかめっ面になってしまう中、連想したのは兄の乳兄弟だ。兄さん達を送り届け、様々な生活の知恵を教えた彼はいまごろどうしているだろう。

御者に注意していたゾフィーさんが、小窓を閉じるなり表情を曇らせていた。

「……どうしたの？」

「御者が……」

深刻な表情で考え込むも、すぐに顔を上げ、口を開こうとしたときだった。

世界が傾く。

違う、傾いたのは世界じゃなくて私たちだ。

叫んだゾフィーさんが私に覆い被さり、一瞬にして視界が奪われる。

木が割れる音は、たとえば派手に家具が倒れたときに似ているだろうか。全身があちこちぶつかって、何か言う暇もないまま、経験したことのない衝撃が全身に走り、

――自分の呻(うめ)き声で目が覚めた。

頬がぬかるんだ地面にめり込んでいる。口内に泥水と細かな砂利の感触、そして絶え間なく全身を打ち付ける雨で目覚めたのだ。

……寒い。

「……ゾフィー」

馬車が横転し、屋根が目の前にあった。馬が動いておらず、目を凝らせば頭に棒が突き刺さって、血が雨に流れて行く。

近くに覚えのある女性が倒れていた。体はあちこち擦り傷だらけで、中でも一番酷いのが肩に刺さった太い木片だ。黒光りする素材の一部から馬車の素材だと知れた。

「ゾフィー、起きて、起きて……お願い……」

どうして自分が無事なのか不思議だったが、彼女が運び出したのだ、となんとなく理解した。

流れる雨で視界が塞がれる。打ち身くらいはかまわないが、それにしたって寒すぎた。

男達の声がする。

「父上、周辺の敵は始末してございます」

「一人たりとて逃がすなよ、決して漏れを出すな」

「は！　問題ございません。どうやら対象には知らせていなかったようで、隠れて馬車をつけておりました。その関係で人数が少なく、我々でもつつがなく処理できてございます」

「やはり憲兵隊だったか」

「ご明察の通りにございます」

「ゼーバッハめ、よく街中であれほど動かしたな」

「ですが街中の襲撃など予想できますまい。父上の手腕を侮りすぎたのです」

最悪なことに、背後から迫る一人の声に覚えがあった。

だけど振り向き確認する余裕はない。朦朧とする頭で体を動かすが、動きは亀のように遅かった。

特に腕なんて上手く動かない、反応が鈍い。視線をずらしたら、腕の真ん中から肩にかけて傷が走っている。自覚した途端に、焼けるチリッとした痛みから、脳に染み渡る痛みに変わった。

ほとんど這いながらゾフィーに覆い被さる。

この傷なら命に別状はなくても、血を流し雨に打たれ続ければその限りではない。

どうしよう、と思った。

できるのは二つ。

即ち背後の連中を殺すか、それともゾフィーを生かすか。

けれど、とも思う。襲撃者へ反抗は可能でも人数がわからない。魔力の消費量はどのくらいになる、それまで私の意識は持つのか。それに連中を相手取れたって、救助が来るまでどれくらいかかるのだろう。誰が私たちが襲われたと知っているのだ。

そのとき、ゾフィーの目がうっすらと開く。

「カレンさ……」

「ゾフィー、よかった。意識が……」

呼びかけが届いたが、彼女の目は険しいままだ。その証拠に私に向けた言葉は安否を確認するものではなかった。

「逃げ……」

弱った体で腕を持ち上げ、私を押し退ける仕草は「行け」と語っている。

「そんなことできるわけない、いいから立っ……」

「私は、いいから……はやく」

「父上、いました。コンラート夫人です。護衛が隠そうとしていたみたいです」

冷たい雨が体温を奪っていく。

この時に私が起こした行動は、殺す道ではなく、生かす道だった。

手のひらに丸っこい鳥を呼びだせば、黒鳥は私の意に反してせわしなく首を動かした。

「お願い、死なせたくない。せめて血を止めて、彼女を……」

ぶるぶると震えたのは気のせいか。黒鳥は私とゾフィーを見比べて、やがて意を決したように、わずかに出来ているゾフィーの影に飛び込んだ。

こうするしかないのだ。

「早く連れて行け」

「護衛はどうしますか、使います？」

「いらん。殺せ」

厚底の靴がゾフィーさんの頭を蹴った。ボールみたいに跳ねる彼女の頭に我知らず悲鳴が漏れるが、誰かに首元を掴まれると引きずられてしまう。

「これは手間いらずだったな。……父上ご安心を、とっくに死んでるみたいでーす」

無造作に引っ張られるせいで全身が軋(きし)みをあげるも、段々と遠くなっていくゾフィーの姿が目に焼き付いてそれどころじゃない。どうにか手を伸ばしても、爪先は虚しく宙を掴む。

「ゾフィー！」

咄嗟にできることはしたけど、まったく意味がわからないのだ。どうしてこんな状況になっていて、なぜ私が連れて行かれようとしている。

バルドゥルに襲撃される理由がどこにあったのだ。

「……なんだありゃ、女か？」

誰かが叫んでいた。

この聞き覚えのある声は誰のものだった？　数度聞いた限りは穏やかだった声を警戒一色に染め、男を妨害しようと我が身を呈して飛び出してくる。

……だれ？

思考が行き着くより先にブラウスから手が離れ、私の体は背中から落ちた。ほとんど霞む視界の中で、男の振り上げる刃の光が目に飛び込む。

そこで見た。見てしまった。

鋭い切っ先が、その人のお腹にめり込んだ。降りしきる雨の中でも微かに届く、服を、肌を貫く鈍い音。どうして人間の体はこんなに脆いのか、抜かれた刃の先端から、ポタリと鮮血がこぼれ落ちて。むき出しの殺意を前に、彼女の体がばたりと崩れ落ちる。

「あ、あ……ああ……」

どうして、いま、目覚めてしまったのだ。

「これで終わりか？」

「チェ……」

「おいコラ、全員殺せって父上が言ったろーが！　自慢の服が汚れたらどうしてくれるんだアホ！

……あ？　雨水はいいんだよ、水も滴るいい男だろーが！」

再び服を掴まれる。

「チェルシー……チェルシー！」

嫌、だめ、だめだだめだだめだ！　いま何もしないのは絶対にだめだ！　彼女を放置してはいけない、手を打たなければならない。たとえ魔法下手な魔法使いであっても、直接治癒魔法をかけなきゃ手遅れになる。

「やめて、放して、放しなさい！　放して！」

何度も懇願するのに彼女達から離れていく。行きたくないのに連れて行かれる。なけなしの力で腕を引っ掻いても止まってくれない。

猛烈に頭が重いのに叫び続ける、自分の行動の理由も説明できなかった。

「だめ、チェルシー！　おねがい返事をして！　いま行くから、お願いだから……」

若い男の顔が視界に飛び込む。

「女は黙ってた方が可愛いぜ？」

視界いっぱいに拳が飛び込み真っ暗になった。


昔の話だ。

正直なところ、夫と出会うまでのゾフィーは自身が結婚できると考えていなかった。なにせ彼女はそこらの男よりも大柄で、筋肉質で、強かった。決して器量良しではなかったし、同世代の女の子と並べば顔の厳つさから年上に見られる始末。男の子から傷つけられたこともあったけれど、周りの人達に恵まれ前を向けた。

そんな彼女を見初めたのが亡き夫だ。

『君を支えたいから一緒になってくれ。僕には君の笑顔が必要なんだ』

そんなことを恥ずかしげも無く言ってきたのは後にも先にも夫ただ一人。

愛し愛され幸せいっぱいだった頃、子供に恵まれたときの夫の喜びようといったらない。そうだ、あのときは大喜びして、ない力でゾフィーを横抱きにして、失敗してすっころんだ。面白くなって逆に抱え上げたら真っ赤になって顔を隠したけれど、小さな「ありがとう」はいまでも覚えている。

「ぁ……？」

懐かしい夢を見ていた。

寒くて目が覚めた。どうして自分は地面に転がっているんだっけとぼんやり考えたのは数秒。重ったるい体を動かし、鈍い痛みで意識が覚醒した。

段々と蘇る記憶は、つい先ほど起こった事故を鮮明に呼び起こす。

「しくじった……カレン……さま、は」

御者に違和感があった。

魔法院を出たときまではコンラートお抱えの御者が馬を操っていたはずなのに、宮廷の帰りは違う人物に入れ替わっていた。御者が腹を壊したから頼まれて交代したと言われたが、クロード・バダンテールが雇った人物が言伝も置かず場を去ったりするものか。

どうして話しかけるまで気付けなかったのか、答えは簡単だ。

入れ替わった御者の格好が自分たちの御者と同じ背格好をしていたせいだ。

これに危機感を覚え、カレンとチェルシーを降ろそうと思い至ったところで馬車が傾いた。

咄嗟にカレンを抱きしめたのは、ほとんど軍人としての性(さが)といっていい。かつて国民を守る義務を背負った者として、若人を守らなくてはならないと反射的にクッション代わりになった。

横転した馬車で気を失わなかったのは幸運だった。

打ち所が悪かったカレンは気絶した。怪我も負っているが、ゾフィーが庇(かば)わなければ腕どころか上体の皮膚が広範囲にえぐれていたに違いない。ゾフィーが右も左も分からぬ状態で動けたのは危機的状況に慣れていたからで、うっすら瞼(まぶた)を持ち上げたチェルシーに緩やかな意識の覚醒を見ると言った。

「すまないチェルシー、私に二人は持ち上げられない。隅で毛布を被ってじっとしていて、ここなら雨を凌(しの)げるから、とにかくなにがあっても喋らず黙っていて」

酷(こく)なことを告げているのはわかっている。

だがこのときゾフィーは自らが負った怪我、体力を分析していた。横転した馬車の出口は上向きになっているし、二人を連れ逃げる時間はない。狙われたのが誰であるかは明白であり、ここに三人固まっているのは命取りだと判断したのだ。幸い中は薄暗いし、毛布を被ってじっとしていれば荷物に見えるかもしれない。あるいはわざわざ中に降りて手を下しはしないかもしれない。

すべて「かもしれない」が付き纏う。けれどここで判断するのがゾフィーの役目だ。

チェルシーが泣きもわめきもしないのが救いだった。子供の彼女だったら大泣きして手がつけられなかっただろう。

「私はカレン様をここから離して隠す、いいね」

「あなた、怪我を……」

「慣れている、平気だよ」

本当は痛い。痛くてなにもかも投げ出したいが、嘘でも己を鼓舞しなければならなかったし、チェルシーを必要以上に怖がらせたくなかった。

襲撃者が迫っているかもしれない。肩に刺さった木片を抜く余裕はなく、また抜けば失血で倒れる恐れがある。激痛に苛まれたままカレンを担ぎ出口へと登った。

「くそ、もっと体がまともに動いてくれたら」

退役の原因となった後遺症はいまも彼女を蝕んでいる。おかげで外に出たあとも一苦労で、荒い息を吐きながら周囲を見渡すと、命絶えた馬と御者を発見した。

改めて意識のないカレンを抱え直すが、どこか茂みでもいい。彼女を隠して自分が離れないといけない。こうなった身では、もう囮くらいしか役目が残ってない。

かつて戦場を駆けた耳が、遠くに響く剣戟と馬のわななきを聞いていた。なぜ襲撃者達がすぐに自分たちを襲わないのかが不思議だったが、どこかでまだ争いが繰り広げられている。争いがあるというなら襲撃者と、それに敵対する者がいるはずだが、彼らが何と戦っているのか、それを問う暇はない。

霧の中を一歩、一歩と進み……。

ぐらり、と体が揺らいだ。

次に目を覚ましたときには、目を充血させたカレンがいた。

その時にゾフィーは気付く。おそらく自分は想定する以上に疲弊していた。馬車から出たあたりが限界で、そしてカレンが先に目覚めた。

ゾフィーは「逃げろ」と言った。死なないでくれと願いを込めたが、そこが限界。近付いてきた男の靴底が迫り、涙目のカレンの表情を最後に目の前は真っ黒になった。

意識を失うコンマ数秒前で「これは死ぬな」とこれまでの記憶が駆け巡ったから、覚醒の際は不思議でならない。あれほどの衝撃を頭部に受けて生きていられるはずがないのだから。

カレンの姿が見当たらない。

連れ去られたと頭では理解していたが、追いかけようにも体が重く、まるで動かない。首を動かせば出血が止まった傷口が目に飛び込むも、激しい雨が刻一刻と体温を奪っていくので、理由にまでは至れない。なぜか生き長らえた一方で、体温の低下で再び気を失うのも時間の問題だ。たとえ冬でなくとも寒さが続けば人は正常な判断を失い、簡単に命を落とす。

あたりは雨が地面を叩く音以外聞こえない。助けが来る気配もない。霧の向こうにうっすら家々を見かけたが、戸が開かれる気配すらない。御者がどこに向かっていたかがわからない。自分がもっと早く気付けていたらと悔やんでも、もう後悔しきるだけの力が無い。

虚ろになっていく瞳は空を見つめ続け、ぽつりと心に漏れたのは唯一の心残り。

——ごめんねぇ、お母さん、帰れそうにないわぁ。

愛する我が子達を置いて逝く事実が悲しかった。エレナやコンラートの人たちなら後を任せても大丈夫だろうけど、やはり傍で成長を見守ってあげたかった。離れ離れの期間が長かった分、これからたくさんの「愛してる」を告げていくつもりが、それも叶いそうにない。

諦めが生への執着を放そうとしたときだ。

ゾフィーの視界に動きをみせるものがある。不思議に思い目を凝らすと、それは一人の女。下半身を赤く染め上げ、足元すらろくにおぼつかないチェルシーだ。

「チェルシー」

てっきり隠れてやり過ごしてくれたと思っていた。掠(かす)れ声を上げるゾフィーに、チェルシーがほっとした表情でにこりと笑う。

間違いではない、場違いなまでのたおやかな微笑には理性が宿っている。彼女は自らの意志で馬車を抜け出し、傷を負いながらゾフィーの元にやってきた。

なぜ、と問う間もなかった。

チェルシーはゾフィーに覆い被さり抱きしめる。わけのわからない行動だが、その意図はすぐに伝わった。容赦ない雨粒から自分を守ろうとしているのだ。ほのかに伝わる体温に呻(うめ)いた。

「やめなさい……。その、傷では……」

体温の低下は段々とゾフィーの正気を奪いはじめているが、それはチェルシーだって同様のはずだ。どのみち自分は動けないから助からないし、カレンを連れ去られた上にチェルシーまで死んだとあっては皆に顔向けできない。

チェルシーは怪我の具合こそ不明だが、雨を凌(しの)げれば体温の低下は防げるし、助かる見込みがある。

「放しなさい……あちらに、軒先(のきさき)へ行って……」

「いいえ、いいえ……」

必死に訴えるが、チェルシーは言うことを聞かない。それどころか体温を分け与えるように強く抱きしめた。

「おかあさんは、子供たちのところに帰ってあげないとだめよ」

その一言に目元が熱くなった。

そうだ、自分は帰りたい。本当は子供達を置いていきたくなんかない。

微かな嗚咽(おえつ)を漏らしはじめるゾフィーに、チェルシーはそっと笑う。

いままさに命の炎が燃え尽きようとしているのに、嬉しそうに瞳を和らげる。

「こわくない。だいじょうぶよ、だいじょうぶ。私がついてる。あなたはちゃんと、子供たちのもとに帰れるわ」

優しい声音はどこか覚えがある。

子供をあやす、母親の声音に急激な眠気が襲い意識を失った。

しくじった、と舌打ちした。

いま、マルティナは馬の腹を叩きながら雨の中を疾走している。

彼女が失敗を悟ったのは宮廷に到着してからだ。魔法院で手続きを終え、ジェフを置いてカレン一行を追いかけた。

そこで遭遇したのは、よりによってコンラート家の御者。

慌てた御者は「皆様が先に行ってしまった」と言う。

意味のわからない発言だ。詳しく聞くと、御者は腹を壊して厠（かわや）に行っていたが、戻ってきた時には馬車がなくなっていたという。周りに話を聞けば一行はとうに出発したそうで、むしろ御者が残っていたことに驚かれた。

その場にいた衛兵によれば、御者と同じ背格好の男が席に座っていたと言う。戸惑っているところにマルティナがやってきた。さらに詳細を聞けば、御者は侍女にもらった差し入れで腹を壊したらしいと推察されるのだ。

すべてが組み合わさった瞬間、マルティナは剣を取った。近くの馬を無断で借り上げたのである。

誰かに助けを求め走り回る暇はなかった。

「どなたかいますぐ陛下にお伝えを、コンラート夫人の命が狙われております！」

大人しい人物とは思えぬ怒号を響かせると御者に事情を説明するよういいつけ、馬の腹を蹴った。

周囲は混乱したが、おかまいなしに馬を走らせる。

衛兵の制止も聞かず疾走しながら、ぎり、と奥歯を噛んだ。よりによってろくに戦えない三人を残してしまったのだ。帝都だからと過信し離れてしまったのは自分の失態だ。

しかしコンラートへ戻る道を辿っても、一向に馬車の姿が見えない。濡れ鼠（ねずみ）になりながら、あせる心を落ち着け頭を巡らせる。宮廷からコンラート邸へ至る道はほぼ大通りになっていて、どんなに人目を避けようとも不可能だ。御者が入れ替わっていた点を踏まえれば道を逸れるしかないが、そんなことをしたらゾフィーが気付く。

「いいえ、いいえ、この霧では周囲は完全に見渡せない。襲撃に適した人通りの少ない道はどこ」

このとき、幼い頃から帝都で育った土地勘が役に立った。すぐさまあたりをつけると馬を走らせるのだが、正解を引き当てたのは二つあてが外れてからだ。

市街地から工業地帯に続く通りだった。道ばたに軍人が倒れていたが、その誰もがすでに事切れていた。あたりに人が住んでいるも、この天候の悪さと喧噪（けんそう）に怯えて戸を閉じているのはおかしな話ではない。この一帯は治安がよろしくない、住まう人々も自ら危険事には関わらない気性だ。

「ああ、なるほど？　そういうこと。はじめからこれが狙いか……」

それからも見かける動きを止めた馬車と死体。マルティナの勘が、敵は確実に帝国の敵対者であり、無慈悲な連中であると告げている。

馬を走らせてしばらく、ようやく見覚えのある馬車を発見できた。横転した車体には呼吸が止まったが、考えるよりも早く腕が動いている。

二人倒れている。その近くに明らかな不審者が立っており、いままさに伏した彼女達の心臓を貫くべく、柄を逆手に刃を振り下ろそうとしている。

マルティナの手首はしなやかに働いた。剣帯に下げたポーチに手を差し込むと、手首を翻（ひるがえ）す。彼女の手から飛びたった小刃は数本外れ、内一本が男の肩に刺さる。

たまらず肩を押さえる男の手が緩む。馬を飛び降りると、乱暴な着地であるにもかかわらず駆け、近づきざま抜いた刃で男を斬りつけた。

男が倒れるのを待たずに叫ぶ。

「ゾフィー、チェルシー！」

ゾフィーにはあちこち傷があるが、口元が微かに動いている。ほっと安堵の息を吐いたが、彼女に折り重なりながら倒れるもう一人に青ざめた。

ぴくりとも動かない身体を持ち上げるも、四肢には力が入らない。だらりと下がった腕に息を呑み、顔を覗き込んで瞳を見開いた。

――嗚呼（ああ）、と心が嘆いて、体は冷たい息を吐く。

チェルシーはもう動かない。

浅い呼吸を何度か繰り返し、震える腕で抱きしめる。

彼女は穏やかに眠っていた。夢にまどろむだけの幼子ではなく、本来の彼女たりえる優しい顔で、何かを成し遂げたと言わんばかりに満足げだった。

「……頑張ったんですね」

目頭が熱くなるのを感じたが、泣くにはまだ早い。

目視を終えるとゾフィーを近くの軒先に移動させ、怯（おび）えて戸を開けなかった家から無理矢理毛布を奪い、その身を覆う。文句を言ってくる家の主人を一睨（にら）みで黙らせると、チェルシーの亡骸（なきがら）を運び、カレンの姿を確認できないいま、最後は自ら切り捨てた男の救護に入ったのだ。

息はある。手応えは軽いし死なせたつもりはなかった。

気絶した男が持つ剣は立派だが、その服装は軍人とかけ離れている。

身体の筋肉の付き方からその辺の賊とはいい難い。外の世界を生きる者を知るマルティナは、この人物はそこらの物取りではない、育ちの良い人物だと見抜いていた。

雨の中、乱暴な手つきで男の傷口を縛りはじめた。襲撃者を救う行為は腹だたしいが、この男はカレンの行方を知る一人だ。絶対に生かさねばならない。

後方から馬が駆けてくる振動を耳が捉えていた。

意図せず流れる涙のまま無心で手を動かす。そして自らに流れるラトリア人の血を強く感じながら誓うのだ。

このツケは必ず払ってもらわねばならない。

後に『シュトック＝ヒスムニッツ破壊事件』と称される、帝都を揺るがす大事件の幕がここに上がった。

6

嘆きの館は血と屈辱で彩られる

両手両足不自由で、ゴツゴツした袋に入れられ、無理な体勢で馬に揺られていた。お腹が痛くて起きたけど、訴えるには猿轡が邪魔で何も言えない。

苦しい体勢が終わったかと思えば乱暴に担ぎ上げられる。

袋から解放されたときはほっとしたけれど、それも一瞬だ。どこぞの貴族の館と思しきそこは、屋根こそあって雨風から解放されるも、冷たい大理石の床に投げ出されたのだから。天井や調度品はすべてが磨かれている。目に痛いほどの明るさの中、男の手つきは乱暴で広間の中央へ連行された。怖い目つきをした男連中がにやにやと笑いながら見てくるのが気持ち悪かった。

こめかみと鼻が痛い。

殴られたのだと思いだしたとき、犯人を見つけ睨んだが、誰もが鼻で笑っていた。

「状況判断すらまともにできぬと見える」

「あなた……」

「ふん、雌猿といえど多少の知恵は回るか」

服の質は落ちているが、そこにいたのは間違いなくオルレンドル帝国騎士団を追放されたバルドゥルだ。私を殴ってきた男もいて、いまも顔をにやつかせている。

ずぶ濡れで傷だらけ、女一人が多人数相手に威嚇してもなんにもならない。それはわかっていても、こうして強がることしか私にはできない。

カツ、コツ、と床が踏みならされる。

まるで女王然とした態度で姿を現したのは豪奢な衣装に身を包んだ貴婦人だ。

「それか？」

口元は飾り羽の付いた扇子で覆い隠し、露わになっているのはまなじりがつり上がった、化粧の濃い両目だけ。しかもその眼差しには蔑みが含まれている。

この人も知っている。直接話したことはないが、前皇帝カールの誕生祭、その会場たる階段で、どの側室達よりも高貴な存在なのだと言われていた。

皇太后クラリッサが私の前に立っている。

女は汚物を見る目でこちらを見下ろす。

「……まったく、品の足りない顔だこと」

「クラリッサ、貴女の望むとおり連れてきたが、これで満足かね」

「ええ。やはりそなたは頼りになる男よ」

バルドゥルが皇太后を呼び捨てにし、また皇太后がそれを咎めないのも違和感しかない。けれどここにいる誰もがそれを当たり前としているのは何故なのか。普通なら二人の関係を深く考えるところだけど、このときはそうもいかなかった。なにせ寒いのだ。全身ずぶ濡れで、腕も、頭も、なにもかもが痛い。朦朧とするし、こうして思考できているのが奇跡だ。

「お前がいうから殺さずにいた。放っておけば死んでくれるが、どうしたいのだ。犯し、屈辱を与え、生きたまま豚の餌にでもするか。それとも手足を斬り落とし家畜として飼うかね」

「馬鹿を言わないでちょうだい。わらわはあの男になにも思い知らせていない、お前の提案は魅力的ですが、それは後の話よ。それに豚の餌では死体が残らないではないの」

ぼんやりしていたのは低体温の影響か、正気でなくてよかったと心から思う。

けれどそのせいで背後に回り込まれるのも対応が遅れた。私を捕まえたのは顔を殴ってきた男、たしかバルドゥルを父と呼んでいたか。怪我を負った方の腕を差し出させるのだが、身体に触れる手が露骨で気持ち悪く背筋がぞわりと粟立った。

「放しなさい、気持ち悪い……！」

本能から出た言葉だった。乾いた笑い声を聞いたが、機嫌を損ねたのは伝わった。

「息子よ、お前の出番はまだ後だ」

「ちぇー」

「すべて済んだら好きに犯しても構わん。いまは大人しく良い子にしていろ」

その間に皇太后の侍女が二人ほど近寄ってくる……が、なにかに気付いたバルドゥルが声を上げた。

「待て、その前に首輪を嵌めろ。魔法を使われてはかなわぬ」

私の首に銀で出来た首輪を嵌めたのは魔法使いだ。老齢の男性は魔法院の長老が纏う上着を羽織っているが、私はその人の顔を知らない。

誰、と疑う暇もない。首輪を嵌められた途端、頭の中でプツンとどこかの糸が切れた。遠くに繋がっていた電波が途切れてしまった、そんな感覚。いまごろゾフィーさんを治療している私の使い魔、黒鳥との繋がりが断たれた証拠だ。

「魔法を封じましてございます」

今度こそ侍女が迫り来る。一人は腕を押さえつけ、一人は庭師がもつ鋏みたいな……でも先端はもっと太い、から……。

「うそ」

鉄で出来たペンチが、人差し指の爪の先端を摑み――……。

ひ、と喉の奥で乾いた音が出た。

この時はじめて侍女達が何をしようとしているのか理解できたのだ。自分でもわけのわからない声を出して抵抗した。なにを、とか、まって、とかそんな中身のない言葉。

かけ声なんてなかった。人差し指が引っ張られる。ぶちんと生々しい音を立て、雷撃が全身を駆け抜ける。熱いなんて言葉じゃ言い表せない。目の前が真っ白になる衝撃、寒さにもかかわらず吹き出してくる脂汗、鼻で呼吸するのがままならず口で呼吸をしても痛みはどこにも逃げない。

私の、爪が、剝がされ……！

「やめ」

涙と鼻水でぐちゃぐちゃだった。中指の爪をつかまれる感触に顔を上げれば、意外と出血が少なめな人差し指がある。むき出しになった傷口をぎゅっと押さえられ、もう一回衝撃がやってくる。

いっそ気絶できたらどれだけよかったか。でも三回、四回と続いたら次は持たない。

誰か助けてと願っても誰も来ない。

「見よ、ファルクラムの豚が鳴いておる。みっともなく、なんとも情けないではないか」

嘲笑されてもわけがわからなかった。

ぼろぼろと泣いていたら冷たい声がかかった。

「しかし、思ったより悲鳴が少ない。バルドゥル、これに連れはいなかったのですか。目の前で殺してやれば、もう少し悲鳴があったでしょうに」

「お前の望みは一人だけだった。これ以上を望むなら跡継ぎの義息子を誘拐するしかあるまい」

「あら、ではそれを連れて来られないのですか」

「時間をもらいたい。今日以上に条件が整わねば難しいだろう」

「ではお願い。……間に合うのなら、誰ぞ男色趣味の醜男でも探しておいておくれ」

もうやめてください。

そんな懇願を口にしようとしていたが、ぴたりと涙が止まった。正確には止まってないのだけど、屈しかけていた心が凍てついたのだ。

「…………あ」

――――ヴェンデル？

ここは大人しく、しくしくと泣いて従順になるべきだ。みっともない女だと呆(あき)れられていた方が得なのに、私は顔を上げていた。汚い顔で、きっと鼻血すら混じりながら皇太后を睨み付ける。

ええそうね、私は馬鹿だ。

「性格と同じで、醜い顔をしてるわね。クソばばあ」

沈黙。

ぼんやりしていた頭ははっきりと澄み渡り、生涯決して言うはずのなかった罵(ののし)りがするりと出た。

罵倒(ばとう)に気付いた中年女の顔がみるみる真っ赤に染まっていく。

「お前、いま、わたくしになんと……」

「帝都一の汚いおばさんと言ったのよ」

罵倒を投げる機会がなかったためか、ボキャブラリーが貧相なのが玉に瑕(きず)だ。ただ単純な分だけ伝わりやすかった。

「綺麗に着飾って、清潔に見えるのは外面(そとづら)だけ。中身はどろっどろの、卑怯者の、最っ低のブス。あなたほど醜い女は見たことがない」

「お前っ！」

頬(ほほ)を、頭を、扇子で何度も叩かれた。一撃一撃が意外と重く、痛いが、泣いてやるものかと思う。

中年女がヒステリックに叫び侍女に指令を下しても同じだ。

三枚、四枚、しまいには五枚目となる親指の爪まで剝がされて、痛みに身体を捩(よじ)っても奥歯は食いしばった。終わった頃には左の腕が笑っちゃうくらいがたがた震え、右手の六枚目に移ろうとしたら待ったがかかる。

「侍女達が汗だくではないか。剝がすのとて一苦労なのだから、そこまでにしておけ。それにもうじきキヨが来るのではないかね。長引かせてこれを見られたらどうするつもりだ」

バルドゥルに救われるのは癪だけど、この言葉は皇太后クラリッサに理性を取り戻させた。不服そうではあったが剝がした爪を箱にしまわせ、何処かへ姿を消したのである。

残されたのは汗だくの私と、バルドゥル父子。そして数名の取り巻きだ。

バルドゥルは踵を返すと息子へ言いつける。

「寒さで死なれても困る。寝台のある客間に放っておけ」

「治療はどうしますー？」

「十日も生かせれば十分だ。薬を使ってやる必要はない」

「はいはーい」

軽口で返事をする息子に追い立てられ、階段を登っていく。足が遅いと小突かれたが、心身共に限界だった。簡素な部屋は幽閉だとはわかっていても、寝台を見たときは腰が抜けそうになる。

実際そうなりかけたけど、安堵するには早かった。

「んじゃまあ、高貴な高貴なご婦人は疲れてるし、ちっとは労ってやらなきゃならないよなぁ？」

背中を蹴られて前のめりに座り込む。数名に上体を起こされて、動けないように固定された。目の前に立った男がカチャカチャとベルトをはずす。

バルドゥルがああ言っていたから、ない、と思っていた可能性に血の気が引いたが、抵抗するも無意味だった。見たくもないものを晒した男は、近くの水差しを手に取る。

そして、おもむろに目の前で小便をするのだ。

最悪なのはそれが硝子容器だったこと。不足していた水分が補給され、黄色い色に染まっていく。

嫌悪感より絶望が勝る、とはこのことか。

致しおえた男が水差しと硝子カップを持った。

特に水差しは職人が手を加えた模様入りで美しいのに、青年は水差しから水を注ぐ。

それを私の眼前に突きつけた。

「ほれ、水だ。ちっと混ざりもんがあるけど悪いもんじゃねえさ」

漂うのは厠で嗅ぐ臭い。目の前で見せつけられていたせいで、胃から酸っぱい胃酸がせり上がってくる。出尽くしたと思った汗が流れ、顔を逸らした私に男は不気味なほど優しく語りかけた。

「まあまあこれも歓迎の一種だ、ほら、遠慮すんなよ。お前らもちゃーんと飲めるよう固定してやれ。そうそう、そんな感じ」

がっちりと頭と顎を固定される。首を振っても容赦なく顎を掴まれ、口を開かされる。カップが傾くと生臭い液体が口内に注がれた。一口二口どころではない量は否応なしに喉を通ったが、やがて詰まって咳き込むと、口内から液体が飛び跳ねる。

「うわっ、手にかかったじゃねえか、汚っ」

押さえつける誰かが叫んで、力が抜けた瞬間身体をよじった。

鼻に入った水がツンと匂いを立てている。咳き込みながら、げえげえと泣きながら喉を押さえた。背中から水差しの中身がぶちまけられて「手が滑った」と言われても、ずっと吐き出そうと頑張った。

「腫れちゃいるが、まだ見られる顔じゃん。父上には黙っといてやるから、お前ヤったらどうよ」

「おい、それはもっと早く言えよ。お前の小便まみれなんて御免だ」

「こんなくっさいの、まだ底辺の娼婦を抱いてた方がマシだろうが」

「ひどいこと言いやがる。……おい、小便女、お前こいつらに腰振っといたらどうだ。ガキでも身籠もればクラリッサ様の気が向いて生かしてもらえるかもしれねえぞ」

「やめろよ、流石に小便女相手じゃ勃たねえや！」

腹を抱えて笑う男達を背に、唾ごと吐き出す咳を繰り返しながら、またもや涙が浮かんでくる。嘲笑には皇太后を前に張った威勢がすぐに消し飛んだ。

笑い疲れた男達がいなくなったあともそうだ。突っ伏して泣いて、汚い絨毯でさえあたたかくて優しくされた気がしてしまう。

心から願った。

誰か助けてくださいと。

いつまで経っても吐けなくて、喉に指を突っ込んでいた。自ら促す吐き気に泣いていたら、背中を誰かに叩かれる。自分でも信じられないくらい肩が跳ねたが、視界が捉えたのは揺れる金髪だ。

一瞬浮かんだのは私が好きになった男の人だけど、実際そこにいたのは似ても似つかない女の子。

「……声かけはしたわよ」

傍でしゃがみ込むキヨ嬢に侍女が叫ぶ。

「姫様、そんな汚いものを触ってはいけません！」

「汚いのは知ってるわ。でも貴女達がだぁれも近寄らないからキヨが行くしかないんじゃないの。騒ぐだけなら黙ってなさい」

「しかし……！　いくらクラリッサ様に好きにしていいと言われても、姫様が目にかける理由がどこにありますか。バルドゥル様も厳しく咎めましょう」

「動かなかったくせにしつこいわね」

苛立ちを見せる甲高い声は、柳眉を逆立てて私の頬に人差し指をなぞらせた。

「腫れてるわよ。女が顔を傷つけるのは良くないわ」

そうして先ほどから騒いでいる侍女達に振り返る。

「ちょっと準備してくるから、その間に貴女達はこの人を看護しておいて」

「そんな、なぜわたくしたちが……」

「今度こそ言うこと聞かなかったら、お義母さまにお願いしてクビにしてもらうんだから！」

「姫様、そんなご無体な！」

「なぁにがご無体よ。嘆いてる暇があったらしゃんと働きなさい。キヨの役に立たないなら貴女達、なんのために侍女になったの。仕事をしないお馬鹿さんはいらないのよ」

キヨ嬢が姿を消すと侍女達は騒ぎだし、責任の所在を押しつけ合う。最終的には一番年若い女性が包帯を手に取ったが、嫌々なのは伝わっていた。

「臭い、汚い……ほんと最悪……」

半泣きでシャツをまくり、指先と腕に包帯を巻いていく。ぶつぶつとぼやきが聞こえるが、反論する元気はなかった。お風呂に入りたいと思っていたら包帯は巻き終わっていて、終わるや否や侍女は半泣きで両手を離している。

そこに戻ってきたのが彼女達の主人だった。袖をまくり終えた彼女は私と侍女を交互に見るが、その顔はいびつに歪んでいる。額には青筋が浮かんでいた。

「……キヨの話をちゃんと聞いていたのかしら。キヨは看護をしなさいといったのよ？」

「もちろん伺ってございます。ですのでこの通り包帯を巻いて……」

私の左腕を取ると指先の臭いを嗅ぎ、次の瞬間はっきりと顔を強ばらせた。

「ばっかじゃないの!?」

叫んだ。

「なんでこのまま包帯巻いてるのよ！　……貴女達はどこまで頭が足りてないの！　消毒もせず巻いたって膿む の丸わかりじゃない、壊死（えし）したらどうするのよ!?」

「ですが姫様、こんな汚いのを……それにこの娘は姫様の敵にございます」

「左様です、姫様の恋路の邪魔をした厚かましい外国人です」

「怪我人に恋敵もなにもあったものですか、この間抜けっ！」

彼女達の言動はキヨ嬢の怒りを買うばかりで、とてつもない怒りに侍女達が肩をふるわせる。侍女は頼りにならないと悟ったのか、彼女は私を担ぎ上げようとした。乾ききってない水分が繊細なドレスを汚したが、嫌な顔ひとつしない。

「わかってるでしょうけどこの人たち全然手を貸さないのよ、もうクビにしてやるからいいんだけど。ちゃんと治療してほしかったら頑張って踏ん張ってちょうだい」

その声にやっと侍女達が動いて手を貸した。

助けを借り部屋を移動するが、彼女の行動を見咎める者がいても、キヨ嬢は毅然としていた。

「この人はキヨの好きにしていいってお義母様が言ったのよ。召使い風情が口だししないで」

「ですがニクラスにこの女を閉じ込めておくよう指示されました。知られたら叱られてしまいます」

「元はといえばあなた達が彼を止めなかったせいじゃない」

「いえ、そう言われましても……。ああ、あと姫様と食事を……」

「冗談でしょ。いくらバルドゥル様のご子息でも乱暴者は嫌い。ひとりでパンを囓ってなさい」

強気な態度で押し退けた。

運び込まれた部屋は飾り付けから調度品まで、明らかにひとつ上の上等な部屋だ。部屋に入るなり、彼女は侍女に指示を出す。

「お湯を持ってきなさい。あとは石鹸に、着替えもよ」

「まさか風呂に入れるんですか!? お止めください、ここは姫様の私室でございます!」

「だからそういったことに貴女達が至らなかったのが原因なの」

あきれ果てているのか、半眼で私の包帯を解き出す。尿の臭いや汚れに対する嫌悪感はなかった。

「指先なんて冷えきってるし、汚れを落とさなきゃ話にならない。御託はいいから清潔な布も持ってきなさいな」

「ですが!」

「これ以上キヨを煩わせるなら、このままお義母さまに言いつけに行くわ。役立たずの侍女が言うことを聞かないのってね」

「そんな……酷ぅございます」

「酷いなんて笑わせないで、そのうるさい口を閉じて従いなさい。辞めたいならあっちに行って」

以降は黙り込んでしまった侍女相手に、キヨ嬢はぶっきらぼうに、しかし的確に指示をこなしていく。服や包帯を剝ぎ取ると真剣な眼差しで言うのだ。

「ここには痛みを和らげてくれる薬がなかったから、きっと痛むわ。でも感覚があるだけまだ治るという証拠だから我慢しなさい」

湯船に浸かれずとも、頭からざぶざぶとお湯をかけられる。傷に染みて呻き声が出たけど、お湯が冷えついた身体を温めてくれたのも確かだ。口の中に入り込むお湯がただただ嬉しくて洟を啜っていると、キヨ嬢は濡れるのも厭わず洗髪剤で髪を洗っていく。現代日本ほど繊細な代物ではないが、汚れ落としや香りには気遣われている贅沢品だった。

小さな柔らかい手が、慎重に、丹念に汚れを拭っていく。不思議なことに、かつてテレビでみたような熟練の介護士を思わせる洗練された動きだった。

尿の臭いが取れ、ふわふわの大きなタオルが被せられ、ようやく人扱いされた気がする。

彼女はぐずぐずに泣く私の腕を引っ張り、椅子に座らせる。

「ほら、治したいなら泣いてないで手を出して」

清潔な布が両手を包む。水分を拭き取ると白い液体を傷口に満遍なくかけるのだが、匂いは高濃度のアルコールだ。その後は塗り薬をたっぷり塗布したガーゼを当てて包帯を巻いていく。

キヨ嬢の手つきは淀みがない。湯気で汗まみれになっても治療する様子は真剣だし、その他の細かな傷を看ていく姿は素人ではなかった。

「……多分、これで顔も痕は残らないはずだし、キヨは優しいからこのまま部屋を貸してあげるわ。寝れば少しは元気になるでしょう」

自分の仕事に満足したらしい。

「キヨの祖国に感謝なさい。叔父様の診療所があって、兵隊さん達を看てきたから傷口だってへっちゃらだったんだから」

胸を張るキヨ嬢はこれまでの、砂糖菓子みたいな甘ったるい女の子の印象を払拭した。意外な芯の強さを見たというべきだが、警戒を解けない私に唇を尖らせる。

「お礼くらい言えないの」

「あ、ありがとう……」

なんとか言えた一言に、はぁぁ、と深い息を吐く。

「キヨは貴女が嫌いだけど、だからって酷い目に遭ってせいせいしたなんて思ったりしないわ。お義母さまは好きだけどニクラスは嫌いだし、あいつのやることなんて吐き気がするもの」

彼女の言葉には、かねてから浮かんでいた疑問への答えがある。だけど温かい飲み物を口にし、長椅子で横になり、毛布を被ると眠気が押し寄せ何も言えなくなった。

床に腰を落とす彼女は、子供をあやす手つきで毛布をたたく。

「どんな人種だろうと怪我人を放置できるものですか。見てしまった以上はあの男から守ってあげるし、キヨを信じて眠ってなさい」

警戒する必要はあった。けれどこの時にはくたくたで、とにかく自分が休むことしか考えられない。この優しさに抗うのは難しく眠りについたら、起きた後もキヨ嬢は約束を違えなかった。

「起きた？　じゃあ手を出しなさい、包帯を替えてあげる」

包帯を替え、二人分の食事まで用意された。

相変わらず侍女達の態度は悪いが、キヨ嬢が睨むから黙っている。

「熱出てるわね、じゃあ么とは安静にしてなさい」

新しい部屋に移されたときは不安だったけど、意外にもひたすら眠った丸一日、食事を運ぶ侍女以外は誰も見かけなかった。

夕方頃になるとキヨ嬢が姿を見せるも、彼女の目的は傷の確認。慣れた様子で包帯を交換し、食事をしっかり摂るよう言い含める姿は医療従事者を連想させる。

困惑を重ねながらも身体を引きずって、思考できるようになったのが幽閉二日目。私が安定したのは、その間に男達を見かけなかったためである。まともに思考できるようになり、ゾフィーさんとチェルシーの安否を心配できるようになった。どうにかして逃げようと考え始めた頃でもあるが、唯一の出入り口となる扉は廊下に見張りがいて、ドアノブは鎖で固定されていた。

窓を開け、階下を見下ろす。

「……降りられない」

部屋は三階。窓から外は壁と窓があるだけで、カーテンを伝って降りるなんて芸当はできそうにない。仮にロープがあったとしても左腕と指に力が入らないから、落下するのは目に見えている。

見渡す限り存在しているのは森で、建物は見当たらない。他にも逃げる方法を考えたが、キヨ嬢の指示で手錠は免れても、食事すらナイフやフォークの持ち込みが制限されている。

あらゆる状況が逃げ出すのは無理だと告げているけど、足掻くのは現実逃避していたからだ。なにせこの時になるとバルドゥルの言葉を思い出していた。

私は十日もしないうちに殺されるらしい。

そんな不安に押しつぶされそうだから、わずかでも希望に縋りたくて室内を練り歩いた。

ひとりだから怖いのだ。

いまにして思えば襲撃時、黒鳥で抵抗していればこんな目に遭わずに済んだかもしれない、ゾフィーさんに黒鳥を使わなければ、なんて考えてしまう自分がいて、嫌になってしまう。

「ゾフィーさんを助けたのは間違ってない。後悔してない、正しいことをした」

あのときは彼女に治癒を施さないと、出血と低体温で助からない可能性が高かった。半端者の私に出来るのは、私の半身たる黒鳥を埋め込んで、彼女の自己治癒能力を高めるくらい。なのに他人の命を優先した自分の決断を後悔しようとしている。

だけど首輪を嵌められたいま、黒鳥は私の元に帰って来られない。だからゾフィーさんが助かったかもわからない。あのとき断られてしまったチェルシーの安否も不明だ。

……どんな行動を取るのが正しかったのかがわからない。

ひとりの時間は過去の行いを振り返るばかり。

希望がまったく見えなくて、いまにも泣きわめきたくなるから動くしかない。

いろんな人たちに戦や経営の知識は教わっても、誘拐されたときの対処法なんて聞いたことがない。

もうしばらくしたら殺されるなんて経験あるはずなかった。

それにキヨ嬢が「暴行禁止」と言い渡しても、彼女がずっと番をしているわけではない。

救いはなかった。

三日目だ。この時の日中キヨ嬢がどこかへ出かけていたのだが、いきなり扉が開けられた。ニクラスがいないのはほっとしたけど、二人組の男がこちらを覗き込んでくる。

「おいおい、そんな警戒するなよコンラート夫人様、ちょっと遊びに来ただけだって」

「あなた達、誰」

「うーん、遊び相手かな？」

下卑た笑いと、廊下に向かってノックするもう一人の男の動きで気付いた。さあっと血の気が引いて、壁際に寄りながら叫ぶ。

「キヨ様に手出しするなって言われたんでしょう⁉」

「知らねえな」

「言いつけるわよ」

「どうぞどうぞ」

それでわかった。彼らは私を犯すし、それらを一切合切隠し、もみ消すつもりだと。

「まあまあ、ちょっと良いことしようってだけだ。寂しい寂しい男日照りの夫人様に、な？」

聞きたくもない嫌な物言い。男が私の左手を摑もうとした瞬間に右手を動かした。

このとき、私は休息を取らせてもらっていてよかったと、心から思う。

なにせ相手は暴力に慣れている。女の抵抗なんてたかが知れてると考えていると知っていた。壁伝いといえど、逃げる方向は選んでいたのだ。

相手の予想に反し、私が使ったのはカップだった。たかがカップとお思いだろうが、力いっぱい投げれば不意をつける。奇跡的な軌道を描いたカップは相手の顔に直撃し、声を上げる前に駆け出した。もう一人の男が迫っているのはわかっている。燭台(しょくだい)を摑んで放り投げると、うまく足に当たってくれたみたいだ。そのすきに飛び込んだのは小部屋。洗面台に身を滑り込ませると、自分でも驚くべき早さで鍵を掛けた。ほっとする暇もなく、ドン、と扉が揺れる。

知らずと喉から小さな悲鳴が出ていた。

乱暴にドアノブをねじる音、乱暴に叩かれた扉の揺れが、ここが破られてしまうのではないかと恐ろしいためだ。咄嗟に指で鍵を固定し、全身の体重をかけて扉にしがみ付く。

——いやだ、いやだ、いやだ、いやだ……！

泣くな、泣いてもどうにもならない。怖がる暇があったら体重をかけろ、やれるかぎり抵抗しろと念じてぎゅっと目を瞑る。やがて悪態(あくたい)と共に向こう側が静かになり、心に隙間が出来た瞬間だった。

ドンッ、と。

また扉が振動して、悪態。

今度こそ男達が去った気配がするが、私は尻もちをついていた。

どくどくと痛いくらいに動く心臓。浅い呼吸を繰り返していると、やがて助かったと思い至った。

乾いた笑いと涙で感情はぐちゃぐちゃだ。

夜にキヨ嬢が来るまで、私は洗面所を出られなかった。

「……なにしてたの？」

「ちょっと、顔を洗ってました」

本当は訴えようかと思ったのだ。だけどこの時の私は悪意に敏感で、後ろの侍女が険しい表情でこちらを睨んでいるのに気付いてしまった。「知っているぞ」とありありと描かれた表情に、口封じされてしまったと悟り、偽りの笑顔を浮かべるしかなかった。

キヨ嬢の包帯交換が済んだら、寝台の枕と敷布を全部取って洗面所に逃げ込んだ。あとは桶に移した飲料用の水で、持って入れるのはそれだけ。明かりは洋灯だけど油は補充されていないから、扉を閉めれば殆ど真っ暗。壁側上部に備わった小さな窓から差し込む光だけが時間を計る手段だ。

念のためだったけど、果たしてこの行動は正解だった。敏感になっていた私の耳は、扉越しにもかかわらず、夜中に部屋に入り込む不審者の音を拾ったのだから。

侵入者は数度、洗面所のノブを乱暴に回すと去って行き、これで三日目を終えたが、こんなのはまだ序の口だった。

なぜなら隙を狙って入ってくるのは男だけじゃない。

四日目なんかは、控え気味にノックをする音と女性の声が聞こえた。

「食事を持ってきたんです。まともに食べてらっしゃらないでしょう」

優しい声に安心して、でも少し怖かったからゆっくりと扉を開いた。そこに立っていたのは穏やかな表情をした侍女だったが、彼らは思い至りもしなかったのだろう。

……まるで歪み腐った侍女の瞳に悪意がある。

体当たりで扉を閉じた。鍵を閉じてしばらく、向こう側で罵声と男女の罵り合い。やがて女が悲鳴を上げたから、両手で耳を塞いでじっとしていた。

つまり、そういうことなのだ。

こんなところで若い女がひとり誘拐される意味を、嫌というほど思い知らされる。

定期的に男達が来ても私が無事でいられるのは、いまの部屋をキヨ嬢が与えてくれていたから。彼女が私への暴行を禁じていたから、鍵を無理矢理こじ開けるなんて痕跡を残せないのだ。

「……傷はどうかしら。異常はなかった？」

「ない、です。おかげさまで、深い傷以外は痛みもほとんど引きました」

「本当に？　貴女、顔色が悪いわよ」

「この状況では無理もない、かと」

「……それもそうだけど」

彼女も不審に思う点はあれど、結局は何も言わず終い。

結局「定期的に人がやってきて、襲われかけている」とは言えなかった。

だって彼らが念を押すために言うのだ。

「無断で入ってきたことを姫様にばらしたら、いますぐこの扉をぶち破ってニクラスの所に連れて行く。いいか、俺達のことは姫様以外はみんな知ってる。バルドゥル様だって承知の上だ。下手なこと口にしたら姫様が何を言おうと容赦しねえぞ」

こんな風に、改めて脅されていた。

いつもの私だったら、多分、従わなかった。

けれどいまは身を守る手段がなにもない。頼れる護衛がいない、魔法も行使できないただの人。キヨ嬢に訴えても助けてくれる確信もなく、恐怖と疑心暗鬼に囚われていた。

静かな時間は現状を打開しなきゃと思っても、いまだ鈍い痛みを放つ左手と、バルドゥルの息子ニクラスから受けた嘲笑が耳にこびり付いて離れてくれない。

情けない。そんな感情がさらに自身を追い詰める。

五日目。もうキヨ嬢が訪ねる時間以外は洗面台から出なかった。ひんやり冷たい室内でも、そこが唯一の安全地帯だから。

きつかったのは六日目。

この日は完全に嫌がらせに移行していた。ドンドンとノックしながら、これから私がどう死んでいくのか、犯されるのか、野次られるのだ。

耳を塞いでいたらいいと思うかもしれない。しかし定期的に扉を蹴り、ドアノブをガチャガチャされると、取れてしまうのではないかと心が潰されそうになる。しっかりと見張るしかないのだ。

「あんたに助けは来ない。街がどんな状態か知ってるかい。だぁれも行方を掴めず終いだよ。孤独に寂しく死んじまう前に、ここを開けてくれたら……なぁ、少しは考えてやっても良いぜ！」

嘘だってわかってる。でも、いわれるのは堪（こた）える。

七日目は完全な寝不足だ。

疲労が蓄積し、油断すると目を瞑ってしまう。半分風邪気味で体調も悪かったが、また性懲（しょうこ）りもなく連中がやってきて身を起こした。

まずは二人とあれば、いつも通りの人数だ。寝室をうろつく気配があって、一人は相変わらず鍵が閉まっていることに気付くと扉を蹴り、悪態を吐いて去っていく。

問題はもう一人だ、さっきから扉を何度も叩いたりノブを回したりしている。あまりにも回されすぎて壊れやしないだろうか。音が鳴る度に心臓がキュッと小さくなるけど、これまでの人物と違い乱暴ではなかった。

ただこの時の私は早く去ってほしい、の一念しかない。目を瞑っていると、いますか、と聞こえるか聞こえないか程度の声が届く。

「……お嬢さん、そこにいる？」

神経を研ぎ澄ませていたから気付けたようなものだけど、ちゃんと聞こえた。

理解が遅れた。どうして彼がこんなところにいるのかわからないけど、自然に声が出た。

「アヒ……」

「長話はできない。いいですか、あとちょっとだけ準備が必要だ。だから苦しいかもしれないけど、あともう少しだけ頑張って。そうしたら、おれが何がなんでも連れて帰りますから」

乾いた音が扉の下から聞こえると、折りたたまれた紙が差し入れられている。

扉を挟んだ向こう側で誰かが彼を呼ぶ。

「おい新入り、女はまだ出てこねえの？　お前鍵開けできるって言ったじゃねえかよ」

「そう思ったんだけどさぁ、流石お貴族様の部屋の鍵だわー。これ壊さねーと開けらんないんだけど、やって大丈夫か？」

「アホか、んなことしたら姫様にバレるだろうが、俺らの首が飛ぶわ！」

「んじゃしょうがねえ、諦めるか」

「この野郎！　貴族の女を抱けるって言うからニクラスの目を盗んで連れてきてやったのに！」

「かも、ってちゃんと言ったろ。でもまあ無理だったし、とっとと撤退するぞ。勝手に部屋に入ったのがバレたら大変だ」

「このクソ野郎が！」

「おれを連れてきた時点でお前も共犯だからな」

置き土産になった紙を手に取る。

小窓から差し込むわずかな明かりを頼って中を開けば、紙を額に押し当てて泣いてしまった。

たったいま扉向こうで声をかけてくれた人物はアヒムじゃないと思っていたのだ。今度は魔法使いが彼の声音を真似して騙そうとしたのだと疑っていた。

だけど違った。彼は本物だった。

アヒムの筆跡じゃないけど文字に覚えがある。差出人の名前もない『待っていろ』だけが書かれたメモだが、右肩上がりの達筆な字はちゃんと記憶に残っている。それに紙の隙間から落ちた、千切れた金の鎖は、いつか彼を凶弾から守るため砕け散った腕飾りの一部だ。

忘れられてなかった。ちゃんと探してくれていた。

「ごめん、ごめんなさいアヒム。私、あなたを疑った」

彼が持ってきてくれた、ライナルトの伝言を握りしめる。

……味方がいてくれることがこれほど嬉しい。

あとちょっとだけと言うなら頑張れる。

だから終わったら皆に抱きしめて欲しい。頑張ったねといってほしい。

臆病に蓋をされた勇気を奮い立たせた。


希望が人を生かすとは真実だ。

ほんのわずかでも希望があれば人は生きていけると、この時ほど体感したことはなかった。アヒムやライナルトの言葉をよすがにしたからこそ私は気力を取り戻せた。寝不足でヘトヘトでも、冷たく固い床の上で眠っても、痛みに魘(うな)されても打ちひしがれるばかりではなくなった。

男達の侵入に身体は震えても、大丈夫と自らに言いきかせれば耐えられる。

洗面所から出る時間も増えた。窓から外の景色は、何度見てもただ森しか広がっていないと焦りを生んでいたけど、観察し続ければ人が行き交う時間や、裏口がありそうな場所の目星もつけられる。

魔法は相変わらず使用不可。どうやっても首輪は外せなかったが、腕の広範囲にわたる傷はかさぶたで塞がったのを確認できた。

八日目で出来たのはそのくらいだけど、自棄(やけ)になり、キヨ嬢を人質に脱出、なんて無謀な試みを実行しなくて良かった。あれは人を拘束しうる体力と筋力の保持者が出来る芸当で、私が実行しても待っているのは死だ。

「私は、大丈夫」

ひとりきりの洗面所で、何度この言葉を使ったかわからない。縋るしかないと、疑ってはいけないと思っていても、アヒムの声が聞けたのは一度だけだった。私の頭が狂ったのではないかと不安に押しつぶされそうになって、その度にライナルトの走り書きと、紙に包まれた千切れた鎖を見返した。

九日目の早朝にキヨ嬢が顔を出したとき、私は相当酷い顔をしていたのだと思う。

「貴女、寝てないわね」

ええ、まあ、と当たり障りない返答。このときもキヨ嬢の侍女の目が険しいが、彼女達の中に私の状況を男達に流している者がいるのを知っていて嫌だったから、隠しきれなかったのかもしれない。だけどキヨ嬢は拒絶はできない。「来ないで」と機嫌を損ねたら最後、彼女の関心を喪失したら何が起こるかわからない。

「目の下は隈、服は皺だらけでろくなものじゃない。……なにかされたのかしら？」

「ただ私が不安で眠れないだけですから。……おわかりでしょう。私にはもう時間がないって」

この日までは当たり障りのない会話をしていた私が、はじめて自ら話しかけた。キヨ嬢は軽く目を見張ったものの「そうね」と小さく呟く。

……それでがっかりしてしまった。

淡い期待を抱いていた。

彼女は皇太后やバルドゥルに騙されているだけ、私の命があと数日足らずであるとは知らない。こうして毎日様子見に来てくれるのなら、なにも教えてもらっていない、と。

だからもし、もしも彼女が何も知らないなら協力を仰げるかもと考えていた。それが不可能だとわかったから落胆したのだ。

「また夕方に顔を見せに来て下さいませんか。いまの私にはキヨ様とお会いするのが唯一の楽しみなのです」

「……わかったわ」

なにせ連れ去られた日、あの人達は私の命の期限を十日といっていた。昨晩から希望と恐怖に挟まれた続けたせいで、私の正気は着々と削れつつある。

こんな状態もあって、キヨ嬢が姿を消すと一直線に洗面所に閉じこもった。くしゃくしゃになったシーツを巻いても寒さは拭えない。とっくに風邪をひいているが、今朝から特に身体が怠くなっていた。鍵を閉めて、自分の身体を重石に扉にもたれ掛かる。

うつらうつらとしていたら、張り詰めた神経が金属が擦れる音に気付き、丸くなった。さっきキヨ嬢が出ていったばかりなのに、よくもまあ飽きずに続ける。

ここの男連中にとって、貴族の女をいたぶる行為はそれほど愉快なものなのか。あの下品な声や脅迫を耳に、扉を蹴りつける音に耐えねばならないのは苦痛だ。昨晩は幻聴で目を覚ましていたから、自分が如何に参っているのか思い知らされる。

再び暴行を受けるよりはマシだと言いきかせて息を潜めるが、今回は少し様子が違っていた。

姫様、と侍女の叫び声が聞こえたのだ。

「ちょっと、どこにいるのかしら」

……さっき出ていったばっかりではなかった？

それとも私の耳が壊れてしまった？

「それともこの中？　来てあげたのだから、返事くらいなさいな」

コン、コンと控えめなノック音に、おそるおそる洗面所の鍵を開けた。

「……また洗面所にいたの？　いつもそこから出てくるの、気のせいじゃないわよね」

「汗をかいたので、身体を拭いていました」

「………そう。じゃあ、終わったら席に座ってちょうだいな」

本物だった。

手ずから盆をもつキヨ嬢。言われたから席に着くものの、持ってきたのは医療セットではない。

「キヨ様はなにをしにここへいらしたのでしょう」

「見てわからないの」

言われて初めて気付いた。机に乗っていたのは茶器一式と菓子類だ。量も丁度二人分くらいになる。

「夕方も何も、今日は用事はないし、貴女も暇だろうから来てあげたの。でも体調を悪くしてるなら薬湯の方が良かったのかしら。寝たいのならキヨはこのまま帰るわ」

「……言ったことは本心です。もしお相手をしてくださるのなら、お願いします」

「そう。なら客人は貴女になるわね。もてなされてなさい」

茶を淹れるキヨ嬢の動きは、オルレンドルやファルクラム式の作法なら洗練された動きではない。けれど元より備わっている気品、ぴんと伸びた背筋や指先まで気を遣った動作は、急ごしらえで仕込まれたものではなかった。

「……こちらの作法はまだ覚えきれてないの。だけど味は美味しいわ、どうぞ」

「ありがとうございます」

お菓子は侍女が切りわける。チョコレートを混ぜ込んだケーキは美味しそうで、茶器から伝わる熱が、いまは安全地帯にいるのだと伝えてくれる。キヨ嬢は外を眺めつつ、お菓子を摘まんでいた。

「明日、貴女の首を落とすと、お義母さまとバルドゥル様が話していたわ」

爆弾じみた発言は、静かに胸に染み渡った。服の上から、ポケットにしまい込んだ紙切れに触れると、背筋の冷たい恐怖が軽減される。

「いつまでも捕らえていても仕方ないから、そうするって」

「はい」

「逃がしてあげたら、って言ったらダメっていわれた。貴女はどこに顔が利くかわからないから危険だって。どちらかといえば、お義母さまよりバルドゥル様の方が勧めてたかしらね。あの方があんなにお怒りを見せるなんて、貴女、キヨが思っていたよりすごい人だったのね」

「私ではなく、私の周りの方々がすごいのです」

「これはキヨのお父様の言葉だけど、人脈を開拓するのも実力のひとつよ」

そうしてお茶を一啜り。

もとより、お互い詳しくない相手同士だ。会話も続かず、沈黙の方が長かった。

「キヨ様は、どうして私を助けてくれたのですか」

「なんで答えなきゃいけないのよ」

「最後だからです」

助けが入ると期待している。信じている。

だから私は命長らえると信じているけど、キヨ嬢にとっては今日の私が最後だ。

「この時間に会いに来てくれたの、そういうことかなと思ったんですけど」

「……姫様」

侍女が声を低くするも、キヨ嬢は目線を落としたまま言った。

「貴女たち、いますぐここから退室なさい。キヨがいいと言うまで部屋には入らないで」

「なりません。それよりいますぐご退室を。これ以上の接触はクラリッサ様のご機嫌を損ねます」

「侍女のお前よりキヨの方が信頼がないっていいたいのね」

「いえ、そんなことは……」

「だったら、いま、お前は侍女の分際で主人を脅したのよ」

感情の動かない主人に、侍女から血の気が引いて行く。

「いますぐ出て行きなさい。出ていかないならお前達をニクラスに差し出すわ」

そう言われ、侍女たちは大慌てで出ていったのだ。

「……そのナイフとフォークを使っても結構だけど、逃げられないわよ」

「そんなことはいたしません。私はあなたと話をしたいだけですから」

「……質問の答えだけど、深い意味はないわ。怪我をしている人がいたら、助けるのは当然だから」

「叔父様がお医者様だと聞きました」

「とてもご立派な方よ。お父様達に反対されても、お国のために戦った兵隊さん方のために診療所を開かれたの。叔父様に感謝している人は多かった」

　その人を語る姿は自慢げだ。

「皆には貧乏人相手に施しをするなんて政治家生命が絶たれると嘆かれたけど、キヨは尊敬してる。何度もお手伝いさせてもらったけど、素晴らしい方だった」

「では、キヨ様の医術の腕は、そこで……？」

「そんな素晴らしいものじゃないわ。ただのお手伝いだったし、看護婦にはなれなかったもの」

「ですがとても……手慣れてらっしゃいました。下手なお医者様よりも、ずっと……」

「不自由されてる兵隊さんの体を拭いて差し上げたりしていたの。最低限の知識だけよ」

「それでも素晴らしい技量です」

「……お国のために戦ってくれたのだから、そのくらい当然だわ」

　もしかしたら話し相手に飢えていたのかもしれない。

　饒舌になるのは、私が彼女の言葉を半分も理解できないと思ったからなのかもしれないが、気を緩めた様子で頬杖をついた。

「確かに貴女を助けたわ。あの変質者に遊ばれるのも気に入らなかったから部屋も移した」

「感謝しています」

「でもあれは自己満足よ。キヨはお義母さまにわがままを言っても、お心に反することはしないと決めている。だからいくら行動が矛盾していても、貴女を逃がすなんてしない。変な期待はしないで」

「理解しています」

「変な人。明日死ぬっていうのに妙に落ち着いてる」

「変でしょうか」

「いいえ？　生きることを諦めていない人の目は診療所で見てきた。女なのに男みたいに意地を張るなんて、よくそれで周囲が許したわね。全然可愛くないのに」

涼やかに笑ってみせるが目は笑っていない。むしろどこか悲しげで「可愛くない」と口にしたときも、自らが痛みを堪えているとさえ感じたのだ。

「キヨ様は女が仕事を行うことに拘りがあるようですが、キヨ様の御国では女が社会に出ることは何か問題があるのでしょうか」

「侍女がいなくなった途端に突っかかってきたわね」

「すみません。初めてお会いしたときから、キヨ様のお考えが気になっていたので……」

「気になってた？」

「女の在り方です。オルレンドルでは、女性の出世は悪いことではありません。口さがなく言われることはありますが、それは誰でもあること。女が進出しても堂々と胸を張ってもいい国です」

なぜだろう、彼女は悔しそうに奥歯を噛んで俯いた。

「……ここでは女ですら公爵になれるんだもの、胸を張っても良いのは知ってる」

憎々しいと、羨ましいの中間だろうか。とキッと顔をあげる。

「でも！　でもねぇ！　女は下品だし、男はなよなよしてるのばっかりで、日本とは大違いだわ。いくら夫婦でも公衆の面前で口付けなんて頭が沸いてる」

男女ともに恋人への愛し方が開けているのはお国柄だ。そういう意味ではお隣のご夫婦も見ていて恥ずかしくなるくらいべたべたしているし、周囲もそれが当たり前だから誰も何も言わない。それとなくマリーに聞いてみても、逆に私の考えが奥手すぎる、何が恥ずかしいのか聞き返されたくらいだ。

「ええその……そこは、考え方の違いと申しますか」

「いまのは愚痴だから忘れなさい。……もう慣れたわ。異国には異国の規則があるもの、異端なのはキヨの方。ここはそういう国なんだから彼らも、貴女もそれでいい。好きにしたら良いじゃない」

投げやりな言葉だが、フォークを持つ手に力が入り、ケーキを潰しているのに気付いていない。

「でもキヨはね、普通の人と違ってあくせく働いて上を目指す必要はないの。だってキヨは美しいし、誰にだって愛してもらえる。可愛いからお義母様も娘にしてくださったのだもの。良い妻として夫を支えて、子供達を立派に育て上げなければだめ。それが貴人の務めというものだわ」

「……だから皇帝陛下なのですか？」

「そうよ。キヨに釣り合う最上の方だし、お義母さまの勧めがなくたって、あの人がいいって思ったに違いないわ。皆は危険な人だと言うけど、皇帝たる御方が危険を恐れてどうするというの」

発言から薄々伝わっていたけど、彼女は女が世間に出てはならないと考えている。改めて気付いたキーワードは「可愛い」で、その言葉を口にするとき、追い詰められた様相を見せる。

「たしかに高貴な方の妻は美しさや、皇室を守る側面も求められます。ですが、オルレンドル、いえライナルト様の隣においては、皇太后の言うことがすべてでは……」

「皇太后様、よ。キヨのお義母さまを呼び捨てにしないで」

キヨ嬢は本当に皇太后クラリッサに懐いている。正直、まったく、一切、どうしてあんな人を義母と呼び親しみを持っていられるのか、到底理解できない。

ただ、私の疑問はキヨ嬢にも伝わっていた。

「ふん。始めに言ったとおりキヨは貴女が嫌いよ。だから理解なんかしなくていい」

「失礼ですがキヨ様はどうして皇太后様をそれほどお慕いしているのでしょうか」

「理解しなくていいって言ったばっかりでしょ⁉」

「興味です」

「明日死ぬくせに厚かましいわね！」

「だからこそです。せめてもの疑問くらい解消させてください」

キヨ嬢はちょっと高飛車で刺々しいが、可愛らしい性格をしている。表情が変わりやすい分、思っていることも伝わりやすいし、ギリギリと歯ぎしりされても微笑ましいとしか思えない。いや、状況はまったく微笑ましくはないのだけど。

「……まあいいわ、それが冥土の土産になるのならせめてもの情けと思って話してあげる」

瞬間湯沸かし器かな？　彼女は指で己の髪を摘まみ、くるくると指で弄んだ。

「貴女はキヨのこの髪をどう思う？」

「とても美しい御髪です。夕焼けに波打つ麦畑みたいで、私は好きです」

「そ、そう……そのたとえは初めてだけど……ほんきで褒めてるんだ……」

なぜか小声で照れてらっしゃる。

「と、とにかく、そうなのよ。キヨも綺麗だと思ってる」

だけど、と少女は悲しげに続ける。

「キヨの国ではそう考える人の方が少なかった。この顔も、目も、高すぎる鼻も歓迎されなかった。……信じられる？　キヨの国はね、黒い目と黒い髪の人ばかりなの」

「……珍しい御国ですね」

「だから美しいと褒め称えられるのは黒髪なのよ。おかしいわよね。キヨはキヨで、なにもかも全部生まれ持ったものなのに、みんながキヨを変なもの扱いするの」

彼女の言葉でとうとう確信を得る。

これまで様々疑わしかったが、発言に混ざる古い時代に近しい発言から、私とは違う時代から来たのではないかと推察していたのだ。

そして彼女の育った背景から、キヨ嬢は過去の人間なのだと決定的となった。「兵隊さん」がいて「診療所」があったのなら一度は戦争が発生していそうだ。

時代としては……ええと、元号はなんだっけ。め、め、明治か大正？

そのあたりなら外との交流が残っていて、友好国であれば敵愾心はなかったはずだ。ミックスが生まれて診療所で手伝うのも、生まれが良くないと、この気ままな性格は難しそう。

細かい歴史を思い返せないのは、私の記憶が削れているか、もう「ない」のだろう。純精霊の「祝福」は、記憶の虫食いを加速させ、向こうの世界の記憶を風化させている。

異世界転移に時代は関係ないのだと、こうして目の当たりにすれば信じざるを得なかった。

「難しいお国柄ですね。ですが、少しは違う考えを持つ方もいたのではないですか」

「少なくともキヨの周りにはいなかった。お爺様から弟や妹、女中までみーんな髪を染めろ、身長が低く見えるように背を曲げなさい、男の人より前を歩いてはダメ。……そればっかりよ」

「厳しいですね」

「染めるのは嫌いなのに、根元を染め忘れるとお父様の女中が定規で叩くの。もう最悪」

お茶に砂糖を放り込み、クルクルと混ぜていく。自嘲が含まれた微笑は過去に向かっている。

「髪が綺麗、可愛いと言ってくれたのはお義母さまが初めて。右も左も分からないまま行き倒れて、なぁんにも取り得のないキヨに食事と住まいを与えてくれたの。愛をくださったの」

「愛……ですか」

「このシュトック城が証明よ。皇室でもお義母さましか立ち入れない城に居場所を作ってくれた」

「だから皇太后様に従うのですか？」

「一宿一飯の恩にそれ以上のものがあるの。貴女にはわからないでしょうけど、キヨはお義母さまに救っていただいた。それを裏切るつもりはないわ」

「……バルドゥル様やニクラスの所業を知っていてもですか」

「悪い人みたいね。だけどキヨからみれば貴女が悪い人だし、要は見方の問題。結局は誰を信じて、誰と共に居たいか、それだけじゃない。キヨは正義や大義名分なんて興味ないわ」

「……そうですね、いまの質問は私が愚かでした」

私が言えた義理じゃなかったな。私だって、治世者としては正しいであろうヴィルヘルミナ皇女を蹴落とす手伝いをした。

彼女は彼女の理由があって皇太后クラリッサを愛している。

……ああ、これは、騙されていないのなら、私が転生人と伝えても彼女の意志は変わらない。

「キヨ様はたくさんの人に愛されておいでです。だというのに祖国でそのような扱いを受けていたとは、正直信じがたい気持ちがあります」

「貴女から言われるのは気味が悪いのだけど……でも、そうね。キヨはきっとこちらと相性が良かったのよ。もしかしたら本当にいるべき場所はこちらだったのかもしれない。ありのままのキヨを認めてくれる、好意を好意で返してくださる方ばかりだもの。……貴女のせいで陛下はそっけないけど」

「ライナルト様のお心は私が操れるものではございません」

この様子では魅了については何も知らない。

「……でもねキヨ様、ここはあなたの祖国ではありません。遠いお国にいらっしゃる家族や友人はいないのです。良くも悪くも、誰もです」

「なぁに藪から棒に。そんなこと言われなくても知ってるわ」

「可愛い、に縛られる必要はないんですよ。あなた様を輝かせるのはあなた様自身です。誰かから向けられた言葉は、もうここにはありません」

「………………なにそれ」

「なんなのでしょう」

「そんなの、自由に生まれ育った人だからいえる言葉だわ！」

キヨ嬢にあるのは時代の背景と家族から受けた言葉の呪いだ。

うまく返せなくて力なく笑うと、余裕が生まれたのが気に入らなかったのか、退室してしまった。

その後は誰も来なかった代わりに食事がなかった。出す理由も失せたのだろう。

小窓から差し込む曇り空を眺めてぼんやりしていた。不調の波を繰り返していたけど本格的に熱が出てきたおかげで、あまり真剣にならずに済んでいる。

あーあ、なんで身体が弱いんだろう。でも冷たい部屋と床に薄いシーツで転がって、栄養も満足に取れず寝ていたらこうなるか。

外が完全に暗くなり、日を跨いで十日目に突入した。深夜を越えてしばらく経った頃だろうか、微かに鎖が解ける音がしたのだが、今回はいつもと違った。

……扉を引っ張る力だ。ドアノブを抑えてもどうにもならず、足が後ろに下がってしまう。

幾度となく扉に負担をかけたせいなのか。これまでとは比にならない、周囲に配慮などない大音量でドアが蹴られる。鍵が掛かっているから大丈夫なはずなのに、軋む木材に血の気が引いていく。

どうして、だって彼女が――。

考える間もなく、扉が蹴破られた。後々思えば、洗面所の鍵は部屋のそれより簡易的なものだ。男達が本気を出せばこのくらいは破られてしまうもので……私は、容易く捕まってしまった。

三人、ニクラスの取り巻き達だった。

「やだ、いや、放して！」

抵抗するも寝台に投げ出されて、一人に背後から両腕を固定された。

「もう好きにしていいって言われてるし、姫様もクラリッサ様のところなんでな」

「死体はどうしろって言ってたか教えてやれば？」

「刻んで街中の目立つところに裸で捨てろ」

「……だとさ。まあそういうわけだ。あとでニクラスも来るからよ」

「お前達、好き者だよなあ。早く終わらせろよ、顔から剥いでやるって決めてるんだ」

「誰かわかるように顔の一部は残せよ変態野郎」

ブラウスが剝かれる。露わになった胸元に男の視線が釘付けになれば、恐怖とは別の嫌悪感がこみ上げる。全身を動かせば寝台が軋むが、私が煩いためか、男の指に首を押さえつけられた。負けじと膝を持ち上げれば男の足を打ったが、それは怒りを買うだけ。

親指が喉にめり込み、乾いた咳が喉から漏れ出たときだった。

「おい、ちょっといいかー。バルドゥル様からの伝言なんだが」

扉向こうから、三人とは違う別人の声がした。私に覆い被さりながら、上着を脱ぐ男が振り返らずに言った。

「確認してくれ」

「はぁ？　俺が」

「お前が手隙だろ。時間の節約だし、はやく終わればお前の番だしな」

しょうがねえなあ、と見物していた男が扉を開き、その間に汚らしい手が下着にかかる……が。

……どさ、と崩れ落ちる音がする。いち早く異変に気付いたのは私の背後の男だったが、前のめりになった私が、思いっきり後ろへ後頭部を打ち付けた。

目がチカチカするが、油断は誘えた。

何が起こったかわからないまま、振り向いた男の喉に刃が突き立てられる。男が聞き取れない意味不明な声を発し崩れ落ちれば、寝台に足を乗せた侵入者は、振りかぶった腕を私の背後に伸ばす。

「死んどけ」

殺意に満ちた一言だった。私の身体を捉えていた手が痙攣し、やがて力なく落ちる。肩に泡ぶいた血液が降りかかり……場は一気に静まりかえった。

なにか言うべき、なのだろうけど……。

腕を摑まれ、引き上げられるも力が入らない。寝台からずり落ちて呆然としていると、馴染みのある顔が覗き込んでくる。肩を押さえる両手が震えていた。

……さっきまで、憎悪に歪んでいた冷徹な顔とは大違い。

「アヒ……」

「無事ですか⁉」

少し長めだった赤毛が短くなっていて、付けひげをつけている。頬から首にかけて傷が走り、赤い血がぽたぽたと滴っているのに、向こうの方が傷ついた顔をしている。

「怪我は……」

「……ない、わ」

「すみません、ほんとうに、すみません。おれは……！」

手遅れでは無かったからか、全身から力が抜けていく。

助かったことだけはわかったからお礼を言うが、彼が安堵した様子はない。肩を押さえていた両手が衣類を整えてくれるけど、痛ましげに奥歯を噛んでいた。

「………痛みますか」

「ううん、押さえられただけで、まだなにも」

たぶん、他にも言いたかったことがあったのかもしれないが、返事を聞くなり立ち上がって廊下から死体を運び込んだ。外を見張っていた守衛だ。

「……殺したの？」

傍の寝台に二つ、床に一つ、死にたての肉が転がってるのに間抜けな質問だ。きっと、私はまだ現実をうまく認識できていない。

アヒムは扉を閉じ、私に手を貸して立ち上がらせる。

「殺しました、それしかなかったんで」

「……そっか」

「動けますか」

「大丈夫」

さっきは喚いていたが、こうして命長らえたのなら、狼狽え続けてはいけないと経験が語りかける。

死の街道から助けてくれた彼に報いるために、感覚の麻痺に目を背けた。

そう、ここで泣いてる暇はない。伊達に修羅場を潜ってないのだから、ちゃんとしなきゃ。

「……アヒムこそ、無理させたわよね。大丈夫？」

心配したら悲しげに微笑んだ。

「……おれ、いっつも間に合わねぇなぁ」

心配を悟らせないためか、私のよく知るアヒムの顔で言う。

彼もきっと、その方がいいと思ったのだ。

「お待たせしました。早くここから出ていきましょう」

「そうね。でも、あなたの怪我……もしかして、扉を開けるために……？」

「逃げる分には問題ないから心配いりませんよ。さ、行きましょうか」

そう言って顎で指したのは窓だ。

「行くって……まさか窓から？」

「ここが一番確実なんでね。他の道はどれも確実じゃなかった」

鉤爪のついたロープを持っていた。

分厚い手袋を嵌めると窓枠に鉤爪をひっかけるのだが、ここは三階だ。

「降りる間だけふんばってください。おれの首に腕を回すくらいはなんとかなるはずだ」

「……頑張る」

ただ、いまの私はぼんやりし過ぎている。両手で頬を叩いて、気合いを入れ直した。

……あと少しだ。さっきのは忘れて、いつも通りに振る舞うのだ。私ならきっとできる。

言われた通りアヒムにおぶさると、腰のあたりをつぎはぎで繋げた簡素なベルトで固定される。

「足元が不安定ですが、おれは絶対縄から手を放しません。慌てず騒がず、目を瞑っててもいいんで、とにかくおれにしがみ付いててください」

宙ぶらりんの形で降りるなんて恐ろしいが、アヒムがいるならそれだけで信用に足りる。

人ひとり負ぶさるのは重いだろうに、彼はそんな苦労も感じさせない足取りで窓枠を跨いだ。「よっ」というかけ声と共にブーツが壁に接着する。足場を喪失した私には重力が仕事を始め、ぶら下がった身体に冷風が体当たりしはじめる。

「大丈夫です。壁くだりは想定してました、ちゃんと降りられますよ」

「信用してるから大丈夫。このまま降りて」

「いい子だ、頑張って」

階下の窓にぶつからないよう、音を立てすぎないよう慎重に降っていく。アヒムを信じているものの、半分気が動転している私は、くだらない質問を投げかけた。

「ねえアヒム」

「なんです？」

「なんでお嬢さんって呼んだの？」

アヒムは私を「お嬢さん」と呼べなくなったのに、昔の呼び方に戻ったから気になったのだ。

「……その方がおれだってすぐわかったでしょ？」

緊張状態にもかかわらず、口調はほんのり優しい。

「……うん。おかげで、すぐにアヒムだってわかっ……」

「静かに」

二階の部屋から大きな笑い声が響くと心臓が止まりそうになった。

彼は降りることにだけ集中しているけど、私は淡い期待と不安で落ち着かない。もし窓が開いてしまったら、誰かが下を覗き込んだらと気が気じゃなかったのだ。

「見つかってもおれがいますって、問題ない、大丈夫ですよ」

この動揺に何度も「大丈夫」と言ってくれるのは、背中に目でもついていたのかと思ったくらい。

地面に着地しベルトが外れた時には多量の汗をかいていた。ただ掴まっていただけなのにこの震えはなんなのか。上手く理解できずにいると、頭の上に手が乗った。無遠慮にわしゃわしゃとかき混ぜられて、顔を上げた先にはお兄さんじみた力強い笑みがある。

長らく見ていない、だけど子供の頃はいつでも見ていた顔だった。

「よく頑張った。さあ、あと少しだ」

手を引かれ、裏の小さな建物の影に隠れたとき、遠く……建物の上部から絶叫が聞こえてくる。はっきりと「逃げた」と誰かの叫びが聞こえた。

「思ったより遅かったな。あ、顔出したら駄目ですよ、連中に見つかっちまう」

「わかってる。だけどどうやって逃げるの、ここは全部塀に囲まれているのではない？」

「ですので、出入り口を使います。……さ、こっちだ、走りますけどついてきて」

周囲を探り、叫び声が聞こえなくなったタイミングで走り出した。

追いつくのも精一杯だけど泣き言は言っていられない。真っ先に安否を確認してくる彼が、私の容体などそっちのけで脱出しているのが証拠だ。

走るにつれ段々と獣臭が濃くなってくる。到着したのは馬小屋で、建物から見えない裏手に身を置いたが、問題はまだ残っていた。アヒムは中の炎の揺らめきを頼りに数を数える。

「中にいち、外にいち……かねえ。ちょいとそこで待っててくださいよ」

足音を殺した背中が闇に紛れる。角で様子見をし、身体が向こう側に消えた五秒後には男を引きずり、影に放り投げる姿があった。呆気にとられていると、人差し指を動かし合図を送ってくる。

こっちに来い、だ。闇に慣れた目は瞳孔の開いた男を捉えるが、絶命しているのは明らかだった。

馬小屋の入り口にやってくると、今度は後ろ手が「待ってろ」と言う。

奥では作業着姿の男が馬具を持ち、なにかに苦戦していた。

ちょうどこちらに背を向ける形になるが、そこに近寄っていったアヒム。

「よう、大将」

男が振り返る前に口を塞ぎ、持っていた短剣で背中を刺した。相手は一瞬抵抗しかけたものの、次の瞬間には動かなくなる。

「終わりましたよ。こっちに来て」

男を引きずり、藁の中に放り投げる。異変に気付いた馬が若干興奮状態だ。

「ふぃ……なんでこんな時間に活動してるんだ。肝が冷えた」

「アヒム、この人……ただの馬番じゃ……」

「悪いことしちまいましたが、暴れられても面倒です。運がなかったと諦めてもらいましょう。ああ、あんまり見ちゃ駄目ですよ」

「……うん、わかってる」

そうは言いつつも、無造作に転がった死体を見てしまう。

その間にもアヒムは馬具を見つけ出し、手早く馬へ装着していく。もはや自身の手の内を隠さないのは、余裕のなさの現れなのだ。ひっそりと伝うこめかみの汗に、こちらも無言を貫き通した。

「馬で駆け抜けます。かなり揺れるでしょうが、この難所さえ越えれば迎えと合流できますから」

「私も馬を操った方がいい？」

「おれが乗せます。これ以上はまたがって馬にしがみ付くだけの力出ないでしょ」

「はは……実はそう……」

アヒムに背中を守られる形で騎乗する。彼の手が手綱を引いたとき、後ろから怒声と松明(たいまつ)の光が追ってきていた。

「どこに逃げるの⁉」

「ご心配なく、手は打ってる。味方もいますよ、っと！」

手綱を引き、馬の腹を蹴った。二人乗り用の鞍ではないせいか乗りにくいが、そこはアヒムのカバー力が生かされる。馬術に長けているなんて知らなかった。

彼は塀沿いに馬を走らせ、使用人しか使わないような道を抜けると、やがて小さな門に辿り着く。松明に囲まれた門はすでに開門状態になっているが、数名の衛兵がうろついていた。彼らは何か探しているのか、近くの茂みを漁り呼びかけを行っているのだが、馬で駆けてくるこちらに気付いた。

「やっぱばれたか」

舌打ちするアヒムが抜刀するのだが――。

馬上戦を覚悟するより早く、門の影から飛び出した人物に衛兵が斬られた。不意を突かれたからか、防具の隙間を狙われて即死だ。二人目に気付かれる前に蹴り倒され、首根っこを刺された。他にも二人残っていたが、全員が彼女の剣の前にひれ伏す。

「マルティナ⁉　なんでマルティナが――」

「アヒムさんお早く！　追っ手は出来る限り引きつけます！」

「頼んだ！」

私たちを乗せた馬はマルティナの脇を通り抜け、立ち止まりもせず駆け抜けてしまう。

「アヒム！　マルティナが……！」

「彼女は大丈夫です、おれたちが残る方が撤退しにくくなる！」

彼の肩越しに見た後方では、マルティナが馬にまたがるところだった。そのまま逃げてくれたらいいけど、引きつけると言っていたから……！

アヒムが繰る馬が向かうのは森だ。

暗闇の中どう駆けるのか。一度馬を止めると松明を焚き、分かれ道に差し掛かると細道を選択して進み出す。全力疾走とはいかないのか、多少歩調を緩ませながらの走行だ。

いくらか余裕ができたあたりで、マルティナがいる理由を教えてもらえた。

「貴女の元に行く前、先に門の衛兵を始末してたんですが、あの様子じゃ不在がばれたんでしょう。死体は見つからなかったんだろうが、兵が増えちまってた」

「それでマルティナが……」

「いざってときのために外で待機してもらってたんです。おかげで素早く門を抜けられた」

「彼女は帰ってこられる？」

「陛下陣営とここにいるおれとの連絡役をこなしていたのは彼女だ。必ず追いついてきますよ」

マルティナ……そんなことをしてたんだ。

「それより、このヒスムニッツの森は迷いやすくて有名らしい。この暗闇なんで慎重に行きますよ」

「うん」

「なに、順路は頭にたたき込みましたし、ちゃんと送りとどけてみせますとも」

「大丈夫よ、アヒムが一緒なら必ず帰れるって信頼してる」

元気付けるために、真剣さを削いで明るく話しかけてくれるのが嬉しかった。

「おれに伝言を預けた御仁はね、周囲の制止も聞かず飛び出したんですよ。おかげで向こうは大混乱ですが……そのくらいしてくれないと、おれがぶん殴ってましたし妥当でしょうね」

出てこなきゃぶん殴ってた、と軽口を叩く。

「……こちらに出てきてるの？」

「ええ、だからあと少しの辛抱で会えますよ」

「アヒム」

服を摑む手に力が入った。

「はいはい」

「ありがとう」

もっと伝えねばならない感謝はあったのに、うまく思考になってこない。それでも声がきちんと出ているうちに伝えておく。

「あなたが声をかけてくれたから、まだ頑張ろうって思えたの。助けてくれて、ありがとう」

返事が返ってくるまで長かったが、なんとなく、彼が笑った気がした。

「安心するには早いです。追っ手もかかってるはずだし、逃げ延びてからゆっくり考えてください」

まるで知らない森の中だ。フクロウの鳴き声、身を襲う冷気、苔むした土の臭いだが、あの部屋よりずっとずっと愛おしい。

「朝方までには到着できますよ」

緑の天蓋から覗く空が白み始めるまでの間に、アヒムは様々道を変えた。

細い道を進んでいたかと思えばまた街道に出たり、一見道とは思えない場所に入ったりと様々なのだが、目をこらせば木には目印の布が巻かれている。彼はその目印を辿っている。

「こんな風に脱出経路を作っていたの？」

「城の防備が固かったせいです。どうやっても正面から出られそうになかったんで、マルティナと相談して、安全に行ける道を探してました。この目印は彼女がつけてくれたものですよ」

「あそこ、お城だったの？　たしかに大きい建物だけど、城とは思わなかった」

「正面に古びた小さな城があるんです。昔に破棄されたのを、皇太后の祖先が譲り受けて改築を重ねたらしい。昔は周りに町もあったそうですが、いまじゃ拠点の役目を失って、貴族の遊び場だ」

「そんなに大きなところだったんだ……」

「大体は森に埋もれて風化しちまったとか。随分変わり果てたせいで、現在の規模が把握できてなかったそうなんですよね。それに貴女がいたのは新造の別館だから、中の造りがわからなかった」

「それでアヒムが……」

「ええ、潜り込んで、内部を探ってた。潜り込めて良かったですよ」

ヒスムニッツの森にあるシュトック城は皇太后が所有する別荘の中では最も規模が大きく、帝都から距離がある場所らしい。森は入り組んでおり、沢や崖が多く、大部分が手つかずの自然だ。一度道を違えたら戻るのも難しい私有地だから、知る人も少ないのだそう。

「よくあそこだってわかったのね。おかげで助かったけど、後宮だってあったでしょうに」

真っ先に調べが入るのはあそこだと思っていたからこう言ったら、ちょっと微妙な雰囲気になった。

「後宮はとっくに調査を終わってますよ」

「結構広い建物じゃなかった？」

「…………まあ、それでも終えてたんですよ」

何だろう、この沈黙。

「ねえ、陛下はお怒りだった？」

「そりゃあもう」

ははは、と乾いた笑い。

「爪の入った箱、知ってますか」

「知ってる。目の前でしまってたから」

「……そうですか、目の前で」

声が低くなるも、すぐに戻る。

「ま、それです。それを見て、後宮が……」

私の不在中の話は気になるが、すべてを聞くことはできなかった。

森の奥から馬が数騎やってきたせいだ。松明の火を落とした動作で友好勢力ではないのが知れた。

「さて、あの見回りは知らんぞ」

「どうするの」

「あとちょっとなんです。ここで引くのは得策じゃないし、なによりもう気付かれちまってる」

決断は早く、馬を猛スピードで駆け出させた。向こうはこちらに制止をかけるべく叫んでいたものの、ぶつかる勢いでやってくる馬におののき、道を譲ってしまう。

誰かが「追え」と叫んだのを皮切りに追いかけっこが始まったが、二人乗りの私たちは不利だった。荒くれ者を離すことができず、時が経つにつれ罵声は着実に距離を狭めてくる。馬をゆっくり走らせていたおかげで全力疾走できたが、馬の体力にも限界があった。

逃げる間に空は完全に白くなり、夜明けが到来した。

魔法も使えない私に出来るのは祈りだけだ。

——捕まりたくない。

揺れる馬上で両手を握りしめていると、ひゅん、と風を切る音がした。

自然の音じゃない。人工の、たとえば矢みたいな鋭い物が過る、聞き覚えのある音だ。

顔を上げれば、前方にいくつもの人影が現れている。兵が矢をつがえ、中央に立つ人が腕を振った。

「放て！」

矢が放たれると背後で馬が倒れ、人が悲鳴を上げていく。

兵に指示を出した軍人とすれ違う瞬間、うっすらと漏れる光がその人の横顔を照らし出した。

ニーカさん。

安堵なのか、それとも自嘲なのか、判別の付きにくい表情だったが、たしかに彼女と目が合った。

だが彼女に思いを馳せている時間はない。

アヒムは一切馬を止めず走り抜けるから、マルティナ同様に離れていってしまうのだ。そのまま馬は役目を果たし、天幕の一群へ私たちを誘った。

「カレンちゃん」と聞き慣れた女の人の声がしても、アヒムは止まらない。ぐんぐん馬を動かして、いちばん奥まった場所、ひときわ立派な天幕の前に一直線だ。

「ほら、約束したでしょ」

声をかけてもらう前に、目が釘付けになっていた。天幕の前に男の人が立っていたのだ。陽の反射で輝く金の髪は間違えようがない。

こちらに気付くなり大股で歩を進めてくる。

近衛が慌てて後ろをついて来るも、彼らのことはまるで目に入っていなかった。

真っ直ぐ見てもらうのは久しぶりで、あ、と声が出てしまった。

疑問と言いたいことはたくさんあった。キヨ嬢の魅了に、皇帝陛下がこんなところに出張っている理由。迷惑をかけてごめんなさいとか、でも助けを送ってくれてありがとう……とか。

でもそういうのが全部吹き飛んでいる。

——ライナルトだ。

ゆっくり手を伸ばされる。いつも冷ややかな顔を崩さないのに、この時は瞳が懊悩に染まっている。怪我をしたわけではないのに苦しそうで、それでちゃんと理解できた。

この人は私を心配していた。

「カレン」

無言で背中を押されていた。

ほとんど滑り落ちる勢いで前のめりに落ちたが、彼は受け止めてくれる。絶対的な自信があったから平気だった。実際倒れずに抱き留めてくれたから不安はない。

ちゃんとそこにいる、触れられる、抱きしめてもらえている。

もう無理だと思ってたぬくもりがここにあった。

何も言えなかった。

無我夢中でしがみ付いたら、それまで我慢していた感情が溢れかえってくる。麻痺した感覚が熱を持って蘇り、散々泣いたはずでもまた顔がぐしゃぐしゃになっている。もう何にも憚らずともいい、怯えなくてもいい、嫌悪と好奇の視線に晒されない。人以下の扱いを受けることもない。

私は見捨てられたと、好きな人たちを疑う心に囚われるのが、ずっと恐ろしくて堪らなかった。

「すまなかった」

絞り出すような声がかかり、抱きかかえられたまま頭を撫でられる。

詳細はあちらで、とヘリングさんの声がする。馬が遠ざかっていく寸前に、アヒムからライナルトへ声がかかった。

「なるべく殺さずにおいた。どうせなにか考えがあるんでしょうから主犯達もそのままだ」

「ご苦労だった。それと貴公のおかげで取り戻すことが出来た、感謝しよう」

「別にあんたのためじゃないしその言い草も腹が立つんだが、皇帝陛下から直々に礼を言われる機会なんざなさそうだ。感謝くらいは受け取ってやりますよ」

こんな会話をしていたのをうっすら耳にしている。

連れて行かれたのは天幕の中だ。豪奢な寝台は綿が敷き詰められ、寝かされるとふわふわで心地良かった。寝かされたあともずっと抱きしめてくれて、背中に回された手がただただ懐かしい。

馬鹿みたいに、子供みたいに泣きじゃくった。

「ここにカレンを傷つける者はいない。もうどこにも連れて行かせはしない」

まともに返事が出来ないから、代わりに何度も首を動かす。

怖かった、本当に怖かった。あらゆるものが限界だった。

情けない声で痛い、怖い、と繰り返していても優しい声だけに溢れる世界が愛おしい。ただの当たり前の日常に、これほど救われるだなんて思ってもみなかった。

たくさん泣いて、涙が引っ込んだあたりで、きっと腫れぼったくなっている目元を拭われた。

「このまま寝かせてやりたいが、傷の状態を看たい。シャハナを入れても構わないか」

緊張状態が解けたことで自分の状態に目を向けることができた。そういえば不必要に力を込め続けたせいで痛みがぶりかえしている。

同意するとしばらくしてシャハナ老と、師に続いたバネッサさんが入ってくる。手に持った桶からは湯気が昇っていた。

「陛下、本当に陛下の天幕をお借りしてもよろしいのですね」

「構わん。続けてくれ」

遅れて入ってきたのはエレナさん。

腰には剣を下げているが、持っているのはタオルや洋服、水差しと様々だ。

シャハナ老に手を取られ、包帯が剥がされていく。バネッサさんが額に手を当て熱を測っていた。

「バネッサ、わたくしには彼女から魔力を感じられないのですが、どうなっていますか」

「身体に薄い膜が張られているみたいで……これは枯渇してますね。でも回復してる兆候はないのに、どうしてかしら、生きるのに必要な量だけは確保されてます」

「詳細を調べるのは後ですよ。治療できるのならば、出来うる範囲で手早くすませてしまいましょう。首の封印はどうですか」

「……すみません。私では難しいです」

「わたくしが代わりましょう」

シャハナ老が首輪に触れる。

「やはりアルワリアの刻印ですね、だけどこんな呪具なんて、オルレンドルには……」

口にした名前は聞き覚えがある、前皇帝カールのお気に入りで、ライナルトの戴冠と共に追い出された魔法院の長老の名前だ。追放の直接的な原因はエルの殺害未遂と改造だ。

シャハナ老が魔法を行使すると、キン、と甲高い音を立てて首輪が外れたのだが、その機を見計らって、エレナさんがバネッサさんに話しかけていた。

「身体を拭いてもいいですか。それに唇が乾いてますし、お水も飲ませてあげたいんです」

「ああ、そうでした。治療ばっかりに目が行っちゃってお恥ずかしい。……お願いできますか」

「いえいえ、治療も大事ですから。他のことはこちらが引き受けますから、そちらは治療を優先してください。手分けして終わらせちゃいましょう」

シャハナ老がライナルトに振り返った。

「これから傷を看とうございます。申し訳ありませんが、殿方は一時席を外していただけますか」

「わかった。後は任せる」

この間にエレナさんがあるものを近づけてくるのだが、それを目にした途端、私は固まった。

「カレンちゃん、これ飲めますか。ちょっと甘めにしてあるから飲みやすいですよ」

硝子でできた器だ。

中に入った液体は少し黄色がかっていて、その瞬間、シャハナ老の手を振り払っていた。

何を叫んだかは記憶してない。

ただ、たかだか器でもあっても、近付いてくるものは見たくなかった。

手の甲にぶつかった硝子カップは床に落ち、割れて中身が地面に散らばる。それでひとまず安心したけど、すぐさま次の不安は襲ってきた。

——臭いがしたのだ。

喉を通る、あの、不愉快な液体を、私はすべて吐き出さなくてはならない。

とにかく胃の中のものを出すのだ。気持ち悪い、臭い、どこかから嘲笑が飛んでくる。すぐ近くで扉がガンガン蹴りつけられている。

あんなの好きで飲んだわけじゃないのに、小便女と繰り返される嘲笑。

何日も何日も続いたのだ。振動する扉を全身で押さえる最中、もう帰れない、ここで死ぬと言われ続けた声が反芻する。嘘だとわかってるのに、脚を開けば助けてもらえるかも、なんてほんのちょっとでも考えた自分が、どれほど情けなくて、みっともなくて、怯えていたのか思い知らされる。

咳き込みながら指を喉の奥に突っ込もうとしたら、誰かに押さえつけられた。布団に縫い付けられると焦りがやってくる。逃げないと男達の玩具にされる、早く隠れないと本当に犯される！

——やめて、いやだ、吐かないと。

「カレンちゃん、カレンちゃん！　大丈夫ですから、なんにもないですから落ち着いて！」

「バネッサ、貴女は足を押さえなさい！」

「やってます！　ちょ、師匠、指なんとかして、自傷行為に走っちゃってる！」

「わかっています！　これから眠りへ誘うから、数秒保たして！」

「カレンちゃん聞いて！　みんなここにいます、いるんです！　怖いものはもういませんから!!」

なんで揃いも揃って邪魔をする。あなた達もあの侍女たちみたく私を蔑むのか。

そんな時に、視界の端に映ったのは金髪の人だ。

大きく目を見開いて立ち尽くしているが、この人だったら絶対大丈夫のはずだ。そう思って、助けて、と言って指を伸ばしたら、老女の柔らかな声が降ってくる。

「いまはお眠りなさい。誰も、なにも、もう貴女を傷つけはしません」

眠りたくない。

寝るのは嫌。起きたときに暗いと悲しくなる。

ひとりぼっちで誰も私を助けてくれないのだと思い知らされるから嫌い。

「やめて……いや、やだ、寝たく……」

なのに睡魔はやってくる。視界がぼやけ、現実との境界があいまいになってくる。

抗う術はない。

最後に、私は錯乱したんだなと思い至ったけど、気付いたときには手遅れだった。

7
実りはいつになるか知れず

重い頭を持ち上げたとき、ひどく焦った。

天幕内が暗かったせいかもしれない。きっと良く眠れるようにする配慮なのか、外は少し騒がしいけど、天幕の周りには人がいなさそうだった。

「頭……痛い」

小さな頭痛があるくらいだけど、おかげで錯乱状態は脱している。もう眠りに就く前ほど慌てたりはしないけど、シーツを寄せると身を縮こめて小さくなった。

頭ではわかっている。

もう危険はないし、ここはライナルトの天幕のはずだから、危険がないのは誰よりも知っている。近くには洋燈（ランプ）があって、火を点ける手段もある。手を伸ばせば灯りはすぐそこなのに、私は暗がりを恐れて動けない。何故動けないのかも、またわからない。ただ出入り口にほんのわずかに開いた隙間から漏れ入る光をじっと見つめていた。

息を殺して、静かに待っている。

いま外はどうなっているのか知るべきか迷っている最中、そっと中の様子を窺う女性と目が合った。

「起きていらしたのですか？」

うん、と言ったつもりがあまり声になっていなかった。

彼女はゆっくりした動作で手を取り、目線を合わせるためにしゃがみ込む。

シュトック城の裏門で別れたマルティナがそこにいた。

「ご気分はどうですか。どこか痛いとか、苦しいとか、そういうところはありませんか」

「ない……と、思う」

「そうですか、まだバネッサさん達がいますから、なにかあったらちゃんと言ってくださいましね」

「マルティナ」

「はい。マルティナはここにおります」

「怪我は……」

「この頬の一本だけにございます。それも後でバネッサさんが治してくださいますが、わたくしとしては、このままでも構わないと思っていますよ。名誉の勲章です」

怪我がないのは安心したが、綺麗な顔に傷を作ってしまっている。

ごめん、と伝えたいはずがやはり声にならなかった。

「まだ疲れているのならこのまま寝ますか。お腹が空いているならご飯を持ってきます」

「まだ、どれも。それより……明かりをつけて、お願い」

思ったより切実になってしまった。彼女は期待に応え、すぐさま部屋中を照らしてくれて、ようやく全身に入った力を抜くことができた。

彼女は私が暗がりを恐れると気付いている。だが何も聞かず、優しくゆっくり問うた。

「喉が渇いているなら、ウェイトリー先生から、カレン様の好きなお茶を預かっております。蜂蜜をたっぷり入れた香りの高いお茶です。あたたかくしますから心も落ち着きますよ」

「あ、うん。それなら飲む」

「少しひとりにしますが、すぐ戻ります。ご安心くださいましね」

にっこりと笑顔でたたずむ彼女はとても力強い。準備のため出て行こうとした背中に、ひとつ、思いだしたことを訊いていた。

「ゾフィーさんと、チェルシーはどうなったの」

「ご安心くださいまし。いまはすっかり元気でございますよ」

「あの怪我で助かった？」

「ゾフィーさんを看たバネッサさんがカレン様の魔力の残滓に気付かれました」

よかった。なら黒鳥を残していったのは間違いじゃなかったのだ。でも……。

「おかげで一命を取り留めたと感謝してございます。いまは無理を押さないため待機してもらっていますが、ずっとカレン様を気にかけておりましたから、こうしてご無事に帰って来られたこと、きっと喜ばれるでしょう。それにお子様達も……」

「マルティナ」

「ですからコンラートでしたら心配はいりません。皆、カレン様の帰りを待って」

「チェルシーは助からなかったのね？」

返事には数秒間が空いた。

彼女に感じたのは迷いだ。騙るか、真実を告げるかの逡巡を感じ取ったから、おのずと答えも知れてくる。

「……いまは聞きたかっただけだから」

治癒のために黒鳥を移した対象はゾフィーさん。チェルシーには何もできなかったから、彼女の生死についてはずっと不安を抱いていた。確信を得たのは心配かけまいとするマルティナの態度と、そしてジェフがここにいないこと。

彼は私の護衛、私に剣を捧げると約束してくれた人だ。

だから知っている。彼が主の危機に、この状況にあって顔を見せないわけがない。

マルティナだって真っ先に教えてくれるはずだから、答えはわかりきっていた。

「いいの、ありがとう」

「違います！」

必死の形相だった。駆け寄り手を握ってくる彼女は、違うと何度も繰り返す。

「ジェフさんは怒っていません。カレン様を責めたりもしていません。ただ、ただ、いまあの方には時間が必要なんです」

かぶりを振って説得する彼女は、心底私たちを案じてくれている。持つのを好まないと言った剣も、きっとこのために握ってくれた。

その心遣いが嬉しい。彼女のためにもその言葉を信じたいと思う。けど……。

「……ごめん、いまはそれ以上聞けそうにない」

「いいのです。わたくしの迷いが嘘を嘘と気付かせてしまった。貴女様はいまとても疲れている、ゆっくり心を落ち着けるべきなんです」

「そうね……飲み物、お願いできる？」

「いますぐお持ちします」

用意してもらったお茶は、少し離れていてもわかるくらい香りが強かった。無骨な木のカップになっていたのは彼女の気遣いだが、それ以外にも変わった点がある。

天幕内の調度品だ。硝子製の水差しに杯と、皇帝陛下の天幕ならば置いてあってしかるべき調度品が全部避けられ、不揃いな安物に入れ替わっている。

寝台に座っていた。

特になにも考えていない。過去を思い返していたわけではない。ただぼうっと座っていたらいつの間にかマルティナの姿が消えていて、沈黙に耐え難かったのかな、とお茶を一口啜る。

蜂蜜をたくさん入れてくれたらしい。甘くて、そしてすっかり冷めている。

何をしたら良いのかまったく浮かんでこない。

眠くはならないけど思考はぼんやりしている。心地よい疲労感とも、重い倦怠感とも違う中間地点。なにをしよう、と考えては全部が霧散していく。

そんな中でやってきたのはライナルトだ。

否、正確にはここを間借りしているのは私だから、帰ってきたが正しい。

供は付けていない。一人で入ってくると断りを入れて隣に腰掛ける。

「具合は？」

尋ねながら額に手を当ててきた。

ライナルトが私を子供扱いしてくるのは珍しい。驚いたけど、ひんやりとした手が気持ちよかった。

彼が顔を顰めたのは少し熱っぽかったせいだろう。

横になるかと勧められたが、ゆっくりと首を振るだけに留めた。

「顔、疲れてます。無理してないですか」

私がここにきたのが朝方。あれからどのくらい経ったか不明だが、ライナルトが休んでいないのは知れている。疲労が濃いのが気になってみれば、困った様子で手の平を向けてきた。

……握ってもいいのかな。

大分痛みが和らいだ手を乗せれば握り返された。

「どうして私を案じている。心配するべきなのはそこではない」

「ライナルト様が疲れているように感じたからなんですけど、そんなにおかしいですか？」

「おかしいというより……」

珍しく狼狽を隠さないライナルトは言葉を選んでいる。

「ごめんなさい。いまはなんだか深く考えるのが難しくて、思ったことをつい口にしてしまう。黙ってた方がいいですね」

「……いや、いい。私こそ余計なことを言った」

「ですが困らせてしまったのではありませんか？」

「困ってはいない。それが貴方が自分の心を守るための……深く考えなくて良い」

「守るとかそんなのじゃないです。ちょっと混乱してますけど、いまはそれなりに落ち着いてるんです。皆さんが気を配ってくれたおかげですよ」

たくさん泣いて迷惑をかけた自覚があるから、せめて元気な姿を見せようとしてみたのだが、私の努力は斜め上の方向に向いてしまっている。ライナルトの眉間の皺がいっそう濃くなってしまったのが気がかりなのだが、そこで思いだした。

「なんでライナルト様が私を見られるようになってるんですか？」

「その言い様だと見えない方が良かったと受け取れるのだが」

「え、そんなことない、誤解です。またちゃんとお顔を合わせることができて嬉しいです」

あ、あれ？

なんか思ってたのと反応が違う。いつもだったら「そうだな」ってくらいで質問に答えてくれるのに、ご機嫌を損ねてしまった。

なんだか色々と難しい。

余程疲れているのかと顔を覗き込んだら、いつにもまして難しい表情だった。

「まだ完璧とは言い難いが、シャハナに処置を施してもらった」

「な……るほどぉ。シャハナ様は、やっぱりすごいですね。具体的な内容はわかったんですか？」

「たしかにあれには人を魅惑する力があるそうだが、影響は目からだとの見解だ」

目線を合わせればそこから、ってことかな。うん、それはなんだか納得だ。

「ってことは……目から魔力、魅了がかかるとか？」

「かかるというより、体内を巡る魔力が洗脳される。ゆえに影響を取り去るため、限界まで魔力を抜き、目には加護を施させた。それでも完全には拭い去れなかったのが厄介だが……」

「え」

「万全とは言い難いが、こうして直視できるようになれば嫌悪は沸かない。多少の違和感程度で収まっているのだから効果はあった」

「は？」

「あとは元凶を調べてみないとなんとも言えないと言われている」

魔力を抜くって、それってイコール生命力と直結しているのではないだろうか。

「え、え、なんでそんな危険なことしてるんですか。普通の方がそんなことしたら大変なんですよ、わかってるんですか。どこか具合が悪いところはありませんか」

「ご覧の通り無事だ。見ればわかるだろう、だから落ち着け」

「まま、まさかお疲れの原因ってそれですかっ」

「別にそれだけというわけでもないから、心配はその心だけもらっておこう。私は貴方と違い無理はしない、倒れるような真似はしないから、信用してもらえないか」

「……わ、私と違いって、私だって好きで無理してるんじゃありませんけど」

「到底そうは……ああ、わかった。無理はしていない、そういうことにしよう」

「ねえ、そういうことって、その投げやりな納得はなんなんですか」

「投げやりではない。それで怪我はまだ痛むか」

「誤魔化さないでください」

「誤魔化してもいない。戻ってきてからこちら、無意識だが腕を庇っていたろう」

——む。

「最初に出来た傷はもう痛くないです。指先は……力を込めなければちょっと痛い程度」

「そういう嘘は好きになれないな」

「我慢できなくはない程度です」

なんでバレるの。

「気付いていないようだが、先ほどから汗がふき出ている」

置いてあったタオルが額に当てられ、脂汗が滲んでいたことに気付いた。

「薬を飲ましてやりたいが、いまの状態では長すぎる眠りにつく恐れがある。魔力の回復もゆるやかなせいで治癒も少しずつしかかけられない。せめて風邪が良くなるまで堪えてもらえないか」

「……そのわりにあの子が戻ってる兆候がありません」

「首輪は外れた以上、黒鳥は戻っているはずとの見立てだ。いまは感知できないだろうが、気にする必要はないとシャハナが言っていた。だから無理をしないことだ」

ライナルトがそう言うのなら、ここで確認するのはやめておこう。

「首……この包帯、取れませんか？」

「肌がひどく荒れていたから、まだ外してはならない」

……全身から薬草の匂いがしているから、様々塗り薬も処方してくれたのだろう。シャハナ老達には会ったらちゃんとお礼を言わないとならない。

あー……それに、私も外そう外そうと躍起になって首輪を引っ張り、肌を傷めた気がする。

「跡は残らないようにさせる」

「ううん、治ってくれるならなんでもいいです。無事脱出できたわけですし、またあそこに戻るくらいなら、跡くらい……は……」

………跡くらいは、マシ。

なんでこんなに不安が過るの？

私がいるのは安全地帯。そう言いきかせたのだが、失敗していたらどんな目に遭っていたのだろうかと意味のない考えばかりになってしまう。

ライナルトがいるからみっともない姿は晒したくない。思い返してはいけないと言いきかせているのに、指が動かなくなった。笑顔が引きつる。信じられないくらいに上手く笑えない。

「あ、ええ、と――」

……嘘だ。こんなところにいるはずがない。ドアを蹴りつける音なんかあるはずない。

「カレン」

まるで喜劇みたいに大きく肩が跳ねていた。呼吸を止めていたのか息が荒く、そんな私をライナルトが落ち着けるべく呼びかけている。

ああ、ああ、なんて醜態を晒しているの。彼の前ではもっと強くならないとだめだ。

「失礼しました。大丈夫です、しっかりしてます。もうあんな風に取り乱したりはしません」

「いい、深く考えるな」

「違うんですよ」

何が違うのだろう。自分でもわからず言い訳した。

「私はおかしくなってないです。ちゃんと寝ましたし、いつも何があったって、眠って起きたら元気になってるんですから。いまは……ちょ、ちょっと、怪我が残ってるけど、治療が終われば元通りなんですから、これからまたあなたの役に立てます」

「もう充分に助けてもらっている」

「そうしないと、これから私が傍に居られる意味がなくなります」

「そんな風に思う必要はない」

「いいえ、いいえ。私はあなた達みたいに特筆すべき才能がない人間です。なんでも借り物に頼るだけで、私自身にはなにもない。なかったんです。せめて政で役に立つくらいしないと……」

「待て、一体なにを言っている。だれも貴方をそんな風には思っていない」

「……へ？　私、なにかおかしなこと言いました？」

繋いでいた手が離れると、わけもなく不安が押し寄せる。寂しさで泣きそうになったら抱きしめられていた。

　落ち着きのない心が、ようやくざわつきを止める。迷惑をかけて申し訳ないのが半分、守ってもらえる充足感が焦燥感をはね除けてくれる。

「……すみません。いまの戯言は忘れてください」

　余計なことを口走った。後悔が押し寄せ、額を押しつける。

「私、なにもできなくなってますね。本当は色々……もっと、シュトック城のこととか、話さなきゃいけないことがあるはずなのに、言葉にしようとするとなにも考えられなくなる」

「利になる必要性などに囚われなくともいい。カレンは私の傍にいてくれるだけで良い」

「無理です。協力関係でもいられないなら、私がお傍にいられる理由がなくなります」

「いいや、良いのだ。私のような人間でも心は移ろい変わって行くのだと知った。カレンは協力者であることを除いても大事な存在だ」

　会話の欠片ひとつひとつが心地よく、羽毛の軽さで包み込んでくれる。心の隙間に染み入る言葉に喜びがこみ上げるものの、すべてを信じてはいけないと、自分自身が警鐘を鳴らしている。

　何故ならライナルトが追っている夢は壮大だ。誰か特別な一人を必要としない人だと知っているからこそ、私は間違えてはいけない。

　本当はこうやって甘えるのも悪いのだと思う。けど怖いから離せないし、離れたくない。返事が出来ずにいるとますます力が強くなった。

「いまは信用できなくても構わない。頼むから貴方は自分を優先してくれないか」

「……痛いです」

　こんなに抱きしめてもらうの、普段の私だったらどんな反応してたっけ。

「多分、ライナルト様にここまでしてもらうのは過ぎたことなんだと思います」

「違う。そもそも今回の咎はすべて私にある。決して過ぎた行動ではない」

「なにがあったのか聞く勇気を、私はまだ持ち得ません。でもチェルシーが死んだのは私の咎です。帝都内だから何も起きないと思ってジェフを外してしまった」

「……チェルシー？　ああ、そういえば、あの男の……」

本当は話すまでもない不安。黙って胸に秘めていればいいものを、私の口は勝手に動き出している。彼女の生死がわからなかったときは不安だけでいられた。けどその死を知ったいま、時間が経てば経つほど罪悪感ばかりが押し寄せる。

「私、勝手な行動を増やしてた」

最近は特に一人行動を増やしていた。

コンラートの皆は気を許せる人たちだから、一緒にいて楽しい。でも家以外、外出に必ず誰かが共に在ると息が詰まり、大変だな、と感じるときくらいある。

立場上駄目とは言えないけど、私とて身を守る術を得た。帰ったら一人でお茶に出かけてもいいかしら、なんて考えて……ちょっとの間くらい彼がいなくったって平気と思ってたらこれだ。

……そう、私は失敗した。

ああそうだ失敗した！

襲撃は起こるべくして起こったのかもしれない。だけどあの場にジェフがいたら、彼が剣を取っていたら、少しでも変わっていたかもしれない未来を殺したのは私の驕(おご)りだった！

……うまくやれてると思ってたのに、少し調子に乗ったらこれだ。

「あなたの時間を奪っているの、ずっと悪いと思ってます。でもこうしてもらっていると安心できるの。あなたは最初から私と対等に話してくれたし、たくさん優しくしてくれた人だから」

「……いいか、いま貴方は混乱している。だからいまは目を閉じ、深呼吸をして冷静になるべきだ」

「私、混乱してますか？」

「少なくともその状態ではヴェンデルの元には帰せない」

……ああ、それは困る。

混乱しているつもりはないけど、コンラートに帰れないのはだめだ。きっとみんな心配しているし、元気な顔を見せないといけない。

「……でも」

いざ助かってみると、先を考えるのが怖い。

服を握る手に力が入る。

「でも？」

「どうしよう、私は、またちゃんと当主代理として立てるんでしょうか」

コンラートや、エルの時も動けなくなるときはあった。後を任されていた、おじさんおばさんがいたから、落ち込んでいてもどうしようもないって、皆に甘えて立ち上がらせてもらった。

だから今度だってそうしたらいい。またやり直せば良い。

なのにこのざまだ。自分のミスがチェルシーの死に直結したとわかった途端、私は怯えだした。かつて殺人に手を染めているのに、また誰かを死なせたりしないかと臆病になった。

優しくしてくれる人の回答はわかりきっている。ライナルトに聞いたって解決しない問いを投げて、慰めを得て安心しようとしていた。

そんな自分に卑怯者、の言葉が浮かぶ。

「……貴方が己に投げている問いは、おそらく昨日今日で解決する問題ではない」

「です、ね。失礼し……」

「だからしばらく宮廷に留まると良い」

「はい……？」

「幸いにも事実を把握している者は少ないから、心穏やかに過ごせるはずだ。落ち着ける環境も私が用意しよう。見舞い客とも会えるよう手配しておく」

「そこまでしてもらうには及ばないです。それにこのことだってどこまで知られているか……」

「誘拐の件は内々に処理している。シュトック城にカレンがいた事実は残らず、不名誉な噂に悩まされる心配もない。それに、いまのコンラート家当主代理は国外に逗留している」

「それって、ウェイトリーさんは……？」

「無論、承知の上だ」

若い女が誘拐されていたなんて世間に知られたら、どんな妙な噂がついて回るかわからない。そこまで考えて話をしてくれたんだ。

頬に手が添えられた。その瞳に浮かぶ感情は慈しみに似ているが、他がうまく伝わってこない。優しくて穏やかだからこそ、利害の秤が傾かなければ必要とされなくなるのが悲しかった。

「だから安心して私の元で休んでいればいい」

この傲慢な気性こそが皇帝たる証だ。

勝手に決めてと思う反面、彼の言うとおりにした方が休める事実も受け入れなくてはならない。

「私……私はいつもあなたにもらってばっかりです」

「何度でも言うが、充分助けてもらっている。いまはうまく考えられないだけだ。自らの功績まで貶める必要はない」

「だってあれはお互いの理念のために出した交換条件で、達成することは当然だから……」

「考えるなと言ったろう」

「そうじゃなくて、こんな風に助けてもらったり、大丈夫だって言ってくれたりするのが……。私はもらってばかりなの。腕輪とか、髪飾りもそうでしょう？」

「……何が言いたい？」

「私ではあなたの夢は叶えられません。でも、もうちょっと小さな、足元を照らすくらいのささやかな望みはありませんか。欲しいものとか、そういうの……」

「欲しいものを聞きたいと？」

「そうです。皇帝陛下ともなればなんでも手に入りますけど、でもなにか、一つくらいは私でも差し上げられるものがあるかもしれない」

ライナルトは笑おうとしたのだろうが、やや要領を得ない感じで黙り込む。

「難しいでしょうか」

「いや、違う。不快に感じたのではない。ただ悩んだだけだから、そう不安にならなくていい」

「じゃああるんですね？」

「ありなしで答えるならばある、と断言できる。だがそれをなんと答えるべきか、いまは難しい」

「そうですか……」

「いまは、と言った。カレンの容体がもう少し落ち着いたら教えよう」

「私の容体は関係ありません」

「あるとも。いまそれを答えてしまっては、貴方は私の答えに囚われ自分を疎(おろそ)かにする。それよりもまずは風邪を治し傷を癒やすことに専念してほしい」

「……治したら教えてくれるのですね？」

「約束する」

膝裏に腕を差し入れられると寝台に寝かしつけられる。額に手の平が乗った。

「眠るのが怖いのであれば私が傍に居よう。この天幕の火は絶やさずにおくとも約束する、カレンが暗がりに置かれることはない」

「ライナルト様はどこで休むのでしょう」

「私はどこでも休める。それに一時的に戻ってきただけだから、また発たねばならない」

「……今度はどこに行くのですか」

「いずれわかる。……目が覚める頃には迎えが到着しているから、一足先に休んでいると良い。私も遅くないうちに会いに来る」

　ライナルトの手の平には心を鎮めてくれる不思議な作用がある。

　瞼を閉じれば、ゆるやかな微睡みが身体の奥深くから浸透し始めた。

「ライナルト様」

「ん？」

「そんな風に寝かしつけたって、私、子供ではありませんよ」

　などと口にしたら、低い笑い声が空気を震わせる。

「許せ。看病などまともにやれたことがないから勝手がわからない」

「ご自分がやってもらったみたいに返したら良いだけですよ」

　口にして、すぐ失言を悟った。

　ライナルトの幼少期に詳しくはないが、良い環境じゃなかったのはなんとなく伝わっている。

　反射的に付け足した。

「だからライナルト様が寝込んだときは、私が看病します。いっつも看てもらう側ですけど、慣れている分だけ、やってもらいたいことはわかりますから」

「……そうだな、もし熱でも出してしまったら頼もうか」

「はい、任せてください」

　問題はなにも解決していない。欠落した自信も、コンラートへ戻る不安、ジェフと顔を合わせる恐怖も去ってくれない。問題は先延ばしばかりで、ともすればいますぐにでも暴れ出してしまいそうだが、彼の存在が一時の揺りかごとなってくれる。

「ファルクラムにいた頃を思いだしました。まだ、伯やみんなが健在だったときです」

「あの時か」

　何を思いだしたのか、声はゆるやかに弾んでいる。

「私、兄さんと間違えてライナルト様を捕まえてしまったんですよね」

「思えばあれが貴方を巻き込んだ一歩だったやもしれん。ここまで身近な人になるとは考えもしていなかった」

「変ですね。何年もたったわけじゃないのに、すごく前のことみたいに感じます」

「それだけの出来事があったが、いま思えば無理をさせた」

「無理は承知の上だったんです。そうでもしないと、私はみんなに追いつけないから」

「追いつくなど……」

「私は……きっと変わるのが苦手で、なのにみんな、先へ行ってしまって」

私はせいぜい生まれがよかっただけの、転生の意味や、新しい生の意義を見出せなかった人だ。世間から逃げ出そうとしていた者が滅びかけの家を盛り立て、必要だから主役やその周りの人々と同じだけ張り合おうとした。

せめて背中を見失わないようにしたいなら、そのくらい走り続けることが必要だった。

……眠い。

「少しだけ貴方の本音が垣間見えたな」

空いた手首を持ち上げられながら、眠りの淵で聞いていた。

「我が身の言動が貴方を追い詰めたか。ニーカやモーリッツの言う通り、もう少し注意を払っていれば変わっていたのかもしれん」

手首で思いだした。私たちはもう対の装飾品を持っていない。ライナルトの腕飾りは壊れてしまったから、ひっそりとお揃いだった喜びを噛みしめることもない。

でも、あれもいつか手放そうと思っていたから、かえってよかったのかもね……。

森中に響く爆音で目を覚ます。

飛び跳ねるように上体を起こすと、挙動不審になる私を抱きしめたのはエレナさんだった。

「びっくりしちゃいましたよね。だぁいじょうぶですよ、あれは、えーと……近くで起こっているものじゃないんです。カレンちゃんには全然、まったく、これっぽっちも危険はありませんよ」

「いまの音は……」

「こんな大きな音が続いてると、怖いですよね。うん、わかります。エレナお姉さんもあそこまで規模が大きいとは思わずびっくりです」

焦っているのか早口で捲し立てられる。

「旦那様は帰ったらお説教しておきますね。うちの旦那様に責任があるわけじゃないですけど、とりあえず叱りましょう。まさか陛下には怒れませんし、この新妻エレナさんが許します」

「すごいとばっちりのような気が……あの、そうじゃなくて……」

「でもこれからもっと煩くなるかもしれません。そうなったら寝られないし、よかったらここから離れませんか。ちょうど陛下が手配してくれた幌馬車が到着してるんです。横になってる間に宮廷に着きますから、すぐですよっ」

彼女は見かけによらず力が強い。

鼻や口が胸に埋もれていくとマルティナの悲鳴が轟き、エレナさんから引き剝がしてくれる。

この間も断続的に地面を揺るがす轟音が続き、彼女達が慎重に私の顔色を窺っていた。

「カレン様、わたくしもこの場に留まり続けるのは賛成いたしません。歩けないならお運びしますから、ここから離れてしまいましょう」

「陛下からもそうしてほしいって言われてましたし。ねっ、しずかーなところに移りましょ。怖い人達のいないところです」

二人とも、きっと私が錯乱する前にと気遣ってくれていたのだ。

私は幼い子供みたいに不安がっていたのかもしれないが、本当はちょっと違う。

爆音に反応したのは事実だけど、これは扉を叩く音より、もっと違う種類の記憶を彷彿とさせる。

コンラートにいた者なら誰だって忘れがたい爆発だ。聞き間違いようがない。

「エレナさん、これ、火薬を使ったんですね」

嫌だ嫌だと駄々を捏ねる自分に蓋をする。

このまま忘れていればよかったのに、よりによって思いだしてしまったのがいけない。

あの城には、まだキヨ嬢が残っている。

「駄目です」

私の思考を完全に読み取った回答だった。確信を抱いた表情は険しく、どうしようもない子供の失態を叱る保護者めいた雰囲気が合わさっている。

「まだ何も言ってません」

「いいえ、私はカレンちゃんと行動を共にしてきたわけじゃありませんが、これまでの貴女の行動は聞き及んでいますから、無理難題を通そうとしているのは伝わります」

「ちょっとだけシュトック城に行ってもらいたいだけですよ？」

「念のため聞きましょう。なんのために？」

「キヨ様の助命をお願いするために」

「お話になりません。陛下から貴女を安全に送りとどけるよう頼まれたのに、それを破る道理がどこにありますか」

さらに彼女は告げる。

「いざという時、貴女は自分を省みないとシスからいわれています。本当にそんな事態がまた来るなんて思ってもみませんでしたけど、頼まれた以上、お姉さんはカレンちゃんの安全を優先します」

「安全でしたらエレナさんとマルティナがいれば問題ありません」

鳩が豆鉄砲を食らったみたいな顔だ。

矜持を刺激されたのかやや嬉しげに、しかしぐう、と奇妙なうめき声を上げて唇を尖らせる。

「その言い方は卑怯です。大体マルティナだって軍属でもないのに、カレンちゃんを連れ帰るために、作戦に加わったんです。その彼女の意志を押し退けて無理を通そうたって……ね、マルティナ」

マルティナに同意を求めたエレナさん。しかし彼女の思いに反しマルティナは考え込む。

「あ、あれ？　マルティナ……？」

「わたくしも基本的には反対でございますが……」

「えっ、それならやっぱり駄目ですよね、そうですよね」

「ですが無理を押してでも通したい願いがある、その気持ちはわかります」

理解できないものを精一杯わかろうとしてくれるのがマルティナの美点だろう。

「ですから教えてくださいませ、どうしてカレン様はキヨ様の助命を願うのですか。皇太后クラリッサ・コルネリア・デリア・バルデラスは貴女様を誘拐した本人であり、キヨ様はその方の養女です」

「……マルティナ達はアヒムからどこまで話を聞いた？」

作られたのはしかめっ面であり、返事はこれで充分だ。

「なら、私がされたことは大体知っていますか」

「……はい」

「でも陵辱されてないのは確認したんですよね」

「それは……」

「マルティナが答えにくいなら、エレナさん、どうなんですか。確認したんですよね」

「…………しました」

気まずそうに目をそらされた。

あの時は皆に治療されて豪勢だなんて思っていたけど、普通に考えたら、暴行の痕跡がないか調べるはずだ。予測は当たっていたらしく、エレナさんはすっかり肩を落とした。

「なにもなかったのは聞いていたんです。でも、やっぱりその……カレンちゃんは隠しがちだし、そういうことがあると……いえ、言い訳ですね。すみません」

「ちょっと恥ずかしいですけど、怒ってるんじゃありません。実際そういうことはなかったですし。だから、まぁ、たぶんこの程度で済んだのだと……思いますし……」

「この程度じゃないですよぉぉぉ」

「泣かないでくださいよ、エレナさん」

「だってえぇぇぇ……」

殴る蹴るといった暴行は初日だけで、誤解される跡が残ってなかったのは幸いだった。

「皇太后に恨みどころか、それを通り越して恐怖すらあります。だけどどういった事情であれ、最後の砦を守ってくれたのは間違いなくキヨ様でしたから、せめて彼女の命だけは助けたいです」

「それはいわゆる、恩、でございますか？」

「……似ているようで、違うかも」

「どう違うのでしょう」

「恩と一言で語るには複雑です」

たしかにキヨ嬢の一言で悪漢から逃げ延びる機会を得たのだから感謝しているが、同時に「助けない」の一言に抱いた失望と、ほんのわずかな怒りといった理不尽な感情も渦巻いている。

「……そうね。多分、私はあの子に、あのときの後悔を……」

「後悔？」

「ごめんなさい、うまく言葉に出来ない。でも彼女を死なせたくないの」

もしかしたら命を救う方が酷かもしれないし、その後どうなるかはこれから次第だけど、皇太后クラリッサを盲目的に信じたまま逝くのは、彼女が本来得られるはずだった喜びや感情といった未来を塞ぐ気がしてならないのだ。

「ですがカレン様、よろしいですか。陛下はキヨ様を手にかけるとは限りません。魅了の件もありますし、仔細を調べるためにも連れ帰る可能性の方が高いです」

「その場で解決法が見つかり、彼女が抵抗したらどうですか。ただでさえ陛下は神秘がお嫌いなのに、ご自身の心がねじ曲げられれば、もはや私でも想像できないくらいです」

「はいはい！　じゃあ、じゃあ……エレナお姉さんが代わりに行きます。カレンちゃんの代わりに陛下を止めるなら、マルティナと一緒に戻れますよね？」

「エレナさんは退役したとはいえ旦那様が軍属でいらっしゃいますし、そもそもライナルト様が処刑するとお決めになったら、本格的に逆らいはいたしませんよね」

お互いの立場から超えられない壁は存在する。

エレナさんも承知していたのか、絶望的な表情で空を仰いだ。

「陛下は……とてもお怒りに見えました。この目で生存を確認しないと、到底納得できません」

「……カレンちゃんの言うとおり、陛下は大変ご立腹です。それはもう、ええ、ええ本当にお怒りですから今頃シュトック城は大変な事になってるでしょう。でもわかってますか？　あそこは普通の市民はいなくとも、使用人は残っています。降伏するならともかく、抵抗する者もいるでしょう。コンラートの再現を見るかもしれません」

「覚悟してます」

「……ほんとですか？」

「倒れたら連れて帰ってください」

「それ大丈夫じゃないやつぅ」

「ここで通してくれなかったら、私は無理を押して黒鳥を出します。馬、強奪して抜け出しますよ」

「あー！　それ言うの？　言っちゃうの⁉　卑怯じゃない⁉」

頭を掻きむしりながら呻かれた。

虚勢でも意気込みだけは伝わった……もとい、絶対無理をすると悟ったのだ。

「脅迫だ！　カレンちゃんの馬鹿っ、人の気も知らないで無茶言うところは陛下そっくり！　旦那が減給されたらどうしてくれるんですかっ」

「すみません。そのときは……生活のお世話くらいはうちで受け持ちます」

「もぉぉぉ……謝るくらいなら言わないでぇ！」

「じゃあ連れてってください」

「連れてってあげますよちくしょー！」

叫びながらフード付き外套を被せてくれる。マルティナも諦めを悟ったのか、馬を三頭つれてきたのだが、うち一頭にはアヒムが乗馬していた。身綺麗になった彼は私の顔を見るなりいう。

「阿呆ですか」

これにはもう苦笑するしかない。

「うん、阿呆みたい。ごめんね」

「おれはいいですよ。だけどねえ、やると決めても自分を壊しちゃ意味がない。いまだって無理して強がって、足震わせてるくせに、敵方のお姫さんを助けようなんて馬鹿の所業だ」

「あ、はは。ばれてる」

「ばれいでか。この強情娘」

「帝都にいるにはね、このくらい強情じゃないとやってけないのよ」

「口も達者になってまあ」

悪態は吐けども止めようとはせず、指で額を押してきた。

「やることやったら落ち着いてください。でないと、おれはアルノー様になんて報告したらいいんですか。また怪我してましたーなんて伝えろってか？　目も当てられやしない」

「あ、そっか……」

「あとその謝り癖は直せっつったでしょ」

「……気をつけます」

「様子を見たら離れるつもりが……まったく」

自分でも馬鹿だなあと思っているから反論が浮かばない。エレナさんたちが支度を調える間に、少しだけ兄さんの近況を教えてもらえた。

「アヒムは、思ったより早く北を出たのね」

「薪割りに火熾し、狩りの仕方……。貴女のお兄さんは存外覚えが良かったんでね、使用人共々元気にやれそうだって目処が立ったんで出てきました」

「……あの二人、仲はいい？」

「そりゃあもう。それに、貴女が思うよりもあの二人はずっと強い」

にやり、と八重歯を見せて口角をつり上げている姿には、もう昔ほどの遠慮がない。

「ねえ、アヒムが助けに来てくれたのは嬉しかったけど、あんまりにも折が良かったからびっくりしたのよ。どうやってライナルト様達と合流していたの？」

「おっそろしい女軍人に拉致された話は後にしましょうや。ほら、エレナ嬢ちゃんの準備も整った」

エレナさんは行くと決めたら手抜かりはないらしく、愛用の剣を下げながら忠告した。

「いいですか、陛下のところに到着するまで絶対にフードを外さないでください」

連れて行ってもらうからには協力する。私はエレナさんの馬に同乗し、アヒムとマルティナが後方を守る形で出立した。

エレナさんは、道案内人がいないのにもかかわらず、慣れた道を進むが如く馬を走らせる。いくつかあった分かれ道も迷わず進むのだが、この進軍にはアヒム達も不安を覚えた。

「いくらなんでも急ぎすぎだ、目印を確かめろ！」

「道は間違ってません、複数人の足音が聞こえますから！」

エレナさんの前髪は青さが増していて、しばらくすれば兵士とすれ違うようになったから、自身に備わっている秘密の力を使ったのだろう。

邂逅（かいこう）した隊はベルトランド隊だった。『資材』を運搬しており、荷は見えぬよう念入りに封がされている。ただの荷運びにしては警備が厳重で魔法使いも多かったから、色々ときな臭さを伺わせる。

話によると、シュトック城まではまだまだ馬を走らせる必要がある。しかし私が想像していたよりはずっと短い時間で到着できそう。逃げるときに使ったのが裏道とすれば、こちらが本道。シュトック城まで直線的に走っているこの道は時間の短縮ができるらしかった。

「旦那達が道を確保してるから不審者が追いかけてくることはありませんよ！」

自信満々のエレナさん。しかしその自信が挫（くじ）かれたのは、運搬部隊と別れしばらく経ってからだ。

後ろを走るマルティナが声を張り上げた。

アヒムが私たちに並ぶように馬を合わせ、エレナさんに文句を言いはじめる。

「おい、旦那が道を確保したんじゃなかったのか！」

「私のせいじゃないですし」

「その様子だと気付いてたな。早く言っとけ」

「そりゃ馬で追いかけられてるんですもん、五月蠅かったし、気付きもしますって。でももうちょっと近付いてきたらちゃんと言うつもりでしたよぉ！」

なんのことかサッパリわからなかったが、どうやら背後から敵が迫っているらしい。

「あんなのどっから湧いてきたんだ！」

「警邏（けいら）で戻れなくなって隠れてたとかじゃないですかー！　おおかた運搬部隊を狙おうにも警護が多すぎて狙えなかったとかそんなのっ」

「たしかに人数は多くないが……」

「シュトック城には近づけないし、勝てそうなところを狙うしかないんでしょ。私、カレンちゃん運んでるのでお任せしますね。お二人で充分でしょ？」

「いい性格してるよ」

「それほどでもぉ～」

「褒めてねえ！」

視界からアヒムが消えてしまった。エレナさんは大丈夫というも、どう対処するつもりなんだろう。

「あの二人なら、怪我を負う方が難しいです。心配ないですから、あんまり見ない方がいいですよ」

気になって振り返れば、馬にまたがったまま、背後に向かって弓をつがえるマルティナがいた。彼女の放った矢が襲撃者のひとりに直撃し、落馬する。この間、敵に接近していたアヒムに剣が振り下ろされたのだが、彼はなんなくこれを受け止めると腕を捻って矛先をずらした。隙が生じると切っ先が敵の体を貫いたが、得物が抜きづらくなってしまう。

襲撃者は他にもいる。この機を逃さず馬を急かせるが、アヒムはあっさり剣を諦めた。

馬上で苦悶(くもん)している襲撃者の肩を掴み、後方へ放ったのだ。強制的に落馬させられた襲撃者は後方の仲間を巻き込んで大事故を引き起こす。

アヒムの馬が大きくいななけば、嗚き声を聞くなり軽業師もかくやの勢いで、隣の馬のたてがみを掴み、乗り移った。目を疑いたくなるような技を平然とこなすと、彼の乗っていた馬の速度が急激に落ちていく。

このあたりで私は背後を見るのを止めた。

「ねー、大丈夫だったでしょ」

「そ、そうですね」

「私、あんまりどこの出身だからこれが凄い、っていうの信じてないんですけど、ラトリアの人だけはちょっと別格なんですよねー」

「もしかしてニーカさんはもっと強いんですか」

「うん。あれの十倍凄いかな！」

しばらくするとアヒム達は戻ってきたが、手傷一つ負っておらず、また涼しい顔だ。

「やれやれ、馬が傷を負っちまった。あとで回収しに行ってやらねえと」

「連れてきていたのは特に賢い子達ですから、歩けるんだったら自力で天幕に戻りますよ。気になるんだったら次に会った人たちに回収するよう伝えましょう」

「頼むわ。まだまだ走れるいい馬だった」

そう会話し、再び速度を上げた。

それからは襲撃が起こることもなく、進むにつれライナルト旗下の軍人さんとすれ違う機会が増えた。

外套を目深に被っていたせいであまり周りを見れなかったが、後方部隊らしき彼らは腕を組み、シュトック城方面を感心した様子で眺めていた印象がある。

さらに進めば喧噪も露わになりだした。道が開け出すと軍が行き先を塞いでいるのだが、彼らにはエレナさんがうまく口を利いてくれたのだ。

軍人さんはエレナさんにこう忠告した。

「門を越えるのは構わんが、賊を始末しきったとは聞いていない。怪我を負っても責任は取れんぞ」

「そちらに責任が及ばぬよう配慮しますのでご安心ください。ところで陛下はどこに？」

「館に向かわれた。見ればわかるが、城の方は崩れている。危ないから近寄るなよ」

「はいはいありがとうございます。……ところで、なんでお城を崩しちゃったんですか。ちょっと足元を壊して、威力を確かめるだけって聞いてたんですけど」

「工作担当が失敗したと聞いたが、詳しくは知らん。だがここは人里から離れているし、市民の巻き添えも心配ない。試験運用にはもってこいだと張り切ったんじゃないか。失敗したかもしれんが、我々も噂の新兵器の威力を知れてよかったよ。あれは慎重に扱うべきだな」

「音がかなり遠くまで響いてました」

「おかげで連中の意気が挫(くじ)かれ、制圧も早く終わった。どのみちヒスムニッツは伐採(ばっさい)、シュトックは更地(さらち)にすると聞いているし、城を破壊するのも早いか遅いかの違いだ」

……もしかしてあの爆発って事故だったりする？

離れてから質問すると、彼女はそのぉ、と小さく言った。

「あの音は……陛下も想定外だったんじゃないかなぁって……」

正解だったらしい。

だから轟音が轟いた折、やたら慌てていたのだ。

かつて城下町として賑わっていたであろう一角を通り抜けると、中心地を守る城壁を越えたが、幽閉されていた部屋からは見えなかった景色があった。

きっとそこは、元は映える古城だったはずだ。しかし石造りの建造物は半数が崩れ、もうもうと煙を上げながら穴を空けている。ちょうど私が顔を上げたときは、かろうじて残っていた尖塔が崩れ落ちた瞬間だった。

古めかしくはあったが、整えられていた庭や建物は蹂躙(じゅうりん)され、一帯を荒れた空気が漂っている。

城近くにある館が目的の場所だった。

「館の正面玄関は、あの大きな扉だ。いかにもな連中が集(つど)ってるだろ」

玄関前では足を止められたが、ここで助けになったのは意外な人物達だ。

その人を見るなり、エレナさんが私の顔にかかった外套を外させた。ヘリングさんに肩を叩かれたゼーバッハ憲兵隊長は深々と頭を垂れる。

「我が失態にて、みすみす御身を連れ去られてしまいましたこと、深くお詫び申し上げる」

「ゼーバッハさーん、彼女は何も知りませんので、その話はあとでお願いします」

「……そうか、了解した」

「謝罪のために連れてきたわけじゃないんで、そゆのは後で。で、旦那様？」

「……なんだい。陛下の命令を守れなかったお説教はあとだよ？」

「しらなーい。カレンちゃんが、陛下に大事な用事があるそうです」

「えー……どうだろう、ゼーバッハ」

「中はまだ荒れている。ご婦人の目に入れて良い光景ではないのだが」

ヘリングさんは奥様の登場に動揺していたが、立ち直るのも早い。

「さきほど元皇太后含むバルドゥル一味を捕らえたところさ。危険性は下がっているけど、中には入れたくないなぁ。なんで連れてきちゃったのか……」

「私が無理を言いました。余計なことに口出しはしません、陛下に要望をお伝えしたらすぐに去りますから、どうか中に入れてください」

「陛下を連れてくるんで、それじゃ駄目ですか」

「キヨ様の安否を確認させてくれるのなら、それでも」

「…………うーーーーん。なんで来たの……？」

説明すると頭痛を堪える面持ちだったが、一度中に入り、頭を掻きながら戻ってきた。

「目に悪いものは片付けたんでお通りください。気分が悪くなったらすぐ下がってくださいね」

こうして改めて館を見る機会を得た。入ってすぐには左右にふたつ、二階に上がるための大きな階段。真ん中には二枚目の扉が構えており、ヘリングさんは中央へまっすぐ歩を進めた。

扉の向こうは広大なホールになっている。

それは記憶にある光景だ。天井、床、円形の豪奢なシャンデリア。ずぶ濡れになった状態で連れ立てられ、爪を剝がされた場所だった。

扉を潜る必要はなく、直前でライナルトが姿を現す。

扉が閉まる寸前、ホールの奥では十数人に上る人間が拘束されていたのを目撃した。

その中にはバルドゥル、息子のニクラスがいて、唯一縛られていないのは皇太后クラリッサとその養女キヨ嬢だ。驚くべきことに、彼女は養母を庇うために前に出て、自らの身体を張っている。目が合った刹那（せつな）、彼女の双眸（そうぼう）は驚きに見開かれたが、すぐに皇太后クラリッサの悲鳴に場は乱された。

皇太后もまた私を見つけていた。キヨ嬢の後ろから、憎悪を隠しもせず叫んだのだ。

「家畜にも及ばぬ分際で――」

言い終わる前に扉が閉じられる。

ライナルトは私を扉から遠ざけようとした。肩を抱かれ背中を押されるが、その仕草でクラリッサの罵倒から守ろうとしてくれているのが伝わる。

しかしながら彼の心中は複雑だ。不満を隠そうともしない姿、次に何を言うかはわかりきっている。

「何故来た」と、無言で問いかけていた。

「もしかしたらとは思っていた」

「まさか私が来ると予測されていたんですか？」

「キヨが貴方に治療を施したと聞いたからな、貴方にとっては少なからず恩がある相手になってしまう。もし思いだしてしまえば助けたがるかもしれないとはな」

「そこまで見抜かれているとは思ってもいませんでした。でしたら、改めて申し上げますが……」

「いいや、先に問おう。いま貴方がここに居るのはコンラートとしてか」

「ただのカレンとしてです、ライナルト様」

そう言うと、ライナルトは周囲に合図を送り、玄関ホールから人払いがされる。

「個人として訪ねたと言ったのに追い返さないのですね」

「逆だ。公人として来たと言えば有無を言わさず帰すつもりだった」

目線が椅子を勧めるが、ゆるく首を横に振る。いま腰を落ち着けてしまうと気が緩みそうだ。

「怖がっているのに去ろうとしないなら、意地でも残ると伝わる。カレン、私は貴方に一刻も早くここから去って欲しいのだ」

「……あの崩れたお城があるからですか？」

「それもある。だがなによりも、あの愚か者達の姿は気分の良いものではないはずだ」

彼にしてはこんなときまで表情が豊かで、それがおかしくて少し笑ってしまった。

「カレン？」

「いえ、大事なときなのに、まだ心配してくれてるんだなって思ったらつい」

「……当たり前だ」

「私の知ってるライナルト様なら、大事を優先されていました。正直、先ほど割り込んだのも、もっとお怒りになるかと覚悟してましたから、どうやってお叱りを躱そうか考えてたくらい」

「そこまで貴方に厳しくするつもりはない。嫌なら他の者と同様に振る舞ってもいいが……」

「いいえ。嬉しいからちょっと困るなあって、それだけです。……あ、驚いた」

たまらず和んでしまったけど、いつまでも話していたい気持ちを引っ込め姿勢を正した。

「ライナルト様、私はキヨ様の命を助けたい。そのお願いをすべくここまで足を運びましたが、これまでと違い、今回はあなたに申し出できる取引や渡せるものがないのです」

「だというのに殺すなと言うのだな」

「はい、あなたの裁量一つで変わります」

彼女がいたからぎりぎり最後の砦を守れたのはライナルトも知ってるだろうが、今度は彼を納得させられるだけの材料は……あるとは言い難かった。

「若さ故の過ちもあるでしょうが、あの方の根は真っ直ぐではないかと感じるのです。やり直しの余地はいくらでもある。皇太后と命を共にするにはまだ早すぎます」

「それで貴方が害を被ったとしてもか」

「彼女には何もされてません。それは唯一まともに扱ってくれた人だから、殺してまでとは……」

「私との仲は拗れかけたが、それは勘案しないと？」

「ああ、ええと……。でもライナルト様は自分で気付いてくださいました。あのときは喧嘩っぽくなっちゃいましたけど、仲直りできましたしいいじゃありませんか」

うう、なんだろう。このところのライナルトは仕事に関係ない話題を出す意地悪なときがあって、そんなときは決まって調子が狂う。

「私にとってはクラリッサの義娘というだけで充分だ。それに、あれは私にとってなによりも許しがたい領域を侵した」

「ライナルト様が何を嫌っているかは存じてます。お心を乱されたお怒りはごもっともですが、キヨ様はそのことを知りません。魔法院で処置を施せば、対処できるのではないのでしょうか」

「なるほど、どうあってもあれを救いたいらしい」

これ以上はどんな言葉を尽くしたらいいのだろう。キヨ嬢は敵対者だし、接点が少ないために説得に使える材料がない。どうやったらライナルトの怒りを解ける？

悩んでいると、意外なことをいわれた。

「実のところ、殺さないという願いは叶えても問題ない」

「本当ですか？」

「心外そうにされてもな。貴方は私をどんな人間だと思っている」

「ひとまずいま浮かびましたのは、利用価値があるから生かす理由があったのかなと」

「……それは否定しないが」

合ってるじゃないか。

腕を組んだライナルトはやや視線を逸らし、咳払いを零した。

「カレン、私はなるべく貴方に誠実に対応しているつもりだ。嘘は言わない」

「う……。そ、そうですよね、疑ってすみませんでした」

「……いや、いい。これもこれまでの私の言葉が招いたものだ。だから顔を上げるといい、私は貴方を叱るために立っているのではない」

　こめかみを揉み解す姿は苦悩しているが、隙が垣間見えたのはわずかな間だけだ。

「しかし間違えないでもらおう。私は生かすことを許すのみであり、処遇については約束できない」

「……身の安全は保障できないと？」

「あれは放逐する方が危険だ。ゆえに安全については約束してもいいが、私が生かすからには、私なりのやり方で決着を付けさせてもらう。そこにカレンの意思を挟む余地はない」

「それはキヨ様の意思がこの先も失われ続ける意味にはならないでしょうか」

「さて、すべてはあれ次第だ」

「では選択の余地はあるのですね」

「クラリッサの意思を継ぐ愚か者ならば身を滅ぼすだろうが、違う道を選ぶのならば道を選ばせるくらいはしてやってもいい」

　淡々と語る姿に、キヨ嬢の未来を案じる心は無い。本当にただ利用価値が残っているから可能性を考慮していただけなのだ。

　ただ彼は、これまでとは違いひとつ言葉を付け足した。

「あれが己をどう定義し、貴方の思い描く……幸せ、そう、幸せとやらになれるかは本人次第だ。そこに私が介入するつもりはないし、貴方にも関わらせる気はない」

「わかりました。それでキヨ様を見逃してもらえるのなら」

「納得してもらえてなによりだが、まだ問題はある」

「どんな問題でしょう」

「いまの話はあくまでも考えていた程度のものだ。説得などと無駄な時間を使うつもりはない」

「ではキヨ様が義母を見捨てないと言えば、その通りにするつもりだったと？　皆様にかけられた魔法はどうされますか」

「治療を施せば問題ないと私自身が範を示した。それに大体は術者が死せば効果は消える可能性も高い、最悪死体が残れば良いとシャハナは言っている」

「……中を少しだけ見ました。キヨ様はどんな状態でしたか」

「クラリッサの傍を離れん。覚悟を決めている目だな」

私は本当にぎりぎりのところで間に合ったのだ。馬を走らせてくれた皆には感謝に堪えない。

「私は己の道を示すのはいつであろうと本人の意思だと信じている。この意味はわかるな」

「なら……一度でいいです、キヨ様と話をさせてください」

「説得してみせると？　たった一度話す程度で変わるとは思えないが、それで貴方が納得するなら連れて来させよう。だがそれでも意思が変わらなかった場合は、大人しく帰ってくれるな」

「それは……」

「カレン、私はできる限り貴方の考えに添えるよう譲歩した」

ここらが限界だ。個人的な我が儘を聞いてくれるのだから、ライナルトにしては破格の条件だ。私も冷静になるべきだった。

「ええ、大丈夫です。我が儘を聞いてくれてありがとう、ライナルト様」

「ではあれを連れてこさせる。しばし待っているといい」

夢中になるあまり気付かなかったが、よれていた外套を丁寧に直してくれる。

しかし指定された場所で待っていても、いつまで経ってもキヨ嬢はやってこない。

気になってホール側を覗いたのだが、ニーカさんとヘリングさんが話をしていた。二人とも私に気付くと話を止めるも、ニーカさんは私から顔を背けてしまう。

「ゆっくり話をしたいのですが、私は治療を施してもらっていない。無礼をお許しください」

「あ、そうですね。視界から外れます」

「陛下に近しい君やモーリッツは大変だな。かといって陛下ほど危険な措置はできないし……」

「好意を持たれてしまったのがいけなかったな。……ああ、カレン殿には意味がわかりませんね。シャハナ長老によれば、魅了の第一条件は彼女からの好意らしい」

「詳細は調べないとあてにはならないよ。それよりなにか話があったのでは？」

「キヨ様がいまだにお越しにならないので……」

「ああ……それをちょうどニーカと話してました」

キヨ嬢は頑なに皇太后から離れない。無理をさせれば持っていた剃刀で自らの首を切ると言ってきかないらしい。これから強硬手段に移ると言われ、待ったをかけた。

「あの年頃の少女に無理強いをすれば頑なになるだけでしょう。私が連れ出しますから、中に通してくださいませんか」

「広間に入ると？　……すみませんが了承できない。陛下は貴女をあそこに入らせたがらなかった」

私にとってトラウマの場所だから当然の反応だ。これ以上は踏み込みすぎになるのは承知の上だけど、決めたからにはしっかりやり遂げなければ。

二人を説得しおおせるのにどのくらい時間を要するか。けれど予想に反し了解の意を示したのはニーカさんだった。

「連れ出すだけというなら反対はしませんから、彼女を連れて行ってもらえると助かります」

「ニーカ!?」

「ニーカさん、よろしいのですか」

「よろしいもなにも、彼女を連れて行ってくれるのなら、私共も皇太后の連行が楽になる」

「君の一存で決めてしまっていいのか。お叱りになっても庇えないぞ」

「庇って欲しいとも思ってないよ、ヘリング。ライナルトが彼女に残る許可を出した。なら私も、私なりに必要だと感じたことをするだけだ」

冗談めいた仕草で肩をすくめる。ライナルトを思い出しているのか、リラックスした状態だ。

「ヘリング、お前は言われたことはちゃんと進めておけよ。さっきから隙を見ては戻ってきて、新妻ばっかり見てるんじゃない」

「そんなわけあるか。……また悪い癖が出たな。陛下にお叱りを受けても知らないぞ」

「はん。叱れるものならやってもらおうじゃないか」

不敵に笑うと、最後に付け加えた。

「カレン嬢、いまのライナルトは、すこしおかしいところがあると思いませんか？」

「あ、そうですね。ちょっと……違和感は……」

「あいつも戸惑ってるんです。海よりも深い心で見逃しておいてください」

ニーカさんからカレン嬢と言われるのは新鮮。もしかして普段はそう呼ばれているのかな。

彼女の話はいまいち要領を得ないのだが、これまで言われているライナルトの責任だとか、非があるといった発言に関連しているのだろうか。答えを求めようとすると熱が上がってくる気がする。動悸が激しくなるし、いまはキヨ嬢だけに目を向けていよう。

「ありがとう、ニーカさん」

「礼はやめた方がいい。私は……きっと貴女が思っているよりも悪い人間です」

ニーカさんの様子がおかしいのは、魅了のせいだけでもない気がする。

彼女の許しを得れば両開きの重い扉が開き始めた。

ここまでお膳立てしてもらえる幸運なんてそうそうない。

我が儘を言って和を乱したのだ、やるとなったらきちんと締めくくろう。

ホールには想像通りの位置に彼らはいた。少し変化があったとしたら、ライナルトとバルドゥルがいなかった点だろうか。私の足は真っ直ぐに、周囲への警戒を解かないキョ嬢に向かった。

「おい、小便女！」

ニクラスの罵声が飛んだが、予想通りだ。多分すぐに押さえつけられたが、多分、となったのは私が彼の方を向いていなかったためだ。

卑怯な男に与えるのは怯えではなく無関心。

虎の威を借る狐でも、お前になど目をくれてやる価値がないと見せつければ男はさらに暴れ出した。罵り言葉が単調になるが、やがて口も塞がれ手出しも出来ない。

まなじりをつり上げた皇太后クラリッサが口を開けば、耳に痛い甲高い声が響いた。

「お前よ、お前のせいで箱が壊れたのだ！　卑賤の身で陛下の、わらわの地位が追い込まれた！」

「お義母さま、いけません！」

「わらわから皇妃の座を奪っただけでは飽き足らず、挙げ句お前の兄が我が娘を誑かした。だから陛下に言ったのです、お前のような卑しき豚を帝国に関わらせるなと……！」

「お義母さま！」

キョ嬢の制止も聞かずまくしたてる。

彼女が罵倒を繰り返せば繰り返すほど、頭の中はひんやりと冷めていく。玄関ホールからこの人の姿が見えたときは身がすくんだけど、いまは少し違う。

目的があったから、かもしれない。

いざ踏み込んでしまえば、跪き、囲まれていたときと違った。

意外と……皇太后クラリッサは小さい人だ。

「あなた方の親子関係には一切興味ありません」

「黙りや！　お前達兄妹が我が国を壊した、栄光を奪ったのだ！」

「箱についても同様です。あんなものがあったから皇帝カールの悪政が助長された」

「あれは我らの栄華の象徴だ、それをよくも……！」

「……それよりも、己ばかりを可愛がって娘を盾にする愚かさを恥ずべきだとは思わないの」

キヨ嬢の瞳が見開かれた。カッとなったクラリッサが鬼気迫る表情で飛び出すが、躱すのは難しくない。なにせ彼女は幾重にも生地を重ねた衣装や宝飾品に身を包んでいるから、相当な重さに耐えているのだ。足を一歩引くだけで前のめりになった体勢は崩れ、大理石に頭から飛び込んだ。

ここに過ったのは悪魔の囁き。

いま無防備な皇太后の背中を踏みつければ、彼女の自尊心を砕けると悪魔は言ったが、『娘』の前で『親』の矜持を砕く行為に理性が働き、後者に従った。

皇太后クラリッサは自ら地面に伏せたのだ。

私までこの女と同等になる必要はない。

床に転がる女を捨て置き、義母へ駆け寄ろうとするキヨ嬢の腕を取る。

「放しなさい！」

少女の激昂もわかりきっていたことで、いまはなにをいっても彼女には届かない。

こういうとき、私が身を以て得た経験として、相手の頭を真っ白にさせる方法はひとつだ。

パン、と乾いた音がホールに響く。

叩いたのは私、打たれたのはキヨ嬢。

彼女はきっと叩かれたことがないと踏んでいた。

賭けには勝利したらしく、キヨ嬢はぽかんと口をまるめ、左頬を押さえている。

「おいでなさい」

「あ……？」

思考がまとまらぬうちに手を引いた。皇太后クラリッサが身を起こし、キヨ嬢は義母と私を交互に見るも、ショックからは立ち直れない。

用意されていた部屋の椅子に座らせると目の前で膝をついた。

叩いた頬に触れても、彼女はやはり混乱したままだ。

「ほかに方法が浮かばなくて……叩いてごめんなさい。赤くなっていないから跡は残らないはずだけど、気になるなら氷嚢（ひょうのう）を用意してもらいます。……痛い？」

「え……い、痛くは、ない」

「うん。ならよかった」

借りてきた猫みたいに大人しかったが、時間が経つにつれて叩かれたことをしっかり理解しだした。瞳はまた火花が滾（たぎ）っていたが、逃げられないよう、彼女の手を握って膝の上に置いている。私が下から見上げる形で目線を合わせていた。

「あなたは死にたい？　それとも生きたい？」

「は？」

マグマが噴火する直球で投げていた。何を言っているんだこいつ、と隠さない形相だが、その怒りもどこか幼さを感じさせる。

「貴女と話すことなんて無いわ。キヨをお母さまのところに帰しなさい！」

「死にたいか、生きたいか。まずはそれを教えて」

「……失礼な女ね、手を放しなさいよ！」

「答えてくれたらね」

抵抗は予測していたから、全身全霊で食い止めていたが、たったそれだけでも私たちは汗だくだ。

「ああもう……！　ふざけるのも大概にしなさいよ、生きるか死ぬか？　そんなの答えは決まってる。キヨは皇太后クラリッサ様の養女なの、娘が母と運命を共にするのは当然よ！」

「いいえ」

「なにがいいえよ！　この答えが不満足？　貴女は生きたいって言わせたいだけじゃない！」

「いいえ、キヨ嬢。私は皇太后クラリッサの養女キヨ様には質問していないの。ただこの国に流れてきた一人の人間として、あなたがどうしたいかを聞いている」

質問の意図が伝わるには時間を要した。

怪訝そうな顔つきは言葉をかみ砕くのに時間を要し、表情は奇怪にも歪んでいく。

「キヨは皇太后様の娘なのよ、あの方以外のところに居場所なんてあるわけないでしょう」

「ではそのまま彼女を庇って共に死ぬ？」

「あ、当たり前じゃない」

「ライナルト様は相当お怒りよ。皇太后も、バルドゥルも、きっとただでは死なせてもらえない。その養女だったあなたも、同じ扱いを受けない保証はどこにあるの」

「陛下はそんなことなさらないわ」

「するわ。あの人はそういう人ですもの」

「いいえ、いいえそんなこと……！　たしかにちょっと怖かったけど、そんな酷いことするわけない。あの人はお義母さまがキヨに相応しいと言ってくれた、キヨの運命の人よ！」

「ではその義理の母はどう。あなたが誰よりも信じていた人が私の爪を剝いだ」

「お義母さまはそんなことしない、それはバルドゥルとニクラスがやったものだわ‼」

「でも知ってたわよね」

怒鳴られ耳鳴りがするも、その反応に得心した。

過剰なまでの怒りは、キヨ嬢がクラリッサの凶行を知りながら目を瞑っていた証(あかし)だ。

キヨ嬢も自らの怒鳴り声に失態を悟ったが後の祭り。

低い声で問えば黙り込んだ。

「目を瞑っていたことを問い詰める気はないの。ただね、いくらあなたの義母があなたに優しくても、違う貌(かお)も持っていると、あなたは目をそらすのではなく直視する必要があった」

逃げようとした手を摑む。悲痛に歪んだ瞳に追い打ちをかけた。

「残念だけど、ぼろぼろだった私より酷い目に遭わない保証はない」

「そんな、キヨは仮でも皇族なのよ」

「いいえ、あの人は良くも悪くも縁を重視しない。怖くて、でも怒るともっと怖い人」

信じてくれるかはわからないが、真剣に説いた。

「私を覚えてるでしょう。もしあんな風に扱われたとして、それでも死にたいなんて言えるの。医療に従事していた人なら、誰よりも怪我を負う辛さを知っているのではない」

おそらくこの言葉が効いたのは、彼女が元いた時代が影響している。

彼女は傷ついた「兵隊さん」を看てきた医療従事者だ。酷い傷などいくらでも知っており、黙り込んだのも昔を思いだしたからに違いない。彼女は死の恐怖を知っている。

これだけでも彼女が想像力の欠如した人間ではなく、もう少し思慮深い人間なのだと窺えるのだ。

キヨ嬢の手から力が抜けている。

これで彼女が理想から現実の死に向き合った。

「お義母さまは……わ、私が一緒にいてあげないと」

――なら、あの方は一度たりとも盾となったあなたの前に出ようとした？

そう言おうとして、やめた。

確証はないが、たとえ魅了効果だろうと、皇太后は「娘」のキヨ嬢を愛している。そこは疑わないが、果たしてそれはすべてが完璧なのだろうか。

ライナルトが白身の本質を変えがたかったように、皇太后もまた心の根にある本質は変えられなかった可能性がある。

……つまり、娘よりも我が身が可愛いと思う本質まで変質するのか。

本人も薄々感づいている事実を突きつける必要はない。いずれ伝えられる魅了の真実は必ずキヨ嬢を絶望に落とし込む。それよりも生をつかみ取らせなければ先は生まれない。

説得じみた言いくるめはあと一歩、出たのはずるい言葉だ。

「あなたが彼女を慕うのは別にいい。でも大切な子供が、生きたいと願うのを怒る母親はいない」

理想の母親ならの話だけど、これにキヨ嬢はぐしゃりと顔を歪める。

「死ぬことの痛み、恐怖をあなたは知っている」

「キヨ、は、皇太后、クラリッサの娘の、義務を……」

「このままだと皇太后の信用は地の底に落ちるでしょう。もし彼女の名誉を守りたいと願うのなら、それはもうあなたにしか出来ない仕事よ」

「どうして、そんな、キヨだけなんて。他の誰かが……」

「あなたが知っている中に、この館以外で、皇太后のことを擁護してくれる人はいる?」

人を生かすための説得なんてしたことがない。

人生二周目であっても生きるなんて事は当たり前すぎて学んだこともなかった。

たったひとりを生かす労力。殺すことより生かすことの方が何倍も難しかった。

「あなた、本当にこのまま死んでも良いの? 皇后になりたかったというなら、あなたなりにやりたいことがあったのでしょう」

「あ、貴女……」

「このままだと何も成さず、何も残せず、ただ皇太后クラリッサの養女としてしか記録に残らない。ほんの一時期しかいなかったあなたは、名前すら人々の記憶に残るか怪しいとわかっている?」

キヨ嬢の汗は止まらない。

拳は震え、自分の存在意義を問うている。皇太后クラリッサの愛情と生との渇望に揺れている。

「貴女は、ひどいことを言ってるわ。ここでキヨが生き残ったって、誰も助けてくれる人はいない」

「知ってる。だけどこれだけは断言できるわ。死ぬよりも、生き残る方が辛くったってなにかを残せる。こればかりは生きた人の特権なの」

「お義母さまは……」

「もう助からない。助ける方法も、私は知らない」

「だったら貴女がお義母さまを――」

咄嗟に口を開いたのは、「助けて」の一言だったはずだ。しかし言葉を呑み込んだ。

「……どうしてキヨを説得しようとしてるの。キヨは馬鹿じゃないから、貴女に助けてもらえるはずないって知ってる。もっと、もっと酷いことだって言えたはずなのに、馬鹿みたいに丁寧に……」

「あなたに死んで欲しくないから」

「……それだけ？」

「他に理由がほしい？」

言うか迷ったけど……彼女は去る人のはずだ、言ってもいいかな、と心のタガが緩んだ。

「果たせなかった願いの身代わりよ」

長い時間見つめ合った。先に視線を下げたのは彼女で、瞳を伏せた折、ひとしずくの涙が落ちる。

「……偽善者」

「それでもいいわ。諦めるよりはずっとマシだもの」

押さえつけていた手を離すと、キヨ嬢は両手で瞼を覆い、固く唇を噛みしめる。

「もう一度聞くわ。あなたは死にたい、それともまだ生きていたい？」

答えはわかっている。

元より彼女は死にたいはずはないのだ。

「………死にたくない」

本能すら罪とした信徒が如く告解していたが、私にはそれで充分だ。

キヨ嬢の面影が、一瞬まるで似つかない誰かと重なるも、幻覚に目を瞑る。

「……あなたの意思はわかった。皇太后……様とはお別れになるけど、会っていく？」

押し黙るのは罪悪感からか。それも当然だろうし、ひとまずそっとしておいたほうがいいのかもしれない。彼女の選択を他の人に伝えるべく立ち上がると、袖を引っ張られた。

俯きがちになったキヨ嬢に引き留められている。迷いに溢れる仕草にそっと問いかける。

「……同行しましょうか？」

幼子みたいに頷く彼女を連れ立って部屋を出ると、アヒムやエレナさんが待ち構えていた。アヒムは複雑そうな面持ちでキヨ嬢を見ているが、何か言ってくる気配はない。

エレナさんによれば、すでに皇太后クラリッサは独房に移された。ライナルトは忙しくて会えないが、ニーカさんの取り計らいで、面会も許してもらえたのである。

「お義母さまが独房……嘘……貴人なのに……」

牢の中で項垂れていた皇太后クラリッサは、私が顔を見せた途端に烈火のごとく怒り出した。艶やかな髪や肌は台無しで、一気に何十歳も老けたように感じられる。

「売女、わらわの娘になにをした！」

「もう少し静かに話ができるはずと思いましたが、まだそんなことを言っているのですか」

「ふざけるな、この、この、卑怯者めが！　正々堂々とわらわと対決せよ！　貴様のようなあばずれがこのオルレンドルに残るなどあり得ない、必ずや正義の鉄槌がくだされようぞ‼」

「その正義はカール皇帝の死と共に敗れました。それすら正義と声高に叫ぶのはあなたくらいです」

キヨ嬢が勇気を振り絞ろうとしたところで激昂が飛ぶ。

「まさか、まさかわらわのキヨまでもお前は誑かしたと言うの！」

「ちが、ちがうの、おかあさま……」

激しく鉄柵を揺さぶるがびくともしない。

皇太后は怪訝そうな顔つきになり、俯いて服を握りしめるキヨ嬢に問いかけた。

「どうしたというの、キヨ。わらわ達の敵はそこに居る女です。貴女の働きがあれば、わらわとお前の威光に民はひれ伏すでしょう。ライナルトとそこな売女を抹殺することも夢ではありません」

「……お義母さま」

「愛しいわたくしの娘よ。さあ、あとひと頑張りですよ、立ち上がりなさい！」

キヨ嬢はすでに泣き出しそうだし、私も苦々しさを隠せなかった。薄々予想はしていたが、皇太后から彼女を案ずる声は一言も出ない。

ヴィルヘルミナ皇女が皇太后と仲が悪かったのもこういうわけか。

「……キヨ様は陛下の預かりとなります。あなた様とは袂(たもと)を分かつことになります」

クラリッサの顔に絶望の影が差し込む。

「なん……」

「彼女だけでも救えます。陛下の御心に感謝されるとよろしいでしょう」

「ふざけるでない、わらわの娘になにをした！」

「道連れになる必要はないと思っただけ」

皇太后の叫びは、まさに耳をつんざく悲鳴だ。

これ以上は聞きたくなくて、キヨ嬢を残し壁に背を預けたのだが、そこでようやくアヒムが口を開いた。

「あーあー……姿見せる必要なんてなかったのに、わざわざ悪者になっちゃってまあ」

「仕方ないわ。彼女の口から陛下に降(くだ)るなんて言わせたら、どれだけ怒り狂うか、あの子に矛先が向くかわからないのだもの」

「貴女が出たところで、あの子に牙を剝かないわけはないでしょうに。そういうのはあの金髪に任せておけばいいんですよ」

「どうかしら、ライナルト様はもう皇太后とは顔を合わせるつもりがないかもしれない。思い込みが激しくて現実が見えない人なら、私になにかされたと思ってくれた方が、まだ彼女に優しくなるかもしれないじゃない。キヨ嬢が縋れる先はあの人だけなのだもの」

「希望を残してやるってやつ？　アルノー様にヴィルヘルミナを残したみたいにですか？」

「うん。必要でしょ、そういうの」

「残酷だなあ。中途半端に示してやる方がずっとつらいでしょうに。人ってもんは助けなかった人間より、助けた人間を恨むもんだ」

「それでもどう立つかはあの子次第よ」

「カレンに恨まれる覚悟があるならいいですけど、いまさらですかね」

「いまさらよ。そうじゃなきゃこんなところに押しかけたりなんかしない」

キヨ嬢にはまだ魅了の真実が残っている。もしかしたら将来恨まれるかもしれないが、かも、を気にしていても何にもならない。

気が抜けてしまい、壁に背を預けたまますずるずるとしゃがみ込んだ。

頭の上に手の平が乗っかるが、撫でるというより無遠慮に体重をかけられている。

「帰ったら綺麗なもんをみなさい、花でも物語でもなんでもいい」

「重い」

「音楽ならエミール坊ちゃんに演奏家を紹介してもらうといい。いい音を奏でる楽士を知ってます」

「あの子、そんな知り合いがいたの？」

「エミール坊ちゃんはね、交友の広さだったらアルノー様を上回りますよ」

彼女達はいまごろどんな話をしているのだろう。せめてキヨ嬢にとって一筋の光になってくれたらいいのだけど。

「ねーアヒム」

「へいへい」

「私、兄さんと話し合いが足りなくてすれ違ったじゃない」

「ですね。お陰でおれは職無しだ」

「お仕事紹介する？」

「いらね。いまは流浪が気持ちいいんでほっといてください」

「あっそ。でね、兄さんとはああなって、次はエルには言葉が届かなかったの」

「ほー。たとえばどんな」

「色々よ。色々。そのせいであんな結果」

「全部が貴女の責任ってわけじゃないでしょ」

「わざわざ言われなくてもわかってますー、そういうのもあるってことをいいたいだけよばかー」

「いいたいことはわかってますよ。あとバカはあんたの方ですバカ」

エレナさんは黙って耳を傾けている。アヒムは話半分程度に、いっそ鼻でもほじりながら聞いているのではないかと思うくらい適当な相槌。

不真面目極まりないが、いまの私がほしいのは重苦しい空気でも、同情や悲しみでもない。

「……今度は間に合ったと思う？」

「質問が悪い。彼女、アルノー様でもエルの嬢ちゃんでもありませんよ」

「知ってるわよ。ばか。……もういいわよ」

「……戻りはしないけど、間に合いはしたんじゃないですか」

「…………うん」

彼が言わんとする通り、こんなの過去の清算にもなりはしない。胸にしこりを作ったままで、私に何か残ったかと問われたら小さな自己満足だ。やはり彼女はエルの代わりにはならない。

……それでも、これで私は誰かに奪われるだけじゃなく、残すこともできたと思えたのだから、収穫はあったのだ。

「まぁ、それでも、いつかどこかで生きる意味を見出してくれたらいいわね」

彼女にどんな過去があって、どんな経緯でこの世界に流れ着いたかは知らないけれど、見知らぬ世界でよすがもなく、ひとりぼっちになるのはあまりに寂しい。

時間を置いて戻ってきたキヨ嬢の目元は真っ赤に腫れ上がっていた。

ぐしゃぐしゃに泣く彼女を、取り囲む誰もが慰める資格を持たない。その身はシャハナ老預かりになるためバネッサさんが迎えに来たが、気になったのはバネッサさんの顔の擦り傷だ。

何か言う前に「問題ありません」とピシャリと遮られた。

「我が師シャハナより脱獄犯、魔法院元院長アルワリアを捕縛したと言伝を預かりました」

「……お疲れ様でした。シャハナ老に怪我はありませんでしたか」

「我が師があのような恥知らずに遅れをとるなどありませんので大事はございません。それよりも、顧問には後日お力添えいただかなくてはなりません。その時はどうぞご協力くださいませ」

「優先して事にあたるとお伝えください。お二人とも、また向こうでお会いしましょう」

あの首輪を付けてきたのは、やはり資格を剝奪されていた元長老で間違いなかった。

バネッサさんの報告は事務的だったが、去り際にお腹をつつかれた。

「怪我人はさっさと帰りなさいよね！」

バネッサさんと、そしてキヨ嬢と別れたら、今度は私たちの番だ。一同から離脱していたマルティナが馬を用意し待っていたが、そこで予想外の人物と合流した。

「ライナルト様も帰るんですか？」

ヘリングさんに連れられた彼は憮然としている。

代わりにヘリングさんが苦笑しながら言った。

「目的は完遂しました。残りは陛下がいなくても問題ないくらいですから、ついでに連れて帰ってやってください……と、ニーカ・サガノフからの伝言です」

しかしどう見たってライナルトは現場に未練たらたらで、嫌々従う様子だ。他にも従者や近衛がいたけど、反対しているのはライナルトだけらしい。

「まだ見たいものがあるのだがな」

「もはや陛下が立ち会われるほどのものはありません。過ぎたことに拘っているくらいなら、早く宮廷に戻り、アーベラインを安心させてやってください」

……ヘリングさん、なにか怒ってる？

別れていた間に何があったのか、笑顔で主君の背中に触れたのだが、普段なら決してしない行動だ。ライナルトは不機嫌なまま固まっているが、よく観察すれば、こめかみにうっすら汗が滲(にじ)んでいる。

「ヘリングさん、まさかライナルト様は怪我を負っているのですか」

「ええ、少々手癖の悪い魔法使いがいたのですが、ご安心を。すでに捕縛済みです。陛下もこの通り火傷を負った程度ですから、帰還には問題ございません」

「て、程度？　すごく痛そうなんですけど、シャハナ老に看てもらわないと……」

「いま陛下に倒れられるのは我々も、そして陛下も望んでおりません。命に別状はありませんし、痛み止めは処方してもらっていますので心配いりませんよ」

「ヘリング、お前は私とニーカと、どちらの部下だ」

「陛下の無茶を止めてくださる方の味方です」

倒れ……あ、そうか、キヨ嬢の魅了を解くために魔力を抜いたせいで、治療に必要なだけの魔力が足りてないのかもしれない。だから近衛の方々も全面的にヘリングさんの味方をしているんだ。

「か、帰りましょう。いますぐ帰りましょう！」

「はい、馬車を用意していますので、陛下と夫人はそちらに――」

「私に馬車は不要だ」

「……陛下？」

「此度は試作を兼ねた行軍だった。動けるというのに寝ながら帰るなど冗談ではない」

なんと馬車は嫌だといって愛馬を連れて来させた。怪我をしている上、痛み止めが満足に効いていないのは傍目にも明らかなのだが、頑なに横になろうとしない。

動けるにもかかわらず、横たわっている間に人任せで移動しているのが気に食わないのだ。

「お前達の願いを聞いて宮廷に引き返すのだ。そのくらいは私の勝手にさせてもらおう」

こうなると誰にも止められない。唯一止められるとしたらニーカさんだが、彼女はここにいないし、ヘリングさんもライナルトの気性を理解して、はなから諦めモードだ。

ライナルトがこうだから、いざってときのために、幌馬車を付けて移動する羽目になった。もっとも彼は馬を飛ばすので、かなり後方に置いていかれてしまうのだけど……。

問題はここからになる。

戻りは馬を休ませる必要があったので都度休憩を取っていたのだが、最後の休息を終え出発しようとしたとき、背後から伸びた手により身体が持ち上げられた。

片手ですくい上げられたのだ。

気付くとライナルトの馬に同乗している。二人乗りの鞍ではないから、膝の上に乗せられたのだ。

「は、え、は?」

軽々と人ひとりを持ち上げる腕力や、それに耐える馬も尋常ではないが、そもそも状況が理解し難い。混乱している間にも馬は歩き始め、後続が揃うにつれスピードアップしていく。

後ろで「陛下」と誰かが咎めるも、ライナルトは振り向こうとしない。

「え、なんで?」

二人乗りは初めてじゃない。相変わらず安定感は抜群だし彼も気を遣ってくれていたが、目線を上げれば肌に汗を滲ませている。傷の範囲は背中らしいが、相当痛むはずなのに何故こうも我慢し続けるのだろう。

「ライナルト様、つらいのでしたら一旦横になりましょう。と、申しますかその状態で私を乗せるのは自殺行為ですよ……！」

「落とせないと思う方が気を保てる」

「私は割れ物ではございませんっ。生き物ですからご安心くださいませ！」

「似たようなものだ、私にとってはな」

「駄目ですってばー！」

必死の思いで頼みこんだが、彼は絶対に降ろしてくれない。こうなれば荷物は荷物なりに負担をかけぬよう姿勢を保つしかない、けど！

「ライナルト様、そろそろ帝都です。宮廷です！」

「ああ、もう少しで一息つけるから、もうしばらくの辛抱だ」

「そうじゃなくて！」

いま休息が必要なのはあなただし、なんで私ばっかり気遣うかなぁ！

「私はオルレンドルにいないことになってるんですよね。流石にライナルト様と一緒に戻るのは問題がある気がします……！」

「裏から入れば問題あるまい」

「止めて、馬止めてください‼」

「断る」

皇帝陛下の帰還となれば悪目立ちは必定（ひつじょう）ではないか。

願いとは裏腹に馬は止まらず、あっという間にグノーディアに到着してしまう。関係者しか通れない道とはいえ当然見回りはいるし、どうかばれませんようにと必死に外套を重ね合わせていると、憎たらしいくらい淡々とした声が頭上から降ってくる。

「カレン、人の噂程度、我々の手にかかればどうとでもなる」

「そういう問題じゃないと思うんです……！　ねえ、あなただって大変なのにこんなことで体力を使わないでください！」

「貴方が騒がなければ体力は温存できる」

「お身体を大事にしなきゃいけないのはライナルト様の方！　私は荷馬車に行きますから……！」

「もう走り抜けた方が早い」

　こうなったらエレナさんに助けを求めるしかない。

　そう思っていたのに、今度は到着した途端、横抱きに持ち上げられた。別の意味で顔から血の気が引くし、もはや声も上げられない。

　ここはファルクラムのサブロヴァ邸じゃないし、なによりあの時と違って運ばれる理由がないではないか。いっそ気を失ったら楽かもしれないと過ったが、都合良く気絶はできなかった。

　あちこちから聞こえてくる「陛下」の声には、情けなくもすっかり萎縮している。声の中にモーリッツさんが交じっていた気がするけど、確認する勇気すら干上がっていたのである。

　運ばれたのはとある一室だったが、そこが当面の私の部屋だと告げられて耳を疑った。

　寝台の上にぽんと置かれた状態で、間抜け面を晒し室内を見渡したのだ。

「あの、これが私の部屋って……」

「急拵(ごしら)えだから不便なところもあるだろう、配置は使いやすいように変えてもらってかまわない」

「いえ、そうじゃなくて」

「外に出るのも自由だ、不審者は入ってこないから安心していい」

「ライナルト様！」

　なにか、と言いたげに見下ろされたけど、問いたいのは私の方だ。

　動揺が治まらぬまま部屋を指さした。

「こっ、ここれが私の部屋ってなんでですかっ。あの、ちょっと、いえかなり！　お部屋を借りるにしては豪勢すぎると思うのですが……!?」

「暗い場所、狭い場所は苦手だろう。私もそのように認識している」

「それは、合って……おりますがっ」

「宮廷であっても夜は暗く、ひとつの明かりでは到底足りない。ならば明かりを取り入れやすい場所が良いと伝えていたら、ここに部屋が用意された。それだけだ」

「それだけだ、って、簡単におっしゃいますけど、とんでもないことですからね!?」

この部屋は一階にあたるのだけど、広さで言えばコンラートにある私の私室の五、六倍はある。ひとつの大きい部屋に低めの机とソファ、食事テーブル、寝台などと置かれているが、視界を上手に遮り衝立で区切っているのだ。窓際には吊り下げ式の編み籠椅子。ふかふかのクッションが詰められていて、実用性はもちろんインテリアとして優秀だ。

さらに特徴的なのは部屋全体に煌々と差し込む自然光！

窓は庭に面しているが、これが全面ガラス張りで光が室内にふんだんに降り注ぐ。窓は扉も兼ねていて、外は芝生が広がっていた。

これだけ広く、また窓が大きいと季節柄の寒さが気になるが、暖炉や暖房具が室内を一定の温度に保っている。たった一部屋の暖を取るのにどれだけの燃料が消費されているのか、計算が恐ろしい。

「こ、ここ、ここってお部屋の作りが違います。普通のお部屋じゃありません、よね」

「元々は談話室だろうな。私の要望通り作り替えさせた」

「さっきもそう言われてましたけど、作り替えたって……」

部屋の構造、窓から見える落ち着きと調和を重視した視界、人を楽しませる目的を兼ねていそうだから談話室と言ったのも頷ける。

「あのあの、この寝台も私が使うには豪華すぎではないでしょうか。もっと普通のでいいんですよ、普通ので。だからもっと小さなので……」

「いえいえいえとんでもないです。「ふかふかだけど程よい固さで好きですけど、でも……」

「遠慮せずとも良い。これでいいです」一刻もあれば組み立てられるはずだ」

「あ、いいです、これでいいです」

極めつけは奥の天蓋付き寝台。つまり私が置かれたところなのだけど、これだってひとり用としては広すぎる。白レースがふんだんに使われた、それこそ王族が使っていそうな、普通の貴族では絶対に持ち得ない寝具だ。

こんなの大きすぎて、普通に運んだって絶対扉を通過しない。

つまり中に部品を持ち込んで組み立てるなりしないといけないわけで、取り替えるとなれば解体だ。

そんな恐ろしいこと言えなかった。

これらの調度品に加え、寝台下に敷かれた絨毯の価格すら想像するだけで恐ろしい。

療養部屋を作るのにどれだけの人手と予算が掛かったのだろう。ごく当たり前に話してくれるこの人の、オルレンドルの最高権力者の片鱗が垣間見えてしまう。

「もっと普通の部屋でいいですから、こんなことになるなら家に……っていうか、そうです、ここまでしていただかなくったって良かったのに、なんでよりによってあんな運び方するんですか」

部屋の勢いに飲まれてしまうところだったが、ライナルトの凶行を忘れてはいけない。

「こうでもしなければ、貴方はコンラートに帰っていたろう」

「それのなにが悪いんですか」

「悪くはない。だが私はしばらく宮廷に留まるように言った」

「それは……でもお返事はしてませんよね!」

「断ってもいない」

「屁理屈じゃないですか!」

たしかにそんなこと言っていたけど、こんな大事になるなんて予期するものか。これではおもいっきり長期滞在の構えだし、匿ってもらうにしてもひっそり、それこそ宮廷の端っこを借りるくらいだと思うではないか。

「……家のなにがいけないんですかぁ」

「無論、愛する家族の元ならいずれ傷も癒えるだろうが、しかしながら貴方の休むという発言だけは一切信用していない」

「は？」

「大人しく休養した試しがないと言っている」

「え、え、そんなわけないです。私はいつだってライナルト様の忠実な臣下だったじゃないですか。変なこと言わないでください。ご命令通り休むに決まってます」

「忠実な臣下は休養せよとの言を無視し動き回りはしないし、私に黙って家に戻ったりはしないな」

「……そんな前の話！」

「それに数回顔を合わせただけの他人のために、自らの不調を押してまで駆けつけもしまい」

ぐうの音も出ずにいると勝利を確信したらしかった。

「世話係は用意させている。これから充分な休息を取るといいだろう」

「あ、待ってください。背中の傷、ちゃんとお医者様に見せますよね⁉」

「大事ない」

「なんでですか！　人の心配ばっかりしてー！」

去り行く背中に文句を投げればなぜか笑われたが、こっちにとっては笑い事では済まされない。

ライナルトがいなくなると部屋にひとりっきりだが、慣れない場所は居住まいを悪くさせる。

……一階で外に繋がる部屋にしたのは、いつでも外に出てもいいよ、ってことかな？

シュトックの館では出たくても出て行けなかった。庭に繋がる硝子扉が半開きになっているのは、自由を証明するためなんだと思う。

衝立が上手に視界を遮って、焦りに落ち着きを与えてくれるが……うっ、視界まで考えて部屋造りがされたと思うと気が重くなってくる。

いまは家族の顔が見たくて堪らない。ジェフに会うのは怖いとしても、このまま誰にも会えないのは寂しい気持ちが上回る。

「は、はいぃ？」

突然のノック、上ずった返事に対し入室したのは六人の女性と一人の男性だった。全員宮廷仕えの人であるのは明らかで、先頭に立っていた五十代頃の女性が頭を垂れる。

柔らかい雰囲気を持つ女性は自らを宮廷で働く女性達のまとめ役、隣に並んだ六十頃の男性は侍医長であると名乗った。

「陛下より夫人が心安らかにお過ごしいただけるよう言い付かっておりますれば、こちらの者達を手足として使っていただきたく存じます」

……宮廷侍女を手足……ですと……。

「また体調になにかあればこちらの侍医長が代表してお身体を看させていただき、すぐに不安を取り除くべく働く所存にございます」

もう声も出ない……わけでもない。

物怖じしていたのは事実だけど、それより疑念が頭に湧いたからだ。

誘拐される前に侍女頭と侍医長の姿を確認している。間違いなくこの二人ではなかった。

「侍女長と侍医長は違う方だった記憶があります。失礼ですが、人事に変更が……？」

「残念ながらお二方共に持病の癪が思わしくなく、自らの希望を持って辞任されてございます。わたくし共は後任にございますが、これまでも長く宮廷に仕えてございました。この者達も宰相閣下並びにアーベライン様より推挙されておりますので、御身の安全や経験についてはご安心くださいませ」

「あ、ああ、そうなんですね……」

「本来ならゆっくりご挨拶に移るところですが、ひとまずお休みいただくために身を清めたいと存じます。僭越ながら、こちらの者達が手伝わせていただきます」

「じ、自分でしますから、服は置いていってもらえたらですね……」

「具合が思わしくないと伺っております。もしもがあっては大変ですから、どうか御身に触れることをお許しくださいませ。もちろんその後は邪魔にならないように下がります」

あっこの物腰は柔らかくても有無を言わさない圧は宮仕えの人だ。侍医長の簡単な質問と確認が終わると、あっという間に湯浴みと着替えが完了される。

流石モーリッツさんが推挙に関わっていると感じたのは、これまでの宮廷侍女との違いだ。いままで接触した宮廷侍女達はどこかツンツンしていて、近寄りがたい雰囲気の人ばかりだったが、今回の侍女達は働きはもちろん、全員愛嬌があり取っつきやすい印象だ。

おかげでさほど緊張せずに着替えは終わり、香りの良いお茶で一息つけた。侍女達はしつこく残らなかったし、香りのきつい香水なんて使わない。硝子製の器や水差しもなかったし、服だって着心地が良くさらっとした室内着だ。ただ煌びやかさを追求したものとは違い、あくまでも過ごしやすさを優先する、気遣いのできるものを選べる人たちだった。

宮廷に偏見があったからこんな人たちがいた事が驚きなのだけど……。

「服が……ぴったり……？」

しつらえも良いし可愛い。おかげですごく楽だけど……。

あと湯浴みを手伝ってもらった時に気付いたが、隣の部屋にはお風呂も備わっている。隣室を改装したと述べるのが正しい表現だが、足つき湯船を運び込んであったのは本当に吃驚（びっくり）した。

潤沢にお湯を使う贅沢は身体を緊張から解放する。

ほかほかの身体が睡眠を訴えている。ちょっと誘惑に負けて枕に頭を預けたら、いつの間にか外は真っ暗闇だ。毛布をかけてくれたのは誰か疑問を覚えるが、室内の明るさと、大窓から覗く景色にそれどころじゃなくなった。これ以上の驚きはないと思ったのに、私は宮廷を甘く見ていたみたい。

ひぇ、と情けない声を漏らして枕を抱きしめる。

なぜなら硝子向こうの小さな広場では、設置された硝子灯が煌々と光を放っている。周囲をきちんと見渡せるようになっているし、室内だって多めの灯りが用意されているから暗がりを心配する必要もない。明るすぎて眠れないときはカーテンを閉めれば良いし、室内だって調光可能だ。

至れり尽くせりの対応がライナルトの本気度を窺わせる。

果たして家に帰れるのか不安を覚えていると、衝立の向こうで扉が開いた。ノックはなかったが、様子見に来た侍女だろうか。つい息を殺していると、やがて侵入者の姿が明らかになる。

ゆっくりとこちらを覗き込むのは、予想より遥かに身長が低く、顔立ちに幼さが残る少年だ。

目が合うと、どちらからともなく「あ」と口を開いていた。

「ヴェンデル……」

続いて顔を出すのはエミールに、わん、と鳴いて尻尾を振るジルを止める父さんがいる。

あ、むりだ。

姿を認めた瞬間には寝台を降りていた。

どちらから手を伸ばしたかは覚えていないが、とにかく抱きついていた。声を上げ、みっともなくたくさん泣いて、あとからやってきたウェイトリーさんやマリーにも言葉にならない叫びを上げてしがみ付いた。マリーの服に鼻水をつけて怒られても、そんな声すら懐かしい。もう抱きしめて欲しくてたまらなくて、ずうっと抱きしめてもらっていたが、父さんなんて号泣していたからまるで収拾がつかなくなった。

父さんの手が震えている。

「よかった、本当に、本当に……」

家族の愛が恋しい。
私は泣き止んだ後も諦めが悪く、家族の手が放せないのであった。

8

嫌がらせの天才達

「カレン、いい加減放してよ」

「やだ」

「僕はここにいるし、どこにも行かないっていってるじゃん」

「それでもやだ。ここにいて、ちゃんと傍に居て」

「ヴェンデル様、諦めてください」

「じゃあウェイトリーが僕の代わりになって」

「わたくしがカレン様の隣に座ってなんになります、第三者から見て問題でございましょう」

愛する義息子がどこかに行くのが我慢できない。夜は泣き疲れたのもあったし、仕方なく部屋に帰したけど、朝になったらヴェンデルには当然の如く隣に座ってもらった。反対ではエミールとジルにくっついてもらっている。

ヴェンデルのふわふわの頭は抱きしめると心地良く、髪から香る香草の匂いが安心できた。

家族がここにいるのかを確かめていたくて、再会してからはずっとこう。

しかし最初こそ大人しくしていたが、次第に鬱陶(うっとう)しがられた。

「僕は人形じゃないんだけどさぁ……」

「ヴェンデルは、私がいなかった間はなにもなかった？」

「ないよ。しばらく前からここでお世話になってるから、僕たちの心境以外は平和」

「ずっと宮廷にいたってこと？」

「カレンがいなくなってちょっとしてから、次は僕も危険かもって移らせてもらった」

「陛下のご厚意にございます。そのあとはお父上の心配もあって、エミール様もこちらに移っていただきました」

「よかった、ありがとうウェイトリーさん」

「感謝はどうぞ陛下へ。真っ先に安全な場所を提供してくださいました」

皇太后クラリッサがヴェンデルを狙おうとしていたから心配だったのだ。

父さんはコンラートと協力して、私の不在の理由を作りあげたらしい。けど仕事が手に付かなかったとエミールに教えてもらった。

「あ、じゃあ昨日毛布を掛けてくれたのはみんなかしら」

「それは……」

「カレン様、こちらのお茶に砂糖はいかがいたしますか」

「お菓子が食べたいし今度はなしでお願いします。……ヴェンデル、ありがとね」

「あー……うん。どういたしまして」

だとしたら恥ずかしい寝姿晒（さら）したかも。身内だからまだよかったと思っておこう。

「家の皆はどうしてる？」

「僕はハンフリーを連れてきたけど、向こうの方はなにも起こってない。連絡係としてクロードに来てもらってたくらいかな。マリーは……なんでついてきたんだっけ」

「あなたたちのお世話係よ。女手もいるでしょうが」

「洋服くらいしか選んでもらってない気がする」

「裏で細々とお使いをしてるのよ、細々とね。私にしかできない仕事もあるのよ」

そう言うと籠から果物を選び、皮を剥き始めた。

どれも寒くなり始めたこの時期には出回りにくい品々だ。

「……ジェフはどうしてる？」

「皆が見てくれてるよ。……大丈夫だからさ、その子供っぽい行動どうにかしてよ」

「やだっていってるでしょー」

「姉さん、触るなら犬にしましょう。……ほらジル、姉さんの膝に乗っていいぞ」

ヴェンデルを憐れむ第一の被害者は三番目の被害犬となるジルを差し出した。従順なこの子は、ちょっと重たいけど喜んで身体を預けてくれたし、よく手入れされた毛並みに心が癒やされる。

「それにしても父さんはまだ来ないのかしら……」

気持ち良さげに目を瞑る（つむ）ようにジルで遊び、毛むくじゃらを堪能していると、ようやく父さんが顔を出した。ひどく混乱しているように見受けられるのだが、ヴェンデルが父さんに向ける眼差しは、心配よりも同情が勝っている風に見受けられる。

「父さん、疲れてるの。大丈夫？」

「私は問題ないよ。それよりも、お前はまだ熱が下がっていない。人の心配をするよりも自分の心配をしなさい」

「だからってそんな顔色で……もしかして事件がどうなったか聞いてきたんじゃありませんか」

「カレン。おじいちゃんの言うとおり先に自分を休ませて。これ以上こっちに心配かけるようなら布団に縛り付けるよ」

いつもより強い口調は本気を感じさせるが、私にだって黙っておけない理由くらいある。

「でも、せめてなんで私があんな……」

「いまは何も考えないで。必要になったら話すから」

「でも、何で攫われなきゃいけなかったのかすら、なんにも聞かせてもらってない。そのくらいは教えてもらう権利はあるんじゃ――っ」

「わぁ、ごめん。ごめんなさい！」

「――……け、怪我は無かった？」

エミールが食器を落とした弾みに体が強ばった。幸いエミールに怪我はなかったが、パンが散らばってしまう。

どうしよう――そう思っていると、ヴェンデルが話しかけてくる。

「前のジルだったら飛びついてパンを取って行っちゃったけど、いまは大人しいと思わない？」

「あ、ああ、そうね。ほんとだ、お耳は向いてるけど飛び出さない。……えらいえらい、いい子ね」

訓練の成果が出たのか、お行儀が良くなった。

撫でている間にパンが片付けられ、マリーに剝き終わった果実を渡される。

「色々気になるのはわかるけど、貴女が自分を優先しなきゃいけないのは事実よ。行方が知れなかった間、おじさまがどれだけ死にそうな顔をしてたか知らないでしょ」

「うっ……」

「坊や達もずぅっと心配してたのだから、まずはしっかり寝て、熱を下げることだけ考えなさい」

「でも、寝たらみんないなくなっちゃうでしょ」

「はー……この分からず屋は……」

「マリー。いまの姉さんは仕方ありません。あと、坊やはやめてください」

「お黙り坊や」

結局体調が思わしくないせいで強制的に布団行きになったものの、おかしい、と腕を組んだのは、完全に熱が引いてからだ。疲れも取れてくると頭も回り出してくる。

「おかしいわ」

なにがおかしいって、お見舞いに家族は顔を出してくれるものの、軍や魔法院関係者がまったく来ない。たとえばキヨ嬢がどう過ごしているのか聞いても、何も教えてくれない。父さんを初めウェイトリーさんやエレナさん、マルティナ、アヒムがなにも知らないはずはないのに、話をしたがらないばかりか、「休みなさい」だけで情報を何一つ落とさないのだ。情報規制にしたって程がある。

ライナルトに文句を言おうとしても、肝心の本人が姿を見せないし……！

情報収集しようと外に出ても、宮廷は広すぎて病み上がりにはお話にならない。

歩くうちに息が上がって途中で戻る始末だ。

「少しくらい教えてくれたっていいじゃない」

すっかり不貞腐れてしまったが、待っていれば機は巡ってくるらしい。

クッションを敷き詰めた長椅子に埋もれていると、ノックを数回、訪ねてきたのはニーカさんだ。

数日ぶりの彼女はややお疲れ気味ではあるものの、真っ直ぐにこちらを見つめている。まともに顔を合わせられたのが嬉しくて立ち上がっていた。

「ニーカさん、治療はもう終わったんですか！」

「魔法院のお陰ですね。いくらか魔力は抜かれましたが、疲労程度でなんとかなっています」

「お会いできて嬉しいですが、お仕事も忙しいし、いま治療してお身体は大丈夫なんでしょうか」

「忙しい時期は超えましたし、休めば回復しますよ。ご心配ありがとう」

「よろしければお話ししていきませんか。こちらへどうぞ」

彼女が持ってきてくれた話は、キヨ嬢の現在だ。

キヨ嬢は魔法院にて半ば監禁状態で生活しているが、シャハナ老を初めとした長老達は彼女を厚く遇している。健康面に問題はないらしいが、魅了の話を伝えたら監視が外せないまでに落ち込んでしまい、持ち物一つさえ気を配っていると教えられた。

「生きている……なら、良かったです」

「あとはご本人次第でしょうが、それより陛下のことは聞いていますか？」

「いいえ、この部屋を案内してくれて以来、一度もお会いしていません」

「なるほど。弱った姿を誰にも見せたがらないのは相変わらずだ」

弱った姿を見せたがらない？

「背中の火傷です。少しずつ治療を進めているのですが、無理が祟って昨日から寝台行きに」

「そんなに酷かったんですか⁉」

「結構な広範囲を焼いていましてね。治療をしようにも、まだ魔力の回復が間に合わず……。大人しく休めばいいものを、痛み止めで無理矢理動いたせいで寝込む羽目になるんですよ」

「だ、誰もそんなこと言ってなかったのに」

「陛下が怪我で倒れたなど広めたい話ではありませんから、知っているのは中央の者達だけです」

顔を見せに来ない理由はそれだったか。帰るときだって相当痛かっただろうに、なんで馬車で帰ってくれなかったのか！

ああでも、お見舞いに行きたいけどライナルトからお呼びは掛かってない。

「……会いに行ってみますか？」

「いえ、私は……」

「大丈夫ですよ。貴女を制限する者はいませんし、ライナルトも拒否しません」

ニーカさんの表情が慈愛に満ちていたためか、思わず手を取ってしまった。歩調はゆっくり私に合わせ、普段より口調も穏やか。だからこそ彼女が自身を「悪い人」と言った理由がわからない。

「貴女はいまもシュトックの周りの話を聞きたがっていると聞きましたが、合っていますか」

「とても気になってます。聞くくらいは構わないと思ってるのですが、誰も教えてくれません」

「知りたい気持ちはわかります。ですがいまは貴女自身のためにも、少しだけ我慢してください。貴女が無理に動き回っては、ライナルトの気も休まらない。ご家族だって心配するでしょう」

「そう、ですね」

「叱っているのではありません。いずれ嫌でも忙しくなるから、いまのうちに少しでも休んでもらいたいのです」

「ニーカさんは予言者めいたことを言うんですね。まるで未来がわかってるみたい」

「予言者ですか。ライナルトが嫌う言葉ですが、本当に予言ができたのならもっと楽ができたと思うときがあります」

　歩を進めるにつれ壁に掛かった絵画や調度品が少しずつ豪華になって行くと、ある部屋の前で侍医長達が慌ただしく行き来しているのに気付いた。何事かと目を向けると教えてもらえる。

「陛下の声がけを待ってるんです。彼らは呼ばれるまで部屋への立ち入りを許されないので、いつでも治療に入れるよう待機しています」

「許されないって、ライナルト様は怪我人ですよね?」

「そう。でも弱っているときにこそ、他人にその姿を晒すのを嫌います。とんでもなく厄介な病人ですよ。普通の医者には嫌われます」

「そんな一面があるとは知りませんでしたが、怪我人をそんな風に置いといて大丈夫なんですか」

「定期的に侍医長とシャハナ老に診せているし、死ぬほどじゃない。中途半端な怪我だからモーリッツも諦めてますね。大事となれば目を覚ますので仕事もさほど滞(とどこお)っておりません」

「火傷は中途半端な怪我じゃないと思うのですが……」

「陛下基準ですよ。私たちは慣れてしまいましたが、真似しては駄目ですからね」

　知らない区画に進むにつれ、身分違いも甚(はなは)だしいのではと疑問が浮かんだ。侍医長すら拒まれる私室に私が入って良いのかしら。

「ニーカさん、ここから先、私は……」

「親しい友人をライナルトは厭(いと)いません」

　怖じ気づいていると、ニーカさんが近衛に扉を開かせる。

「二重扉になってるんだ……」

「陛下は防備が高い部屋を好むので。……では、見舞ってやってください。ちょっと声をかけてやるくらいでいいですから」

「ニーカさんも行くんですよね？」

「私は結構です。不機嫌な陛下を相手取りたくありません」

ふき……え、待って？

「薬を飲み忘れてないか見てもらえますか。よろしくお願いします」

「そんな待ってください、不機嫌って、不機嫌ってなんですか⁉」

笑顔で扉を閉められてしまい、だだっ広い部屋にひとりぽつんと残される。

皇帝陛下の私室だけあって見渡す限りの調度品が一級品だ。居間と寝室が分かれているが、部屋のカーテンは閉じられて薄暗い。

長椅子には見覚えのある外套が無造作に投げ置かれていて、本当にここがライナルトの部屋なんだ、と遅れて実感がやってくる。

「お、おじゃま、しまぁす……」

いまさらだけどこれって不法侵入にあたらない？

おっかなびっくり歩を進め、わずかに開いた扉から寝室を覗き見れば、奥まった天蓋付きの寝台に盛り上がった影がある。

「ライナルト様、起きてますか？　近くに行きますよ……？」

足音はすべて絨毯に呑まれ、容易に寝台の端まで到着できた。

中を覗き込めば、うつ伏せで倒れる男の人がいる。きっと背中が痛むから仰向けになれないのだ。

だとしたら声をかけるどころではない。

ニーカさん、ライナルト様はぐっすり眠っています……。

ここは退散するしかない。踵を返そうとしたところで、腕を摑まれた。

突然すぎて抵抗しようもない。

強い力で引っ張られ、肩から布団に押しつけられている。

首筋に固く光る金属が押し当てられた。

髪の毛でつくられたカーテンの内側で肉食獣が光を放っている。警戒心だらけのぎらぎらした瞳が侵入者を許すまいと、いますぐに手に掛けようとして——。

「………カレンか」

寸前で不審者の正体に気付いた。

もし気付くのが遅れたらどうなっていたのだろう。どっと汗が流れだし、ものを言えずにいると、喉に突きつけられていた短剣が投げ捨てられる。彼の腕や、全身から力が抜けていった。

「あの、ライナルトさ……重っ」

体軀の良い男性の全体重が上半身にのし掛かるのだ、ぐえっと変な声も出た。

「勝手に入ってごめんなさい。ちょっと見舞おうと思っただけなんですけど、立場も弁(わきま)えず分(ぶ)を超えたことを……」

トントン、と肩を叩く。

「怪我がつらいならいますぐ出て行きますから。あの、ライナルト様、ライナルト様?」

ぴくりとも動かない。

動かないというか、耳を澄ませば呼吸は一定で、身体はかなり熱っぽい。

優しく揺すっても叩いても呼吸に乱れは見えず、しばらく経ってようやく理解した。

「寝てます?」

……どうするの、これ。

意識のない人の重さは想像以上で、ライナルトの場合は筋肉質な体質もあってなかなか動かしにくいではないか。それでも全力で動こうと思えば動けたはず……なんだけど。

いたたた……がっちり押さえられてる。

倒された勢いで片腕が掴まれたままだった。指を一つ一つ外して逃れるといった細かい作業はできそうになく、格闘は五分と経たず私の負けとなる。

せっかく寝たところをまた起こすのは忍びないし、巨大な猫が弱っていると思えばしょうがないなあと思わなくもない。

背中を撫でる代わりに後頭部に手を回して撫でてあげると、熱の高さが窺える。

……まともに考えるのは恥ずかしいし、うん、動物と思っておこう。

上半身にかかる体重は息苦しいくらいだけど、呼吸が落ち着いているのはほっとする。警戒心の塊みたいなライナルトが心を許してくるのはいい兆候なのだろうか。

抱き枕になるのは不本意なんだけど、シュトックから脱出した折に慰めてもらった恩もあるから見逃してあげよう。

「大丈夫、大丈夫。魔力が回復したら、きっとつらくなくなるから」

それにしても、と見渡した。皇帝陛下の居室なのに地味な部屋だ。見える範囲のみだけど、絵画もないし、飾ってあるのは実用的な剣とかばかり。家具も必要分だけ置いたって感じが実にライナルトらしい。この調子だと隠し武器がまだあるんだろうなと、枕の下を漁ったら、短剣が隠されていた。

……さっきもだけど、自分の部屋だっていうのに、いっつも気を張ってるの？

本来くつろげるはずの部屋で安らげないのはどんな気分なのだろう。ライナルトだから「慣れた」とか「当然だ」とか言いそうだけど、私ならとてもじゃないけど我慢できない。

天蓋にかかったレースの網目を数えていると、いつの間にか私も眠っていた。

目覚めたのは大きいクロが胸の上に乗って、頼んでも頼んでもどいてくれない夢を見たせいだ。

ひゅう、と大きく息を吸ったら、上の人が身じろぎした。意識が覚醒し、ゆっくりと頭を振っ……あっ、くすぐったい、髪の毛が当たってくすぐったい。

「…………なぜここに？」

「覚えてなかったりします？」

身体が楽になって、ようやく私も上体を起こせた。

「記憶が定かでない。ここは……私の部屋のはずだな」

「あっ、痛いなら私がどきますから……」

「うつ伏せも、疲れた」

固まった姿勢で寝てたからかな。

座った方が楽らしく片膝を立てているものの、若干（じゃっかん）息が荒い。

「……………ああ、なるほど。少し思い出した。誰か侵入してきたと思ったが……」

「はい、はい。それが私です。勝手に入りました。ごめんなさい」

「誰が入室を許可した」

「ニーカさんです」

叱られる覚悟で頭を下げたけど、お叱りは飛んでこない。

おそるおそる顔を上げると、片手で頭を抱えている。

きっと火傷の痛みが全身を襲っているのだ。

誠心誠意きちんと謝罪しなければならない場面だが、心配が勝って前のめりになっていた。

「痛みますよね、無理なさらないでください」

「違う、そうではない」

「こんなときに嘘はいらないです。熱冷ましはちゃんと飲みましたか、侍医長を呼んできます？」

「……いい。眠る前に診せている」

「じゃあ痛み止めはどうですか。その様子じゃ効いてないですよね」

「量は控えた、昏倒するのは困る」

……だから私の接近も気付いたのだろうなーと思ってたのでそこは驚かない。

「痛みを我慢し続けるのも問題です。無理しているのはご自分でわかっているんですよね。下手に体力を消耗させてばかりも問題です。お願いですからちゃんと薬を飲んでください」

「……少しだけ追加する」

「動かないで、私が取りますから」

「待て、それに触れるな」

脇に置かれていたのは硝子製の水差しとグラスだ。

シュトックでも見た、似通った紋様は王室御用達品なのかもしれない。手に取るのを躊躇ったけど、いつまでも怖がってはいられない。ライナルトが困っているのだから、手に取るくらい造作も無い。

水を注いで、医者によって選り分けられていた薬を渡せば、ライナルトは薬を飲んでくれる。しかし口に含んだ水分はわずかで、グラスの半分も減っていなかった。

「も、もうちょっと飲めませんか。ずっと汗をかいてたから喉が渇いたりとか……」

「……いまはこれでいい」

痛みが押しているのか、飲みたくない様子。まだ汗だって流れるだろうし、明らかに水分が足りていない。このままで脱水症状を起こしては目も当てられなかった。

誰かに喉を通りそうなものを作ってもらうか迷うも、私が侍医長に指示するのも違う気がする。従って、私が出来ることは少なかった。

「もう少ししたら痛みもマシになりますから、ちょっとだけ我慢してくださいね」

居間に置かれていた果物を取って、ナイフやお皿を拝借した。流石皇帝用となればどれを取っても新鮮で状態が良い。彼のために用意された茶器類はまだ下げられておらず、そこから砂糖も拝借した。すっかり冷めてしまった食事類はまったく手がつけられていないが、味の調整のため塩が置かれていたのは僥倖だ。

柑橘系の果物を搾り、砂糖と塩を入れて水を注ぐ。

入り込んだ果実が少し見た目を悪くするけど味は悪くない。

動けないライナルトのためにまた寝台にのぼって、果実水を差し出した。

手製となってしまうし色味もお世辞にもいいとはいえないが、味があるだけましのはず。

「ゆっくりでいいです、口を付けてください」

「いまは……」

「置いてあったご飯に手を付けてませんよね。食べないならせめて飲んでください。甘すぎないし、飲みやすいはずですから」

本当はまだ混ぜるべきものがあるかもしれないが、私の栄養学の知識は現代日本人が持ちうる最低限のものだ。それでもこれで、簡易的だけど脱水症は免れるはずだ。

「飲めます……？」

返事はなく、ゆっくりでも飲んでくれている。

テーブルに置いてあった薬にはひとつひとつ走り書きで、原材料の補足まであった。魔力回復を早める丸薬を見たのは初めてだが、材料を見て納得した。国で一番高い山の頂に咲く花の朝の一番雫(しずく)や、満月時の曇り夜にしか飛ばない月光蛍(ほたる)等々中身がとんでもない。

……魔法の概念がなかったら眉唾(まゆつば)だらけの材料だ。

「カレン」

「はい」

「少し、そのままで」

「ここにいます。……汗、拭きますね」

寝台に座るしかできないので、手に届く範囲のタオルを取った。先ほどからライナルトの汗が酷く、いまも顎を伝っていたからだ。

軽く押す感じで汗を取り経過を見守った。水が飲みにくそうだったからグラスを傾けるのも手伝う。

薬の効き目が出てきたのは三十分くらい経ってからで、しきりに瞼を閉じる動作を繰り返しているものの、苦痛による表情は和らいだ。

「お休みになるのでしたら下がります。勝手に入ったお詫びは今度……」

「それはいい。……侍医長を呼んでもらえるか」

「いますぐ呼んできますねっ」

「貴方は隣室へ。また呼ぶ」

帰れなくなった。

言われたとおり侍医長を呼び、隣室に待機する。ニーカさんが姿を現す気配は無かったから、慌ただしく行き交う侍医長達をぼうっと眺めているだけだ。またぞろぞろと皆がライナルトの私室を出て行こうとする折、侍医長にはいたく感謝されてしまった。

「陛下がお呼びになるまでどのくらい待つのか、ずっと気を揉んでいたのです。陛下は有事には起きてくださるものの、それ以外はおひとりきり。みな心配していたのですが、先ほど食事を運ぶようお命じになり、魔法使いによる治癒も受け入れてくださいました」

「それはよかったです。魔力も回復してたんですね」

「シャハナ長老の処方した薬のおかげでしょうか、わずかにですが治療が進みました。まだ仰向けで寝るのは叶いませんが、この調子なら全快も遠くありません」

「少しでもお役に立てたのならなによりでした」

「夫人が陛下を看てくださらなければ、お声がけもまだ先の話だったでしょう」

「いいえ、ライナルト様はもう少し客観的にご自分を見られるはずですから……」

「我々としては、こまめに診させてもらいたいのです。夫人が作った果実水なら喉を通るご様子ですし、どうかいましばらく付添をお願いいたします」

この感謝のされ方は極端すぎはしないだろうか。

「そこまで陛下のお時間を頂戴するわけには……あ、ヨルンく……」

「陛下の着替えは終わりました。お食事を持ってきますので、どうかよろしくお願いしますっ」

「いえ、よろしくって」

「陛下がカレン様をお待ちでございます」

ライナルトの身の回りのお世話をしているヨルン君だ。

彼ならライナルトを任せられると思ったのに、侍医長同様タオルや寝衣を持って出て行ってしまう。呼ばれては仕方ない。またもや、なぜか忍び足で寝室を覗き込むと、長椅子に腰をかけ、前のめりで座る人と目が合った。

「どうした、遠慮する必要はない」

「あ、はい……またお邪魔します」

どことなく全身さっぱりして寝衣は新しくなっていた。ほんのり薬草の香りが漂っていたから、包帯も取り替えたのだろう。

「痛みますか?」

「大分ましになった。……またあれを作ってもらえるか?」

「ただいまお作りします」

「甘さは控えめで頼む」

「……あれでも薄めですよ?」

ただの水よりは飲みやすいらしい。

運ばれた食事は私が受け取った。

少し冷めてしまったパン粥や薄味のスープの他、私の分の食事も用意されている。こちらは魚のグリルがメインで、粒選りのトウモロコシのスープが食欲を誘った。

食事用のテーブルじゃないから、お行儀良く食べるのは難しいな。

「お残しになっていますが、お腹空いてませんか？」

「空腹は感じるかもしれんが、あまり入っていかないな。貴方は気にせず食べるといい」

「ですけど……」

「貴方は知らないかもしれないが、美味い食事を摂る姿はいつも幸せそうだ。その姿を見ていれば、私も少しは食べる気になる」

「……食べるのは好きですが、露骨だった覚えはありませんよ？」

「知ってる者は少なかろうよ」

くつくつと笑うから、微妙な気分でご飯を食べる。

……でも宮廷の料理はやっぱり美味しい。

私が食べ進めれば、ライナルトも二口くらいは粥を食べ進めていた。

「お薬も飲むように書いてますけど……」

例の魔力回復の丸薬が入った瓶だ。侍医長のメモと共に添えてあったが、ライナルトは気が乗らない様子で、いつまで経ってものらりくらりと躱すため、手渡せば嫌々ながらも飲んでくれる。

「……え、私？」

渋面を作りながら、私に小さな丸薬を二つ渡してきた。皇帝陛下のために用意された薬を取るわけにはいかない。固辞し続けるも、飲め、ととにかく圧をかけるから根負けした。

それで納得してくれるなら飲むけど……。

が、この行動が間違いだった。

「まっ…………!?」

ただの丸薬のはずが、口に放り込んだ瞬間に「臭い」と「苦い」が弾け出す。

つまり不味い。絶望的に不味い。

たまらず水で飲み流し込むも、不味さの余韻は鼻を突き抜け、いつまで経っても終わってくれない。

たまらず剝いてあった果物を食んだが、次の瞬間には後悔する羽目になった。

「んー⁉」

「私が渋る理由もわかるだろう。草と虫の土臭さもある」

「や、やめ、言わないで……！」

――後味と果物の酸味が史上最低のハーモニーを奏でている。

強いて言うならゲ……なんでもない！

ただの後味がどうしてここまで味覚を破壊できるのか。

後味が消失するまで水を飲み続けるも、ライナルトを見やれば、心なしか満足げだ。

……先ほどまで寝込んでいた病人がまったく元気なこと！

ああ、この嬉しそうな顔ったら！

「ライナルト様、まだご飯が残ってますよ」

不味すぎてピキッときた。

しかしながら病人に乱暴は働けないし、だったらやることは一つ、看病しかない。

粥の入っていたお皿とスプーンを奪った。一口分を掬い口元へ運んであげるのだ。

「こうやって悪戯を仕掛ける元気があるんですもの。ご飯だって食べられますよね」

「……カレン」

「さあ、お食事の時間はまだ続いてます。口を開けてください」

強制給餌の始まりだ。

これはものすごーーーく嫌がられたものの、食べ切るまで続けさせてもらった。空のお皿を見たヨルン君が大変喜んでいたので私も鼻が高い。

ライナルトは治癒を施されたせいか、眠気に襲われまた寝台に戻ってしまったが……。

次は久しぶりに、優しい味のお茶でも配合して振る舞おうと思ったのだった。

「……カレン、いま、私はかつてないほど嫌な予感がしている」

「あら、ライナルト様でも予感が外れるときってあるんですね」

不調のライナルトを見舞ってからしばらく。

順調に回復をみせた彼は、いまや椅子に背を預けられるまでに回復している。昨日は公務もきちんと顔を出せたみたいで会うのは数日ぶりになるが、すっかり顔色も良くなっている。

しかし血色の良さとは正反対に、声音にはいますぐここを離れたい、そんな感情がにじみ出ていた。

机の上ではすっかり回復した黒鳥がゴロ……ゴロ……とのったりした動きで転がっている。

「付き合うから好きに遊んで良い、とおっしゃったのはライナルト様です。どんな風に遊ぶかを選ぶのは私なんですから、いまさら文句を言われてもしりません」

「たしかに言った。言ったが……」

「きっとライナルト様が想定してたのは駒を動かす類の遊びなんでしょうけど、私はつまらないです。これまでの勝負、十五戦中私が勝てたのは何回ですか？」

「……一回だな」

「そ、連敗の私を見るに見かねてわざと負けてくれた一回だけです」

断じて私が弱いんじゃない。いえ弱い方ではあるのだけど、盤上遊戯は貴人の嗜み（たしな）とクロードさんに仕込まれているから、盤面を読むくらいはできている。場慣れしたライナルトがいけないのだ。

テーブルにはチェスに似たゲームや、カードの類が置いてある。これは私がお見舞いに行く度に元気になっていくライナルトと遊び……遊ばれていった証拠だ。

相変わらず療養中の部屋に入れる人が限定されているから参加者が二人しかいない。

で、あまりに私の負けが続くからとうとう音を上げた。見かねたライナルトがうっかり先の発言をしたため、私が提案したのだ。

——髪を弄らせてくださいと。

「赤もお似合いになりますねー」

こうなったら予想だにしないことをしてやろうと思ったのだ。彼はまさか自分で遊ばれる日が来るとは思わなかったに違いない。

さっきまでは三つ編みにしていたが、これは前回もやったしつまらない。いまは両サイドに髪を持ち上げ結う、所謂ツインテールにしている。さらさらの髪質なので難しいが、下手くそなりにリボンで可愛らしく飾ってみた。いまは残り半分を手がけているが、さっきからライナルトは両手と足を組んで態度が悪い。

部屋は暖炉に火が入っている。少し暑いくらいだが、窓の隙間から入り込む風が気持ち良い。

「もうそろそろ日常業務に戻られるんですから、私とこうしてお部屋で顔を合わせるのも終わりです。陛下の髪で遊んだ思い出くらいいいじゃないですか」

「別にそんなことはない。これからも会いに来る」

「無理されなくていいですー」

「無理などしない」

「皇帝陛下がそんな約束を軽々としてはだめですよ。お時間は大事にしなきゃ」

赤もいいけど、銀の留め金もいいなあ。問題は私がうまく扱えるかの話なんだけど……。

髪留めを選んでいると、入室許可を求めるノックが鳴った。ライナルトの返事はないが、あらかじめ来る予定だった人たちだ。彼の体調が回復したのを見計らってニーカさんが段取りを付けていた。

入室したのはニーカさん、ヨルン君に、一番最後に顔を出したのがヴェンデルだ。

物珍しげに皇帝陛下の私室を見渡していたヴェンデルは、ライナルトと目が合うなり黙り込んだ。

反対に不自然な咳払いを零すニーカさんは後ろを向いてしまった。

ヒッ、と小さくも甲高い悲鳴を漏らし、うるさいくらいに咳をして肩を震わせる。

……よし、ニーカさんの反応は期待通り。ヴェンデルはやや期待薄かな。

リボンを結び終えたライナルトのツインテールは満足行く結果をもたらしてくれたが、この中で一番憐れな被害者がいたとしたら、それはヨルン君かもしれない。

主君のツインテールデビューに笑っていいのか、困っているのか、複雑な表情をしている。ニーカさんみたく顔を背けたかったかもしれないが、彼は皇帝陛下付きの世話係だ。

客人の茶器類を用意するため逃げるわけにはいかない。

ライナルトが不満を漏らす。

「なんだ」

ぐほっとニーカさんからあり得ない声が出た。

「ひ、ふ、ふー…………げほっ……」

「言いたいことがあれば言え」

ばふん！　とまた空気が漏れる。後ろ手を震わせながら言った。

「や、やめろ、喋るな……ひ……ちょ、ちょっ……外し………」

「このままにしておきますから、落ち着いたらまた来て下さいね～」

おぼつかない足取りで出て行ってしまう。

ヴェンデルは早々に向かいの席に着いた。

まるで実家の如く気軽な振る舞いだが、今日は堅苦しい場じゃないから注意はしない。

「カレン、陛下で遊ぶの楽しい？」

「とっても楽しい」

「そっか。でも左右の位置が悪いし結び目も変だよ、もうちょっと器用さを上げなよ」

「そんなはず…………ほんとうだ」

「……どちらも止めはしないのか」

「諦めなよ陛下」

その上もう髪が解けてきてるし、さらさら髪質にツインテールって難しい。

賢い子だからライナルトには言及しない。

ヨルン君と入れ替わりでニーカさんが戻ってくるが、その表情はいつになく奇怪だ。

ヴェンデルはテーブルに置かれていたクッキーを一口食んだ。

「あ、美味しいや。これ、どこの店のだろ」

「ねー。それ美味しいわよね。どこで売ってますかって聞いたんだけど、お店じゃないみたいよ」

この時にはやや落ち着いたニーカさんが教えてくれる。

「皇室向けに特別に卸してもらっているものになります。お飲みになっている茶類も同様ですよ」

「そういえばウェイトリーが茶葉がいい、って褒めてた」

「茶に詳しくない私でも良い香りだと思いますから美味しいはずです」

彼女は頑なにライナルトを見ようとせず、一方のツインテライナルトは諦めの境地に達したらしい。

「気に入ったなら持ち帰ればいい」

「えっと、皇室専用ですよね。いいんですか」

「私はあまりこういった類の物を食べないから向こうも困っているはずだ。好きにすればいい」

「ならみんなのお土産にしてもいいですか」

「好きな数を言えば用意させる」

ヴェンデルの目が輝くが、私は複雑な心地だ。

「どうしたの。僕と陛下が話してるのがそんなにおかしい？」

「おかしくはないけど、ライナルト様相手でも緊張してないなと思って」

「お茶自体は初めてじゃないじゃん」

「そうだけど……あなたからライナルト様に会いたいって言ったときも、ちょっと驚いたのよ」

「いまさらだなあ。前から何度かお話ししてたし、宮廷に来てからも話してる。今日だって遊ぶつもりで来ていいって言ったのはそっちじゃないか」

知らない所で義息子の人間関係が構築されてて、保護者としては複雑な心地。でも、たしかに仲良くなかったら「陛下の私室でもいい？」なんて言葉に了解は出さない。エミールなんて自分にはまだ早いなんて遠慮しちゃったくらいだし、ツインテールをお披露目できなかったのは残念だ。

「それでね陛下」

とうとう口調までくだけだした。流石にお義母さん心配。

「僕とエミール、そろそろ家に帰りたいんだけどいい？」

「……コンラートにか？」

「周りも色々落ち着いたし、そろそろ学校に通いたいなーって。登下校には護衛を付けて……この際人数を増やしてもいいから、駄目かな。こっちにお見舞いには来るよ」

「カレンもそれで了解したか？」

「話は付けてます」

……宮廷にお世話になって結構経っている。ヴェンデルの申し出も当然だった。

「招いたのはこちらだ。ゆえに家庭教師も付けさせてもらったが、それでは足りないか」

「足りない。だって全然遊べないし、周りは大人ばっかりだ。ここはみんな親切で優しいけど、僕は家の方が好き」

などと言っているが、実際はクロとシャロが恋しくなってきたのだ。私もあの毛を堪能したいから気持ちはわかる。

うちで一番宮廷生活を楽しんでいるのはマリーくらいだろう。

ライナルトはしばらく悩んだが、最終的には判定をくだした。

「コンラート周りの安全は確保してある。帰りたいと言うなら留め置くのも本意ではない」

あっさり許可が下りたではないか。

これがツインテールじゃなかったらもっと格好良かったの……なんでもない。

ついでに私もそっと挙手してみせた。

「あの……ヴェンデルが帰るなら私も……」

ライナルトには何度か話をしているが、一向に許可が下りない状態だ。

一縷の望みを賭けて口にしたら、こちらは二人に口を揃えていわれた。

「カレンは駄目」

「何度言われようが了解できない」

この通りだ。私がライナルトで遊び出すのも仕方ないといえよう。

「お気持ちはわかりますが、まだ医師の許可さえ下りていないではありませんか」

「でもニーカさん、私、ほんとのホントにもう大丈夫ですよ……？」

「こう申し上げるのはなんですが、それを判断するのは我々ではなくデニス医師になります」

私を診てくれるデニス医師は帰っていいよーとはいってくれない。あの人は宮廷医師とは違う立ち位置だし、扱う分野が特殊なせいか患者にはまったく遠慮が無いというか、なんというか……。

「カレン、明日は先生に診てもらう予定じゃなかったっけ」

「あっそうだ。ライナルト様、それで許可が下りたら帰ってもいいですか？」

ツインテライナルト、沈黙を維持。きっと許可は下りないと思ってるからこの表情なんだ。

ヴェンデルが帰れるくらい安全が確保されてるなら私だって帰りたい。クロとシャロに会いたい。

すかさず手の平の中に飛び込んでくる黒鳥をにぎにぎしていると、ニーカさんに苦笑された。

「ひとまずデニス医師と話をしてください。経過を看て問題なければ陛下とて検討されるでしょう」

こう言われ、翌日午後にさっそくデニス医師の診察を受けた。

診察といってもこのお医者様の場合は会話がメインになる。

……いらないといったのに、ライナルトは心の病を専門とするデニス診療所の看板医師を私に充てたのだ。

予約が取りにくいと評判の医者は私と同性だった。なんと昔、三十代にして自らの医院を開き、それから数十年間オルレンドルで心の病に向き合っている。

各種聴き取りを行ったあと、家に帰っても良いか、と投げた問いに対する答えは否だ。

「貴女はいまだ暗がりを恐れていらっしゃる。その調子でどうやって家に帰られますか。お宅を拝見しましたが、コンラートの自室のみならず、夜は暗いところばかりです」

「灯りをつければ問題ありません。硝子灯なら用意できます」

「そうかもしれませんね。ですが悪夢の頻度は増えてしまいました。夜中に起きることが増えたと、たったいまおっしゃったばかりです」

「でも、家族がいれば安心できます。ひとりの時よりご飯も食べられます」

「そうですね。ですが、ご自宅だと身を休める環境として少しだけ足りないのです。大好きだった本もめっきり読めなくなったとおっしゃったではありませんか」

「ちょっと……気が進まなくて。開くくらいはしたんですけど」

「はい。進まなくても良いのですよ。お手にとってみただけでも、十日前に比べれば格段に心持ちが違っているのがわかります。貴女の具合は確実に良くなっている」

デニス医師は続ける。

元気がないのも、本が読めないのも悪いことではない、と。

「見た目もよくなりました。傷をみて嫌な気持ちになることもありません」

「傷は体だけに残るとは限りません。心のとてもとても根深いところで血を流していて、それは他人が判断できるものではないのです。貴女がどう感じているかを大事に、念頭に置いてください」

驚くべき事に、このデニス医師は私の予想を遥かに超え、考え方が『向こう』のように近代的だ。まだまだ精神論が押し通されるこの世界では異質といってもいい。だからこそ予約が取りにくくなるほど有名になるだろうし……デニス診療所ほどの心の専門医も増えないのだけど。

「やっと落ち着いたいまだからこそ安静にして、本当の意味でご自身を労ってあげるんです。それが貴女様のみならず、ご家族の不安を取り除く鍵となります」

「ですが……」

「言いたいことはなんでもいってください。私は決して他言しません」

「……陛下が私のために部屋を用意してくれたお心遣いは、嬉しく思います。ですが私がいつまでもここに残るのは、なにか違うのではありませんか。うまくいえないのですけど……」

「……回復しない焦りではないでしょうか」

それまで淀みなく話していたデニス医師が、少し間を置いた。

「焦り……でしょうか。なにか……違う気が……」

「あまり深く思い悩むのはお勧めしません」

ライナルトはよく相手をしてくれるけど、ヴェンデルやエミールが帰るとなっては、私ひとりが宮廷に残るのは……なにかが違うのだ。

「もしや、本当はご子息を家に帰したくなかったのではありませんか」

これは、その、当たってる。今後はマリーも残るし、誰かひとりは一日に一回は顔見せに来てくれるはずだけど、嫌とは言えなかった。

「私の方からご子息と弟君にいましばらく残っていただくよう、相談してみましょうか？」

「それは……いえ、結構です。あの子をいつまでも普通の生活から離すわけにはいきません。いい加減お家に戻してあげないと、クロやシャロも可哀想だもの」

いつまでもあの子達を拘束しておきたくない、私もひとりの時間を増やさなきゃいけない。子供っぽく皆を振り回すのも終わりにしなくてはならないのだ。根気強く付き合ってくれた家族やライナルトには悪いと思っている。

そんなことをぽつぽつと話した。

他人であり医者だからこそこうして話せることもある。

うん、うん、とデニス医師は相槌を打ってくれた。

「傷は深い、と申しましても、痛みを塞ぐには家族の協力は必要不可欠です。これまでお話を伺ったところ、カレン様にとってご家族はとても大事な存在。私としても家族が傍に居るのが一番と存じますから、どうしてもとおっしゃるなら家に戻れるよう陛下に進言はできます」

「ほんとですか」

「はい。ですがひとつお聞かせください」

人差し指を立て、デニス医師は言った。

「ジェフさんになんとお声がけするつもりか、それを私にお聞かせくださいませんか」

……答えられなかった結果、帰宅許可は降りなかった。

だけどその決断を恨むわけじゃない。

なぜならデニス医師は信用できる。

話していると伝わってくるが、患者に対し真摯に向き合っているのがわかるためだ。

ただ、話したあとは決まって罪悪感に苛まれる。デニス医師もそれを察しているから、頻繁には会いに来ない。忙しい人だから時間が無いとも考えられるが、どちらにしても私には助かる話だ。

診察が終わった後、マリーにこんなことを話した。

「先生と話してるとチェルシーの顔が浮かぶ。本当だったら先生の診察を受けているのは彼女のはずだったのに、なんで私が患者になってるんだろうって思っちゃう」

「言いたいことはわかるわよ。だけど、それは貴女のせいでもないでしょう」

「わかってる。たぶん、私自身の問題だわ。……考えるのが怖いの」

「いまはそれでいいのよ。ゆっくり趣味でも見つけなさい」

内面の問題を抱えたまま、時間が流れるまま過ごしている。

これで意欲でもあれば別なのだが、いまの私は自主性がない。やっているのは家族の誰かと散策に出たり、侍女さんがおすすめしてくれるマッサージを試してみたり、マリーに文字通りお尻を蹴られて美容にいい運動をしたりと全部勧められたものだ。

仕事がない。

やることもない。

いまだ趣味らしい趣味も見つけられない。

私に課せられたのはまめに会いに来てくれる家族か、ライナルトと話すかのどちらかだ。

まったく私は役立たず。

一度そう父さんに漏らしたら、悲しい顔をされてしまって以来、この言葉は封印している。

「……ま、そういう本音を漏らすようになっただけでも良しとしましょうか」

持っていた針を置き、カラメル入りのミルクを作る手つきを眺めていると、侍女さんがもうじきライナルトがやってくると教えてくれるのだが……。

「また行っちゃうの？　せっかくだからマリーも残っていってよ。いっつもいっつもライナルト様が来るとどっか行っちゃうじゃない」

「いやよ、私、陛下のこと好きじゃないもの」

これ、ファルクラム時代に振られたのを忘れていないのが原因だ。

マリーは「あれは断られても仕方なかった」とは言っているけど、振られ方に問題があったようで、初心（うぶ）な乙女心を傷つけられたのは未だ根に持っていると本人が語っている。

……最近の私は、ライナルトと二人きりだと居心地が悪かった。

「陛下が来てくれるから気晴らしになってるんでしょ。そうじゃないと一日中腐ってばっかりだもの、そのくらいサボるんじゃないわよ」

「でも、でもね、こうもお話しする頻度が高いのはなんか違うのよ」

「違うって、なにが」

「なにかおかしいっていうか……ねえ、マリーならわかるでしょ⁉」

「さあね、私には皇族の考えてることなんて一切、さっぱり、これっぽっちもわからない」

「マリィさま、意地悪はやめてください」

「うるさい、おだまり。貴女がさま呼びなんて気色悪い。品のない顔をするんじゃないわ」

ライナルトは回復してからというもの、一日に一回は会いに来る。それが難しいなら二日に一回。これは私が想像していたより遥かに回数が多く、そして違和感と不安は日に日に増している。

「貴女、陛下と話すときは楽しそうじゃない」

「楽しいわよ。楽しいけど、それとこれとは別だもの」

だからせめて誰かに傍に居て欲しい。

そうマリーにお願いしたのに、彼女の返事はにべもない。

「まあ悩んでおきなさい。私はあなたの明日の服を選ぶからここまでよ」

マリーは服を選ぶのが楽しいのか、普段着までお洒落さんに仕立て上げようとする。文句も言えないのは見立てが完璧で、意外な才能を見つけたって本人の言葉が嘘じゃないためだ。

こちらに来てからやたら世話を焼いてくれるが、嬉しい反面どこか不気味だった。

マリーは行ってしまい、こうなったら仮病でも使おうかと考えていると、目論見は崩れ去った。

扉がドン！　と開いた。

大きな音に驚いていると、衝立の向こうで甲高い女の子の声が木霊したのだ。

「おひさしぶりねー！　ワタシの参上よー!!」

思わず腰を浮かすと、ひょっこり顔を見せたのは小さな人形で、しかも宙を浮いている。

反射的に叫んでいた。

「ルカ！」

「はぁいマスター。会いに来たわよ！」

ぷかぷか浮かぶ彼女は私の元へやってくると、目前で可愛らしくお辞儀をする。

小さな体を壊れないようぎゅっと抱きしめると、久しく遠ざかっていた彼女との繋がりが強く感じられ、体の中心部が熱を持つようだった。

元々関節部や表情が駆動する精巧な人形を体として与えていたが、出発前は喋って立ち歩きするのがせいぜいで、人間らしい動作はできなかった。それがいまは滑らかに、しかも表情もくるくる動く。

「おかえりなさい！　どうしたの、前よりすっごく自然に動いてる！」

「向こうでいい技師がいたから、少しだけこの体を弄ってもらって、滑らかに動くようにしてもらったの。でもこの繊細な動きはワタシの努力の賜物よ、ずっとずっと力強くなったでしょう？」

「見違えるくらい！」

黒鳥が出現し、ルカに突撃すべく飛んでくる。しかしルカは無下にも黒鳥を蹴り落とし、椅子代わりにして私を見上げた。

「すぐ帰ってこられなくてごめんなさいね。すぐ戻るつもりだったんだけど、あのポンコツが——」

「誰がポンコツだって小娘が」

これまた懐かしい人だ。

たしかにルカが帰ってきたのなら、彼だって戻ってきていなければ不自然だ。

「シス、おかえり！」

「や、久しぶり。と……ああ、ただいま」

　久しぶりなのに仏頂面（ぶっちょうづら）だ。挨拶もそぞろに、まさに勝手知ったる我が家の佇（たたず）まいで椅子に腰掛ける。長い足を組むと不満ありありの形相でルカに言った。

「僕はさっさと戻ってやってもよかったのに、お前が改修を済ませないとマスターに合わせる顔がない！　ってワガママ言うから時間が掛かったんだ。僕の言うとおりにしてたら、もう少し早く戻って来られたってのにさ」

「全部支払いが滞ったのが原因でしょ！　ちゃんとお金払ってたら待つ必要もなかったのよ」

「だから金はないって言ってたろ」

「ワタシが絶対使わないでねって頼んだお金まで使ったくせに！　くっだらない賭けに全部消えちゃって、あれだけ稼ぐのに、ワタシがどれだけ身を削ったと思ってるのよ！」

「人形らしく大道芸で生計を立てる方法を教えてやっただけだろ。文句を言うわりに、観衆から少しずつ魔力を集めてたくせに」

「……え、ちょっと、いまの話本当？　ルカ？」

「爪の先程度の微量よ、たとえ赤ん坊だろうが害はないわ！」

　力説されましても。

「とにかく支払いが遅れたのはシス、お前のせいだし、すっからかんの財布を補充するのに頑張ったのはワタシ、お前は適当に口八丁でうまいこと喋ってただけ！」

「僕の客引きがあってこその芸だぞ」

「本来ワタシみたいな素晴らしい使い魔があんな芸をする必要なんてないのよ」

「僕のこの髪と容姿なら金持ちからいくらでも金なんて巻き上げられたのに、反対したのはお前だ」

「白髪だと面倒だから黒髪に見えるようにするって最初に言ったのはお前じゃない」

　仲良くなったけど、思ってた仲良しさんとはまた違う方向性だ。

　ともあれ帰ってくるのが遅れたのは彼らなりのふかーい事情があったらしい。帝都グノーディアに到着したのは今朝方で、コンラートで一眠りしてから宮廷を訪ねたとのことだった。

「なにがあったかは聞いてきたし、マスターを通じてワタシも把握できた。頑張ったのね」

「……ルカ」

「でもさぁ、どんだけ巻き込まれてんだって話じゃないか？」

「うっ」

「……シス、お前」

「あー……はいはい、いまのは僕が悪かった。悪かったから泣くなよぅ。ほら飴ちゃんやるから」

飴で落ち着くわけじゃなかったけど、ライナルトの登場で感傷も吹き飛んだ。

「あら、遅いご到着」

「案内すると言ったはずだが、勝手に行くな」

「アナタ遅いんだもの。大体ワタシにかかればマスターの居場所なんてすぐなのよ、お間抜けさん」

ライナルトが席に着く前に黒鳥とルカを持ち上げ、シスの隣に移動した。

隣の半精霊は不思議そうだけど知らんぷりだ。

大食漢のために大量のお菓子を侍女さんにお願いしている間にも、シスはふんぞり返っていた。

「で」

「で、とは」

「この僕に言うことがあるだろうが。礼を言え、礼を。皇帝陛下サマが戻ってこいって言うから、わざわざ旅を中断してまで戻ってきてやったんだ」

「解決を見せたあたりでまた伝令を送ったはずだ」

「その時にはもうこっちに引き返してたんだよこの甲斐性無し！」

いまやライナルト相手にこれだけ傲慢に振る舞えるのはシスだけなのかもしれない。しかし罵倒されたライナルトは慣れたもので、まるで堪えていなかった。険悪な雰囲気なのだが、この空気が懐かしいと言ったら頭を疑われるだろうか。

シスもライナルトに誠実な対応など求めていないのか、すぐに諦めた。不味そうにお茶を啜(すす)り、食べ物を齧(かじ)りながら横になろうとする。

「ちょっと、寝転がるのは止して。こっちが狭くなるのよ」

「向こうに座れよ、僕はいま、贅沢三昧をしながら寝転がりたいんだ」

「このわがまま」

「へいへい、僕がわがままなのはいまさらでーす」

「マスターの言う通りよ、ワタシとマスターの邪魔をしないで」

ルカによって撥(は)ねのけられると座り直すが、横になるのは諦めきれなかったらしい。何か思いついたのか、私の膝にクッションを乗せ、そこに肘(ひじ)を立て頭を乗せた。

ライナルトへ向けた顔の口元が楽しげに歪んでいる。

「……重いんですけど」

「まあまあ、今回色々あったんだろ。大変だったみたいだし、ここは僕の魔力を貯蔵分として分けてやるから我慢しろよ。容量が増えると便利だぞー」

「ありがたいけど、あなた本質は『箱』のままから変わってないでしょう。私の体であなたの魔力なんて使ったら、それこそ危険だってずっと前に説明されたの、忘れてないわよ」

「ばーか、そんなの知ってる。だから新しい貯蔵と安全弁の役割は人形娘がやるんだ。そいつが勘を取り戻すためでもあるし、訓練がてら付き合ってやれよ」

「ルカ、どうなの？」

「前のワタシならともかくいまのワタシなら、なんとか……」

「このくらいやり遂げないと前ほどの使い魔には戻れないぜ。いまでやっと一人前の魔法使いに届くか届かないかくらいの実力なんだから」

「マスター！　頑張るからやらせて。アナタにとっても悪い話じゃないし、負担はかけないから」

「あなたがそこまでいうなら、はい。よろしくね」

「人形娘じゃなくて僕を信用しろよー。きみを害するはずはないんだからさー」

「別に信じてないんじゃないのよ」

外の世界を見て回ったからか、ルカもどことなく人間らしくなった。頑張る、なんて台詞をこの子から聞くことになるなんて思ってもみなかったのだ。

シスのなつっこさも増したように感じられる。

「シス、枝毛がある。お手入れ雑でしょ」

「抜いといて」

「別にいいけど、しょうがないなあ……」

シス相手だと友人の感覚が強い。過去を共有した間柄だし、そもそも私たちはなんだかんだと言いながら、本質でお互いを異性と感じていないのかもしれなかった。

その、つい数日前にうっかり眠ってしまって、ライナルトに膝枕してもらってしまったときよりは、よほど気が楽だし……。

うわああ、いけない、変に意識してしまう。

「マスター、お顔が赤いわよー」

「なんでもないわ、平気よ」

「そう？　それよりあとで髪を梳いてくれないかしら」

お願いしてきたルカだが、いきなりにまぁぁ、と笑った……気がする。

「まぁぁ……ライナルトってば、久しぶりのワタシ達との再会がそんなに嬉しいのね」

「お前達が煩いのはよくわかった」

そしてこれにシスまで便乗する。

「はははそうかそうかそこまで喜んでくれるなら戻った甲斐があったってもんだ。おっそうだカレン嬢、枝毛は全部このハサミで切ってくれよ」

「一体どこからハサミを……待って、その前になんで私があなたの髪の手入れをするのよ」

「どうせ手持ち無沙汰だろ。この僕の美しい髪に触れる名誉に泣いて喜んでくれ」

「カレン、これのいうことは聞かずとも良い」

「黙りな皇帝陛下。きみが喋って良いのは状況説明だけだ。いま、なにがどうなってるか話しな」

「話すことなどない」

「あるに決まってるだろ。例の魅了を持つ娘とか、バルドゥルの馬鹿とかさ！」

「……はい、私も聞きたいです」

「ほらほら彼女もこういってるぞ」

最終的にルカが強請ってキヨ嬢の話に入ったのだが、この話を聞いたルカはむくれてしまった。

「むー。ワタシ、あんまりその女のこと好きじゃないんだけどな」

「処分したければカレンを説得しろ」

「そこまでは言ってないわよ暴虐皇帝陛下。……マスターが生かしたいならそれでいいわ。思うところはあるけど、ワタシには関係ない娘だしね」

などと言いながら、黒鳥にクッキーを差し出して食べさせている。

なんでも黒鳥に食べさせると、なんとなく食べた気分になるらしい。でも黒鳥に味覚があるかと言えばそうでもなく、「たぶんない」がルカの答えだ。さらにいえば個性もないはずだが、最近は私と繋がっているのを考慮しても、この子には自意識があるのではと思う。

だって全部私の意思のままに連動して動くのだとしたら、ゾフィーさんのときに「嫌がる」なんて行動しなかったはずだから。

シスはキヨ嬢には一ミリも興味を示さなかった。

彼を突き動かしたのはその親である。

「あのコルネリアお嬢ちゃんがとうとう逝ったとはねぇ」

シスが皇太后クラリッサをコルネリアと呼ぶのは、『箱』時代からの付き合いが理由と考えられた。

「何が言いたい、シス」

「だってさぁ……公式発表じゃコルネリアとバルドゥル、そしてそいつらに与した一党はとっくに反逆罪で処刑済みらしいけど、そこんとこどうなのさ」

「どう、とはなんだ。お前は何を疑っている」

「本当に殺したのか？」

「発表に嘘はない。あれらは、あの古い城と命運を共にした」

シュトック城での皇太后への扱いから、二人が亡き者であるのは予想していた。その発表が私の元に流れてこなかったのは遺憾だが、それだけライナルトや周りの人々が気を遣ってくれていた証拠になる。

ところがシスはこの返答に満足しなかった。

「………ふーん。へぇ、それ本気で言ってるんだ？」

「疑っているようだが、あれらを生かしておく理由がどこにある」

「だってコルネリアだぜ。ヴィルヘルミナに触ったって理由だけで、ガキだったお前の背中に鞭打って嗤ってた女だ」

その話は知らない。

ライナルトの眉間が歪んだ。

「昔の話は関係ない。あれに私からの遺恨はない」

「ああ、きみからの遺恨がないのは知ってるさ。知ってるけど……」

ちらりと私の方を見て。

「昔っから馬鹿だったが、他人様に嫌がらせすることにかけちゃ、誰よりも頭が働く子だった。そんな女を、お前が首を落として棺桶に突っ込むだけで済ませるとは、僕は到底思えないんだよなぁ」

「仮にも皇太后だった。首を晒すまではできん」

「ほーんーとーうーにーー？」

断じておくが、オルレンドルでも首を晒すなんてやり方は滅多にない。相当の罪人でなければあり得ないが、シスは皇太后クラリッサが静かに埋葬されたことに疑問を抱いている。

「バルドゥルは息子共々現地で火あぶり？　内容は妥当だけど、なーんで帝都に連れ帰らなかったんだよ。あいつから聞ける話は色々あったろ？」

「生かしておく方が害になる類の人間だと、お前はよく知っているはずではないか」

「そうだね、きみと一緒で生きてるだけで迷惑な野郎だ。とっとと殺すに限る」

軽口を叩くと、仰向けに寝転がった。おかげで私のふとももの負担は軽くなったが、枝毛はもう見つけられない。

「これ以上血なまぐさい話をするほど優美さに欠けちゃいないからな、そういうことにしといてやるよ」

「発表に偽りはない」

「へいへい。いまはそれが聞けただけでも充分だよ。それに……ふん、まあせっかく戻ってきたんだ。クソッタレなアルワリアが二度と魔法を使えないようにしてやるよ。今度こそ温情をかけろなんて邪魔は入らないはずだ、あいつには生き地獄を味わわせてやる」

まだ隠し事があるのは明らかだけど、話は打ち切られてしまった。

ここまで教えてくれたからには、私が誘拐された理由も教えて欲しいのだが……ライナルトの不機嫌が増す一方で聞けない。

シス相手でもここまでご機嫌斜めにならなかったのに、これは私が見た中でも歴代一、二を争う剣(けん)

呑(のん)さだ。場の雰囲気は悪いのに、肝心のシスはライナルトを意にも介さない。

「カレン嬢、どうせだから部屋に泊めてくれよ。土産話にヨーの面白い怪談話をしてやるからさ」

「怪談……って、それのどこが面白いのよ」

不気味な話はごめんだ。ところがこれにはルカも乗り気になった。

「それがね、向こうの怪談話って、オルレンドルと違って幽霊に攻撃的なのが多いの。ちょっと元気良すぎない？ってものがたくさんで、笑えるくらいよ。きっとマスターも気に入るわ」

「ぜ、絶対怖くないって言えるならいいわよ」

「シス、お前には部屋を用意する」

「外野はうるさいなー。どうせカレン嬢だって暇なんだから夜更かししたところで問題ないって」

「そういう問題ではない」

「でも本当にいまさらだぜ。コンラートにだって泊まってたし、彼女の部屋で一晩明かしたことだってあったしぃ」

「あなたが寝落ちしただけよね。そのせいで私は椅子で眠ったし」

「ワタシはなんであろうとしばらくはマスターとずうっと一緒ですけどねー」

結局、二人が悪ノリをはじめたせいでまたもや機会を逃してしまったのだった。

9 そして恋が動き出す

ルカに請われて夜の散歩に出た。

本来なら衛兵に同行をお願いするところだけど、ルカに二人きりがいいと言われて了承したのだ。

この時になると、シスとルカの帰還は私にとって想像以上の支えとなっていた。二人がおもしろおかしくしてくれて、毎日が楽しくて仕方ない。この時は暗闇を恐れず一歩を踏み出せたのが嬉しくて、鼻歌なんて口ずさみながら夜の散歩を満喫していたのだ。

いつもなら寛ぐ時間、近くを歩くだけの散歩が思わぬ遠出になってしまったのは、気分が乗ってしまったせい。この時は不思議と足が軽く、ルカとのお喋りも相まって、普段行かない区画に出てしまっていた。

「宮廷でもここまで出たのは初めてかも。どこも代わり映えしない景色と思ってたけど、ちゃんと見れば色々違うのね」

「一応、景観はしっかり考えているみたいね。夜の宮廷っていうのも見物だわ」

「ねえルカ、ヨーは何処まで行ってきたの？」

「んー……ドゥクサスは危ないから、昔っから安定してるっていうクアイトゥ、って部族の管轄地域に寄っていたわ。噂通り、他のところとは比べものにならないくらい平和だった」

こんな風にお喋りが弾んでいたから、どこまでも行ける気がしていたのだ。

偶然サゥ氏族のシュアンとも出くわしたのも、どうやら彼女が住まうあたりまで出てきてしまったらしかった。シュアンは散歩といった様子ではないが、両手に本を抱えて上機嫌だ。

「カレン様、お会いできて嬉しく思いますが、こんな時間にどうなさいましたの」

「シュアン様」

「もう夜も深くなって参りましたよ。見たところ供もいらっしゃらないようですが、大丈夫でいらっしゃいますか」

「あー……ええと、あとから追いついてくる予定なんです」

「ならよかった、御身がひとりなのではないかと焦ってしまいました。宮廷とはいえ、安全は大事でございますから」

「シュアン様こそどうしてここに」

「私ですか？　お恥ずかしい話なのですが、これをどうしても読みたくなってしまって……」

「……あら、オルレンドルの歴史本？」

「はい。よくよく思えば、他国からみた祖国の歴史は読んだことがございません。読み出したら止まらなくなってしまって、つい関連する書物を漁ってしまっています」

シュアンはこちらに滞在してからというもの、ほとんどを本の虫として過ごしているらしい。今宵も本の続きが気になって、閉まる直前の図書室に借りに行った帰りらしかった。

「ああ、でもお会いできてよかった。ずっとお話ししたかったのです」

「話？」

「どうしてもお詫びをしたかったのです。……この度は、私が大変なご無礼を働いてしまったので」

驚くべき事に、シュアンに頭を下げられ、あまつさえ何事かを謝罪された。

立場としては私より彼女の方が上のはず。

なのにサゥ氏族のお姫様が私に対し、まるで恭しく従うかのように頭を垂れた。

驚きに声が出ずにいると、彼女はほっとした表情で胸をなで下ろす。

「カレン様に嫌われたらどうしようかとずっと悩んでいました。すぐに気が晴れるとは思いませんが、どうかシュアンの配慮のなさをお許し下さいませ」

「許すもなにも……」

丁寧すぎる態度、顔色を窺う様子といい、なにかがおかしい。

その間にもシュアンはぐっと拳を握り力説してくる。

「ご安心ください、私、兄様には何も言っておりません。少なくとも公的な発表が行われるまで何も言う気もございません」

「なに、も？」

いったい何の話だろう。

身を潜めていたルカが「あっ」と歪な声を上げた。

「あんなことを言った手前なんですが、私はカレン様と陛下の恋路を邪魔するつもりはありません。たとえ側室になったとて、それは国同士の事情。本当にやりたいのは学び、自立することだけです」

目が点、とはまさにこのことかもしれない。

二の句が継げられずにいたのを彼女はどう思ったのか、続けてこう言った。

「一時とはいえ、兄が国に戻っていて本当によかった。だってこうして滞在しているだけでも、陛下のカレン様への格別の寵愛は日に日に高まるなんて話ばかりなんですもの」

まるで恋に恋する乙女みたいだ。

我がことのように喜んでいるが、言葉の意味を捕まえるだけで精一杯だった。

「聞いてるだけで妬けちゃいます。まさか高貴な方が、本当に愛し合った方と一緒になれるなんて」

愛し合った？　誰と誰が？

「いまは輿入れ準備の最中なんですよね」

「ふふ、誤魔化さなくたって大丈夫です。ファルクラムに帰っていたのも、実は宮廷に移るための前準備のための嘘だったって、皆言っていますもの」

「え、いえ、わたしは」

「み」

「皆は言いすぎかしら。でも宰相閣下やアーベライン様が忙しくされているのはそれが理由だとか」

そんなの知らない。

だけど、彼女がなんの話をしているのか私の脳は理解を拒んでいるのに、これまで抱いていた違和感がすべて納得へと変わっていく。

シュアンは誤解しているが、その発言や仕草の中に悪意はなく、羨望すら含まれていた。

「突然申し訳ありません。でも、ヨー出身の私からすれば、上流階級の女性が好いた方と一緒になれるなんて聞かないから……」

背後を見れば、シュアンの侍女は主人の方を感慨深げに見つめている。

「好いた、かた、ですか」

「ええ。勇猛な皇帝陛下が美しい皇妃を迎えられるとなれば国民は喜び沸き立つでしょうね」

「ちょーーーっと待ちなさーーーい!!」

ルカが私とシュアンの間に割って入った。

宙にうかぶ人形は皆の目を引いたが、異様に焦るルカはそれすらも気付いていない。

「可愛らしいお人形さん、あなたは……」

「わ、ワタシはこの人の使い魔よ。よろしくねっ！」

「あ、はい。よろしくお願いします。すごい、これほど精巧な使い魔は見たことありません」

「ありがとっ！　……でねっ。マ……主人ったら、調子が良くないのに外に出てしまって……。いまも具合を悪くしているから、部屋に帰らせてあげてもらえないかしら」

「まあ、それならお供の方もまだのようですし、私たちがお部屋までお送りします」

「いいえっ。それはワタシがいるから大丈夫だし、それに主人がいる区画は、たしかアナタの侵入を禁じているのではなかった？」

「そうなのですが……でしたら誰か呼んで参ります」

「心配だけ受け取るわ。心配しなくても、主人はアナタを嫌ってるわけじゃないから！　アナタの将来に影響があることはないから心配は無用よ」

「え？　いえ、ご気分の優れない人を放っておくなんて……」

「い・い・か・ら！」

ルカが強引な理由で別れさせた。シュアンに見送られ離れたところで、焦るルカがまくし立てる。

「マスター、マスター！　ちょっと部屋に戻りましょ、ねっ、いまは深く考えちゃ駄目！」

体は言うことを聞いてくれたが、足取りはおぼつかない。どうやって部屋に戻ったのかもはっきりしない。シスが部屋にいたのに声をかけられるまで気付かなかった。

「夜散歩にしちゃ遅い帰りだ。なにやってたんだ？」

「なんでお前がいるのよ!?」

「暇だから話そうと思って。んで、怖い顔したカレン嬢はどうした」

「知ってたの」

知らず低い声が出た。

ルカが気まずそうに目をそらす姿でおおよそを悟ったが、返事を聞いていない。幼い少女を責め立てる罪悪感があったが、それを悪いと思うだけの余裕がない。

……まさかまさかとずっと思っていた不安が、ここにきて現実になった。

ルカが答えないかわりに、シスが口を開く。

「なんだ喧嘩したのか？　知ってたって、なにがどうした」

「皇妃のこと、二人とも知ってたの」

「もしかしてやっと鈍い頭が働き出したのか」

数秒間を置き「ああ」と笑う。

「そうだよ、っていうか僕たちはこっちに到着した時点で色々聞いてる」

「なにを」

「きみが皇妃になるってことだ。ってか、あいつきみが攫われた原因を頑なに隠してるんだろ、知りたかったら教えるけど、どうする」

「わー！　馬鹿！」

ルカが慌て、なんとなく原因がわかった気がする。だけど欲しいのは決定的な言葉だ。

「お願い、教えて」

「きみを皇妃に据えるって皇帝陛下がいっちまったからだよ。まったくらしくない直情さだよな。お陰で周囲は大慌て、諸々が後手に回ってバルドゥルに先手を取られちまった」

そこからの行動は早かった。

「ちょ、ちょっとマスター、どこいくのよ」

「家」

「はぁ？」

「帰るわ」

ぶっきらぼうになったのは怒ってるからじゃない。

逆だ。これまでの鈍い自分が馬鹿らしくなるくらい頭が冴え渡っている。これまで抱いていた疑問の何もかもが答えとなって追いついてくるから、なおさらここにいてはならないと警告を放ってくる。

「……ちょっと駄目男ー！　これどうするの、マスターがおかしくなっちゃったじゃないの！」

「いや、そういわれてもさぁ、普通気付くもんだろ」

「だからって言っちゃう間抜けがどこにいるのよ馬鹿！　なんなのよこれ、ねえマスター、待って、待ってってば！　やだ、意味わかんない！」

「いい機会だから覚えておけよ。人間ってのはなー、どんだけ利口そうに振る舞うやつでも、ひとたび恋が絡むと前が見えなくなる、馬鹿な行動を取るもんなんだ」

「いきなりそんなこと言われたってわかるわけないでしょ⁉」

「慌てるなよ。まったく、普段は意気がるくせに思いがけない事態に弱いよなぁ」

上着の他は襟巻きと、手袋も欲しいけどこっちは諦めよう。出て行く準備を整えたが、扉に手を掛けたところでシスに声をかける。

「シス、ここを開けて、魔法を解除して」

「違う違う、止めようってんじゃない。邪魔はしないさ」

扉が開かないのだ。わずかだけど、扉にシスの魔力を感じていた。

ほとんどジト目になっていた。シスはそんな私を余裕で眺めるが、椅子から一歩も動かない。

「出すのは構わないよ。だけどそこからどこに行くつもりだい」

「コンラート」

「だから冷静になれって。これまでの皆の言動を思い浮かべな？　どう考えたってヴェンデルやウェイトリーは事情を知ってるだろ」

「……父さんのところにいく」

「よし。じゃあ行き先は決まりだ。次の質問だが、じゃあここからどうやって親父さんの屋敷までいくつもりだ。見回りだっているだろうし、見つからないわけない」

「そのくらいなら身を隠せるわよ。魔法を教えてくれたのはあなたでしょ」

「ごもっともだ。じゃ次、ここからキルステンまで歩くのか？」

これには口ごもってしまった。たしかにキルステンまで歩いて行くのは現実的じゃない。

「行くわ。止まる理由にはならないでしょ」

「いやいやいやいや、勢いづくのは結構だが、だから僕の話を聞けよ。だからさー、キルステンに行くんだったら馬車を使えばいいじゃんって言おうとしたのに」

「そんなことしたら御者が上に知らせてしまう。ばれるだけよ」

「知らせないようにしたらいいじゃん」

「あなたじゃないのよ、そんな都合のいい魔法は知らないわ」

「おいおいおいおいおい」

なぜか私が悪いかのように言われるのは心外だ。

「あのよぉ、僕は最初から止めないっていってるだろ」

「だからなに」

「僕に力を貸してって言えばいいじゃん。なんでそうしないわけ」

「…………協力してくれるの？」

「僕は大体面白い方の味方だと思うんだが？」

人の窮地を面白いかどうかで判断しないでほしいけど、嘘を告げている様子はない。

「そこまで疑うもんかね。僕なりにきみには情があるつもりなんだけどさぁ」

「え、ちょっと。マスターを行かせちゃうの、ほんとにそれでいいの？」

「別にいいんじゃない。お前が反対する方が僕としては意外なんだけど」

「反対してるんじゃないわ。違う、そうじゃなくてマスター本当は……」

「あーはいはい。そういうのどうでもいいから、そうと決めたらとっとと行くぞー」

いまだ行動の意味を図りかねている私が不愉快だったのか、手を取り引っ張りながら歩き出す。この間に私に魔法がかけられた気配があった。

もう片方の手には黒鳥が乗って、彼の手の平の上でくるくる踊っている。

「こいつの方がよっぽど素直じゃないか」

「あ……ね、ねえ、その子、自我なんてないと思ってたんだけど、シスの見立てではどうなの？」

「自我？　あるんじゃないか。こいつら揃ってエルネスタが製作者なんだ」

「調べられないの？」

「面倒だからやりたくないね。ただこうしてみる限り、なかったものが芽生えたとかそんなんだろ。もとより魔法生物なんて思考が備わる以上そんなもんだし……」

「だし？」

「きみが関わると、大概珍しい事象が起こるから、むしろなにも起こらない方が不思議だ」

「……それはあんまりじゃないかしら」

だけどもし黒鳥に自我があるのだとしたら……ちょっと嬉しい。

「ルカにとっては何になるのかしら。姉妹、それとも兄弟？」

「はぁ？　ワタシ、ひとりっこですけど！　そんな品性の欠片もないやつがワタシの身内なんて冗談じゃない！」

「小娘ども、そろそろ広いところに出るから黙ってな」

夜だから人が少ないかと思っていたけど、そんなことはなかったみたい。馬車乗り場に向かうにつれて人通りが増え始めたが、誰も私たちには注目しなかった。

結構な時間をかけて到着した乗り場、シスは御者に声をかけたが、御者には私たちが別人に映っているらしい。難なく馬車に乗り込むと、市街地付近で一度下り、今度は辻馬車を拾ってキルステン邸に向かうよう指示を出した。

二段構えなんて気が利きすぎてて怖いくらいだけど、久しぶりの外の景色は気分が良い。

「シス、こんなことあなたに尋ねるのはなんだけど……ライナルト様って、どうして……」

「きみを皇妃にするだなんて言い出したかって？」

「う、うん」

けっ、と悪態を吐くが、嫌味は感じないのが不思議だった。

「僕が知るか。それを言うんだったら先にあっちに入れ込んだのはきみだろうが。むしろ逃げるなんて言い出す方がおかしいだろ」

「そうかもしれないけど、わかってるでしょ。あの人が私に振り向くことはないはずだったって」

「ふーん。でも嘘だとかいう気はないのか。てっきりあり得ないって騒ぎ立てると思ってたけど?」

「あそこまで懇切丁寧に扱われたら、一応そういう事実があるのは認めないといけないじゃない」

「勘弁してくれよ。鈍くないはずなのに、どうして今まで気付かなかったんだ?」

「う、ううるさいっ！ いままで何があったか知らないくせにっ」

私だってなんでいままで気付けなかったのか、自分でも驚いてるくらいなんだから。

「まあいいさ。それよりこれは恋愛の先達としての純粋な忠告だがな、そんな答えは他人に求めるんじゃない。第三者を挟むもんほどやっかいなものはないんだ、聞きたいなら本人に聞け」

「……やだ」

「そうだな。できてたら逃げてないもんな。このいくじなしめ」

「アナタ、マスターを苛めたいのか助けたいのかどっちなの」

「面白いものが見られる方を助けるんだよ」

馬車はキルステン邸近くに到着できた。シスはこのまま馬車を使い、遠出するらしい。

「古い知人に会う用事があるんでね。じゃ、あとは頑張りな」

ルカがなんとも言えないしかめっ面を作っていたのが気になったけど、聞き出すほど野暮ではないし、優先すべきは脱出だ。私は無事キルステン邸にたどり着けた。

報せを聞いて飛んできたのは父さんとエミールだが、二人とも私の顔を見るなり驚き、父さんに至っては「なぜ」と口を開いた。

「なぜって、私が家に帰ってきちゃ駄目だったの？」

「だめ、ではない。そんなつもりで言ったのではないが、カレン、宮廷の方は……」

「出てきた。しばらくここにお世話になるけど、黙って出てきたから向こうには何も言わないで」

驚愕の父さんは声を出せずにいたが、立ち直らせたのはエミールだ。

「ひとまず姉さんを暖炉のある部屋に連れて行って、それと温かい飲み物、靴下も用意しないと」

「あ、ああ、そうだな。すまない」

「姉さんも出てくるにしたって、なんでそんな格好なんですか。ほら、こっちです」

いわれて足先が冷たいと気付いた。

上着や襟巻きをつけたからちゃんと準備したつもりだったけど、靴はぺらぺらの薄い簡易なもので、靴下もまともに履いていなかったのだ。

暖炉に近い椅子では足の上にジルを乗っけられるが、ジルがなんともいえない満足げな仕草をしているので、妙に気が抜けてしまう。

あたたかい飲み物を手に取り、背もたれに身を預けたところで、お互いの事情を確認し始めた。

「父さん達はすべて聞いていたのよね、どうして教えてくれなかったの」

「教えた方がいいとは思いました。だけど姉さんの状態をみてまだ話さない方がいいだろうって皆で決めたんです」

「……本人に言わないのはどうかと思う」

「悪いなって思っていました。だけど姉さん、あの時に明かされて混乱しないって断言できますか。それにコンラートやキルステンでは、姉さんにとって最適な環境を用意できなかったのは事実です」

それを言われると自信が無い。混乱してなにをしでかすかは……あの時の私だと予測不可能だ。

「だ、だからって怒らない理由にはならないの」

「はい、だから父さんも抜け出してきたこと、叱るに叱れないんだと思いますよ。ね、父さん」

エミールに出番を奪われてしまった父さん。息子の成長を喜ぶべきか、出番を奪われ悲しむべきか複雑そうだ。

「う、む……。まぁ、なんだ。それに関してはいずれ謝るつもりだった」

「なら、皇妃の件はどうするつもりだったの」

「それに関してはお前の気持ち次第だから、もしものときは……私も覚悟はしている」

「もしも、って、断ってもいいと？」

「コンラートの時も同じことをしてただろう。二の舞を演じるつもりはないとも」

「……気遣いと覚悟は嬉しい。でも陛下に恭順したせいで妙な噂が立ってしまったわ」

「なにを見てきたかはわからないが、その件は外に漏れないよう、陛下も気を遣っているよ。外には漏れてないはずだから、そこは安心しなさい」

「その陛下が元凶なのに……」

拳を握っていた。彼が私を皇妃にするなんて言わなければ……。

そんな私に、エミールが尋ねる。

「姉さんは、陛下のどの行動に怒ってるんですか」

「どうしたの突然、何を言ってるの」

「……ちょっと気になったんです」

気まずくなって目をそらした。

ルカと黒鳥の他に、弟にも見透かされた気がして、またも逃げたくなった。

「詳しい話はまた明日にしましょう。ひとまずしばらくお世話になるから！　……いい、絶対、このことは、誰にも言わないでね！」

特に念押しさせてもらったのに、事態が急変したのは翌朝。

悶々とした思いを抱えながら朝ご飯の果物を囓(かじ)っていると、窓際に立っていた父さんに呼ばれた。

「なんでしょう。もう悪かった、はお腹いっぱいですからね」

「そうではなくてな。……私たちはたしかに誰にも口外していないと約束できるのだが、お前こそ、本当に誰にも見つからず行動できたと断言できるのかね」

「そんなの当然……」

いや、違う。嫌な予感に席を立つと父さんの視線の先を追いかけた。

ちょうど見覚えのある金髪が屋敷に向かって大股で庭を渡っている。

ひ、と喉から声が漏れた。

「どう、どうして」

「…………あのねぇ」

溜息交じりのルカには、出来の悪い子供にいいきかせるお姉さんめいた達観がある。

「マスター……面白いっていうのはね、つまり混沌としてるのが好きって意味で……絶対にマスターの味方ってわけじゃないのは、覚えておいた方がいいと思うのよ」

シスぅぅぅぅぅぅぅぅぅぅ!!

「父さん！　ライ……陛下には帰ってもらって！」

「あまりこういうことは言いたくないが、昨日の話の限りでは陛下とろくに話すらしていないのではないかね。一度話し合う必要があると私は思うよ」

「勝手をしたのは向こうです！　私が応じる必要はありません!!」

しかし、と父さんはとうとうライナルトの姿が見えなくなった庭を見ながら言った。

「あれは難しくないだろうか。娘の頼みではあるが、私では止めきれる自信が無い」

「父さんのばかーーー!!」

叫びながら部屋を飛び出した。

だめだこれはだめだ説得に時間をかけてる暇はない。

ライナルトの姿が見えないとは、即ち彼が屋敷の玄関に到着した証明になる。

あの大股で歩く有無を言わさぬ勢い、使用人すらはね除けてくるに決まってるのだ。

見つからない場所に逃げるしかない。肩に座っていたルカに構う暇もなかった。

「そんな慌ただしく駆けちゃって、アナタいったいどこに行くつもりなの」

「どこかよ！　隠れられるならどこでもいい！」

「ああそ。そんなことだとは思ったけど、隠れたいのならワタシの話を聞いた方がいいわ」

「そんなこと言ってあなたも足止めする気でしょう！」

「まあ、ワタシがマスターの邪魔をするなんて心外だわ」

悲しげに囁くけれど、面白がってるのは気付いてるんだからね!?

「シスのこと黙ってたの怒ってるんだから！　私よりあいつにほだされて、絶対許さない！」

「疑心暗鬼ねえ。ま、止まらなくてもワタシは構わないのよ。でもねそっちの方角は……」

まずは図書室に行こう。あそこは視界が利きにくくて、それでいてもし見つかっても出口が二つあるから逃げやすい……と、廊下を渡りながら思い出した。

つい慣れた道を使っているけど、この方向って玄関ホール側のような。

「あれ、姉さん」

いままさに階段を昇っている最中のエミールがいるけれども、そちらに気を配っている暇はない。

何故なら弟の後ろには、この世でもっとも会いたくなかった人がいる。

やや怒った様子で眉を寄せた、オルレンドル帝国の皇帝陛下が口を開――。

「カレ――」

「いやあぁぁぁぁ!?」

理性とか品位とか皇帝陛下への礼に恥や外聞なんてどうでもよかった。ライナルトを追いかけてきていたニーカさんや近衛さんも見えても関係ない。ほとんど条件反射で叫ぶと走り出す。

なのに、なのに……！

「なんでついてくるの!?」

「そりゃあマスターが逃げるからじゃないの」

エミールを振り切ったライナルトが迫ってくる。従ってこちらも逃げ続けるが、三階に駆け上がっても一向に撒けやしない。三階の端から端の階段へ、次は一階に下ったものの、振り返れば必ずライナルトがいる。しかも走ってないし、早歩きの速度だと見て取れてしまった。

いくら歩幅に差があるからってこんなのはあんまりだ。息が上がって苦しい中、運動下手がばかにされてるみたいで、悔しくって腹が立ってくる。

大体逃げたと思ったのに、なんで半日も経たずにばれるのだ。

どうしてこうも上手くいかないの、なにもかも駄目に思えてきて泣けてきた。

「カレン、いいから待――」

「待たない！　帰ってください!!」

逃げる最中に止まれと言われて止まる馬鹿がいるものか。

しかし巨大なお屋敷、階段を使って逃げ回るとなれば私の体力が持たない。仕方なしに当初の予定通りに図書室に逃げ込んだが、そうなるとやはりと言おうか、ライナルトが追いついてしまう。

悲しげな顔をしていたのはわかるけれども、そんなのではほだされない。さっきから帰ってと言ってるのにまったく言うことを聞いてくれないのはこの人だ。

敵意はない、と言わんばかりに両手を挙げる。

「落ち着け、話をしに来ただけだ」

「その話すことがないって私は言ってます！」

態度が癪に障った。本当に意味がわからないけど腹が立った。

反対の出入り口から出てやろうとしたら、そちらから登場したのはニーカさんだ。

一目でわかる。彼女は私に申し訳なさそうな顔をしていて、だからこそ私の味方にはならない。

「ニーカさん、そこどいてください！」

「今回ばかりは陛下だけでなく私共にも非があったのです。ですからどうか、話だけでも……」

「ですからぁ！　その話し合うことがないって私は言ってるんです！」

「カレン、今回の件は……」

「そうやってこっちのことなんて知らずに話を始めようとするなら嫌い！」

叫んで遮ったのは、意地でも聞きたくなかったから。

ライナルトに向かって走ったってかなわないのは知ってる。それでもあえて彼に突進したのは、彼なら私に乱暴を働かないからだ。案の定扉の前に立ちはだかるし、私の運動神経では到底かなわないが、捕まらないくらいだったら私にだってできる。

「おいで！」

投げつけたのは黒鳥。呼び出したものの、それはそれは嫌そうに、本当に自我がないのってくらい渋ったけれど、大きくなった一つ目の鳥はライナルトの前に立ちはだかった。私を捕まえようとした手をぱちんとはね、私達の間に立ち塞がる壁になる。

その間に私は扉を開けて、逃げる！

「風除けなんて私はお断りです!!」

捨て台詞が精一杯の悪態だった。今度こそ自室に逃げ込むと、鍵を閉めて寝台に倒れ込む。

走りすぎて心臓が痛いし、汗が止まらないし、もう全身が辛くてたまらない。

最後までのんびり見物していたルカが空中に浮かびながら頬杖をついている。

「あーあー、とうとう逃げ切っちゃったのね」

「うう、うるさいな。ひ、ひとの、私生活に口だししちゃ、だめなんだ、から」

「はいはい、マスターったら余裕がなさすぎよ」

逃げだろうが、はっきりきっぱり意思を伝えた。あからさまに逃げ回り、彼の手を煩わせるやっかいで面倒くさい人間だと伝えれば、さしものライナルトとて帰るはずだ。

でもそれだけじゃ不安だから、ついさっきまで迷っていたある決心をした。

「ファルクラムに戻るわ」

「あら……それはまた、なんでかしら」

「姉さんの様子が気になるの。どうせ私がいなくても回ってるし、この間にオルレンドルを離れる」

「ふぅん。ワタシは反対しないけど、コンラートはどうするの。まさか一生逃げ続ける気？」

「そんなわけない。ヴェンデルが成人するまでって約束したし一時的なものよ。ちょっとだけ向こうに滞在するだけ。あの人が皇妃を欲してるなら、改めて断りを入れて、皇妃が立つのを待つわ」

「待っても立たなかったらどうするの。マスター、本当は気付いてるでしょうに」

声を詰まらせると、両手を組みながらルカは天井を仰ぐ。

「意地悪言ったんじゃないのよ。だから泣かないで、ワタシに罪悪感なんて覚えさせないでよ」

その仕草はどこかエルに似ている。

やはり製作者と被創造物は似るのか、突然少女人形の片眉だけが器用につり上がった。

「好きにすればいいけど……。でもねえマスター、アナタ、あの男についてひとつ読み違えてる」

意味深な笑みにぞわっと背筋が粟立った。

少女人形の予言者めいた言葉が事実になったのは、それからわずか十数秒後だ。

「カレン、そこにいるな」

「いやぁ!?」

扉の向こうで声がした。声の主は……言わずもがなだ。

先ほどとは打って変わって静かだ。

怒りを窺わせるせいで思わず逃げ腰になったが、ぎゅっと拳を握りしめた。

「か、かか帰ってくださいって申し上げたはずですが！」

「扉を開けろ」

「嫌ですお帰りください！」

「話がある」

「私はありません!!」

「そういうわけにはいかない。まだ伝えてないことがある」

「皇妃の件なら返事をしました、私はなりませんし、ぜっっっ……たいにお断りです！」

「……話をするだけだと言っている」

「話すことはこれだけで充分。いいから帰って、もう会うこともありません!!」

……は、オルレンドルの臣下である以上無理な話なんだけど、勢いというやつだ。

これでもかってくらいに声を張り上げると扉の向こうは静かになった。

「あちゃあ」なんて顔をしているルカと黒鳥が非常に目障りだが、これで一件落着のはずだ……が。

「使い魔……ルカ、そこにいるな」

「なによー普段は存在を無視するくせに、こんなときだけ名前を呼ぶのかしら」

「ルカ、あんな人に返事をしないの」

「……ってマスターは言ってるけどー！」

「一時的で良い、音を消せ。カレンの目と耳を塞げ」

「ワタシがアナタの命令を聞かなきゃならない理由を言いなさい」

「塞げと言っている」

「だから理由を……あ、なるほど、はいはいわかったわよこの乱暴者」

瞬間、視界が真っ黒になった。周囲から音が消えて、一瞬軽くパニックになる。

自分の発する声が、耳を塞げば筋線維が動く音が聞こえるはずが、それすらも聞こえない。

寝台から逃げようとしたらふわっとした感触が私を押しとどめ、魔力の流れで黒鳥を感知した。

やめなさい、と言ったはずだ。

目が塞がっていた時間は長くなかったはずだけど、視界を取り戻した瞬間は啞然とした。

扉がない。

正真正銘そのままだ。

扉と壁を繋ぐ蝶番（ちょうつがい）ごと吹き飛んで、ついでに調度品を壊して転がっている。あり得ない光景に顔を上げると、肩で呼吸をしている犯人がいた。

手には斧（おの）があるが、それだけで扉がこうもなるとは思えない。ということは斧を使ってはいるけど、それは蝶番の破壊が目的で、扉自体は蹴飛ばしたのか。

「ライナルト、あとで直しなさいよ」

「弁償する」

……え？　そんなのあり？

彼は廊下にいる誰かに向かってしばらく近寄らぬよう伝えるが、正面を向くとまともに目が合った。もう逃げ場がない、黒鳥もそっぽを向いて非協力的な態度を示している。

やっぱり断言しよう。

この黒鳥、基本的には私の思うとおりに動いてくれるが、どこかで明確な自我が発生している。だっていまもライナルトを追い返せって本気で命令してるのに、全然言うこときかない……！

斧はすぐに捨てられたけれど、そんなのいったいどこから持ってきたのか。

「まず、訂正しておきたい」

「来ないでください！」

倒れた扉を踏みつけ一歩踏み込んでくる。

「風除けなどとふざけた理由で選んだつもりは、ない」

怒っている。その剣幕たるや、非常に不穏で思わずすくんでしまいそうだった。

まるで目を強く押さえられたあの時を思い返してしまうが――いいえ、今回は引かない。

「あ、とうとう始まるのかしら。見ておきなさい丸鳥、痴話喧嘩って、見ている分には面白いのよ」

外野の声は無視し、寝台から飛び降り距離を取った。

「私、帰ってくださいって何度も言ってますよね！」

「話があると何度も言った」

「だから話なんてありませんけど⁉」

しつこかった。

怒りをぶつけるも平然としているのが憎らしい。

「大体、ドアを蹴破ってくるなんて乱暴です！　暴力に訴える人は嫌い！」

「ではもし私が言うことを聞いていたらどうするつもりだった」

「どうって、なんでそんなこと話す必要があるんですか」

「オルレンドルを出て行ったのではないか」

「なんっ……」

「初めの出会いはなんだった。一介の貴族だった私が貴方に逃げられたのがきっかけだったと、もう忘れてしまったか」

「そ……そそそんなことありません。いくらなんでもそんな、ことは……」

「否定するならそれもいい。だがああも悲鳴を上げられては、黙って帰るなどできはしない」

「関係ないでしょう、人に興味なんて示さないくせに！」

「確かに興味がない。他人がどう生きようが、何をしようが、私の邪魔にならなければそれで良い」

「おかしいのがわかってるなら、なんでこんなときだけ！」

「貴方だけが特別だからだ」

さらに一歩踏み入れるが、それが駄目。彼はふざけた話し合いが望みなのだから、一度でも捕まってしまったら逃げられなくなる。咄嗟に枕を摑んで、そして投げる。目標は当然ライナルトだが、彼は避けもしない。胸のあたりでぼふんと跳ね返って、枕は床に落ちてしまった。

「特別とか、貴方だけとか……知るものですか！」

二つ目の枕を投げて、次は机に置いてあったペンを摑んで……投げ続けると、やっと動きが止まるけれど、なんともいえない悲しげな目をされる。

……なんで私が良心の呵責に苛まれなければならないの！

「大っ体ですね、なにが話し合いに来たですか。話し合うもなにも、人のこと騙して、会話の芽を潰したのはそちらでしょ！」

「宮廷に連れて行った件なら、他に良い療養所がなかった」

「治療のためでしたっけ？　わかってます、感謝してます！　私の治療には宮廷が最適でした、あそこ以上にきっと良い環境なんてなかった。そのくらい知ってますけど!?」

本を投げる私の行動は乱暴だ。大変よろしくないし怒られたって仕方がない。悪いとしかいいようがないけど、それよりもライナルトに近付いてほしくなかった。

「だからってあんなのあります!?」

ああもう、いらいらしすぎて自分が止められない。

「気付かなかった私だって悪いけど、皇妃なんて勝手に決められて喜ぶとでも思った!?　そんな女に見えてたってこと？　いくらなんでも馬鹿にしすぎでしょ、あんまりです!!」

「わかっている」

「わかってない！」

「正式に話を通すのもカレンの承諾を得てからだ。本来ならそのつもりだった」

「ぜんっっぜん承諾なんて得てない！」

「その通りだ。すまなかった」

「すまなかったというなら帰ってくださいます!?」

もういやだ、ライナルトと話していると頭がおかしくなりそう。

こんな風に怒りに身を任せて話したくない、怒鳴りたくない、キィキィ叫びたいわけじゃない。

なのに、私の思いと裏腹にライナルトは迫ってくる。

ある種の覚悟を決めた様子で一歩を踏み出してくる様が怖くて、手当たり次第にものを投げた。ペン、インク瓶、本、身体に当たっていて痛くないはずがないのに、投げても投げてもまるで引かない。

「そもそも正式ってなによ！ なにそれ、なんで私が了承する流れができあがってるんですか！ 大体それが原因なのに、そのせいであんな目に遭ったのに――」

「言葉もない。すべて事実だ」

「なに、私には言い訳する価値もないって言いたいの!?」

「違う、そうではない」

「ええ、ええ、わかってます。わかっております！」

「カレン」

「あなた様は皇帝陛下です、そして私は臣下！ 臣下が王に従うのは当然だし、あなたは望みのものを手に入れたのですもの、私なんてそのくらいしか利用価値がないのかもしれないけど……でも！」

自分でも何を叫んだのか不明だ。

完全なる八つ当たりだが、ただただ見ているだけでも次から次へ怒りがわいてくる。

だっていまでも思い出せる。忘れたいのに、流してやりたいのにずっと心に太い棘が刺さっている。

宮廷に匿われてからの対応が、すべて「未来の皇妃」のためだったとわかったとき、それがどれほど悲しかったのかなんて、この人にはきっとわからない。

「ひどい」

蔑ろにされたと感じてしまった。

親切にしたいと言われて、実際優しくしてもらってきた。少ないながらもこの人と一緒の時間を過ごしてきた。この感情を大事にしながらあたためていた。

なのに皇妃なんて決められて、なにもかもが用意されてしまったら、これまで培ってきたものすべてが崩れて……駄目にされた気持ちになってしまった。

こんな関係は長続きするはずもなかったしライナルトが守る必要もなかった。

それがわかっていながら壊されたのだと勝手に悲しんで、怒っているだけだけど、でも！

いやだいやだ。こんなわめく姿、ライナルトの臣下に相応しい態度じゃない。無様でみっともなさすぎて、洗練のせの字だってないではないか。

「どうしていまの関係を壊したんですか！」

こんな自分は見て欲しくないから帰ってほしいのに。

手の中に固い感触があった。なにも考えずに投げたのが小型の文鎮だとわかった瞬間は背筋が凍ったが、ライナルトに当たらず落下すれば、つい安堵の息が漏れる。

その合間を狙われた。

「貴方を愛しているからだ」

――――。

心と体の均衡を保つのに失敗して、身体が言うことをきかなくなる。

彼は私を捕まえると、今度こそ逃がさないと言わんばかりに言った。

「カレン、貴方に私の傍にいて欲しい。他の者では替えなどきかない人だと伝えるため今日は来た」

「う……」

「嘘などついていない。こんな状況でいまなお嘘をつく真似はしない」

視線を逸らそうとして失敗してしまう。

情けない話なのだが、この瞬間に出回った噂のあれこれや、詳細とか、そんなものが吹っ飛んだ。

……怒りがしぼんで、足から力が抜ける。

「なんで、そんなこと言うの」

「放したくないからだ、それ以外になにがある」

ずるい。

許せなかったはずなのに、こんな単純な一言で決意が揺らいでしまう。

怒りと逃げの反動は凄まじい。立つのに失敗して寝台に座らされるが、やっぱり私は諦めが悪い。

布団の上であうあう呻きながら這って逃げようとするも、ちょっと進むと引き戻される。逃げて、戻って、逃げて、戻されて……力尽きたところでもう一度座り直す羽目になった。

真正面には視線を合わせてくるライナルトがいる。

「もっと早く言うべきだった。私の対応の遅さが原因だ、悪かった」

謝られると本当に何も言えなくなる。

「シスの助力があったとはいえ慌ただしく脱したはずだ。きちんと寝たか」

「あなたには関係ないです」

「その様子では寝ていないな」

「誰のせいですか」

「私だな」

「嬉しそうにしないで、最低」

憎らしいと同時に可愛いとも感じるのは何なのか。

まだ言われた言葉がうまくかみ砕けない。

上手に呑み込むにはなにもかもが突然すぎて、そのせいかいまだ猜疑心に満ちている。

「意味がわからない……なんで……」

「わかるまで伝えてもいい」

「いい、いらない」

泣きそう。情緒不安定すぎて我ながら感情の起伏が激しく、百面相もいいところだ。

「妻なんて、家庭なんて興味ないっていった。あなたが見ているのは果てぬ夢ばかりで誰かひとりだけの個人じゃない」

「違わないな。そして認めよう。私の本質は変わらない。おそらく変えようがないのは事実であり、貴方も私のどこかが壊れていると知っている」

「そうです、あなたは誰かひとりを求める人じゃない」

家庭を顧みる人じゃないと抱いた疑惑はいまも変わっていないし、本人からも肯定された。

だが、とライナルトは続ける。

「この世にただひとりだけ、私が人らしく気にかける存在がいるとすれば、それがカレンになる。貴方といるときだけは、私に欠落したなにかが埋まる。ゆえに触れたいとも感じるのだ」

必要といわれるのは、悔しいけど嬉しいが、私は彼を否定する言葉しか持たない。

「そんなのは愛じゃない。ただ欠落した感情を埋めたいだけ、ただの依存です」

「依存とは誰か、あるいは他のものに寄りかかり、欲しいものを埋める関係だ。ならば到底そうとは言い難い。私は貴方がいなくとも立っていられるのだから」

「なら私がいてもいなくても変わらないじゃありませんか」

「かもしれないな。だがそれでも傍にいて欲しいと感じたことが重要だ」

目尻に伸びた指が涙を掬った。

「泣かれたら笑って欲しい、悲しむ顔は見たくない。そして笑顔を向ける対象は私であってもらいたい。そう考えるのは、一般的に恋というものだ。そういう意味でいうなら私は貴方に恋をした」

「ま、まって、まってください。頭が追いつかない」

「ではこれだけは知ってくれ。貴方と過ごすうちに大切な人だと自覚した」

この人から熱の籠もった言葉が出るのは衝撃的すぎて、さらに熱意を向けられるのが私である事実に冷静になれずにいる。

彼は私をよく知っていた。どんな言葉が、どんな感情がこの心を傾けるのに必要なのかすらだ。

「皆が言う愛とやらは私には到底理解できぬものだが、私に人を慈しむ心とやらがあるとすれば、それが生まれ、感情が向く対象は貴方だけになる。そして欲しいとは思いこそすれど、傷ついてもらいたくないと感じるこれは、愛ではないだろうか」

「そんなの、私にはわからない……」

「ならば愛だと私は肯定する」

愛がどんなものか思い返そうとしたが、よく考えれば私だって恋愛経験豊富じゃない。転生前の記憶は薄れる一方だが、それでもここまで強く相手に焦がれ、想われたことはないはずだ。

いまですらただひとりを想う愛が縁遠い。

身近な例で比較しようにも、只人(ただびと)と一線を画す相手と比べるのは難しい。

だからライナルトの語る言葉は遠いのに、その言葉を理解したい、信じたいと願う自分がいる。

「臣下じゃだめなんですか。お傍に仕えますって、そう約束したんだから」

「それでは不十分だ。皇帝となった以上は皇妃を立てねばならない日が来るやもしれない。初めこそ仮初(かりそ)めの皇妃でも良かったが、いまは違う。私が必要とし、傍にいてもらいたい人は貴方だけだ」

「そんなのを信じろと」

「これを信じられないといえるほど私たちは浅い付き合いではないはずだな」

真っ直ぐいわれると逃げ場がないから、視線を逸らす先は自分の膝ぐらいしかなかった。

「意に沿わず勝手に身の回りを整えたのは、気が済むまで謝ろう。療養を優先したことで、もっと早く伝えるべき言葉が遅れた私の責任だ」

「……別に」

「カレンならばいずれわかってくれると考えたのが後れを取った理由だ。認識の甘さが心を踏みにじったのも悪かった」

「いえ、いいえ。勝手に話を進めないでください。違います、そもそもはじめにいっていたら受け入れていた前提の話をしないで。私への認識があまりに自分勝手じゃありませんか」

「ならば順序以外ではどこが問題だった」

「なにが、って」

「私がカレンを好いたように、カレンも私を好いている。無論、好きだから問題ないなど安易な考えは今後改めるが、そこに相違はないはずだ」

真顔で爆弾を落とすからたまったものではない。

「ち、ちが」

「違う、とは。どう違う。カレンには男として好かれていると認識している」

「ま、間違いよ、そんなの嘘！　絶対違う！」

もっと冷徹に、相手を睥睨して否定せねばならないのに、余裕がすっからかんだ。

ちょっとは休ませてよ！

「なんでそんな結果になるのか、うぬぼれも酷いところです」

「うぬぼれではない。冷静になり、日頃の行動を振り返ればわかる話だ」

「日頃って、私はそんな変な行動を取った覚えありません」

「では聞くが、カレンは好きでもない男に手を握られ、それを嫌だと逃げずに享受する性格か」

いますぐ逃げたい。しかし皇帝陛下は淡々と繋げていく。

「責任感が強い貴方だ。私から逃げずにいたのはコンラートのためもあったろうが、エスタベルデではどうだった。どうでもいい男の上着の中に身ひとつで入り無防備な姿を晒すのか」

「それは……寒かったからで」

「髪結いはどうだった。私に髪を触れられ、嬉しそうにしていた」

「綺麗にされたら誰だって喜ぶでしょ！」

「あの喜び方は無理がある。では看病はどうだ、間違えて押し倒されても逃げずにいた」

「あなたは病人、それに重かったせい！」

他にも様々な例を挙げられるが……なんでそんな細かく覚えているのと叫びたくなるほど、具体的な例が挙げられていく。羞恥心に耐えきれず、音を上げたのは私だった。

「これまでの言動を思い出す限り、間違っていないはずだ。リューベックの時もだが、貴方はそのつもりがない男と無為に接触を図る人ではない」

「わか、わかりました。わかったから止めて。お願い止めて！」

「私がカレンを一人の女性として好いたと理解してもらえたか」

「やだぁ。そんな風にいわれるのやだぁ……」

「いわねば理解しないだろう。貴方はそういう人だ」

手を振り払って顔を覆う。彼が近いからこうするしかない、もう見せられる顔がない。

「いつもならそんなこと言わないのに、どうして今日に限って饒舌なんですか」

「私とて必死だからだ。笑ってくれていい、貴方がいなくなったらと考えたらいても立ってもいられなくなった」

好きな人の必死な姿を笑うほどばかじゃない。

ライナルトの心は嫌ほど伝わっている。ここまで想いを伝えられて嫌いになりきるのは難しい。

だけどやっぱり了承するのは難しく、いい加減ライナルトにもこの迷いを気付かれている。

「カレン、なにが貴方を躊躇わせている」

「もうやめてください」

「やめてどうなる。苦しんでいるとしか見えないが、原因が私にあるのなら話してもらいたい」

「これは私の問題だから違うの、お願いですから何もいわずに帰って」

「ではグノーディアから去りはしないと約束できるか」

意地悪だ。

そんな約束はできない。

ここで彼が出て行けば私は帝都から出ていく。

嘘でも「逃げない」と言えばよかったのに、意気地なしの私は嘘をつきたくなくて歯を食いしばる。

これほどの言葉を尽くしてもらいながら黙るのは卑怯だと知ってる。知ってるけど！

「カレン」

愛想を尽かしてくれてよかったのに、彼はその逃げの姿勢さえ愛しいものとして扱った。

「私は平和とはかけ離れた人間だ」

「知っています」

「人に恨まれ、血を流し、人命が失われてなお、見知らぬ土地を我が物にすることを夢見ている」

これで彼の夢が、ヴィルヘルミナ皇女みたいに国の安寧を求めるだけならどれほど良かったか。

でも状況はそんな甘さを許さない。たとえライナルトがなにもしなくても、リリーが語っていたように、いずれ隣国二つがオルレンドルに牙を剝く。侵略か自衛か、言葉が違うだけでいずれにせよ国は強固にしなくてはならない。いつかははっきりしなくても、戦が起きるのは目に見えている。

……そんな人を皇妃は支えなくてはならない。

「私は貴方に苦労をかけた。皇帝の隣に在るとは苦労が続くと同義でもある」

それでも、という。

「貴方を幸せにしたいと願っている。故に大変な思いをしようとも必ず支えよう。そのためにも隣にいてほしいのだ」

「私は……」

「皇妃となる申し出を受け入れてもらいたい」

……ここで。

ここで、普通だったら、彼を受け入れるのがめでたしめでたしだ。

だって好きな人に、王様にこれほどの言葉を尽くしてもらったのだ。隣を望まれたら喜んで頷いて

……そんなのが定石で、美しい物語の総仕上がりになる。

でも皇妃に望まれているのが私だ。

決して美しいばかりの未来を語らない、だけどこの人なりの精一杯が詰まった告白。隣にいて欲しいと言ってくれる心に気持ちが傾くも、喜んでとは手を取れない。

「ごめんなさい」

「カレン」

「受け入れられません。私では無理です、許して」

「……理由を」

「いいません。いえません。……それで諦めて」

意地でも顔を覆った手はどかさない。

理由も言わないで一方的に振る形になるから泣くのを堪えるためだ。

長い沈黙と溜息には馬鹿みたいに苦しみが増していく。

でもこれでライナルトは諦める。私も痛みを抱えるけれど、時間が傷を癒やしてくれるはずだ。

立ち上がり、一歩下がったと思しき彼が出て行くのを待つ。

待っていた時だった。

「しょうがない人ねぇ」

場の雰囲気にそぐわない女の子が割り込んだ。

びっくりして顔を上げてしまうと、いつの間にか室内に女性が立っている。

「ル――」

人形の身体じゃない。魔力で構成された肉体は、馴染み深い少女の姿でもない。

いつか夢の中で会った、漆黒のドレスを纏う製作者そっくりの形を象る女性の姿だった。

「ほんとうに、どうしようもない人」

ほう、と息を吐く姿はどこか冷たく、それ故に彼女の製作者を彷彿とさせる面差しだ。

女性はくるくると日傘を回しながら言う。

「意気地が無くて、臆病で、どうしようもないワタシのマスター。それでいて製作者の大事な人。誰かを必要としなかったライナルトがここまで変わったのに、アナタはいつまでそうなのかしらね」

彼女の視線はライナルトに逸れる。

「いつかに向けた言葉は訂正しましょう。アナタは人でなしは同じでも変われる可能性をワタシに見せてくれた。だからそのお詫びに、ひとつ教えてあげようと思うの」

「割り込むのは結構だが、こういった場に差し出口をするのは感心しない」

「そう？　でもいまはある意味アナタの味方よ」

嫌な予感がする。この子にこれ以上喋らせてはいけない。

「待ちなさい、ル――」

「つまるところね、この人、アナタが他に女を作るのを見たくないのよ」

ふわりとルカが浮かび、姿が薄くなっていく。どこかに逃げる気なのだ。

「ごめんなさいね、マスター？　でもね、アナタこのままだと辛いままじゃない。だとしたらワタシは水を差すしかないの」

「ルカ!!」

「だってアナタが幸せにならなきゃダメでしょ？　それが製作者の望みなんだもの」

……え？

「ワタシ達が作られた時点でもっと察してちょうだいな」

捕まえに行くも姿が消失し、開きっぱなしの出入り口から黒鳥に乗った少女人形が去って行く。

その後を追いかけようとするが、私の前にはライナルトが立ちはだかった。

「……ど、どいてください」

なんとも言えない難しい表情。腕を組み、顎に手を置いて真剣な眼差しで考え込んでいる姿に、はっきりと危機感を覚えた。

「尋ねるが……」

「尋ねないで」

「今の話は」

「やだ、聞かない。あなたには関係ない」

無理無理無理無理。

こんな形で心を明かされるなんて最悪だ。だってこんな理由、ライナルトだから、きっと……。

「そんなことであれば――」

……と、言われるのが目に見えていた。

やっぱり皇妃の責務が重いとか、あなたに相応しくないからとか、そんな理由を表に出す方がよっぽど「らしい」のだ。わかっているだけに、予想していた反応でも、むしろ予想できていたがためにふつふつと怒りがこみ上げてくる。感情を制御できず涙が零れた。

「そうですよね、そんなことですよね。……ふふ、そんなことって、思っちゃいますよね」

「待て、軽く捉えたつもりは……」

この人とは一緒にはなれないと頑なになっていた理由があっけなくばらされて、しかもそれはご大層な理由どころか、ちっぽけなんだからこの反応だって頷ける。

私には重要な、でも彼にとっては『そんなこと』に視座の違いを思い知らされた。

「でもねライナルト様。あなたはそんなこととおっしゃいますが、私にとって皇妃の地位がどれほど重いのか、おわかりになりますか」

声が震えるのは大したことないと言われた気がしたせいだ。

たとえライナルトにそのつもりがなくとも、私はそう受け取ってしまった。

乾いた笑いと一緒にまた涙が流れた。

「私は、私はですね、モーリッツさんやニーカさんみたいに特筆すべき能力がないんです」

「そんなことはない」

「あります。だって私は当主代理なんてやっていますけど、本当はそんなの向いてないんです。それらしい振る舞いや話し方を学べたから、決めたことだから、なんとかやるだけ」

ライナルト相手に渡り合ってきたのだってその時その時の運が良かったからだ。交渉事なんていまだに苦手意識が抜けないし、お世辞や腹の読み合いだらけの会食なんて大嫌い。彼は知らないだけで裏側じゃヘマだってたくさんしてきた。いまでも頻繁にクロードさんに指導されているのが現実だ。

「私個人なんて良くて経理が出来て、薬草の知識があるくらい。でもそれも教わってる途中で終わっちゃったから中途半端。上流社会で渡り合えるのは後ろ盾が強くって、みんなの補助があるから」

「違う、カレンが助けたいと思える人間だからだ」

ウェイトリーさんやクロードさんは顔役になれれば良いと言ってくれるけど、前線で活躍する人たちを見ていたら、自分との差を思い知らされる毎日ばかり。

頑張ろう、次がある、私は成長できている。そう言いきかせているし、実際成長できているのかもしれないが、前を向き続ける〝だけ〟のやるせなさは時折、とてもつらくなる。

皇妃ともなれば求められるものはこれ以上に多くなる。

これ以上の頑張りを求められると思うと、心とて重くなろうというものだ。

「好きだと言ってもらえた私は、一緒に並びたいから頑張って、虚勢を張って立ってる私です。全部全部努力して、足りないものをなんとか補ってもらったからここにいられる。そんな足りないだらけの人間が皇妃なんて務まると思いますか」

「責務が不安なら、これからいくらでも――」

「それだけじゃない！」

言うはずなかったのに、言いたくなかったのに、溢れだした感情が堰を切って止まらない。

「支えがあれば、ええ、きっとやれるのかもしれないけど、いままでの私であり続けられるのは、あなたが独りだから！　他の誰にも興味がなかったから！」

「私はカレンしか唯一として――」

「側室！　持たなきゃいけないでしょ!?」

これまで聞いてきた皇室の伝統と側室事情。あれらは皇室が国の基盤を固める目的があって他の女性を受け入れている。調べれば前皇帝だけでなく歴代だって側室か公式の愛人を作っていた。

「どんなに態度で尽くしてくれたって、側室は作らないと言ったって、皇帝となれば側室を作らなきゃならない時だって出てくる！　皇妃はそれを受け入れなきゃいけないでしょ!?」

「それは……」

「あなたは必要だったら男も女も関係ない。使えるものは何だって利用するじゃない。そういうの平気な人だって、私が知らないと思ってた!?」

こんな理由に拘ってるから、いっそうライナルトの隣に居られる人間ではないと思い知らされる。

……こんな女の側面なんて彼には見せたくなかった。

「私は無理なの。どんな事情があったって、好きな人が余所で女の人を作るなんて耐えられない」

コンラートでも同じ例があった。

私は伯達に救ってもらったけど、伯とエマ先生の間に割り込んだのは事実で、お飾りであろうと妻がいる事実をエマ先生は認めていた。もちろん伯は浮気なんかしない人だったけど、それでも、どれだけ理解しようと努めても、笑って許せるエマ先生の愛の形は私には遠かった。

ああ、ライナルトのことだからきっと言ったことは本当だ。

有言実行の人だもの、この人と決めたひとりだけに愛情を注いでくれるかもしれない。

でも物事に絶対なんてないのを私は知っている。


愛は消耗するし、永遠ではない。


たとえば形だけの側室ができたとして、これが皇室の慣習だと言われても、きっと私は苦しくなる。

「私はちっぽけなことに拘り続ける、意志の弱い人間です。いまだってシュアンを見ているだけで苦しくなるのに、この先耐えられるわけない」

いつか摩耗しきって、心は醜く歪む。

それがわかるのだ。歪んだ感情に囚われた私が怒りの矛先を他者に向け、第二のクラリッサにならないと誰が保証できる。

「もし自分がって考えたら、私は間違いなく笑いながらその人を憎む。絶対意地悪するし、酷いこともする！　そんなのでは、あなたが好きになってくれた私ではいられない」

度量がないとでもなんとでも言えばいい。

誰かにとって下らない理由は、私にとってはなによりも譲れないものだ。

ただ嘘をついて受け入れて、醜い私を見せるならいまのままがいい。ねじれながら、特異だからこそまっすぐに前へ進む人の隣で立ち続けるために、私は強くあり続けられない。

そういう自分勝手な、本当に弱い心だったから、誰にも語らず黙り続けていたのに。

すべてが嫌になってその場に座り込む。

「……もうやだぁ」

感情に振り回されて叫ぶ私はライナルトの隣に並べるほどの精神性を保てない。彼にはきっと煩(わずら)わしい矮小(わいしょう)な本音、子供みたく騒ぐ姿への幻滅は想像もしたくない。

「お願いだからこんな私はもう見ないで、あなたの知ってる私のままでいさせてください」

「……そんな状態の貴方を見て、私が放っておけると思ったのか？」

「綺麗なままでお別れさせてよぉ！」

「断る」

許可なんてあったものじゃない、横抱きで持ち上げられた。

降りようとしてもしっかり抱えられているし、そのまま寝台に腰を下ろしたのはともかく……。

「なんで諦めてくれないの。こんなに嫌だって言ってるのに！」

膝の上に座らされてるし、後ろから抱きしめられるしで、この人の頭の中が不明だ。私の知るライナルトなら、こんな面倒くさい女はとっくに突き放しているはずなのに、まるでその気配が無かった。

「諦められない理由ならいくらでも挙げられるが、諦める理由はひとつもない」

「放してってば」

「私が嫌だ」

「馬鹿、嫌い、最低」

「これだけ熱烈な告白をされて帰るなどできるはずがないだろうに」

「違う。あれはお断りの返事、皇妃になれないって説明しただけ！」

「そうとは聞こえなかった」

「言ったの！」

力は強まるばかりで、抱きしめられていた時間も長かった。

やがてほうほうの体で膝から脱しても手首を摑まれていて、どうやっても放してもらえなかった。

「この……馬鹿力！」

「そんな悪口にもなっていない言葉を放っても無駄だ。悪態ならあの半精霊に言われ慣れている」

綱引きの要領で足をつっぱってみてもびくともしない。

「ここまで言われ黙っているわけにもいくまい。頑張って貴方の不安を潰してみようか」

「そんなことしていただく必要はありません」

「まずカレンに足りないものがあるのは承知の上だ」

人の話を聞いてない。そして悩みをたった一言で片付けてしまう。

「知っていてその身を望んだのだ。解決できるかどうかは関係ない」

「関係ないって、わかってるんですか。私の世評があなたにも繋がるんですよ」

「民のことを指しているならば、彼らには満足できるだけの衣食住を守ってやれば済む話ではないか。端的に言えば、王が求められる役目などそれだけだ」

……そうだった。この人は周りの評価なんて気にしなかった。もし世評を加味するとしたら、それは自分の行く道を邪魔する可能性が生まれるかどうかの場合だけだ。

「そんなことよりも私は貴方がどうしたいかを聞きたい」

「どうしたいって、そんなのはもう……」

「資質がないからなどと、私の求婚を断る理由にはならない」

「人の劣等感を簡単にいなさないでくれます？」

「簡単だとも。なぜなら物事とは何事もどうしたいかで始まる。結末が決まっているから、解決できるかどうかで始まるものではなかったのではないか」

「知ったような口利かないで」

「ではコンラートの当主代行を決めた折、さらにはヴェンデルにコンラートを返すと決めたときに確実な解決策はあったのか」

……返す言葉がない。

「あまり語ることでもないが、私が皇帝になると決めたときも似たようなものだ。打開策など無かった、ただなると決めたからこそ今がある」

「皇妃も一緒だと言いたいの。だったらあなたは酷いことを言ってる」

「そうだな。だがカレンを妻とするためならできる限りを尽くそう」

避けられるはずがないものを守ると取り繕おうとしない。

これまで以上に頑張れと、自分のために耐えてくれと言っている。

「足りないものは私が補う。私で不足するなら必要なだけの人材も揃えよう。コンラート家の人々の教えや優しさが貴方に根付いたように、皇妃として自信がつくまでの助力は惜しまないつもりだ」

「だから耐えろっていうんですか」

「その通りだ。その代わり、私も貴方を不安にさせぬため努めると約束する」

そこでやや考え込んだ。

「……言い方を変えよう。助け合おう、と言いたかった」

「そういう言い方やめてくださいずるいです」

どんどんこっちの気が緩む物言いを覚えるから質が悪い。

「次に側室だ」

ライナルトの口から側室、などと言葉が出ると胸が痛む。顔を顰めた私に、彼は口角をつり上げた。

「取るつもりはないと約束しても、口約束をしても信用を得るのは難しいのだろうな」

「ええ、無理です。それが国の平定に繋がるなら、あなたはいくらだって利用する。すでにシュアン様がいらっしゃいますし、答えなんて出ています」

私はシュアンが嫌いじゃない。むしろ好ましいし頑張って欲しいと思う相手だからこそ、あのお姫様を嫉妬なんて醜い感情で汚したくなかった。

「あの時は濁されましたけど、どうせ穏便に済ませられて面倒が少ないなら、側室に入れるつもりだったでしょう。周りだってそれが一番だって思ってたはずです」

「流石に、よく私を知っている」

「私だけじゃなくてあなたの御友人達だって知ってた答えです」

ライナルトは側室自体はなんら気に留めないし、手を出すのも抵抗がない。

……だんだん悲しくなってきた。なんで私はこんな人を好きになったのと思うけれど、彼のこの在り方は否定しない。

結局、好きになってしまったのは事実なのだから。

「声にして悲しむくらいなら、あえていう必要もないだろうに」

「違う。そんなのあなたの勝手な想像です」

「シュアンを側室にするのはやめる。誰の働きかけがあろうとも、彼女を私の傍に置きはしない」

「そんなの通用するはずないでしょう。大体、私は今回だけの問題をいってるんじゃありません」

「わかっている。だから少し時間をもらいたい」

その期間、彼は数日で良い、と告げた。

「たった数日ですよ、何をする気ですか」

「先も述べた通り、まずはその不安を取り除くのが私の役目だ」

「い、いっとくけどそんなことしたからって、私の返事は変わりませんよ」

「それは私のやることを見てからいってもらいたい。ともあれ、その間にどこにも行かないと約束してくれるならカレンの信用を摑むだけの働きをしてみせる」

「もうすこし謙虚さを覚えたらどうですか」

「不要だ。そんなものがあっては皇帝になどなれないし、貴方も得られまい」

不敵に笑ってみせるではないか。

「ひとまずカレンの気持ちが確認できただけ良しとしようか」

「良くない。ぜんっぜん良くない」

「ニーカを置いていく。なにかあったらいってくれ」

「聞いてよ！　信じるも何も、無理矢理でも私の言うことを聞いてくれる気ないじゃない」

「私こそ何度も妻にしたいといっている。通告しておくが、私は手に入れると決めた対象を逃がしたことがない」

「なんでもかんでも思い通りになると思い込むのは傲慢です。足を掬われる要因になると、以前も似たような話をしたと思うのですが」

「忘れがちになってしまうな。これからも忠告し続けてくれ、私にはその意見が必要だ」

「臣下としてならいくらでも！」

「皇妃として、だ。それ以外は認められん」

「やめてください。私は待ちませんし、約束もしません」

「ではこちらで勝手にやる。また数日後に会いに来よう」

「ですから！」

こっちの不安を取り除こうとしてくれるのはわかる。

だけどそれだけじゃないのだ。私はまだ、なによりも重要な事実を伝えていない。

迷っている間にライナルトは立ち上がり、ようやく手を放してくれて——。

……寂しい、と思ったのは、実は敗北だったのかもしれない。

「課題をこなさなくては次へ進めまい。また会いに来るが、そのときには覚悟を固めておいてくれ」

「……気持ちが傾くとは思えません」

「そこをどうにかするのも私の務めだ」

今度は無理矢理ではなく手を差し出されたが、自分から捕まりに行ったりはしない。

警戒心丸出しに距離を取れば、無理には追ってこなかった。

「では、また」

ライナルトが出て行き、入ってきたのは父さんだけど、恨み半分恐怖半分で抱きついていた。

「もうやだ。全然諦めてくれないの、なんでよ、あれだけ断ったのに」

「まあ、そうだろうな。私もくれぐれもよろしくといわれてしまった」

「なんで助けてくれなかったの。扉まで蹴破って入ってきたの、父さん知ってたでしょ」

「割り込んだらきちんと話はできないだろう。そういった大切な話は疎かにさせないようにと、私はアルノーからいわれているんだよ」

子供の頃みたいに背中を撫でてくれるけど、過去の教訓を出してくるなんて父さんは卑怯だ。アルノー兄さんのせいでおちおち文句すらいえやしない。

「……陛下も涼やかな様に見えて、存外激情を抱えていらっしゃるのだな」

心なしか笑いが乾いていたのは気のせいか。

キルステン家での騒動は幕を閉じたが、私に降りかかった問題はなにも解決していなかった。

10
いなくなった人達を少し懐かしんで

「お引き取り下さい！」

「あら、あたくしと貴女の仲なのに連れないわ」

「どんな仲ですか！」

「皇妃の座を競い合った仲」

「記憶の捏造は困ります。それとも真実と思っているなら、お医者様を紹介します」

「そんなのはどうでもいいのよ。ところでアレクシスはいないのかしら」

「父なら義息子の保護者参観です。帰りは子供達と一緒ですから、ひとりの時間はありませんよ」

「長居する理由がなくなってしまったわねえ」

　ライナルトの強襲、たった一日後にしてリリー来襲である。

「皇帝陛下を袖にした稀代の悪女は元気そうね、よかったわ」

「なんてこと言うんですか」

「貴女の世評を踏まえたらそんな感じよ？　もっとも、これからそれらしい詩歌が作られるから噂なんていくらでも変化するけど。ところでその反応は皇妃になる覚悟ができたのかしらね」

「違いますやめてくださいそのまま回れ右してもらいますよ」

「貫禄が出てきたじゃないの。あら、そちらが噂の使い魔さん？　随分少女趣味なお人形だけど、嫌いじゃないわ。黒い鳥さんは……ふくふくしてやぼったいわね。こちらの扇子に乗ってはいかが？」

「ちょっとリリー！　ここは人の家なんですけど！」

「当然でしょう。我が家はもっと色彩豊かな明るい内装でしてよ」

扇子に飛び乗った黒鳥を従え、誰に案内されるまでもなく上がり込んでしまう。

この力業を窺わせる態度、じつにオルレンドル貴族らしい貴族だ。

「まったく、ただでさえ忙しいのに皇妃騒動に巻き込まれているのよ。あたくしに関係ない話じゃないから手伝ってあげているけど、少しは労って欲しいわ」

「……まさか陛下になにか言われて来たのではないでしょうね」

「心外ね。あのろくでなしが振られたと耳にしたから、面白そうだし見に来ただけよ」

椅子に深く腰掛けくつろいでいた。エリーザに肩を揉ませる姿に、思わずため息を吐いてしまう。

「あたくしを前にしてため息なんて贅沢な子ね」

「それよりも、なんでわざわざ家に来られたのですか。面白そうだからなんて信じませんよ」

「疑い深くなっちゃってまぁ」

「リリー、いまの私は余裕がありません」

「はいはい。……とはいってもねえ、興味があったから来たのは本当なのよ。だって妃なんて不要と断言した陛下が皇妃を持つ決断を固めた上に、それが貴女だっていうじゃないの」

「……私は了承しておりません」

「知ってるわ。でも彼が決めたからにはそうするでしょうし……ねえ、今朝の宮廷がどれほど慌ただしかったか教えて差し上げましょうか」

「……どうなってるんです？」

「うふ。秘密」

「怒りますよ」

「怒った顔も素敵。年下の女の子に叱られるのも好きだけど、その様子じゃ何も知らないのかしら」

「それどころじゃなかったんです。リリーがどこまで把握しているかも……」

「大体知ってるわよ。貴女が攫われた理由とか、最近の動向あたりまででいいのなら、だけど」

「ほとんど全部じゃないですか……」

昨日は始終頭がパニック状態で、ライナルトが何をする気なのか聞きそびれてしまっている。

彼が帰った後だって父さんに言われるままに一休みして、気を落ちつかせていたらあっという間に朝だ。おかげでニーカさんと話すタイミングを逃した。

そんなニーカさんはいまは軍服じゃなく私服姿。監視兼護衛を買って出てくれたが、リリーが来ていなかったら、いまごろ彼女から話を聞き出していたはずだった。

「シュトックに向かうにあたってはあたくしのところの手練もお貸ししたのも知らなかった？」

「……知りません」

「余程貴女に知られたくなかったのね。だったらバーレにも礼を言っておいた方がよろしくてよ」

「待ってください、第十隊だけじゃなくバーレも絡んでるんですか」

「だって貴女が攫われてからすぐ動く必要があったのよ。即日秘密裏に腕利きを集めるとなったら、正規兵だけではちょっとね」

「……ベルトランド様がそれを了承されたと？」

「そ。でもあたくしやバーレを使うよう陛下に進言して、直接交渉をされたのは宰相閣下。バーレの前当主と顔見知りだったのもあって、老体に鞭打って直接掛け合いに行ったと聞いてる」

「どうして宰相閣下が身を乗り出されたのですか」

「さて、何故かしら。一般的に考えたらあたくしたちの親愛なる皇帝陛下の助けになるべくした進言でしょうけど……どちらにせよ、あたくしには宰相閣下のお考えはわからないわ」

含む物言いは隠し事がありそうだ。だがいまは確実に教えてもらえる話を聞きたい。

「せっかくですからお話を聞かせてもらいたいのですけれど、エリーザさんは……」

「この子は大丈夫よ。口が軽そうに見えて律儀ですからね。まして恩人の悩みは吹聴しないわ」

にっこり笑顔のエリーザにも微笑み返す。

「私が攫われた理由、陛下が私を……その、皇妃に据えたいと言ったからで間違いないのですよね」

「あら、知りたいのはそれなの。だったらあたくし喜んで話しちゃうけど、サガノフはいいの？」

「どうぞ。間違いがあれば私が訂正します」

壁際のニーカさんは気配を消しているのに、ひとたび喋れば一気に存在感が増す。

「許可が出たし、じゃあせっかくだから教えちゃう。アレクシスとは会えなかったけど、これなら来た甲斐があったわ」

「父は駄目です」

「あたくし、これでも殿方は大事にする女よ。浮気とか、横領とか、公の座を狙わない限りはね？」

「駄目ったら駄目。大体、あなたにはベルトランド様を紹介したじゃないですか」

「おかげさまで楽しいひとときを過ごせたし、バーレとも良いご縁が繋がったけど、あの人とはもう終わったわ。いまはアレクシスほど真面目で苦労性な陰のある殿方が見つからないの」

これまでのリリーの夫が早くに亡くなっている理由が見えた気がしたが、それよりも早くリリー好みの別の男性が見つからないものか。

いっそ彼女の好みに合う人を探しだし贄……じゃない紹介を……違う違うそうじゃない。

「そうねえ、まあ、攫われた理由はそれで合ってるわよ」

「理由は？」

「少し順序立てて話しましょうか。ある日ね、陛下があたくしや宰相閣下、それにアーベラインを呼び出していったのよ。コンラートのカレンを皇妃に据えるってね」

「――リリーが呼び出されたのは、その、一番皇后に近い立場だったからでしょうか」

「違うわ。宰相閣下と協力して次の皇后を探していたから、その辺りの動きがばれていたの」

「は!?」

「驚く話ではないでしょう。いかなる時代も、王の横に立つ女を選定するのは高貴な人の役目よ」

なんて企みを暴露されたのだが、私の驚きはそこではない。

「待って。リリーはその話を聞いて反対しなかったと?」

「問題はいくらでもあるかもしれないけど、だからといって反対する理由はないのよ」

「何故です。私は移住してきたばかりの外国人で身分も高くない、一度結婚だってしてる女です」

「そうねえ、アーベラインもそのあたりとーーっても強調して、諸侯に示しが付かないと力説していたけど、あたくしそこはどうでもいいのよね」

「どうでもいい？　そんな、国外からの侵略を心配していたのはリリーですよね」

彼女が「だって」と扇子を一振りすれば、黒鳥はリリーの胸の谷間に落下した。

「どちらでもよかったのよ。そもそも陛下は唯一なんて求めはしなかった。他人があんな人間の意思を変えるなんてできない。いてもいなくても変わらないお飾りに期待するものなんてなかったの」

「国内のまとめ上げはどうするのですか。彼らの輪が乱れては亀裂が生じます」

「仮にも前帝に反逆し皇女殿下を追い出した皇帝よ。決断した以上はそのくらいどうにかするでしょうし、できなければ論外よ」

彼女が探したのは面倒事を起こさない、あるいは起こしても与しやすい、操りやすい皇后候補。

「宰相閣下はもうちょっと違うお考えがあったみたいだけど……。あたくしは貴女が皇妃になるのは反対しない。なぜって？　あたくしがそれでいいと判断したからよ」

理由になってない理由を堂々と述べる美女だが、次の瞬間には両手の指を合わせながら、うら若き乙女みたいに唇をとがらせた。

「でも問題はここからだったの」

黒鳥は谷間から出ていく気配がなく、ルカがリリーの持っていた扇子の解体をはじめ、採れた羽を消したり増殖させたりしている。エリーザが瞳をきらきら輝かせながら少女人形を見守っていた。

「何が起こったんですか」

「なんていうのかしらねぇ。そういうのって、貴女の了解を取ってからの方が面倒事が少ないんだけど、どうせ貴女方両思いだし、あたくしそこはひとつも心配してなかったけど」

「どうせっていうの止めていただけますか」

無視されるけど言わずにはいられない。

「一応穏便にってことで進めようとした矢先に誰かが侍医長と侍女頭に漏らしちゃったのよね」

「その二人は辞められたと聞きました。やはりただの病気では無かったのですね」

「そう、おばさま達にこのことを知らせてしまった挙げ句、誘拐の手助けをした。侍女に指示を出して誘拐の一助をしてしまったのね」

「なんでそんなことを……」

「彼らにとってはおばさまの元(もと)の方が甘い汁を吸えたからよ。密告するまで馬鹿とは思わなかったけど、陛下を甘く見ていたのが一番かしら」

ここで、ニーカさんがこほん、と咳払いをこぼす。

「ライナルトはあの二人を警戒していた。あの二人には漏らすつもりは無かったはずです」

「……ニーカさん」

「実際陛下が我らに話をしたときは人払いを行っておりましたし、内々に知らせておくだけの心積もりでいらした。まあ、かといって放置は出来ないのでゼーバッハ殿には護衛を頼みましたが……」

「やっぱり……ゼーバッハさんは私の護衛役ですか」

お隣にいたのも護衛にちょうど良かったからで、念のためにと気を配ったのだろう。

「ただそれも思ったより人数が割けなかったのでしょう？」

「トゥーナ公のおっしゃる通りです。本来なら私もそちらに詰めるつもりでしたが、予定が大幅に遅れてしまった。せめてあの日、私も同行できていたらと思います」

「同行、ってまさか誘拐された日ですか？」

「皆さまの馬車を憲兵隊が離れて護衛していたのです。それも全員やられてしまいましたが……」

「ちょうど内部が混乱していて、人をとられちゃったのよねぇ。まったく用意周到ですこと」

郊外でバルドゥルらしき人物の発見報告が相次ぎ、また武器の密輸が発覚したりと人員を割かれていたらしい。つまりそれだけバルドゥル指揮下の襲撃が優れていたのかもしれない。

「リリー、誰が皇妃の件を話してしまったかわからないのですか？」

「人数は絞られてるわよ？　噂が出てしまったのが異様に早かったのだもの。絞れるとしたらそこの彼女、あたくし、アーベラインか宰相閣下。あとはその場に居合わせた近衛の幾人か」

「それは……確たる証拠もなく押さえてしまうと……」

「ね？　下手に疑えないでしょ。内部にもっと混乱が生じてしまうもの」

ああ、それはライナルトといえども保留するしかない。

「……でも、私を攫っても意味なんかないでしょうに」

「そうでもないわ。だって貴女は陛下が得た初めての弱点らしい弱点だもの」

「私がライナルト様の弱点？」

「そ、おばさまは自分から特権を奪った陛下を目の敵にしてたし、オルレンドル人の古い考えが染みついていた。皇室に外国人の血が混じるのが許せなかったし、殺せば嫌がらせになると思ったんでしょ。もっとも、その嫌がらせで我が身を滅ぼしては元も子もないけれど」

私の誘拐後、ライナルトはまず皇太后を尋問するつもりで皇太后住居に向かったが、もぬけの殻だった。手がかりを求め宮廷を探していたあくる朝、彼の執務室にある物が置かれる。

「爪の入った小箱です。あれでライナルトがカレン様に一刻の猶予もないと悟った」

ニーカさんの補足に、リリーがため息を吐く。

「誰かの命は、誰かの大切な人なのだと、せめて一欠片でも理解できていたのならね……」

皇太后クラリッサにとっては、自分にとって虫けら同然の命は他人にとっても同様だったのだ。

「……オルレンドルは他国を侵略し呑み込んで育った国家。彼らをうまく取り込まなければいまはなかったというのに、純粋なオルレンドル人に拘るばかりなら時代に取り残されるだけよ」

「あの時点では、皇太后様は陛下が挙兵なさるとは思わなかったはずです。そして同時に、正直私は驚かされました。いくら皇太后様とはいえそこまでするのかと」

「なまじ表に出ず宮廷に籠もってばかりだったから、外の世界を軽んじていたのね。知っていたら爪を剥がして送りつける真似するはずないもの」

「あれはライナルトの逆鱗に触れました」

「わかるわぁ。あれはあたくしも珍しく逆らってはダメと思ったもの」

その怒り様たるや、モーリッツさんが反論すらせず軍備にあたったほどだったという。

「ねえ、陛下はあたくしを呼び出してなんて言ったと思う？」

「さ、さぁ……」

「兵を貸せ、貸す気が無いならいまから起こる騒動はすべて黙認しろ、よ。新兵器の実戦も兼ねるというから兵は出したけどいきなりは困るわ。反対派だったアーベラインはご愁傷様ね」

「いえ、トゥーナ公。あれでモーリッツは此度の誘拐には腹を立てていました。妃の件はあいつなりの事情があるだけで、救出に反対はしません」

「そうなの？　本人は認めなさそうねぇ」

「ええ、きっと認めません。面倒なヤツですから」

「だとすると……あらあら。貴女は悪い人ねぇ」

とにかく皇太后クラリッサはライナルトの怒りを買った。

就任したばかりの文官が、その姿を見ただけで腰を抜かす勢いでだ。

「失礼だけど、そのときに陛下が貴女に本気なんだと知った。あの人でなしが突発的な感情に任せて、個人のために軍を動かすなんてね。ああいうの、愛って言うのよねぇ」

「陛下はお変わりになりました。その対象はひとりに絞られますが、本当に大きな変化です」

「……ま、それがいまの騒ぎを生んでいるのだけど」

「たまにはよろしいのではないでしょうか。人間らしい一面が見られて私はほっとしています」

からかってくるなら反論してやろうと思ったのに、しみじみと言われるからなんとも言い難い。

この後、シュトック城破壊作戦が成立した。あとはニーカさんの包囲網でアヒムが近くにいることを掴み、急遽鹵獲（ろかく）すると事情を説明。彼を送り出したという。

「あのアヒムをよく捕まえられましたね……」

「すこし骨が折れましたが難しくはありませんでしたよ。追いかけっこみたいで楽しかったです」

きっと言葉通りの追いかけっこじゃないんだろうな。

「おおよその流れはわかりました。それで実際のところ、侍医長達はどうなったのですか？」

「好奇心を殺さないのは結構よ。予想がついているでしょうに、本当に聞きたいのかしら？」

「はい、私は知る必要があるはずです」

リリーの目線がニーカさんに彷徨い、彼女が頷いたところで教えてもらえる。

「二人とも、おばさまに密告したことは認めたけど、誰から情報を受け取ったのかは話さなかった。拷問にかけてもよかったけど、時間もなかったし、止める間もなく陛下に斬られておしまい」

……こんな状態だからライナルトの怒りは収まるところをしらなかった。

シュトック城破棄に続きヒスムニッツの森伐採を決定し、いくらか冷静さを取り戻したのだ。

「貴女を取り戻した後も医者が必要だったし、お怒りは抜けなかったけれどね。この間に宮廷内のそれなりの地位に関わる人物は改めて精査された。あたくしも人を推薦してあげたのよ」

で、その諸々と同時にヴェンデルやエミールの安全を図るなどしたのだ。

この時には宮廷内に箝口令(かんこう)が敷かれたが、バーレに協力を取り付けたのもあって、予想より多い人物に広まってしまった。

「ライナルト様は自分が悪いとだけいって、そんなことがあったなんてなにも言わなかったのに」

「元凶には変わりないから一緒じゃないかしら」

「それでももうちょっと……言ってくれたら……いいえ、無理ね。ああ、なんてことを……」

あのときの私は頭に血が上っていて、ライナルトの話を聞くつもりがさらさらなかった。

ずっとライナルトが勝手をしたと思ってたのに、そんな経緯があったとわかっては全部責められなくなってしまう。彼を許してしまいたくなるではないか。

「いいじゃない。聞くところによれば、貴女ったら陛下に物を投げつけたんでしょう？　それでいてあれが黙って受け止めていただなんて、あたくし久しぶりに心から笑わせてもらったわ」

「ねえリリー。さっきから振られたとかなんだとか、どうして必要以上に詳しいんですか。ライナルト様だから絶対そこまで話してるはずないのに」

自分から振られたなんて吹聴する人でもないはずだ。

しかし彼女は平然と言った。

「『箱』の魔法使いがいらして、まるで見てきたかのような物言いで揶揄(からか)ってたわよ」

「な、あ……!?」

「安心して、聞いてたのはあたくしやアーベラインに近衛くらいだから。宰相閣下もいらしたけど、元々知ってた人間だから大した問題ではないわね」

あの男いったいどこまでバラしたの！

「悠長に構えて……だ、誰が皇太后一派に皇妃の件をばらしたか判明してないんですよねぇ!?」

「うぅん。貴女には悪いけど、あたくし、そこはどうでもいいの。関わる気がないから」

敵を飼っているのも同然だが、なぜかリリーは構わないと言う。

その姿にある考えが過ったが、確信には至れなかった。判断材料が足りないのだ。

「安心なさい。いまの貴女が攫われることは決してない。ライナルトは決して貴女を離さないでしょうし、何に代えようとも守り通すでしょう。ね、サガノフ？」

「……そのようなことがあれば、次は誰の首が飛ぶやら」

この表現が比喩じゃないのが恐ろしい話だ。

リリーはしみじみと、半ば同情的な眼差しを向けてくる。

「貴女……つくづく厄介(やっかい)な男に愛されたわね」

「やめてください改めて言わないで」

「その点だけは同情して差し上げるけど……ああ、でも、そうだ、ひとつ教えてくださらない」

「トゥーナ公、彼女はだいぶ動揺しています」

リリーは胸元から寝ていた黒鳥をすぽんと抜いて口づける。

肝心の魔法生物がでれでれしてるのは気のせいじゃない。

「貴女、ライナルトの妻になったら何がしたい？」

「な、なにって、そういう前提で」

「じゃあもしもでいいわよ。早く言いなさい」

いきなり圧が強くなった。

細まった目元は言い逃れを許さないと語っており、こうなっては軽口を叩けなくなる。

「もしも、もしもの場合でいいんですか」

「ええ、教えてちょうだいな」

「……特には、なにも」

あからさまに拍子抜けされても困る。

「ですからなにがしたいと言われても、浮かぶ物はありません。私の目的ははじめからひとつ、ヴェンデルにコンラートの地を返すこと。あの子が立派な当主になるのが第一です」

「ライナルトに対しては？　何かあるでしょう」

「どうせなにを言っても先へ先へと行ってしまうんです」

「愚痴だったら本人に言ってくださらない。あたくし恋愛の教師にはなれなくてよ」

「……せめて足を掬われないよう、見ててあげるくらいじゃないですか」

半ばふてくされた回答になったが、リリーは「ふーん」と気のない返事。仕事をバリバリこなす女傑だから、期待する返事じゃなかったのはわかっている。

しかし彼女は瞑目し思いに耽ると、すっくと立ち上がり悠然とした公の貌を現した。

ルカの手により極彩色に変じた扇子を、手の平でパチンと畳む姿は貫禄に満ちている。

「よろしい、解は得ました」

……最後は明らかに試されていた。

文句の一つ二つ言いたいが、すでにリリーは踵を返している。別れの挨拶すらないが、いちいち気にしていたら彼女の相手は務まらない。代わりにエリーザが礼の形を取り、唐突な嵐は去ったのだ。

本当に、これだからリリーを相手にするのは疲れる。

頭が痛くなってきたのは気のせいじゃない。昨日色々あったせいか体温が上がってる。

ごろぉ……と転がってる黒鳥を摑んで投げた。

「……ルカ、この子はあれよ、教育的指導を施す必要があると思うの」

「人の倫理観価値観をソイツに期待するだけ無駄よ。それよりもねえ、公爵が身につけてたレースの手袋！　あれとっても繊細で美しかったわ、ワタシに買ってちょうだい」

「はいはい、でも人形用に仕立てるのは時間がかかるわよ」

「人形用と少女用を作って。あともう少しワタシを拡張できれば、人の姿に少しの間戻れるの！」

魔力で作るのではなく、実物をせがむようになったのはシスとの旅の影響か。

こちらを興味深げに見つめるニーカさんに話しかけた。

「すみません、騒がしかったですか？」

「ああいえ、違います。私はあまり彼女を見る機会がなかったですし、こういう平穏が不慣れで」

「じゃあワタシみたいな繊細な人形は初めてなのかしら。いいわ、だったら運び役に任じてあげるから、とくとこの保護欲を駆り立てる愛くるしさをご覧なさい」

「は、いや、私は彼女の護衛があるから」

「このワタシがいる家の中で問題なんか起こるものですか。ほら、そこのぼんくら鳥も持っていいわよ！　アナタかわいいものも好きでしょう、ほらほら存分に堪能なさい。ワタシが許してあげる」

ライナルトの傍仕えだと、どれだけ気を張るのだろう。

人形の勢いに負けたニーカさんは黒鳥をむにむにと握りながら行ってしまった。

私は……ちょっと寝ようかな。

休んでいたら時間はあっという間に過ぎ、キルステン邸は一気に騒がしくなる。

やっほー、と呑気に手を振る義息子には、言いたいことがたくさんあった。なのに真っ直ぐにこちらを見つめ、小首を傾げて微笑む姿は、悔しくも可愛くて意気を削いでくる。

「ごめんね？」

どこでその技術を学んできたのかお義母さんとっても気になるけど、その間にも義息子はラスクにたっぷりの薔薇や林檎のジャムを塗りたくる。こうして見ると、この子の味覚は亡きヘンリック夫人に育てられたんだなあ、といなくなった人を懐かしんでしまう。

「皇妃のこと黙ってたのは、カレンの容体を考えたらああするのが得策だったからだよ」

「それは一応だけど納得した。だけどね、問題はその後です」

「何も言わずに放っておいたこと？」

「わかってるじゃない。一体いつから知ってたの」

「知ってたって、へーかがカレンのこと好きだってヤツ？」

「う……そ、そう、それ」

この場にはウェイトリーさんのみならず、父さん、エミールだっているのにお構いなしだ。しかしここで恥ずかしがっては負けてしまう。何に負けるかはわからないけどとにかく負けるのだ。

「知ってたもなにも、宮廷に匿われたときには原因を説明されて謝られた」

「な、なのにそのままにしてたの!?　私が宮廷預かりになったときも!?」

「そうだよ？」

「なんでそう悪びれないの、私の一生が掛かってるんだけど！」

「わかってるよ。まぁさ、だから明かしてあげても良かったけど……」

机の上には一枚の絵がある。

これは今日の保護者参観のためにヴェンデルが描いた家族の肖像画だ。

そこにはコンラートの面々に加え父さんやエミールが描かれており、これに感激した父さんから帰ってくるなり報告されてしまった。

ファルクラムじゃ市井、貴族の学校どちらにしても保護者参観なんて行事がないから、学校で子供達の発表なんて見学する機会はなく、すごーーーーく興味を持っていたので交代をお願いしたのだ。

父さんはいたく喜んでいたが、ちゃっかりお小遣いをせしめたヴェンデルは抜け目がない。

……ちなみに来月はエミールの番で、父さんは早くもその日の予定を空けているが、あの子の学年になると課題が研究発表に成り代わり難しいらしい。

「考えてみてよ。僕らがカレンに告げ口して宮廷を飛び出されたら、どうしたらいいのさ」

「なによそれ」

「どう考えたって悪い方に運ぶしかないじゃん。誘拐に関しては文句もあったけど、僕だって医者の息子だ。安定したカレンを揺らそうとは思わないよ」

「……い、言いたいことはわかるけど、相手が相手なのよ。もっと大事に考えた方がいいと思うの」

「恋愛に第三者が割り込むのが一番ややこしい。口を挟んで良いのは仲が拗れた場合の責任を最後まで取れるヤツだけだってクロードがいってた」

「ぐ……クロードさん、いつの間にそんな教育を……」

「僕は無理。うちの誰でも無理。じゃあ見守るしかない。そうでしょ、ウェイトリー」

「左様でございますな」

「僕たちだってどうなるかわからなかったんだし、そのことを言われてもなー」

なので堂々としているのだ。

しかし言いくるめられるのは悔しくて、私も無意味にジャムを塗り重ねる。

「どうなるか、って、どうなるのよ」

「だってカレンと陛下、くっつくの時間の問題だったじゃないか」

「そんなことありません。立場と常識を考えなさい」

「立場と常識をわきまえる人だったら、当主代理には落ち着かないし、国の存続がかかってるときに、隣国の確実かどうかもわからない皇太子に保護をもちかけたりはしなーい」

……お菓子の味がしない。

「姉さん、砂糖を入れていないのに混ぜすぎです。落ち着いてください、こぼしてます」

「僕、もう覚悟してたんだよ。皇妃様って聞いたときはびっくりしたけど、でも側室よりはいいよ」

正室と側室の違いを冷静に考えられるのは、両親の関係が複雑だったからだろう。

ヴェンデルの境遇に反応を示したのは父さんだった。

「それはお母上が……なんだ、正妻ではなかったからかい？」

「あー……誤解しないでねお爺ちゃん。僕は……それに母さんや兄ちゃんも正式な奥さんじゃないのは気にしてなかった」

それは伯の愛情がエマ先生のみに注がれていて、二人共お互い良く在ろうと努めていたからだ……と思う時がある。ウェイトリーさんを見れば、なんとも言えない表情でうっすら微笑んでいた。

なお、私が伯と夫婦関係で無かったことを父さんは知っている。

私が話したのは父さんがこちらに来てからだけど、ずっと前から知っていたと教えられた。

いつから、と問えば、兄さんの当主就任の昼会のときから。

あのとき伯は父さん達と挨拶している。その時にざっくりだけど話をしたそうだ。

「でもいま思うと、地方のコンラートでさえ僕が知らないところで色々あったんだろうなってことがたくさんあった。だからオルレンドルだったらもっと大変なんだろうなって、ね」

「こんなことを聞くのはなんだが、カレンが……その、皇妃になったら、ヴェンデルは……」

「禁書も読み放題だよねー」

うまく誤魔化すものだ。

「とーにーかーくー。そっちについて僕は関わらないよ。でも誘拐についてはちゃんと怒っておいた。陛下も気をつけるからもう大丈夫だよ」

「怒っておいた？」

「そ。ちゃーんと叱っておいたからね」

ヴェンデルから見えない位置で、ジルと寛いでいたエミールがそっと首を振っている。

ぐっと拳を握りしめ、シュッと拳を突き出した。

………なるほど。

「よく陛下を叱るなんてできたわね」

「だって約束を破ったし、それに家族が攫われたら誰だって怒るだろ。エミールなんかは落ち着いちゃってたしさ……」

「それはヴェンデルが先に怒ったからだ、こっちが怒る暇がなかった」

「待って、それよりも約束ってなに？」

「ひみつー」

後からエミールが教えてくれたのだが、ヴェンデルは結構な間お怒りが解けなかったらしく、私の保護後はライナルトに相当愚痴をいっていたらしい。

「それはともかくさ、僕はひとことカレンにいっておきたいんだけど」

「今度はなに」

「この間話してきたんだ。そろそろ会っても話せると思うよ」

誰が、とあえて名をいわないのがこの子の優しさだ。

私も声にするには、お茶を一口飲み干すくらいの時間が必要だった。

「……元気にしてた？」

「前よりは元気。といっても、コンラートにはほとんどいなかったんだけどね」

「うちから離れてたんだ」

「色々あったから。なんにせよそろそろ会っておかなきゃ、心につっかえがあるみたいで踏ん切りつかないでしょ」

「……お見通しね」

逃げて逃げて逃げ回ったから、そろそろ向き合わねばならない。

妹を失ったジェフに会うのだ。

「ほんと、よくできた義息子だこと」

「義母が頼りなさ過ぎなんだよ。そのせいで僕がしっかりしなくちゃならないし、もうちょっと子供でいさせてほしいよね」

「その役目はしばらくお爺ちゃんに譲る。私、もうしばらくはあなたに頼らないと駄目そうだわ」

「いいよ、任されてあげる」

迷惑をかけるのに嬉しそうに笑うではないか。

「冷えてきたからかしら、今日はやたらと皆を思い出すわ」

「奇遇〜。僕も昨日父さんの夢を見たよ」

「伯はなにをやってた?」

「庭で母さんとお茶してた。兄ちゃんやニコもいたけど、僕やカレンの席はないでやんの。それに給仕はヘンリック夫人だったけど、お茶淹れはウェイトリーの方が上手だし、ぜんぜんなってない」

「私たちの席がないって、薄情な人たちねぇ」

「でしょ。だから腹が立って虫を投げちゃった。弱った蟬(せみ)に、カマキリに、団子虫。コオロギもいた。ほかにもたくさんいたからそれも全部」

「怖いことするのやめなさいよ。で、虫嫌いのニコはどうだったの」

「花嫁衣装が虫だらけで半べそ。んで、兄ちゃんにバレてすごい顔で追いかけてきた」

「……そこは花嫁衣装なんだ」

「夢だし。でも僕たちを無視するのはあんまりじゃないか。でしょ、ウェイトリー」

「わたくしを差し置いて給仕はなっておりませんね」

夢の中だからやりたい放題だ。

虫を投げつけられる恐怖に腕を撫でさすったが、同時に安堵と寂しさを覚えている。

私たちはとうとう故人の悪口を言って、笑い合えるまでになった。

死に様よりも笑っている姿を思い出す時間が増えたのは良いことのはずなのに、存在が少し遠くなった気がしてしまう。

――君は君らしく己が目で確かめ、そして自分の道を決めなさい。

伯の言葉をいまも覚えている。

あれがなかったら、私はここには立っていない。

ライナルトに賭ける可能性は考えても、決断には至れなかった。

「カレンはエルねーちゃんが夢に出てきたことないの？」

「あっちはだめ。全然だめ。きっとばかみたいに矜持が高かったせいかしら。夢のひとつにも出てきやしないの、出てきたらふりふりのレースを着せて飾ってやるって決めてたのに」

「うわ、嫌がりそう」

「そうでもないのよ。ルカの可愛い好きってエルの影響があるみたいだし、案外好きだったのかも」

エルに対しては、まだその境地には至れないけれど、少なくとも彼女が遺してくれた子達が私の味方になってくれている。助けてくれている。

……ライナルトとの恋を、見守ってくれている。

「で、ヴェンデル。ジェフはいまどこで寝泊まりしてるの？」

「ゾフィーの家。いつでもいると思うよ」

「ありがと」

「どういたしまして」


ゾフィーさんの家がある区画は集合住宅や一軒家が混沌として集う場所だ。家賃はお手頃であるものの、治安はそれなりに良く、ちょっと歩けば子供達が駆けっこしている。湧き出る温泉を利用して洗濯に勤(いそ)しむ主婦達が愚痴や噂に大盛り上がりだ。

やや造りは古いものの、庭付きの一軒家は亡き旦那様と過ごした家だそう。

日中のゾフィーさんは仕事。子供達は学校だから、家の中は居候のジェフひとりと聞いている。

「ニーカさんはいつからジェフがここにいるって聞いてたんですか」

「はじめからです。コンラートの状況はヘリングから逐一報告をもらっていたので」

「……ジェフが良からぬ企みをするかもしれないって疑惑もあります？」

「それが私の役目ですから。……もちろん、手出しはしていませんよ」

ニーカさんも包み隠さず答えるようになってきた。

一連の誘拐事件は元を辿れば宮廷の諍いが原因。犯人は割れているものの、ジェフの怒りがどこに向くかわからない点では、ニーカさんはジェフを警戒せねばならないのだ。

護衛は彼女ひとりだが、正直これは疑わしい。ゾフィーさん宅に歩いて行くと告げたときも頷き一つで返事をし、それどころか並んで歩く始末だから、周囲を探れば他にも見つかるかもしれなかった。

「行かないのですか？」

「心の準備中です」

玄関に到着したものの、進む勇気が出ない。

ちゃんと向き合おうと覚悟を決めていたはずなのに、いざ会うとなると足が震える。

すう、はあ、と深呼吸を繰り返しノックの金具を摑もうとしたら、外から声をかけられた。

「カレン様？」

聞き慣れた男性の声はもう一人しか該当しない。

拳を握りしめて振り返った……ら……。

「………誰？」

端的に表現するなら美中年だ。顔の彫りが深く、ややつり目がちの端正な顔立ちをしている。

武芸を習っているのか、薄手の作業シャツ越しでも鍛え上げられた体軀。片手に食料品の詰まった紙袋を抱えているのだが、その姿には見覚えがあった。

「まさか、ジェフ？」

顔の作りこそ私の知っているジェフリー、もといジェフと正反対だが、髪と瞳の色は記憶と一緒だ。伸びた髪を後ろで一括りにした男性は「ああ」と自身の頬を撫でる。

「顔を変えたことは知らされてなかったのですか」

ポケットから鍵を取り出し扉を開けた。

「まだ片付いていない。中は散らかっていますがご容赦を」

「あ、はい。私は、どこでも」

つい縮こまってしまうのは彼が纏う雰囲気が違ったせいだ。

期待していたわけではなかったが、やはりにこりとも笑わない。憎しみや怒りといった感情はないが、喜びも感じないのだ。兜がないから、なおさら相手の表情を気にしてしまうのもあった。

淡々と事務的に対応しているのが伝わってくるし、ニーカさんに話しかけるときも同様だった。

「貴女も入られるか」

「もちろんだ、入らせてもらう」

「警戒せずとも害は加えない。私に敵意がないのは、監視から報告を受けているのではないかな」

「それを信用していては私の仕事は立ち行かないよ。貴殿なら理解できるはずだ」

「……わかった。だが、貴女の手を煩わせはしないと覚えておいてくれ」

「助かるよ。そうそう、私は口出ししたくない。凶器になりそうなものからは距離を取ってくれ」

「了解した」

「貴殿が手出ししない限り私は壁だ。いないものとして扱ってくれ」

ゾフィーさんの家は家主のゾフィーさんとお子さんの三人住まいだった。子供は二人とも男の子で、エミールやヴェンデルと仲が良い。やんちゃ盛りだが、お母さん思いで正義感が強く、そして元気が有り余っているぶんだけ、同じくらい家が散らかっている。食堂兼応接間はゲーム盤をはじめとした玩具類、木刀や洋服が散らかっていて、中にはゾフィーさんの上着も置きっぱなしだ。

ジェフは玩具等を慣れた様子で拾い、片付けながら言う。

「家事などは、いまは世話になっている私がやっています。朝は洗濯物と朝食を優先したので、片付けがまだでした。見苦しいですがお許しを」

「ジェフが全部やってるんだ……」

「なにもせず世話になるのは居心地が悪いので。……ああ、なるほど、ゾフィーが部屋の片付けを優先しろと言っていたのは、カレン様が来るからだったか」

ゾフィーさんは私の来訪を伝えていなかったのか。

きっと彼女は見せたくなかったであろう散らかったお部屋を目撃してしまったが、これは責任をもって記憶を消去する。

慣れた手つきで片付けを終えた彼が席に着いたとき、剣は遠く、両手は膝の上にあった。

「い……いつ、顔を、変えたの？」

話題を求めた結果、出たのはこんな質問だ。

目を見られない。ジェフも私を見ようとしないし、顎も俯きがちだった。

「貴女が保護されて、すぐ。ゾフィーの元で世話になっていたら、街中でファルクラム時代の知った顔を見つけました」

「え!? あ、でもそのときは兜を被っていたのよね」

「ええ、向こうは私に気付きませんでしたが、今後ファルクラムから流れてくる者は増える。ゾフィー達に迷惑をかけるやもしれなかったので、シャハナ長老に頼み、そのまま施術を」

普通に考える整形なら何ヶ月もかける大手術だが、そこは魔法のあるこの世界。患者に魔力が充実しているならば、物理的な傷の治りは早い。

「……無事に終わって良かったです」

「ゾフィーも同様に安心していました。彼女は私が自ら命を絶つのではないかと考えていたので、顔を変えるのであれば多少なりとも生きる意思があるとみなしたのでしょう」

「そっか……。そういえばどうしてこの家にお世話になるって決めたの？」

経緯を知らないので聞いてみれば、ぽつりぽつりと話し始めた。

「チェルシーの葬儀の後……特にやることもなく、いつも通りに過ごしていたのです。少なくとも私はそのつもりでしたが、皆にはそうは映らなかったようで、暇を出されました」

そして公園に座っていたところで子供に話しかけられた。

「ゾフィーの長男レオです。葬儀の時に会って話もしていたそうですが、私は覚えておらず……」

「あの子なら私も覚えてる。何を話したの？」

「なんだったでしょうか。正直なところ、そのときの記憶ははっきりしていないが、最後だけこう言われたのは覚えている」

レオはジェフの手を掴んで言ったそうだ。

「やることがないなら、うちにきてはどうか、と」

「それでお世話になると決めたのね」

「いつのまにか弟のヴィリもいて、手を引っ張るので……振り払うわけにも、いかず……」

そうして兄弟は、ジェフを母親の休む自宅に連れ帰った。

ゾフィーさんは驚いたらしいが、兄弟が母を説得する姿に、ジェフは久方ぶりに思考したらしい。

「チェルシーが最後に何を守ろうとしたのか、聞いていても、知らなかったなと……」

「……彼女の、最期は」

「ゾフィーを守った。……彼女はチェルシーによく子供達の話もしていたから、母親だと知っていたのでしょう。だから、守ったのではないかと、私は思っています」

……妹はかつて母になれなかったから、と声なき声が語る。

ウェイトリーさんに話をしたときは、なぜかすべて了承済みだったそうだ。

「話してくれてありがとう。元気だとわかってよかった」

「……いえ」

だがこれ以上が続かない。

しかしここまで話させておいて、私が黙り込むなんてこともできない。

いわねばならない場面だと意を決して顔を上げた。

「今回は、私が――」

「詫びでしたら不要です」

考えていた台詞が全部頭の中から飛んだ。

「失礼。強く言ったつもりはなかったのですが、驚かせたのなら申し訳ない」

「あ、い、いいえ」

「ですがいまいった通りです、詫びは不要だ。謝罪もやめていただきたい」

「……それは何故でしょう」

「………………チェルシーが貴女を守ろうとしたからです。それを、無駄にしたくない」

絞り出された声量だった。上半身を前のめりにしながらうつむき、固く両手を握りしめている。

「情けない、もう少し穏やかに話せるつもりでしたが、このような醜態を晒すとは」

「当たり前の反応ではないですか。私が原因で馬車が襲われたのですから」

「何が原因だったかはすべて聞いています。本当に悪いのは愚かな企みをした悪人共だ。私とてかつて国に仕え、守る御方を頂いた身。どうしようもない理不尽な死があるくらいは承知しています」

それでも、と言う。

「お許しを。貴女達は悪くない。悪くないとわかっているのに、私は未だにどう向き合ったら良いのか、自らに答えを出せないのです」

「まだ、会うのは早かった……?」

「追い返すつもりはありません。カレン様とて、今日は勇気を振り絞ってこられたのでしょう」

自分に余裕がないのに、私を慮（おもんぱか）れるジェフは素直にすごい人だと称賛したい。

ただ、だからこそ聞いておかねばならなかった。

「ジェフは私を憎いと思う？」

「……わかりません」

「あなたは情の深い人です。雇い主だからと、そういうのに配慮してるのだったら……」

「違います」

「ジェフ」

「違うのです。恨みとはまた違うはずだ。ですがこうも怒りを覚えるのは……」

ゆっくりと首を振る。

「私が苛立ちを覚えるのは、あの日、貴女がたの元から離れた私自身に対してもだ」

「……本当に？」

言葉はそれだけではない気がした。問いかけにピタリと固まると、のろのろと顔を上げる。

ああ、顔立ちは変わっても、この人はたしかにジェフだ。

「カレン様に何故、と思わなかったわけではありません」

それははっきりと口にしなかったけれど、「何故守ってくれなかった」だ。

「ゾフィーに対してもだ。だがそれも彼女が悪いのではない。なぜ妹が死んで……彼女が生き残ったなどと、そんなのは問うてはならない。他ならぬ私があの子の行いを否定することになる」

眼差しがあの雨の日のチェルシーと重なる。

「私も油断していたのです。正しく考えるなら、貴女がた三人だけで行かせるべきではなかったのに、私は平和に浸り、自らの義務を疎かにしていた……」

自らを戒め、感情を抑え、同時に怒りを吐き出すためのため息。

ジェフの記憶はあの日の自分を振り返っている。

「誰も……悪くは無かった。私の知っている妹であればそう言っていたはずだ。それに私ももし同じ立場であったなら、ゾフィーを生かす。悲しむ者が少ない私よりよほど生きる価値がある」

命は価値で測れるものではない。

まして私たちにとってはジェフは大切な人だが、それを伝えても、いまのジェフには無意味だ。彼とてわかっていながらいわずにはいられないだけなのだから。

「ジェフは、チェルシーをどう思ってる?」

「誇りです」

拳を握る力が強くなる。

「無謀と知っていながら立ち向かった。ゾフィーを守った、希望を与えた。……最期、どんな顔をしていたかは聞きましたか?」

「……いいえ」

「安らかでした。幸せそうでした。まるで宝物を抱えた満足げな笑みです。そんな顔を見てしまったら、とても貴女方を責めるなどできはしない」

「そんなに苦しいのに?」

「怒りをぶつければ楽だとはわかっています。……だからどうかそれ以上はいわないでほしい。私のために、怒りを引き受けるなどしなくていい。貴女とて充分苦しんでいるのだから」

「そう。……ごめんなさい、あなたを見誤った」

「……いいや……その心を、私は嬉しく思う」

……ジェフの気持ちは少しわかる気がする。

正確には何に苦しんでいるのか、だけど、得心してしまった。

彼には憤りをぶつける先がない。

チェルシーの想いを汲める人だから、私やゾフィーさんを責められない。本当の犯人達は彼の知らぬところで死んでいる。かといってこの様子ではライナルトに牙を剝くこともできない。

悔しい、悲しい、つらい。そういった気持ちを吐き出す先がないのなら、私に出来ることは少ない。

「チェルシーが守ろうとした人や、子供達はどうだった？」

「……悔しいくらいにいい子達だ。少なくとも、あんな年で両親を亡くしていい年頃ではない」

「彼女はすごい人ね。長い微睡みから目覚めたばかりで、誰かの命を優先した」

「本当に……聡明だった。ひとりの人間として彼女を尊敬します」

「いつか完全に目覚めた彼女と話をしてみたかった。私はあの状態しかほとんど知らないけど、きっと良い話し相手になってくれたんじゃないかと思う」

「あの子はお喋り好きで、流行を追いかけるのが好きだった。良い侍女になったでしょう」

「あなたの妹さんだもの、きっと働きものってわかるわ。ちょっと時間を取り戻すのは大変かもしれないけど、皆の手助けもあるから、休んでいた空白期間もすぐに埋められたはずよ」

はじめは何を話し始めたかわからなかったのだろう。

ジェフは放心したように口を半開きにしたが、やがて俯き、口元を押さえる。

「……そう、です、ね。皆の……助けがあれば、きっと」

「私は流行を追いかけるのが疎いし、それに裁縫も好きじゃなくて。彼女はそういうのが得意なのでしたっけ。彼女くらいの年の人がいたら丁度良かったかも」

「い、え。意外と」

「意外と？」

「流行にすぐ飛びついては……飽きて、の、繰り返しで困ったこともあり……」

声が霞み、声にならなくなり始めている。

「じゃあやっぱりちょうど良かったのかも。マリーは流行は知ってても興味がないと目も向けないし、マルティナは余裕ができたのが最近で、まだそういうのは気後れしちゃうみたいだから」

「な、にが、ちょうど……」

「話題に飛びついてくれる人がいた方が賑やかでいいのよ。だってうち、すこし静かすぎるもの」

……本当に、そうだったらどれほど輝かしい未来が待っていたか。

嗚咽と共に涙がこぼれ落ちていく様を、私は見守り続ける。

大の大人が泣き続けていても情けなくはない。

時に人は、年月を経た大人になってしまっただけ泣くのが難しい時がある。誰かを守る側だったこの人は、いつも頑張りすぎていた。そういう人だから私はたくさん助けられてきたけれど、同時に前に立つばっかりで泣きどころを失っていたのだと思う。

それがわかるから、私も切りだした。

いつかコンラートの地で泣かせてもらったように、下手ながらもやり方を見習ったのだ。

「……死んでは駄目よ」

「は……」

「あなたは死んでは駄目。もし死にたいなら、目標がないのなら、彼女の守ったゾフィーや子供達、それに私を見届けてからにしなさい」

これが功を奏するかは誰にもわからないが、少なくとも、子供達に手を引かれた彼の救いになってくれたらと切に願う。

ジェフはしんしんと泣き続け、やがて涙も落ち着いた頃に私たちはお暇した。

別れ際のジェフの目にはわずかながら生きるための気力が宿っている。

「もうしばらくしたら役目に戻ります。それまで、私の席は空けておいてもらえるでしょうか」

「まだ休んでていいのよ？」

「いいえ、ここでは大分休ませてもらったし、私もいつまでも世話になるわけにはいかない。それに子供達も、役目をこなしながらでも会えるはずだ」

完全に吹っ切れたわけではないが、自然な笑みを浮かべていたのだ。

だったら私が返すべき言葉はこうだ。

「いまの護衛はニーカさんなんですけど、ちょっと怖いところはあっても、護衛としてはとっても優秀なんです。役目を奪われないよう急いでくださいね」

「……ふ」

生意気を言ったせいか髪を乱暴にかき混ぜられた。

そこには見知らぬ顔の、よく知った私の守り役が微笑を交えて口元を歪めている。

「じゃあ、またね」

「また」

満足とは言い難い結果、充分とはいえない感情の置きどころ。

そんなものを呑み合わせたジェフと別れ、私も歩く。

つかず離れず付いてくるのは赤毛の女傑。彼女は言葉通り何もいわず、存在をなくしてついてきた。

「ニーカさん、なにか話したいことありますか？」

「ありませんよ」

「そうですか。でも私はあります」

人と人との付き合いって、回数を重ねる毎に印象が変わる。いい人と思ったのが苦手な人で、怖いと思った人が実はいい人で。たまには見た目そのままの人もいるけど、大体はそんな繰り返し。

この女性の場合は、好きだけど新しい側面がひとつわかった。

「ニーカさんって、ライナルト様のためなら、相手になんでも捨てさせる人ですよね」

「はい、おわかりになってもらえて嬉しいです」

「私が嫌だっていってもライナルト様と一緒にさせる気ですよね」

「その通りです」

「……もうちょっと隠すと思ってたんですけど」

「隠し立てしてきたつもりはありません。いつも聞かれればそのまま答えています」

いつだったか彼女は自分を「悪い人」と評した。その答えはこれだ。

彼女はライナルトを大事にしている。

はじめそれは大切な友人だからと思っていたが、いまは少し違う。

それは一種の、極端なまでの歪み。

彼が決めたこと、彼が大事にしたいと思ったことのためなら、何がなんでも手に入れる側面だ。

「ですから一つ謝罪しなければならない。私はライナルトが貴女を特別な対象として見ているとは思っていましたが、真実心から揺り動かされたほどの存在なのだと思い至ったのは、皇妃の話をされた瞬間ではなかった。誘拐された後です」

「それって……」

「誓って、皇太后側には情報を漏らしていません。ただ気付くのがもう少し早ければ、力なき市民が命を落とさずに済んだ。貴女が苦しむ必要はなかったと、それだけは悔やんでいます」

アヒムに連れられ森を駆け抜けたとき、すれ違った彼女の表情の意味がやっとわかった気がする。

「愛情でしょうか」

「それはないですね。私はライナルトを好いてはいても、愛してはいない。少なくとも女としての愛情は向けていませんし、そのつもりもない。想像するだけで鳥肌が立ちます」

「じゃあ家族、みたいな？」

「残念ながらあんな家族は嫌です」

「……すみません、私には少し分かり難い感覚かもしれない」

「不安にさせるのは本意ではありません。ですからせめて申し上げるとすれば、そうですね。恋や、愛。そういった感情は、十代の頃に消化しました。それすらも小娘が見た甘い幻想の欠片です」

「なのに、どうしてそこまで尽くすんですか」

「尽くしてる……とは違いますが、説明が難しいですね。ただ、友として、血塗られた道以外の幸せを見つけてもらいたかった気持ちはあって、それはいまも変わりません」

だから安心しろというのか。いっておくが断じて安心していない。

ライバル視してるのではなく、意外とこの人は怖いぞという意味でだ。

「ですがカレン嬢、貴女はひとつ誤解されている」

……呼び方が変わったとき、素のニーカさんを垣間見た。嫌な予感がする。

ぎくしゃくした動きで振り返れば、そこには困ったなあ、といった様子を隠さない笑顔だ。

「貴女は私がライナルトと一緒にさせると言いましたが、あいつがああも本気になって決めてしまったら私が手を貸す必要なんてないんです」

「ほ、んき……」

「絶対にあいつは貴女を諦めませんし、どんな手段を用いても口説きに来ます。なぜなら貴女はライナルトの心をどうしようもなく摑んでしまった。なら、手放せるはずがありません」

笑顔が、笑顔が怖い……！

この言葉の意味を知ったのは、さらに数日経過してからになる。

11

婚約者候補、協力者、共犯者、そして

キルステンの庭には屋根付きの東屋がある。

コンラートの家にも備わっているけど、あちらは庭の広さに適したそこそこの大きさで、かつそれなりに年数も経っているが、そちらに比べたらこちらは天と地ほども差がある。

ヴィルヘルミナ皇女が兄さんのために用意した設備だけあって、眺望も考えられ、くつろぎ空間として役割を果たしている。東屋（あずまや）を使いたいとお願いすれば、厚めの敷物にはじまりクッションや膝掛けを用意してもらえた。寒さ対策に足元には火鉢も完備で、まさに至れりつくせりだ。

　コンラートではちょっぴり難しい贅沢に、せっかくだからと利用させてもらった。最近は肌寒くなってきたけど、日中は羽織があれば凌げるし、エミールのお勧めの本を読んでいる。

ジェフとも和解を済ませたから、コンラートに戻っても良かったのだけど、ウェイトリーさんに、もう少し父さんとの生活を楽しんでもいいのでは、と勧められたのだ。

確かに父さんと和解後に過ごす時間がなかった。エミールにも私がいると父さんが嬉しそうと言われていたし、帰るのはもうちょっと後でもいいかなと思い始めている。

「ジルー、寒かったらお部屋に戻りなさいねー」

ジルは準備してもらった敷物の上に寝そべっているが、最近毛量が増えて若干ふさふさが増した。

動物の力は偉大で、ジルが傍にいてくれるだけで笑う機会が増えた。狭く暗い部屋でも緊張はほと

んどなくなったし、それを思えば、ウェイトリーさんが帰宅を避けさせたのは正解なのかもしれない。

天気が良い日に外でゆっくりできるなんて贅沢で、心地良さにジルと一緒にあくびをこぼす。おもわず鼻歌も出てこようというもので、冷めたお茶を飲み干し、チョコレートをひとかけら摘まむ。

「ねえ、お茶のお代わり……をっ!?」

変な声が出たのは無理もない。何故なら誰も彼の来訪を知らせなかった。彼が来たときのために心構えが必要だったから、皇帝陛下が来たら絶対に教えてね！　とお願いしていたのにだ。

ここからどう行動すべきか迷っている間に相手は近付いてくる。

何故か正装に身を包んだライナルトが！

「どっ、どどどうして……」

「どうしてもなにも、数日待っていてくれと伝えた。遅れてすまなかった」

「た、確かにそんなこと言ってましたけど、だからって別に待ってないですが!?」

「五日と予想以上にかかってしまった。元気だとは聞いていたが、息災でなによりだ。前よりも顔色が良くなった」

「だから待ってない！　……ああもう勝手に座るし……人の話聞かないし……」

「その言葉、そっくりそのままカレンに返そう」

そりゃあ数日と言った割に、三日も過ぎた頃には遅いかなーとは思ったけど、だけど断じてライナルトは待ってない！

何度も断っておきながら待ってる自分がいるのは認められない。

ちょっとそわっとしたり服をそれなりに気をつけてたけど、それだって三日目くらいまでだ。

私はもう取り乱しはしない。逃げても追いかけられるなら、真正面から戦うのだ。

あれから何度も考えた冷徹な「お断りします」を胸に座り直す。

「なんで正装なんですか。予定があるなら早く帰ってどうぞ、うちに来ている暇はないはずです！」

「ここに来るのが用事で予定だ。……いい休息所だ、意外と暖かい」

「感心するところそこじゃないです！」

「ああ、服の趣向を変えたか、たまには実用性を捨てても良いだろう。よく似合っている」

「服どころか式典でも褒めなかったくせに、なにをいまさら」

「それは悪かった。次からは気にかけよう」

「褒めてなんて言ってない！」

段々と私を黙らせるのがうまくなってきてるのは気のせいではない。

マリーが持ってきてくれた服は見た目を優先したものだ。首元や肩が空きすぎかなーとは思うけど、肩掛けがあるし、なによりこれがお洒落ってやつだからそれはそれ！

ライナルトは素早く書簡を取りだした。年季の入った書簡の紐を外すと、サインや立派な押印がされた、いかにも重要そうな書面が出てくる。

「前回の続きを話そう」

「……ですから何度も申し上げますが、あれは誤解です。変な風に受け取らないで下さい」

「なにも間違ってはいない。カレンの嘆きは私が好きで不安だからこその叫びだった」

「ちーがーいーまーすー」

「ならばそれでいい、ともあれそれに目を通してもらえるか」

「だから……会ったばかりでそれですか」

「話すことはいくらでもあるが、そうなるとまず貴方を怒らせることから始まってしまうな。それでもいいなら雑談に興じよう」

「読みます」

読みたくないけど目を通す。

あれからニーカさんに、ライナルトは何をしようとしているのか、何度尋ねても不敵な笑みを浮かべるだけで教えてくれなかった。その意味が明かされるのを恐れているが、ここで逃げては勝てない。

読むに後宮における、側室の扱い等を記した書面だ。皇妃が皇帝に次いで後宮における権限を有する旨が記してあり、他には第二、第三における序列、各自の権利、果ては夜の順番まで載せてある。

予算決めの基となる書面でもあるようだが、読み進めるだけで嫌な気分にしかなれない。

「簡易版だが、それがおよその者が参照している歴代の皇妃や側室の扱いの基になる。もっと細かい取り決めは別に記してあるが、それを持ってくる必要はなかろう」

「……なんの嫌がらせですか」

「まだ話は終わっていない。本題はこちらだ、目を通してもらいたい」

しかめっ面を隠さず言えば、嬉しそうになるのはいったいなんなの。いまさらだけど性格が悪い。

次に取り出したのは新しめの書状。こちらはライナルトや宰相のサインはあるものの印がない。

こちらの文字量が少ない分、目を通すのは早かったものの、段々と言葉を失ってしまった。

ライナルトはだめ押しのようにわざわざ中身を指で指して説明をはじめる。

「まずは皇妃について。最初に見せた書面は前帝時代まで採用されていたものだが、私はそれらをすべて破却する。これまで認められていた皇室の一夫多妻制も同時に改正だ」

「……は？」

「以降は法に従い、たとえ皇帝であろうと婚姻できる異性を一人に限る制度で整える」

一気に読みやすくなったのは、側室の項目がなくなったからだ。

まだ法案は通ってないし騙されてるかもしれない。そんなことを考えた矢先に、ライナルトは古い書簡に、クリームで汚れたナイフで切り目を入れ、指を差し入れると二枚に割いた。

びりびりと、丁寧に破られていく重要書類。紙くずになる様を見せつけられ、私は呆然と見つめるしかなかった。

「あ、あ、あ……」

「施行は明日からだ。これで側室問題は解決され、私が他に女を抱える心配はなくなる」

「しょ、正気ですか。え、改案しちゃったら、他国からの受け入れや国内の均衡が崩れるんですよ」

「それのなにが問題がある。側室がいては応えられないと言ったのはカレンだ」

「い、言いましたけど、側室制度が担ってた安全策を自分から手放すってわかってるんですか」

「あれば使う程度のもの、なければないで問題ない。私にとっては貴方が手に入らぬ方が深刻だ」

迷いすらない。真っ直ぐに私を見つめてきたから、まともに見られなくて視線を逸らした。

なにか策を仕掛けてくるかもとは思っていたけど、法を変えてくるなんて。

「ここまでやらなくても……」

「やるとも。もう一度言うが私は貴方を愛している」

やめて、それを言われると泣きそうになる。

「私のこれまでの態度が貴方に不安を芽吹かせたのならば、それを解消し、不安を取り除くべく働くのは当然だろう」

「ほ、法はどうにかなるかもしれませんが、でもですね、もっと根本的な問題を言いますよ？　オルレンドルの皇帝がファルクラムの、か、寡婦を帝室に迎えてどうなさるんですか」

オルレンドルの最高権力者だから法は整えられるが、そんな女を帝室に迎える国民は良い気分はしないはずだ。もっと言えば有力貴族の反感を買うのは目に見えている。

「何を言い出すかと思えば、そんなことか」

「そんなことじゃありませんが！」

「ただ断ると言っておきながら、オルレンドルのことをよく考えている」

「笑い事じゃありません。いいですか、私の評判は最悪です。ほとんど悪評の方が目立つと言ってもいいでしょう。ファルクラム時代から付き纏（まと）った印象が、どれほど根深いかおわかりですか」

「功績が大きく目立つほど、民衆は囃し立てるもの。その点で踏まえれば、貴方の悪評など実に私好みだがな。なにせ虫が寄りつかなくて済む」

「馬っ……！」

すでにあなたのもの扱いされてるのは如何なものか。

「……も、もう一つ重要な問題が残っていますよね」

「何かな、言ってもらいたい」

「貴族です。彼らの中には政を担っている者もおりますから、オルレンドルに来て間もない私が彼らに受けいれられるのは難しい。それこそ自分たちを差し置いてよそ者が……なんです、これ」

途中でスッと出された書面。中央に数名の名前が記されており、そちらへ先に目が移った。

「リリー、宰相閣下にベルトランド様と……モーリッツさんですか。直筆の署名みたいですが……」

「その上の文面だ」

「………なんです、これ」

相手が意地悪く喉を鳴らすが、構っている暇がなくなって、何度も目を擦った。

リリー・イングリット・トゥーナ
モーリッツ・ラルフ・バッヘム
リヒャルト・ブルーノ・ヴァイデンフェラー
ベルトランド・バーレ
いずれも爵位を賜り、オルレンドル帝国にて地位を築き上げる四名が、私の後見人として名を連ねる旨のサインが記されている。

「商業、金融、政治、軍事。それぞれの方面に強い者達が貴方の後見人として立つ。彼らの後押しが成されれば、もはや口出しする者などいるまい」

「こ、こんなの、いつ……」

「トゥーナと宰相は当日内に。バーレは前ご当主を通し、翌日には良い返事をもらえた」

「反対意見はなかったのですか。そうだ、モーリッツさんは反対したはずです！」

「三日はかかったが、署名がある。思えばあいつが一番手こずったかもしれん」

モーリッツさん、モーリッツさん……！

あの人なら私とおなじ懸念を抱いていたはず。なのに難攻不落だったはずの壁が陥落してしまったら、いよいよ退路が塞がれてしまった。

「シュアン様はどうなさるのですか。彼女をすでにオルレンドルに受け入れてしまったのですよ」

「問題ない。彼女はこの事実を知ってなお、我が国に滞在したいとの意向を示した」

「……それ、なにか取引が働いてますよね。それ、その笑みです、絶対胡散臭い！」

「カレンは随分私の企みを読むのが上手いらしい」

「話を逸らさないで。サゥは姫君を皇帝の側室にする目的でオルレンドルに送り込んだはずです」

「代わりにキヨをやれば解決しよう」

ここで意外な人物の名が出てくるが、ライナルトは申し添える。

「間違っても貴方の身代わりだとは思ってくれるな。あれは一時的であれクラリッサの養女であり、サゥかラトリアか、余所にくれてやるのは決めていた。今後については私に委ねる約束だったな？」

「ご本人はなんと言ってるのですか？」

「折良くオルレンドルから去りたいと要望を出している。強制はしていない、気になるなら後日会って直接話を聞いてもよかろう」

「そこまでおっしゃるなら疑いはしません。……そうですか、彼女、オルレンドルを去りたいと言ったのですね」

……慕っていた皇太后を喪い、真実を突きつけられたがために国外退去を望んだのか。

キヨ嬢に思いを馳せようとすれども、それにはまだ早いようだ。

「さて、少なくともこれで、貴方が懸念していた身分や周囲の反対といったものは解決したな」

「解決っていうか力業というか……」

「決着はついたろう。まだいい足りないならすべて解決する用意があるが、少なくとも体面や他人の評価は私を止めるには無意味だ。私を説得し得るとなれば貴方自身の問題でしかない」

「……話すならいまだと？　何故そうお思いになったのですか」

「言葉にしていたもの以外に何かを気にかけていた。問題が解決したいまでさえ顔色が優れないのであれば、何かあると考えて然るべきだろう」

「どうして……」

「どうしてわかるかと？　決まっている、貴方だけが特別だからだ」

「その言い方はずるい」

「狡くて構わない。それでカレン、一体その心に何を抱えている」

こうなってしまってはあれこれ言っても無意味で、私は逃げ場を失った。

……やっぱり、言わなきゃ駄目かなぁ。

でもね、ニーカさんに言われてしまった日から、もしかしたら本気で負けるかもと、認めなきゃいけない日を先延ばしにしている自覚はあった。それでも足掻いてたのは言いたくなかったからだ。

私の右手にライナルトの手が重ねられたが、いまとなっては払いのける勇気が残っていない。

潮時だ。

「あなたはひどい人です。私に逃げ場をひとつも与えてくれなかった」

「知っている」

「でもこうしてまで私の拘りを解消してくれようとしたのは、嬉しい。皇妃をやることに心配はあるけど、側室に嫉妬しなくて良いと思うと、心底ほっとしてます」

「ではなにが引っかかっている」

「私に秘密があります。誰にも言っていない秘密が」

もはやこの事実を知るのはシスとルカ。そしてどこか遠くにいる『山の都』のひとりのみだ。

私は自分が転生している向こう側の人だと、ライナルトが嫌悪する神秘の体現者である事実をずっと黙っていた。もし声にしたらライナルトがどんな反応を示すかわからない。もしかしたら、と一縷の希望を抱いてはいるけれど、それでもやはり明かしたくない。

「話せることか？」

「……話したいことではありません」

何故か？

理由は単純。私はこの転生システムを知っている人を私たちで終わりにしたい。

ライナルトなら口外しない、利用しない。まだ転移者のキヨ嬢だって残っているから隠し通せないかもしれない。そんなの誰よりも私が一番知っているけど、信頼関係で成せる気持ちではなかった。

理屈じゃない、これまでの過程を経た私が抱く願いで、だからこそキヨ嬢にも明かさなかった。同じ世界の出身だと言えば心を掴むのも容易かもしれなかったのに声にしなかった。

いまを生き、そして消えつつある記憶を掘り起こす必要はない。あれはもはや遠くなってしまった夢のような生と幻、私の糧になった過去として消化されたらそれでいい。

「私、は」

ライナルトは私を愛していると言ってくれている。それに応えるだけのものを明かさないといけない。そう思うと息が苦しい。

「その秘密というのは、時折貴方が遠くを見ていることと関係はあるか」

意図を掴みかねた。

私はいつ遠くを見ていたっけ、と思い返していたら「いや」と頭を振る。

「覚えがないのなら構わない。次に尋ねるが、それは貴方への愛情が尽きるに足るほどのものか」

「……わかりません。でも、その可能性はあると思います」

「では窃盗や殺人、或いは人に恨まれる問題を抱えているか」

「いいえ。それだけは、誓ってありません」

「私を裏切る問題を秘めているか？」

「絶対にありません」

「いまと未来を生きるのにおいて邪魔になるものか」

「いいえ、いいえ。邪魔になどなったことは一度もない、なるはずもない」

「では心からそれを明かしたいと思っているか」

なにを言いたいのかがわからないが、茶化してくるわけでもないから、私も真剣に考えた。

時間をかけて出した返答は「いいえ」だ。

「ならば必ずしも私に明かす必要はない」

奇妙なことを言うではないか。ぽかんと口を開く私に、彼は続ける。

「で、ですけど、私を皇妃に望まれましたよね？」

「望んだとも。いまもその気持ちに変わりはなく、どのような秘密であっても貴方を愛し続ける自信はある。手放すつもりもないが、喋らずとも今後に差し支えないのなら、私はそれで構わない」

「でも、夫婦になるのにそれは……」

「夫婦とやらは必ず秘密を明かさねばならないのか？」

純粋な目で問われれば、言葉がでなかった。

「私にとて明かしたくない過去の一つや二つはある。カレンはそれを聞き出したいか？」

「……わからない、けど、無理はさせたくないと思う」

「私も同じ答えだ。苦しむ姿を見てまで強制させたくはないし、必要もない」

「で、でも――」

「話したくなったのなら、いつでも聞く用意はある。だから貴方の気持ちの問題として言いたくなったら話せば良い。そのときはまた私も改めて向き合おう」

「いいんですか。それは、夫婦の形としておかしいのではないの？」

「カレンの語る夫婦とやらはどの夫婦を指している。それが貴方の理想か？」

「私の理想？」

手を握る力はこれまでと違い、いつでも逃げていいと言わんばかりに優しい。

「私が求めるのは私たちのみの関係であり、他人が作り上げた常識や選択ではない。それが私を拒む理由であれば、永久に口にせずとも構わない。私は貴方が秘密を持っていると、そのことだけを知っていれば良い」

彼の言葉は依存性があった。

望まれたからには秘密を明かさねばならない、そんな考えをあっさりと覆す。

それでいいと言ってくれる。

「私が望むのはいまの貴方だ、カレン」

いちばん望んでいた言葉を心から投げてくれる。

こんなに人でなしなのに、酷い男なのに、いつだって寄り添ってくれるのはこの人なのだ。

「いいんですか。たぶん、ずっと明かさないですよ」

「何度でも言おう。この手の内に留まるのであればそれでいい」

……弱い力で指を握り返していた。

「私は、一人では戦えません。それにあなたが思ってるよりもずっと弱い。毅然と立ち上がり、立ち向かうのが難しいことだって、何度だって巡ってきます」

「私がいる。仮に倒れても構わない、必ず支えよう」

「…………無様を晒しますよ」

「いつかの私の言葉だったたか」

そうだ。コンラートが崩壊したときに言われた言葉はいまでも覚えているし、ずっと根底に残っている。恨みがましく顔を上げる私に、ライナルトは苦笑する。

「たしかに些末事ひとつに囚われ泣く貴方は私にとって理解し難い存在だ」

「……でしょう、ね。あなたとは大違い」

「だがな、私は私にないものを見て、驚き、嘆き、時に笑う貴方に興味を持った。その形こそを初めて愛おしんだのだ。故に支えたいと願った。この先、失敗したとしたら、それは貴方を支えきれない私にも咎があろう」

「……まだありますよ」

「いくらでも聞こう」

「私はあなたが相手にしてきた女性より、ずっとずっと嫉妬深いです。何故そんなことをって思うくらい、くだらないことに拘るでしょう、文句だって言います。はっきり言って面倒くさい女です」

「案ずるな。私も貴方に対しては面倒な男になる」

手は離さないけど机に突っ伏したら、手遊び(てすさ)びの要領で弄ばれる。

「いつか私に野兎の煮込みを作ってくれると約束したな」

「しました。しましたけどぉ」

「次に寝込んだら看病をするとも言った。あれも嘘か」

「嘘にはしたくないですよ。ねえ、もう一つ教えて」

「うん？」

「どうして私だったんですか。私はあなたの心を惹きつけられるはずもなかった、なんでもない他人だったのに、なんでいまになってなの？」

「……離れぬはずと思っていたものを、誰にも渡したくなくなった」

穏やかな声が降りかかった。

「我が身を休められるのは貴方という庇のもとだけだ」

「それ、私がいなくなったら無茶するって言ってる」

「かもしれん。貴方と在るときを除き、私のすべては大陸を掴み取るためだけにある」

「まわりを見ないと敵を増やしますよ」

「他人を顧みることができぬのは私の性だ。だが貴方がここにいるのであれば、私は民を思う王らしく振る舞ってみせると約束しよう」

「民を質にとりましたね、馬鹿」

「だがその馬鹿をカレンは愛したな」

我ながら呆れるくらい時間をかけて顔を上げた。こんな時くらい微笑んであげたらよかったのに、少し悔しさを覚え、いいように心を乱されて唇を噛んでいる。

……人生の分岐路で嬉しいより悔し涙が勝るってどういうことなの。

「…………まことに遺憾ながら、誰よりも愛しております」

促され立ち上がった。

東屋の前、私の手を取り跪くライナルトは、しっかりとこちらを見上げている。

「私、オルレンドル帝国皇帝ライナルト・ノア・バルデラスはカレン・キルステン・コンラートに婚姻を申し込む。受けてもらえるな？」

「決して置いていかないと誓ってくださるなら」

「誓おう。奈落の果てへも連れて行く」

「お受けします」

素っ気なくなったのは高まる気持ちを処理しきれなかったせい。

ライナルトに抱き留められると胸に顔を埋める。

ここからが、私たちの新しい関係の始まりだ。

12

異端は異国の地に去れども

ジルが鼻で足をつついてくるのに合わせ、ライナルトが涙を拭ってくれる。

最後にもう一度、胸に額を押し当てた。

「カレンは己を嫉妬深いと言うが、そう思うのであればなにか私に我が儘でもいってみたらどうだ」

「……我が儘って、どんなの？」

「さて、私には見当も付かないが、いまのカレンであれば望みをいえるのではないか」

「あるにはありますけど……そんなの簡単にいわない方がいいですよ」

「いうだけいってみればいい。思うに、カレンはまず私に甘えることを覚える必要がある」

「意地悪いってるぅ……」

額に口付けが落とされるのは、驚きはしたが嫌とは思わない。

「いずれ意地悪も意地悪とは思わなくなる。お父上に会いに行くか？」

「……そうする。ずっとやきもきしてるだろうから。……ジル、おいで、中に戻りましょう」

肩を抱いて背中を押してくれるのは慣れないけど、放す気はなさそう。

「……望みの話だけど、それならお揃いのものを身につけたいです」

「揃いといえば、壊れた腕飾りのようなものか？」

「腕飾りに限定はしないし、種類は問わないんです。指輪でも、首飾りでも、なんだったら襟止めでもなんでもいい。……そういうのがあったら、一緒なんだなって元気が出るから」

「わかった、用意してみよう」

「安易に約束しないで。本当に用意させたらずっと身につけさせますよ。どこに行ってもです」

「使い分け用にいくつか種類を作らせた方が良さそうだな」

「……出来ない約束はしてほしくないのに」

「出来ない約束はしない。カレン相手にはな」

おかしくて堪らないと言いたげに喉を鳴らしている。

「あ、ああなたこそ、望むものはないんですか。ほら、前にほしいものがあるって言ってたでしょ」

「それなら様付けをやめてくれ。敬語も不要にしてもらいたい」

「急には難しいけど、頑張ってみます。でもそれだけだったんですか？」

「欲しいものはいま手に入った」

いまってどういう………あっ。

背中にじわっと変な汗が浮き出てきたあたりでニーカさんや近衛と合流するが、もしかして付いてくるつもり……付いてくるよね、だって護衛だもん！

「ほ、ほかに我が儘言っていいんですよね、ありました！」

「それは？」

「サゥのお酒、あれが美味しかったからまた飲みたいんです。あとはヨーのお洋服、可愛くて好きだったから、一着、自分用に仕立て上げたくて……ライナルト様？」

肩を摑む手に力が入った。

「怖いお顔をされて、どうしました」

「酒はともかく、服は文化の違いがある。やめておく方が良い」

「外は出歩きませせん。部屋着にするから文化は気にしなくて大丈夫ですよ」

「オルレンドルで着るものではない」

「最近はヨーの服が女の子の間でも流行ってるから、仕立てるくらい問題ありません。お酒はいいのに服はだめって、意味わかんないです」

「下の流行はわからないものだな。だがカレンが着る必要はなかろう」

「私だって流行くらい興味あります。なので生地が上等なやつがあったら欲しいので、サゥの商人がいたら紹介してください」

「いいから、とにかくヨーの服は避けてくれ」

「ライナルト！」

「駄目だ」

頑なに断られる理由がわからない。

ライナルトの伝手をと思ったけど仕方ない。抜け道はいくつかあるし、いずれシュアンに相談して一着融通してもらおう。ついでにヴェンデルのためにサゥの本も貸してもらえたら万々歳だ。

「それよりも、お父上になんと話すか決めたか。自覚が薄いようだが、いまから婚約の報告だ」

「……あ」

「婚約となれば今後についていくらか詰めねばなるまい。式の話も出てくる」

「そ、そそそうですね」

式と言えば結婚式。一気に実感が湧いてきて恥ずかしくなってくるのだが、私の婚約者さんは力強く一歩を踏み出している。もしかして、と訊いていた。

「ねえ、浮かれてますか」

「浮かれずにいられると思うか？」

「……愚問でした」

でも頭がふわふわしているのは私も変わらない。肩に置かれた手の感触と、すぐ傍にライナルトがいて、並び歩けている現実におかしな気分になる。

現実味を帯びないまま入った部屋では、すでに何もかもを悟った父さんがいて、三人分のカップも整えられつつある。

あれほど大騒ぎしたのに、やっぱり婚約します、っていうのはなんとも気まずい。

「と、ととと父さん、あの、ですね、私……」

「ひとまずかけなさい。立ったままする話でもないからね」

「そうだな、失礼する」

「あなたは順応が早すぎではないですか!?」

話を終える頃にはこれから起こる騒ぎに事の重大さを悟ったものの、苦労させられたのはキルステンだけでなく、コンラート家も同じかもしれない。


数日後の話だ。コンラート家でマリーがこんなことを言った。

「私、貴女の手足になってあげるわ。他には服を見立てたり、人に言えないことがある時のお使いをしてあげる。だから引き続きコンラートで部屋を借りるわよ」

「それって侍女とさして変わらないんじゃない？」

「あんな面倒なの私には無理よ。それに侍女とは区別を付けていた方が良いわ」

「なんで？」

「融通の効く同性を抱えていた方が、貴女が楽だからよ。というわけで、いいわよね」

「いいわよねって、ねえ、マリーってほとんどそのつもりで動いてなかった？」

「あら、ばれた？」

「……助かるから別にいいけど、マリーが考えてるよりは大変だからね」

「誰にものをいってるんだか。女の戦いになったら迷わず私を呼びなさいな」

「頼りにしてる」

「……カレンはいいよねー。マリーねえちゃんにまで尽くしてもらえて至れり尽くせりだー」

「あらぁ、次期ご当主様がお怒りよ。どうにかしなさいよ、カレン」

ライナルトの求婚を受け入れて数日ともなれば、コンラート家の周りも騒がしくなっていた。ヴェンデルが教科書を開きながら、ときどき恨めしげに見つめてくる原因は私にある。

「別に怒ってはないし。ただ、外にもろくに出られないとは思わなかっただけ」

「私のせいじゃないもん」

「カレンのせいじゃないかもしれなくても、法改正を明かす機会はきちんと考えてほしかった」

「学校の対応が終わったらまた通えるから……」

「そうじゃなきゃ困るよ。僕の学校生活が家庭教師だけで終わるのはやめてよね」

「はい……」

「……結婚は駄目とは言ってないだろ！」

あれからすぐに皇帝の婚約が正式に発表された。法の改正が成される以上は、疑いが出てくるのは火を見るより明らか。口さがない噂が立つ前に婚約と後見人の旨を明かすと、この話は光の速さでオルレンドルを駆け巡ったのだ！　とはクロードさん談。

これを受け、私は諸々の問題解決を兼ねて犬のジルと一緒にコンラートに戻った。

私は騒がしくなるのを覚悟していたが、問題はそれ以外。特に被害を被ったのがヴェンデルで、婚約発表後、学園長などがわざわざおいでになり、ヴェンデルにしばらく学校を休むよう伝えてきた。

学校側がそんな対応を取ったのは、警備体制が整っていないから。

なにせ将来的にはこの子が皇帝の義息子となる。だからややこしい問題とはいえど、学校側はヴェンデルの通学を名誉と考えてくれている節があるので、調整していけば大丈夫そうだ。

「エミールはうまいこと言っていまも通ってるのに……くそー」

「あの子、意外と口が回るのね……もしかしたら父さんよりうまくなるかもしれないわ」

「カレンは知らないだろうけど、エミールの社交性は変なんだよ。友達なんて低学年から高学年、果ては卒業生までなんだから、絶対なにかおかしいって」

「……ヴェンデルはどうなの？」

「僕は狭く深くでいい。あんまり人と話すと疲れる」

「あなた地味に学者気質だものね……」

エミールはこのことを予測していて、先手を取ったのだ。

マリーが呆れた様子で口を挟む。

「呑気に言うけど、エミールはエミールで、いまごろ面倒な思いしてるわよ」

「なにが面倒なのさ。僕は家で自習、学校に行けるだけで羨ましいのに」

「そりゃ未来の皇妃の弟だもの。オルレンドルの影響は帝都だけに留まらないし、なにより歴史在る側室制度を廃してまでこの子を選んだのよ。その弟ってなったら、ゲルダの時の比じゃないわ」

「あー……まぁ、それはわかる。前帝陛下と違いすぎるもんね」

「天と地ほどの差よ。おまけに噂になってた後宮潰しがこの子のためじゃないかーって囁かれてたら、これはってなるわよほんとに」

「なんに使うんだろって言われてたもんねー」

「子供のくせに耳聡いわね」

「学校で女子が騒いでたんだよ。陛下が後宮を潰したのはなんでだって」

「……なるほどね？　あの皇帝陛下、顔だけは良かったし、女の子は騒ぎもするか」

聞いてられなくてクッションに突っ伏した。

そう、そうなのだ。ライナルトは後宮を潰した。これは私が誘拐された直後の話になるけど、後宮を洗いざらい探索した後、宰相に命じて後宮を閉じた。いまは調度品等を宝物殿に移動させ、跡地をどう利用するか検討中らしいが、これが民衆にとって興味の対象となった。宮廷の人員削減は行っていたものの、後宮を廃するのは別の話だ。彼に娘をあてがう目論見のあった貴族も注目していたのだから、ここで婚約発表が行なわれたとなれば推して知るべしだろう。

「巷じゃカレンが寵愛を独り占めするために後宮を閉じさせた悪女説が人気だけど、同時に決して結ばれるはずのない相手を娶るために陛下が後宮を消したっていうのが、女の子には人気なの」

「うわぁ、女子が好きそー」

「吟遊詩人にはいい題材よ。……ちょっとカレン、なに照れてるのよ。顔上げなさいってば」

「無理だって、カレンこういうの弱いもん。素直になっただけ拍手ものだ」

いまはこんな風にヴェンデルの勉強を見て、シャロとクロのご機嫌をとっている。

「おじいちゃんもこっちに来たばっかりなのに、あんまりゆっくりする時間ないんじゃないかな」

「労うならお年寄り達にしたらどうかしら。張り切っておいでだからあれこれ仕切っていらっしゃるけど、あんなのいつ倒れてもおかしくないわよ。ヴェンデルから一言注意なさいよ」

「いやー……ウェイトリーもクロードもノリノリだったし、言っても絶対止めないって。マリーねえちゃんだって見たでしょ。あの、はなからもう全部わかってましたよって顔」

「この子がお願いしますって言った途端に、袖をまくってよしきた、ですものねぇ」

……うん、そう。あの二人に関しては、殊更大はしゃぎだ。盛大な式にするぞ！　といったクロードさんを、ウェイトリーさんは止めやしない。

「最後の大仕事だーってはしゃいじゃってるし、無理無理」

「やあねえ、結婚式前に葬式なんていやよ私」

なんて話していると、廊下の方が騒がしい。

大きな花束を抱えて入ってきたのはエレナさんとヘリングさんだ。

エレナさんは明るく、そしていつになく笑顔だった。

「お二人ともこんにちは。ヘリングさんがこの時間にいらっしゃるのは珍しいですね」

「古傷が疼きまして、しばらく休暇を仰せつかってしまいました。あ、こちらうちとエレナの両親に、隣の祖父母達からです。ご婚約おめでとうございます」

「ありがとうございます。飾らせてもらいますね」

いまはこんな感じでお花をいただくので、家の中は花で溢れ色とりどりだ。そろそろ花瓶が足りなくなってきたと使用人のローザンネさんが笑っていた。

古傷が疼くといったヘリングさんだが、言葉を鵜呑みにするほど、私ももう甘くはない。

「ヘリングさん。お出かけするときは一報を入れますから、心配なさらずとも大丈夫ですよ？」

「おや、お気付きになっちゃいますか？」

「なっちゃいます、流石にね。……どうせヘリングさんだけじゃないんでしょうが、そこは聞かないでおきますので、周りに迷惑が掛からないようにお願いしますね」

「やあ助かります。また貴女になにかあっては陛下がなにを壊すかわかりませんから」

「私としてはカレンちゃんのおかげで二人っきりの時間が増えるので、感謝なんですけどねー」

「陛下が落ち着いてくれてほっとしています。いまにして思うと、エレナの勘は当たっていたな」

「んふふー。でしょでしょ？」

エレナさんの勘とは……。ヘリングさんは一枚の紙を取り出した。

「お受け取りください。家令殿に渡すものですが、その前に目を通していただくべきものです」

「これ……お金ですか？」

「準備金ですよ。カレンちゃんには金額を設定しておいた方が気が休まるだろうからって先輩が進言して、ジーベル伯が纏めたみたいです」

「あら、使える額がわかるの？　宝石や装飾品ってどのくらい揃えていいのかしら」

「え、僕も見たい！　いくら使って良いの」

「ヴェンデルが使うんじゃないでしょうに」

マリーとヴェンデルが覗き込んでくる文書には、結婚式までに向けた支度金の上限設定額が載っている。たしかにライナルトは準備金を用意するみたいなことを言っていた。

後ろの二人が息を呑んだのが伝わるが、私もおなじ気持ちだ。

「あの……ヘリングさん、これ、嘘ですよね？　ゼロの数が二つくらい多いですよ？」

「いえいえ、正真正銘その額です。一切間違いありません」

「陛下って自分にお金かける人じゃないのでぇ、使うならカレンちゃんに回せって言っちゃったのもあるみたいですよ。皇太后様に比べたらかわいい額ですよぉ」

「たしかにあの人ならいいそうですけど、これはやりすぎでは！」

「エレナのいうとおり、皇太后が消費していた分に比べたら可愛いものですし、それに後宮が潰れましたからね。宝物庫に入りきらない下級品を処分して、金が有り余っているのが現状です」

「こ、こんなにあっても困りますよ」

「っていうか使ってほしいみたいですよぉ。先輩が是非使い切ってっていってました」

「な、なんで!?　こんなの散財もいいところじゃないですか！」

いくらなんでも桁が違いすぎる。この辺一帯の家を買ったっておつりが来る額を支度金に使えって、これはもうコンラートやキルステンから出すお金を考えなくてもいいほどだ。

だというのにヘリングさんは言い切った。

「むしろ使い込むくらいでいいんですよ。貴女ならこう言えばおわかりになるでしょうが、そうでないと経済が回らない。現状、困窮している商人達を潤してやれるのは貴女だけです」

「ちょ……っと……そ、そんなに後宮ってお金使ってたんですか」

「それはもう。寵愛の対象がひとりになり、宮廷の負担はかなり減ったと聞きました」

後宮の皇太后や側室達が服飾品を購入することで、商人が潤い、ある意味市場が成り立つ。それが後宮が潰れてなくなったとあれば、彼らの収入も減少する。つまりこの紙切れには言外に「経済を回せ」とのお達しが込められているのだ。

「帝都の拡張工事に回したらいいじゃないですか。もう城壁外に街を作る計画は出てるんですよね」

「既にそちらの予算も確保済みです。ついでに申し上げると、グノーディア自体の治水工事等も心配いりません。宰相閣下やバッヘム家の裁可、すべて検討の上で支度金に宛てがわれています」

「孤児院や新設される擁護院なんかにも予算は回りますから大丈夫ですよ～。たぶんカレンちゃん名義で寄付されるって、これもジーベル伯が言ってました」

「お一人で消費しろとはいいませんが、それくらいは使ってもらいたいと陛下も仰せなのです」

そんなことを言われてしまうと反論出来ない。コンラート家だって一応商売に手を伸ばしているのだ。市場が回らなくなった商家がどれだけ苦しい気持ちになるかはわかってしまう。

呆然と数字を見つめていると、マリーが言った。

「一年後には宮廷住まいだしいいんじゃない。まさか服や雑貨を全部侍女に揃えさせるわけじゃないし、式までの準備金じゃなくて、ついでに普段着なんかも買い揃えなさいな」

「はは。その後は後で予算が組まれるから使ってもらう必要があるんですけどね」

ま、まぁ……これについてはおいおい考えよう。

「カレンちゃん、難しいことはあとで考えるとして、お姉さん聞きたい事があるんですけど」

「あ、はい。なんですかエレナさん」

「なんで式がおよそ一年後なんですか？」

とうとう来てしまった質問だが、返答はあらかじめ考えてある。

「いまは陛下も即位して間もないでしょう？　一年後くらいの方が国も安定してるでしょうし、お祭り気分になっていいんじゃないかと思ったんです」

「なるほどぉ。エレナさんの考えは反対でした。騒がしかったいまだからこそ、国の安定を考えたら早めに式を挙げてしまうのかなって。カレンちゃんは後事に回して皆を楽しませたいんですね」

「うん、そう、そうなんです！」

……誤魔化せた！

内心で拳を握りしめていると、夫妻の視線が背後へ向かっていて、振り返ると、義息子といとこがジト目で私をみている。それを受けた二人はなんらかを悟った。

「……カレンちゃーん。お姉さん、嘘は感心しないなー？」

「…………あの、もうちょっとゆっくり……準備を……」

本当は、父さんとの話し合いとは別で急ぐべきかも検討に上がったのだ。

新皇帝が即位し民の評判も悪くないとはいえ、前帝が崩御、皇女は追放、皇太后は謀反とよくない知らせばかりが帝都を駆け巡っていた。暗い気分を払拭するため、優先して式を挙げては……と。最初にこの話を聞いたときは「なるほどなあ」と納得しかけた。ライナルトもその方針で構わない様子だったけど、私があれこれ理由を述べて一年延ばしてもらったのだ。

「だ、だって急速に進めたって私も追いつかないと言いますか、式を挙げてしまったらこの家から出なきゃいけなくなるんですよ。それはあんまりにも早いじゃないですか」

「……カレン、貴女、ばればれだから白状しておしまい」

「え。な、なんのことかしらマリー、何を言ってるかさっぱり……」

「嘘ってばればれなのよ。ほら、おじさまや私たちに言ったことと同じ言葉でいいのよ。それで全部納得するんだから。最終的に、陛下になんて言って延期してもらったの」

「うぐ……！」

味方がいない……！　しかしエレナさん達を前に嘘をつき続けるのも……。

「う……。もう少し、恋人気分を、味わいたいなぁって」

「わ」とエレナさんが驚きの声を上げる。手持ち無沙汰でつい髪を弄っていた。

「み、みなさんにご苦労をおかけするのはわかってるんです。でもこればかりは、家のこともあるしすぐに対応できないなって……。そう答えたら、ライナルトも納得してくれたので……」

「ははぁ……陛下がそれで納得したと。……なるほど、ほんとに甘いな……」

ヘリングさんの反応がニーカさんと一緒で困る。

この理由、誰よりも納得を示してくれたのは父さんだ。ライナルトは目から鱗といった様子だったけれども、そういうものか、と頷いてくれた。

……だって皇妃じゃなくて、ただのカレンとして一緒に並びたいじゃない。

「すみません。警護、大変ですよね……」

「おや、その程度なんてことはありませんよ。こちらの仕事はいつだって変わらないんです」

「納得できないのにいきなりお家を移っても嫌ですしね。それに恋愛したーいって気持ちは、お姉さんとーーーってもわかります。結婚の準備はゆっくりと心構えを持って！　これが一番です！」

父さんがジルを連れてコンラートに戻るよう言ったのも、ここが関係している。発表後に家を移っては警護等で周囲が混乱する。コンラートの皆と密なやりとりをするなら、家が最適だったのだ。

一匹のおまけは治療の一環だ。懐かしの我が家とはいえ、夜を過ごすのは不安があったが、可愛らしい犬猫の力があって、夜もカーテンさえ開いていれば苦しくなくなったのである。

この間にもエレナさんは完全にくつろぎ、ヴェンデルと一緒にクッキーを齧っている。

「シスもさー、僕がなにがあっても対策してやるよって自信満々だったよ。みんな張り切ってる」

「あ、そうだそうだ。こんなおめでたい時に、あの居候はどこ行ってるんですか」

「昼はいっつもどこか遊びに行ってるけど、ルカと黒鳥はわかるよ」

「ううん、奮発してケーキ持ってきたんだけど……どこ行っちゃったんです？」

「エミールの鞄に忍び込んで学校。子供の間で形成される独自の社会が興味深いっていってた」

「お人形さんが見つかったら、エミール君大変でしょうに」

「そのくらいじゃエミールの人気は落ちないよ。下手するともっと上げてくる」

エミールの学校生活、一体どうなっているんだろう。疑惑は尽きないものの、エレナさんの興味はコンラートの家に移った。

「このお家はどうするか決めたんですか？　引っ越しちゃったらお姉さん寂しいなあ」

「引き続きコンラートで管理するよ。そのために家は買い取ろうかってなってて、僕も引っ越すことになるけど、落ち着いたらこっちに戻るつもり」

「向こうは書庫もたくさんあるのに、ヴェンデルはこっちがお気に入りですか」

「広すぎるとクロとシャロがどっか行っちゃわないか心配なんだよね。シスに相談したらすぐに見つけられる魔法をかけてくれるって言ったけど、とにかくそのうち戻るから、その時は遊んでよ」

……将来的に城壁外に家を作るかもっていったらなんて言うかな。

地下遺跡の出入り口になる箇所に建てられる屋敷を一つ任される予定なのだ。その意味でライナルトはコンラートのものとして預けるか別荘にするかと言っていた。

あれ、本気だったんだなぁ……。なんて思いに耽っていると、入ってきたのはゾフィーさんだ。

友人夫妻ににこりと微笑を送ると、近日内のジェフの復帰を報せてくれた。

「食事も自発的に摂るようになりましたし、もう心配いりませんよ」

「ありがとうゾフィーさん」

「それと魔法院と宮廷に確認を取りました。キヨ様と宰相閣下もお会いになるそうです」

「よかった。忙しいことは一日で終わらせたいものね」

不思議そうなエレナさんに、なんでもないことのように笑う。

「宰相閣下にお礼を言いに行くんです。さほど面識もないのに後見人になってくださいましたから」

実際はもっと別の理由で宰相リヒャルト・ブルーノ・ヴァイデンフェラーに会わねばならなくて、そのつもりで連絡を取ったのだ。

その日は問題なく到来したが、復帰したジェフの他にもおまけがついてきた。

シスとルカの人外達だ。彼らは魔法院に向かう道すがらもずっと喋っていた。

「ワタシは、アナタはてっきりゾフィーのところに住み続けると思ってたわ」

「う……む……。子供達は残っていいと言ってくれたが、いつまでも世話になるのはゾフィーに悪い。家庭に割って入ってしまったのは私だからな」

「そお？　ゾフィーも悪い感じはしてなかったみたいだけど……。それに子供達もわざわざアナタを見送りにきたじゃない。懐いてたんじゃないの」

「会えないわけではない。休みの日に会う約束をしている」

ジェフとルカが話す傍ら、私はシスに驚くべき話を聞いていた。

「アヒムを旅に連れて行く……って、それ本当？」

「嘘言ってどうなるんだよ。ま、きみの結婚式までには戻ってくるから安心しな」

「あ、うん。それは戻ってきてくれないと困るんだけど、なんでアヒムが同行することになったの」

「成り行き」

「だけで納得できるわけないでしょ。詳細」

問い詰めると、なんとも頭の痛い事実が発覚した。

「ってもなあ、暇だから詩人に扮して噂のコンラート夫人のデマを流してたときなんだけどさ」

「ぶらぶらして帰ってこないと思ってたらなにやってるのよ」

「適当に酒場をふらっとしてたら、もうちょっとまともに謳えって叱られてさ。撒いてやろうと思ったけど、酒臭かったから話を聞いてたら、案外便利なやつっぽいだろ」

あれからアヒムは父さんやエミールとは顔を合わせていたらしいけど、私とは会っていなかった。ライナルトから受け取った報酬を父さんに預けて出ていったのだが、宿屋に滞在していたらしい。

「彼、なんて言ってたの？」

「やることとなくなって、これからどうするか考えてたんだと。旅するにもどこがいいか考えあぐねて、じゃあ一緒に来るかいって誘ったら乗ってきた」

「アヒムがいいならそれでいいんだけど……。またルカも連れて行くのよね」

「本人もその気だし、お人形持ってる痛い野郎の役目が分担されるのは有難いね」

「本音はそっちね」

健康面ではどうだったのだろう。

「最後に会ったときは怪我をしてたの、具合はどうだった」

「それってどっちを心配してる。身体だけ、それとも心も？」

「両方。底意地の悪い言い方しないでちゃんと教えて」

「じゃあ身体は元気。後遺症もないし健康そのものだけど、きみの婚約発表後はちょい元気なし」

……だよ、ねぇ。落ち込んでいたから、少し予測できた答えでもあった。

「会いに行ってもいいけど、トドメ刺すだけだからやめとけー？」

「……しないわよ。少なくともいまは行けない、皆を困らせるだけだもの」

「それがいい。この時期に酒場街に行くのはライナルトも文句言うだろうしな」

「ちょっと、たとえ会いに行ってたとしてもそんなことないわよ」

「じゃあ訂正してやるよ。表立っては文句は言わないけど、内心は不服だらけだぞ」

「だから……ちょ、なに、なにするのっ」

人差し指でぐぐっとおでこを押される。

「あの非人間はきみに限定しては面倒くさくなるってこと自覚しとけ。そこを見誤ると笑い事じゃすまなくなるんだからな」

「そこは見極めてる最中よ。気を付けてみる、けど……」

「そうびびらなくても平気さ。大きなヘマをしなきゃ街一つ滅びるなんて事態は起きやしないから」

「なにひとつ安心できない要素ばっかりよ」

「あいつはきみのため後宮を洗いざらい浚って、軍を動かす非常識の塊だ。まあ、それだけ見るなら好ましくはあるけど、ひとりの危機が数百、数千の命を握ってるって忘れるなよ」

「わかってるわよ。規模が大きすぎて戸惑ってるだけ」

半精霊の涼やかな笑いが耳朶を打つ。

「僕らの旅が健やかに終わるかどうかはきみにかかってるんだから、見定める間は大人しくしておきな。あの野郎が式の日取りを特に決めず、一年以上も先なんて手間を了承した意味がわかるはずだ」

「延期を望んだの、いまいち理解していない感じだったけど、それも私が望んだから、なのかしら」

「九割方きみが望んだからだよ。あいつに恋人期間を楽しもうなんて情緒は備わってない」

「そうよね……」

「おい、落ち込むなよ。あいつが楽しめるかどうかは自分にかかってると思っておけばいい。そうでなくても文句なんて言うはずないんだから、堂々としておけって」

「できるかなぁ。……聞くだけでも私生活が淡白すぎて、ちょっと不安なんだけど……」

「なんで弱気になれるんだ？　あのクソ野郎がどれだけきみには笑うと思ってるんだ」

「知らない。私にははじめっから優しかったもの」

「……はじめって……多分その時は興味が勝ったんだろうけど、いま思うと大分気持ち悪いよな」

「気持ち悪くない。優しい人だったの！」

「はーー……これだから付き合いたてってやつはさぁ……ほんっっと趣味悪いよなぁ！」

聞き捨てならない台詞だ。まだなにかを言い募ろうとしたが、ここでなにかに気付いたようだ。

「……面倒なのと鉢合わせそうだ。僕はシャハナに会ってくるから、あとで会おう」

なにか言わせる暇もなく去ってしまった。一体なにがシスを急がせたのか、困惑していると、遭遇したのはキエムとシュアンだ。互いに語気を荒くしていた二人は、会うなりぴたりと争いを止めた。

特にキエムの変化は著しい。途端に首長の貌を纏い笑んだのだ。

「カレン殿におかれては、此度の婚約、まこと目出度いと申し上げる」

「サゥ首長にお祝いいただけるとは、感激の極みにございます。キエム様はヨーに戻ったと聞きましたが、いつオルレンドルにお越しに？」

「つい昨日だ。用事を済ませるだけだったので、途中で引き返してきた」

「無事なお顔を拝見できてほっとしております。ですが……なぜ魔法院においでに？　以前のように見学といった様子ではございませんが……」

「……これにて三度目。もちろん、キヨ様にお目に掛かるためにございます」

「うむ、せっかくのライナルト陛下のご提案だからな。一度会っておかねばなるまい」

キヨ嬢の引き渡しが本決まりしたのだろう。知っているぞ、そんな装いを決め込んだ。

「シュアン様の滞在も決まったようですし、なによりでございます」

「どうかただのシュアンとお呼びください。私はこれよりオルレンドルで学問を学ばせていただく身ですもの、であればすでに御身に仕える立場にございます」

「そんな恐れ多い……ですが、今の話、どこが学び舎になるのか決まったのですか？」

「はい。ライナルト陛下のお勧めで、魔法院管理下にある薬学院に入れていただけることに」

にっこり笑うシュアンだが、隣のキエムはどこか面白くないと言いたげで、妹に対し冷ややかな眼差しを向けている。シュアンも気付いていないながらあえて豪毅に笑んでいるから、先の言い争いはこのあたりが原因なのかもしれない。

「キエム様も妹さんが離れて寂しいのではありません？」

「なに、数ある妹の中で最も変わり種なのがこやつだ。なにがあっても心配はしておらぬよ」

「ええ、その通りです。兄様は私よりもキヨ様を案じてくださいませ。オルレンドルより姫君をお預かりするなど、これほど名誉なことはないのですから」

「は、お前に言われずともわかっておるわ」

「カレン様、兄はこの通りでございます。ですので私はキヨ様がご出発の日まで、せめて祖国についてお話ししておこうかと思い、これから通わせていただきたく存じます」

……であれば私もちょっと釘を刺しておかねばならない。二人に向かって頭を下げた。

「シュアン様のお心遣いに感謝を。キヨ様は皇太后クラリッサ様の大事にされたご息女にございますれば、何卒、あの御方をよろしくお願いします」

キエムには意外な顔をされたから、なおさらこの行動は正解だった。

なにせ皇太后の反逆を知らない者はいない。キエムはキヨ嬢は体(てい)の良い国外追放と考えていたはずで、いざという時に少女を乱雑に扱われないためにも、私も行動しておくべきだった。

「そうまで頼まれては無下にもできん。あの姫君の安全はこのキエムが保証するが、いやしかしだ」

「私でございますか？　なんでございましょう」

「なに、大した話ではない。もし婚約者殿に嫌気が差したら、サゥを頼りにされるがよかろう。いまや五大部族の一角となった我ら、白き髪の魔法使いはいつでも歓迎する用意がある」

「兄様、不敬にございます。口を謹んでくださいませ」

「ただのたとえだ、たとえ。……ではなカレン殿、ライナルト殿より俺のほうがいい男だと覚えておかれるとよろしかろう」

キエムはひらりと手を振って去り、残されたシュアンは悩ましげな形相だ。

「兄は本当に困りものです。オルレンドルの皇帝陛下と五大部族では比べるまでもないのに」

「五大部族としての誇りがあるのだとお見受けしました。それよりも、あなた様は……」

「私のことは気にしないでくださいませ、すべて自分で決めたことにございます」

「お国には……戻らないのですね」

彼女はサゥに期待されていた側室の役目をこなせなくなった。本来ならキエムは妹に帰国を望むはずだし、帰るよう命じたはずも、彼女は了承しなかったのだ。

「もはや首長の支援は期待できぬでしょうが、オルレンドルに残ると決めた時点で覚悟していました。ですが、まさか別の御方がサゥに預けられるなんて思いもしなかった」

「シュアン様、キヨ様は決して身代わりになるのではありません」

「……お心遣いありがとうございます。ですが、私にはどうしても……」

実際は複雑な事情があるのだが、シュアンは知る由もない。

だからこそシュアンはキヨ嬢にサゥの、ひいてはヨーの作法を伝授するのかもしれなかった。

「はぁ、愚痴を言っても仕方ありませんね。カレン様、兄のばかな言葉はどうぞ愚か者のうわごととお忘れくださいませ。それよりもサゥがお贈りいたしました大猫をよろしくお願いします」

「大猫？」

「私と一緒に来た、ヨーでは人気の猫にございます。まだ会ってないとしたら、慣らすために時間がかかっているのかもしれませんね」

「シュアン様と一緒に来た……あ、まさかあのときの荷物かしら」

「賢い子が選ばれたと聞きました。調教師も一緒ですから、きっとお役に立てると保証いたします」

なぜ犬が付くのか不明だが、ヨーの特産だとしたら、柄が特殊なのだろうか。

シュアンは兄が気がかりらしく、早々に去ったのだが、彼女がいなくなるとルカとジェフが喋りだした。黒鳥はジェフの頭の上でぽんぽん跳ねている。

「あの子、祖国を捨てるつもりなのかしら」

「かもしれません。ある種の決意を感じさせますから、サゥには本当に戻らぬやもしれない」

「……ワタシにはよくわからない覚悟なんだけど、ひとつだけわかることはあるわ」

「それは？」

「シスがキエムから逃げた理由よ」

まったく違う方向に流れ弾が飛んだ。

ルカは喋りたくて仕方がないといった様子なのだが、これには私も興味がある。

「知ってるの？　白髪の件といい、ヨーでなにかあったのは確実なのに教えてくれないの」

「ふふ、あいつはね、調子に乗ってかっこつけた自分の黒歴史をほじくり返されて恥ずかしいのよ」

「ああー！　なるほどね！」

「黒……歴史……とは……？」

ジェフが馴染みのない言葉に首を捻る一方で、奇妙に納得してしまった。

若かりし頃に犯した言動の結果が「白髪の魔法使い」の伝承だとしたら、逃げたくなるだろう。

こうなるとシスをからかいに行きたいが、いまはキヨ嬢に会うのが優先だ。

彼女の住居は魔法院の気遣いが感じられる部屋だった。隅々まで清掃が行き届き、吊り下げ式の乾花がほのかな香りを放っている。開かれた窓からは生い茂った木々がゆらめき、誰からも見られないよう配慮されていた。

少女は以前より肌つやが良くなっていた。状況は芳しくないと聞いていたものの、固い表情ながらもしっかりと礼の形を取ったのだ。こころなしか、以前より険（けん）が取れていた。

堅苦しいながらも出迎えを受けると、キヨ嬢は不慣れな手つきでお茶を淹れはじめた。

「もっと元気がないと思った？」

「思ってた。だから元気そうで安心してる。ちゃんと食事もとってるのね」

特にそうしようと決めたわけではないが、お互い自然と敬語は取れている。

「食べられるときに食べないのは馬鹿のすることよ。それにここは色々食べさせてくれるわ、食べ物に偏りがないから、食事に飽きが来ない。……たまにお米が恋しくなるけどね」

「食が豊かなのがオルレンドルのいいところだから。シュアン姫はどうだった？」

「……いい人よ。私が向こうにいくと聞いてすごく心配して、やめた方がいいと説得してきたの。やめられるわけなんてないのに、お姫様なのに変な人ね」

「さっき会った時もあなたのこと気にしてた。仲良くしてくれると嬉しいわ」

「言われなくてもそのつもりよ」

変な人、と言いながらも悪い気はしていない様子だ。

「国を出たいと言ったのはあなたの意思と聞いたの、本当？」

「本当よ。どうせ残っても居辛いし、お母さまのいない国に残っていても仕方がないから。……貴女のことだから、本心かどうか見極めにきたんでしょ」

ばれていたらしいが、怒るといった様子もなく、淡々とお茶を啜っている。

お茶の出来が気に入らなかったのか、カチャン、と小さな音を立てて器を落とした。

外を見つめる眼差しはどこまでも亡き人を憂いている。

「……キヨにとっては良いお母さまだったの」

それはただ懐かしんでいるだけではなく、自らの力を知ったからこその寂しさが含まれている。

意外だったのは、彼女が愚痴や泣き言の一つも漏らさなかったこと。あれから魅了の謎について調べられたが、その力がどこから来るのか、魔法院の総力を以てしてもわからなかった。彼女は魅了の解呪を望んだが、解決の糸口は見えず、効力を弱める術を本人に刻むしかないと至ったのが最近だ。

「貴女はキヨに聞いたわよね。ただこの国に流れてきた一人の人間としてどうしたいのかって」

「覚えてる。……答えは出た？」

「やりたいことはできた。お母さまは悪いばっかりの母じゃなかったって、誰かに伝え残すわ。それに、やり方はまだわからないけど、キヨ自身の自立もね」

「なにかを探して追い求めるのはいいことよ」

「そう願いたいわ」

「できますよ。だってキヨ様はまだお若いのだもの。選択と未来はいくらでも開けています」

「……年寄りみたいに言うわね」

唇を尖らせる姿は作りものではない愛嬌がある。

「ヨーは女が自立するのは難しい国だとは聞いた。だけど部族によっては女が族長を務めているところもあるし、他にも話を聞いたけれど、総合的に見ればキヨの祖国ほど問題ある国ではないわ」

「移住にあたって、あなたの魅了についてはなんて言ってた？」

「当然サゥには知らせないし、オルレンドルの秘密よ。完璧にはいかないせいで、あの長老が言うにはキヨが好意を向けた相手は、自然にキヨを好きになるらしいけど……」

「……キヨ嬢」

「ふん、変な呼び方しないで。……向き合うわ。向き合うしかないもの」

「オルレンドルはすべて承知であなたを送り出すのね」

「そう、あの皇帝陛下自らの取り決めでね。普通はこういうの、正気かって思うじゃない。でもキヨをヨーにやるといったとき、あの男はなんて言ったと思う？」

「……さぁ、なんとなく想像は付くけど」

ライナルトは一度だけキヨ嬢と会っている。挨拶も労いも無しに処遇を告げたのだ。

「その力を上手く使え、ですって。まったく嫌な人だったわね。キヨがサゥを誑かしてオルレンドルを狙うわよといっても、できるものならやってみろと笑ってたんだもの」

「しょうがない人ね」

「……貴女、殿方の趣味が悪いわ。キヨはつくづく人を見る目のなさを思い知ったのに」

「私にはいい人なのよ。キヨ嬢にとって、あの方が良い親だったみたいにね」

「ふん。……ああ、そうだ、今度外出許可が出るから、手土産を買えそうな店を教えて」

「わかった。いくつかお店を挙げておくわね」

外出許可が出始めたのは、もうオルレンドルに戻ってこられる可能性が低いからだ。監視の制限付きになるが、それでも彼女は満足そうだ。

「不思議だけど、あなたはどこか活き活きとしてる」

「それはそうよ、貴女達は変な顔をするけど、キヨはヨーに行くのを悲しいと思ってないもの」

「ヨーはオルレンドルや……きっとあなたの祖国とも大分違うところだと思うわよ？」

「それでも悲しくはないわ。キヨは元々、オルレンドルに来る前は親の決めた嫁ぎ先に向かうところだったの。いまはちょっと寄り道をしただけで、順番が変わっただけ。そう思えば楽なくらいよ」

「……嫁ぎ先？」

「ふふ、将来的に誰かを宛がわれるにしたって、二回り以上年上のおじさんなんか断れる権利があるし、子供を産む機会だってあるわ。本を手に取っても叱られないのは素敵なことよ」

……想像されるキヨ嬢の生まれと年代を考えれば、考えられない話ではない。

少女は誇らしげだった。

「お人形になって笑っていればいいだけじゃない。この髪の色が貶（けな）される必要がないだけで、ずっとずっと生きやすいの。だから楽なのよ」

そこまで言って、喋りすぎたと言わんばかりに咳払いを零した。

「いまのは調子に乗りすぎたわ。必要のない話だから、貴女の中だけに留めておいて」

「忘れなくていいの？」

「キヨを生かしたいと言ったのは貴女よ。だったら……そのくらいは覚えておきなさいよ」

薄暗いけれど、晴れ晴れしさも感じられる笑みは、この子はもう大丈夫だと感じさせるには充分だ。

短い会談を終え、帰り間際に彼女は言った。

「いまのキヨは、やっぱり貴女を完全に好きになれない」

「ええ、それでいい。無理に好きになってもらおうとは思わないわ」

「話は最後まで聞きなさいよね、せっかちさん。ほら、そこに立って、挨拶できないでしょ」

それはオルレンドル式ではなく、日本という記憶に埋もれた故郷のお辞儀だ。

「もうただのキヨとしては二度と会わないだろうから言っておくわ。命を繋いでくれてありがとう」

小さい頃から身についてきたであろう所作は、ほれぼれとするほど自然で、そしてどの礼の形よりも美しかった。

「この成婚の結果を私は最後まで見ることは叶わないでしょう。けれど遠くの地より貴女の未来が素晴らしいものになりますようにお祈り致しております」

「……ありがとうございます。私もあなたの行く末が幸多きものであるよう心から祈っております」

これが、日本から転移してきたキヨ嬢との別れ。

異端は遠くへ追いやられれども、ただの「キヨ」として在り続けたいと望んだ少女が選ぶ結末だ。


魔法院を後にする際にはシャハナ老自らがお出ましになった。

彼女もまた出会うなり祝いの言葉を紡いだから、どれだけ自分の立場が大きく変わろうとしているのか実感させられる。そしてバネッサさんは……。

「バネッサさ」

「バネッサで結構！　さんはやめて！」

この通り、片手でビシッと拒否の構え。相変わらず面白い人だ。

「……いいえ、いいわ、いいのよ。元々貴女があの城塞都市に現れたときから、こんな結果は見えていたのだもの。なにか言うのはお門違いだわ。ご婚約おめでとう」

「あ、ありがとうございます」

……深く突っ込みたいような、聞くのが怖いような。

しかし気になるのは、ジェフに満面の笑みを向けるシャハナ老。自らが手がけた患者だ。すっかり変わったジェフの顔面、経過も良好だしその点を喜んでいるのかと思ったら、どうやら違った。

「わたくしが長年考えた殿方のお顔は、やはりどの角度から見ても素敵ですね。ジェフさん、どうぞお顔を傷つけないように気をつけてくださいましね」

「あ、ああ、どうも、気にかけてくださって感謝する。シャハナ老におかれては……」

「肌の手入れを抜からないでくださいね。よろしければわたくしが化粧水も都合いたしますよ」

「お、お心だけいただいておく」

まるで少女のようにはしゃいでいる。これにはジェフも引き気味で、あちゃあ、と天を仰いだバネッサさんが、師の名誉回復のために耳打ちしてきた。

「誤解のないように言っておくわよ！　師匠は芸術作品としてジェフさんのお顔を愛でているのであって、決して、変な意味で接してるわけじゃないからねっ」

「だ、だだ大丈夫なんですか。全然違う人みたいなんですけど」

「いつものことだから大丈夫。前、エスタベルデ城塞都市で師匠が建築様式に造詣が深いのがわかったでしょ。金持ちの家には大体そういうのあるし。それを通じて彫像にも興味を持ってて……」

「ああ、まさかそれでお顔を作るのが好きとか……嘘ですよね？」

「理想の男女像を探して求め歩いたこともある人よ。結局見つからなかったみたいだけど、その顔をジェフさんに当てはめたのよ」

「なん……」

「……諦めなさい。魔法使いって基本的に利己的なの、そういうものだから良いお顔ができたのよ」

なんという裏話……。

シャハナ老を落ち着けるのは大変だったが、やがて長老の貌に戻った彼女は力強く告げた。

「此度のご婚約、有力な家々が後見として立っていると聞いておりますが、わたくし個人としても、なにより魔法院の総意としてこの婚約を心より御祝い申し上げております」

気が付けば出入り口に他の長老も揃っており、ぎょっとしている間にも頭を垂れていた。

「有事の際はどうぞ遠慮なく、我らに相談くださいませ。魔法院は全面的に貴女様に協力、並びに支援するべしと決議いたしました。オルレンドルの魔法使いは引き続き帝都を守護する一翼として、未来の皇后陛下の手足として働きましょう」

突然のことにがくがくと頷くだけしかなかったが、この時に、戻ってきていたシスに脇腹をつつかれた。頭を下げ続ける魔法使い達を顎で指すシスに、間抜けな自分を引っ込める。

「魔法院のご厚意、ありがたく受け取りましょう。私に力添えしてくださることを期待します」

「必ずや、期待に応えると約束いたしましょう」

これまでにない盛大な見送りを、後にシスは「前代未聞だ」と評した。

「魔法院の連中が皇帝を差し置いて、皇后を国と同等にして忠誠を誓うなんて普通はあり得ない」

「彼ら、よほど切羽詰まってるのねぇ。堂々と言い切っちゃったわよ」

ルカも会話に加わるが、お喋りの内容は複雑だ。

「ライナルトは神秘嫌いだからな。それに自業自得だったとはいえ、有能だった前院長なんかを一気に追い出しちまった実績がある。シャハナを通じたのもあって、全員がいつか自分たちが排斥されるだろうと予想してたところで、今回の婚約発表だ」

「見習いとはいえマスターは顧問。魔法使いだし、皇后に収まれば万々歳なわけね」

「そうそう、魔法院総出で皇后を推した方が自分たちも長生きできて、魔法院も存続できるって算段だ。良かったな、後ろ盾がまた増えたじゃないか。クラリッサよりもずっと強力だぜ」

「……複雑ぅ」

銃の規制があるから顧問に収まっているけど、今後はライナルト、魔法院双方に不信感を抱かせないよう均衡を保って行かねばならない。難しい問題に直面して帰りたい気分でいっぱいだが、本日の予定はまだ残っていて、一気に済ませてしまおうと横着したツケがここで回ってきた。

その予定がオルレンドル帝国宰相リヒャルト・ブルーノ・ヴァイデンフェラー。

やはりこの御方にも会うなりお辞儀をされた。

「この度のご婚約、まこと目出度いと申し上げる」

「ありがとうございます。宰相閣下におかれましても、後見人を引き受けていただけるとは思ってもみませんでした。なにせ余所からきた移民でございましたので、お礼申し上げます」

「陛下から頼まれれば否やとは言えますまい。それに私は貴女様に恩義がある、ここで礼を尽くさねば非礼にあたる」

「そうでした、陛下の誤解は解いて下さったのですね」

「陛下には誠心誠意、貴女様には非が無かったと説明させていただいた。ご迷惑をおかけしたことをお詫び申し上げる」

「誤解が解ければ良いのです」

お咎めがあったかもしれないが、私の知ったところではない。

「これから貴女様には国や宮廷のことでお目に掛かる機会も増えるでしょう。ご苦労をお掛けするが、何卒ご容赦願いたい」

「こちらこそわからないことだらけです。どうかお力添えくださいませ」

「差し当たっては婚礼の準備でございますか。いやはや、侍女頭とも話をしましたが、式の日取りを延ばしてくださり助かった。おかげで猶予（ゆうよ）を持って支度が調えられる」

「私も準備が必要ですし、慌ただしく事にあたるよりは良いでしょうからね」

「必要と言えば、陛下よりちらと伺いましたが、カレン様は些か（いささか）踊りが不得手だとか。差し支えなければ教えが上手い者を紹介するが、如何だろうか。無論陛下の御意は通しましょう」

「お断りする理由はございませんね、よろしくお願いします」

態度は丁寧であるものの、過度なお世辞は使ってこない。誰であろうと崩れない態度は心地よくはあるが、本意を探らせてもらえないのは不気味だ。

ここでは再度侍女頭と面通しを行い、私付きの侍女などを決めたのだが、侍女頭には宮廷での件をひたすら謝られた。勝手に出ていったのは私なのだが、向こうは責任を感じていたみたい。

侍女頭が退散した後も話し合いは続き、さあ解散といった雰囲気が流れもしたが、いつまで経っても相手が言いだす気配はない。

「そのご様子では、なにもおっしゃるつもりはないのでしょうか」

「サゥ氏族の件は解決したと思っていましたが、やはり謝罪は不十分だったろうか」

「とぼけるならお聞きしますが、前の侍女頭や侍医長に、陛下が私を皇妃にしたいと伝えた件を漏らしたのは宰相閣下でいらっしゃる？」

「左様。私にございます」

拍子抜けするくらいあっさり認めた。

「お怒りであれば、このまま陛下か、あるいは外で待機しているアーベラインに伝えるとよろしい」

「覚悟の上だとおっしゃる？」

「陛下はすでに確信を持って私を疑っておられる。貴女様がお決めになれば、大切な婚約者を害された元凶として断罪されるのもすぐにございましょう」

「……それはまだです。なぜそんなことをしたのか聞く必要があります」

罰される覚悟もあって、あえて座っているのだから騒ぎ立てはしない。

「良い目をしておられる。たしかに、イェルハルドが褒めていた通りの御方だ。あやつは私と貴女様は気があうだろうと言っていたが、なにぶん確信が持てず、ひどい目に遭わせてしまった」

「その言いようでは、誘拐は本意ではなかったのですか」

「本音を申し上げれば、受けるのはせいぜい嫌がらせ程度かと。クラリッサ様の理性の鎖があああも脆(もろ)

いとは思わなんだ」

「なぜ陛下の意から逸れるような真似をなさったのです」

「貴女が楔（くさび）であってくれるかを確かめるため」

ひたり、と帝国宰相リヒャルト・ブルーノ・ヴァイデンフェラーの眼差しが私を捉える。

「楔とは？」

「陛下の、ひいては国と民の楔に足りうるかどうか」

「私が楔であるか、それがなんのために、どんな意味を成すのです」

「陛下が我らオルレンドルを滅ぼさぬための楔でございます」

オルレンドルを滅ぼす。その言葉を聞いて私は驚き、宰相もまた頷いた。

「私は陛下よりはっきりとは聞いておりませぬが、あの方の政策を含め、バーレといった知人に陛下の人となりを聞けば、確信には至れる。陛下はいずれ、他国に侵略するおつもりでございましょう」

「知っていて陛下に協力したのではないのですか」

「無論。家の復興のため、また我が子を謀殺した憎きメーラーめを討つため、私は進んであの方に協力を申し出た。そのことに悔いはひとつもございませぬ」

実子がなくなった件は知っているが、それが前宰相の仕業だったのは初耳だ。

「しかし誤解されてくれますな。復讐が理由であっても、私はオルレンドルのために働けることを誇りに思っている。この老骨めに機会を与えてくださった陛下にも深く感謝しております」

「その言葉に嘘はないと信じます。マイゼンブーク卿とマクシミリアン卿を信じておりますから」

「あの二人も、貴女様をよく評価しておられた。コンラート家は人たらしの才能がございますな」

もしかしたら後半は冗談だったのかもしれない。

宰相は薄く笑った後、こう言った。

「しかしながら私めは古く保守的な人間。自国には他国に攻め込むよりも、やはり護国を重視してもらいたいと思う輩（たち）ゆえに、考え方としてはヴィルヘルミナ皇女殿下に近しくあった」

「皇女殿下に付こうとは思われなかったと」

「彼らは立派すぎましてな。あそこに落ちぶれた貴族が入り込む余地はございませぬ」

たしかに簒奪（さんだつ）が起きる前は皇帝、皇女、どちらにも入り込めない勢力がライナルトに協力していた。

ご老体の眉間に刻まれた皺は過去よりも未来に向いている。

「誘拐は想定外、密告は試し行為だったのですね。ですがそれで私が皇太后様の敵となって、あなた様はなにを見ようとしたのです」

「皇后たる方が平和を求める人となりか、そして民を傷つけない方か知るためです」

「楔とやらと平和、結果はどうでした」

「……充分にございます。あの陛下が、よくぞ貴女様を選んでくださったと真実感謝しております」

ああ、話が見えてきてしまった。

「一応尋ねます。……なぜ？」

「皇后には陛下にとっての枷に、或いは何者にも代えがたい存在を求めていたがゆえ」

「私が陛下のお考えを変えることはありません。むしろ督励（とくれい）する立場ですが、それでも？」

「陛下は貴女様の周囲には平穏を望んでおられる。皇后が残られるオルレンドルを顧（かえり）み、足場を固められるはずだ。戦は避けられずとも、戦のために国民が飢える心配はなくなりましょう」

宰相閣下は、正しくライナルトの気性を見抜いたのだ。もう戦は避けられないと悟っているからこそ、せめて国民がこれから続く戦の犠牲にならない足がかりを求めた。

「なんて……」

「自らの愚かさは承知の上なれど、これが国を守る宰相としての役目でございます」

「だから危険を犯してまで情報を売ったと？　あなたの命すら私に委ねるのですか」

「いかにも。貴女様が被害者ゆえ、私も気付かれたと知ったときに決断した」

「陛下はなんと言っているのです」

「なにも語らず、言及せず、しかしこうして貴女様と会うことを許された。ならばすべては貴女様の判断だとおっしゃりたいのでしょう」

ニーカさんやリリーの態度に合点がいった。あの時点で、ほとんど犯人は特定されていたのだ。全員がライナルトの判断を呑んだからこそのいまだった。

「しかし申し上げるとすれば、私はまだオルレンドルに必要な人間だ」

「それは命乞いですか」

「事実にございます。アーベライン、もといバッヘムをはじめ、いずれ宰相を任せられる者はいるだろうが、まだまだ未熟者。陛下を裏切らぬ者として、私ほど経験を積んだ者はおりますまい」

命が掛かっているのに堂々としている。

……決断には少し時間を要した。

ううん、答えは決まっていたのだけど、私が覚悟を決めるのに時間を使ったのだ。

沈黙が支配する談話室で、私はオルレンドル帝国宰相に告げる。

「以降、たとえ国のための行為であったとしても裏切りは許しません。背信行為と受け取られる恐れがある行いは、必ず私を通すように。二度目はないと心得なさい」

「畏（かしこ）まりまして」

ここまでやった人だもの、二度と悪いことをしてはいけない！　なんて言えるほど私も無知じゃない。これだけ心中を吐露してくれるなら、相手とて私とやっていくつもりがあるのだ。手を取り合って行かねばならないし、恩を売っておける相手の方が得策だ、と一瞬でも考えた自分に落ちこんだ。

ただ、ひとつ保険はかけておこう。

「リヒャルト様は、うちの義息子と同い年くらいのお子さんがいらっしゃいましたよね」

「……左様ですが、それが？」

声音が変わる。亡くなった実子の後、晩年に授かった子を掌中の珠と慈しんでいるのは知っていた。

「家庭教師を付けているらしいですが、せっかくなら市井の学校に通わせては如何ですか。これから警備体制も整いますし、うちの弟や義息子もいますから、良いお友達になってくれます」

「それは……」

「ただの提案ですよ」

にっこり笑って会談を締めたが、なんて苦々しい気分。無性にライナルトに会いたくてたまらない。

息苦しい部屋を出ると、待っていたのはモーリッツさんと、バーレ家前当主イェルハルド老だった。

ご老体は私をみるなり安堵の色を見せる。

「イェルハルド様、宰相閣下が気になってお越しになられたのですか？」

「どういった結末になるにせよ、リヒャルトの決断を見ておかねばなるまいて」

「……ご覧の通りです。モーリッツさんを呼ぶまでには至りませんでした」

「すまない。苦労をかけたようだ」

「イェルハルド様はご存知だったのですか」

「後見人の話をされたときに話を聞かされてな。なんと馬鹿なことをしたのかと叱ったものだ」

よかった。イェルハルド老まではじめから知ってたと言われたら落ち込むところだった。

イェルハルド老はこのまま宰相に会っていくつもりらしいが、後見人のお礼を言うと、わけもないと朗らかに笑ってくれた。

「でもイェルハルド様はともかく、ベルトランド様が了承してくれるとは意外でした。私が思うにあの方は自由を好まれます。しがらみが増えるなんてと渋られませんでしたか？」

「そこまで見抜かれているなら言ってしまうが、多少はな」

「あら、やっぱりですか。でしたらなおさら不思議です」

「ロビンと二人で説得させてもらった。いつまでも面倒くさがっていてもなにもならんとな」

それだけで説得されたとは思えないけど、きっと他にも言葉を尽くしてくれたのだろう。

「ついでだから言ってしまうが、頼みがあってな」

なんと桜の木を譲渡したいと言われたのだ。それも世話に慣れている庭師と一緒にだ。

「嬉しい申し出ですけど、イェルハルド様のお気に入りではなかったのですか」

「祝いの気持ち、みたいなものだ。それにベルトランドやロビンは草木を大事にする気持ちに疎い。いずれ誰かに譲るつもりだったから、大事にしてくれる者に渡したかったのだ。同士としてエミール坊やにと考えていたが、いまお譲りするなら貴女だろう」

「庭師の方はなんといっているのです」

「最近はうちは騒がしくてゆっくりできんと言いだしていてな。落ち着ける先を探しはじめていた」

庭師はバーレ家で会った屈強なおばあさんだ。うちはベン老人が亡くなってヒルさんが毎日試行錯誤しているし、見本になる人が増えるのは嬉しい。桜が間近になるのも嬉しかったから、申し出は願ったり叶ったりだ。

「それにあのババアがいた方がベルトランドを御しやすくなる。上手く活用してくれ」

「はい？」

「ではな。婚約おめでとう、どうか陛下を支えてあげておくれ」

まさかイェルハルド老から「ババア」が出るとは思わない。

呆然としている間にご老体は扉の向こうに消えてしまった。

……庭師のおばあさん、何者？

「終わったかね」

「あ、はい。待っててくれたんですね、モーリッツさん」

来いと言わんばかりに歩き出した。代わり映えしない態度にほっとしてしまうのは、環境が大きく変わってしまったせいだろう。そういう意味ではイェルハルド老も変わらなくて安堵している。

「どこに向かってるんですか。陛下に謁見……ではないですよね。予定になかったもの」

「謁見ではないが、陛下より事が済んだら待っていてもらいたいと伝言を預かった」

「モーリッツさんモーリッツさん、額に血管が浮いてます。伝令役が嫌なら嫌って言えば良かったのに、なんで引き受けちゃったんですか」

「用があったからだ、他に何がある」

「後見人の件をまだお怒りなんでしょうか。ありがとうございました」

「正しくはあるが好きで引き受けたのではない、我が君に請われ仕方なくだ」

「はい。でもとても感謝しています」

「バッヘムは好んで君を支援するのではないと肝に銘じておきたまえ。失態を犯しても庇い立てはしない。私は他家やニーカほど甘くはない」

「気をつけます。それとバッヘムの当主就任おめでとうございます」

「当然の結果だ。祝われるまでもない」

帝国の金庫番であり有数の富豪であるバッヘム家。彼の家は親族内でも様々派閥があるが、その中でもモーリッツさんは有望視されなかった人だ。私からすれば信じられない話だけど、当時はライナルトが皇帝になるほど上り詰めるとは誰も考えていなかった。

けれど彼らの考えは覆された。新皇帝の側近として信頼され、将来は宰相すら確実と囁かれているモーリッツさんはバッヘム家の手綱を握った。

「ところでシスとルカの姿が見えませんが、モーリッツさんご存知ありませんか。そこで待ってると言われたのですが、姿が見えないんです」

「サゥより賜った大猫を見に行った」

「なるほどー。じっとしてるわけないと思ったらやっぱりですね」

どうりでジェフしか残っていないはずだ。その彼はほぼ空気と化して私たちの後ろを歩いている。

モーリッツさんはカツコツと軍靴で一定のリズムを刻む。

「我が君の隣は壊れることすら許されんぞ」

この人にとっては宰相の件など本題にもならない。いちいち尋ねる必要はないと考えているからだ。

そっけないまま歩調を合わせてくれず、目も合わせず、顔すらも向かないが、言葉には忠告がある。

覚悟の上です、と頷くのは嘘っぽくなる気がしてやめた。

「きっと辛いことがたくさんあるんでしょうね」

「その程度の認識ならばいますぐ辞退したまえ。トゥーナが君に期待したのは歯止めの役目があればこそ、生半可な覚悟で挑まれては迷惑だ」

「……でしたらモーリッツさんは私にどの役目を期待されてるんですか」

返事はない。答えは期待してなかったからおかまいなしに続けた。

「でも、ライナルトの隣に並ぶならそれしかないんでしょうね。最悪の事態になる前には手を差し伸べてくれるでしょうし、いつだってそうでした。そこだけは信頼してます」

「我が君を呼び捨てとは、早くも図に乗っている」

「本人が希望しましたので。実はモーリッツさんの前で呼び捨てにするのが楽しみでした」

「不愉快だ」

「知ってますけど慣れてください。あと今度一緒にお茶しましょ」

「断る」

「でもこうやってたびたび忠告してくれるじゃないですかー」

「忠告ではない」

「たまには仲良くしましょうよ。私はモーリッツさん大好きですよ？」

「私は君を好いた覚えは一度も無い」

うーんそっけない。

でも裏表がないし、ある意味とても分かりやすい人だから落ち着くのだと思う。

「ライナルトと同じくらい、モーリッツさんとお話しするの楽しみだったのに」

虫けらを見下ろす目になったのはあんまりだ。

厭々私の相手をしているのは傍目（はため）にも明らかだが、最後まで送り届ける役目はこなしてくれた。もちろんその間に様々お小言はもらったが、どれも嫌がらせにはほど遠く、別れ際にこう言われた。

「最悪の事態を招かぬよう努めるのが我らの仕事だ。危険に晒したのは詫びるが、決断した以上は自覚を持って働きたまえ」

皇妃の役目を「働け」と言ってのけるのもこの人くらいだろう。

通されたのは窓が大きく明るい部屋だった。雰囲気や造りは宮廷に滞在していた頃に似通っていて、既に給仕や侍女まで待機している。

ライナルトが来るまでは時間が掛かると言われてしまった。大猫にも興味はあったが、人払いした上でクッションを抱き横になる。朝から色々な人に会いすぎて頭がお疲れ気味だったのだ。

ちょっとひと眠り、のつもりで目を閉じたら簡単に睡魔がやってきて呑み込まれたが、今日は変な話をしたからだろう。


不愉快な夢を見た。

13

転生令嬢と数奇な人生を歩む人々の物語

私が死ぬ夢だ。

驚いたのは私が彼を置いていく側だった点かな。

いつもいつも追いかけるばかりで、早死にするのは彼の方だと思っていたから、自分が先に逝くなんて思いもよらない。

それがいつなのかはわからない。

見た目はまだまだ若そうだが、いまよりも年月を経て落ち着きが備わった私がいる。昼間から寝台に横たわっていて、布団の端が陽の光に照らされていた。

ライナルトの手を取っているが、彼はわかりやすく年を取っていて、私とは対照的に真剣だ。寝台の私は苦笑しているが、端から自分を見る機会はないから変な感じがしていた。

私たちはなにを話していたのだろう。

状況は不明でも、私が病気だったとわかるのは、しばらく経って、私が息を引き取ったからだ。

うん、まだそれだけなら不愉快な夢として終わらせられた。

気に食わなかったのは、見たくなかったのはその後。

ライナルトは私が死んでも止まらなかった。

そのこと自体はさして驚かないけど、粛々(しゅくしゅく)と葬儀を済ませても彼は休まない。

むしろ、休むことを止めてしまった。

前を向いて、かねてから決めていたとおり、ただただ夢という名の野望のためにひた走る。

オルレンドルは戦が止まらなくなった。

この夢の中でのオルレンドルは、それまで戦があっても合間合間に休みがあって、農産物の種まきや収穫期は戦が避けられていた。戦傷病者及び戦没者遺族には手厚い保障があったのに、それが段々と削られ、貯蔵を食い尽くす勢いで他国への侵攻が始まってしまう。

絶え間ない戦争には熱に浮かれていた国民も段々と疲れはじめた。

心ある臣下は民を代表して忠告すれども、代わりに得たのは反逆者としての汚名。始まったのは思想や教義の統一で、ある種の恐怖政治が始まった。

オルレンドルは血を流し、土地を奪い、侵略者として名を馳せる。

もはや繁栄の都市の名は消え失せた。

生き急ぐ走り方だ。段々と荒れて貧しくなる国の変わりように嘆いた誰かが問うた。

「どうしてそんなに生き急がれる」と。

彼は答えた。

「我が庇は潰えた、ならばこの身を休ませる場所はもうないのだ」と。

故にもう、前に進むことだけしか彼には残らなかった。

大陸を手に入れるため馬で駆け、数多の首をはね、大地に血を流した。

誰かは彼を「狂王」と言った。もはや昔馴染みの声も届かなくなって、けれど孤独にあっても彼は揺るがない。

彼にはそれ以外の生き方がないから、本来あるべき姿だったから戻っただけで。

余所に目を向ける必要がなくなって、なにもかもを踏み台にして夢を追った。

そうして数十年が過ぎて、国はすっかり疲弊した。皇帝の額にも相当の皺が刻まれた頃、大陸統一を目前にして野望は果てた。

勝てる見込みの戦だったのに、味方に裏切られ斃れた。

ライナルトは刺客を斬り払い、傷口を押さえながら馬に寄りかかる。

夕暮れの朱が眩しい。

大勢の人に囲まれているのに、ひとりきりの皇帝は、下半身を濡らしていく鮮血を前にただ一点に地平を、空を、自らの手にべったりと張りついた血を見つめ、やがて静かに目を閉じる。

そうして二度と目覚めず、彼の首は刃に散って——。

私がひどい、と感じたのは、とうとう最後まで彼が誰の名も呼ばなかったことだろうか。

とうとう最後に彼に寄り添える人がいなかった事実に打ちのめされそうになっている。

これが彼の夢の果てなんて、

そんな、ひどく泣きたくなる終わりを見た。


嗚呼、まだ目覚めは訪れない。

残されたのは後の世代の者達。

新たな登場人物は年を取ったヴェンデルだ。一目であの子だとわかったのは、容姿に面影があることに加え、雰囲気が恩人達に似通っていたから。

彼は皇帝亡き宮廷で誰かを待っていた。

やがて門を潜るのは、オルレンドルの民ではない勢力。

雪国仕様の分厚い靴に、軍服姿の屈強な男女。彼らを従え先頭を歩くのは、長い金髪に所々白髪が交じった男装の麗人。すらりとした長身で、老いてなお誇りと優美さは失われない。杖の代わりに長銃を持ち、肩にかけた老女は面差しがライナルトと似ていた。

いくら帝都が襤褸に成り果てたとて、彼女にとってこれは凱旋だ。

「帝都もすっかり変わり果てたな」

皇なき帝都。国の復興のため、数十年前に言い渡した謹慎を破棄し、皇位継承権を復活させたのは他ならぬヴェンデルだ。

「お待ちしておりました。久方ぶりでございます、ヴィルヘルミナ皇女殿下」

「これまた懐かしい響きだ。私の中のお前は子供のままで止まっているが、老けたなヴェンデル」

「そういう皇女殿下は相変わらず美しいままです」

「口が回るようになった。やはり年は取りたくないな」

感心した風に呟き、長銃を横に伸ばした。

行動の理由は制止。彼女の背後に立つ孫達がいまにも剣を抜きそうなまでに殺気立っていた。

「馬鹿者共が。ここでわめき立て、北の連中は品のない田舎者だと笑われたいか。常日頃気高さを持って行動せよとの教えはもう忘れたか」

「されどお祖母様を追いやっておいて、都合が悪くなれば呼び戻すなど、いくらなんでも非道ではありませんか。その者共、いますぐそっ首刎ね……」

「誰が在りもしない私の心情を語れと言った」

ヴィルヘルミナ皇女が言った途端、孫は拳骨をもらう羽目になった。それでも孫の意気は衰えないから、これを鑑みるにかなり厳しい教育を施していたと思われる。

「大体お前達は北国生まれで、オルレンドルの記憶など持っておらん。従って怒る権利を持つとしたら、かつて追いやられた者達だけだ。知りもしない理由をかざし剣を振るなど許さん」

「しかしお祖母様、お祖母様がいかほど苦労し北を盛り立てたと……」

「愚か者が。そも過去の戦に負けたのは私だ。ゆえに、次に私の心情を曲解し騙ってみろ、この銃の腕は衰えていないと、お前の身を以て証明してやる」

こうして家族を制した彼女はヴェンデルと話を続けるが、合間に割り込んだのは兄さんだ。

「……割り込んですまないね、積もる話があるのだろうが、先に家族の墓を見舞いたい」

「どうぞ。カレンの墓の近くに、お父上やエミールの墓も用意してあります」

それを聞いて、兄さんは嗚呼、と嘆く。

「あの子は、やはり……」

「陛下を宥めようと最期まで抗いました。ですが遺言を賜っています。アルノー様には、精一杯頑張ったので褒めてほしいと」

「……うん。そうか」

「義母が残した手紙もあります。詳しくは後ほど」

「…………苦労かけるね」

「いいえ、エミールほどではありません。彼ほど勇猛な人はいませんでした」

兄さんが離脱し、残されたヴィルヘルミナ皇女達は貧しくなった宮廷を歩く。

後継者なき帝都、人心の離れた政治、荒れた民草、もはやオルレンドルの命令が効力を成さなくなりつつある地方領主達。

皇女は驚かない。なぜならいまのオルレンドルの惨状は彼女が若き日、北に追いやられたときからわかっていた結果だからだ。

オルレンドルが滅ぶのは目前で、その崩壊ぶりは、代わりに我がと手綱を握りたがる者すら現れない。沈みかけの泥船に乗りたい者がいないせいか、亡き皇帝の義息子たるヴェンデルが後始末をつけようとも止める者はいなかった。

「ライナルトの治世にしてはよく保った。こちらの見積もりではもっと早く荒れるはずだったよ」

「陛下がカレンの周りだけは平穏をと望まれたためでしょう。彼女が生きている間だけは、帝都グノーディアを豊かにしようと力を注がれました」

「文字通りの楔か。だとしたら、帝都の民は彼女に感謝せねばならなかったろうよ。少なくとも皇妃が生きている間だけは寿命が延びていた」

「亡くしてから気付くとはまさにこのことでしょう。正直、私も驚きました。常にカレンの側にいたせいで、陛下のもう一つの貌を忘れかけていましたから」

皇女勢に対しヴェンデルは一人だ。皇女の息子がいつでも剣を振れるよう待機している。

「私を呼び戻した意味は理解しているな。帝都はすべて制するぞ」

「構いません。いえ、構うだけの勢力はどこも残されておりません。トゥーナは沈み、バーレはオルレンドルを離脱した。バッヘムも当主を失い、もはやかつての威光は彼方へ散った」

「ライナルトに肩入れする旧臣共は処分する。文句はあるまいな」

「どうぞご随意に。心ある臣下はみな逝きました」

「他人事のように言いよるわ。お前も例外ではないぞ」

「そのときは仕方ありませんが、妻子に財産は残してもらいたいものです」

「冗談くらい聞き分けろ」

「冗談が下手なのは義父とそっくりですね。お二人とも本気でやりそうだから笑えない」

「……………おい、息子よ。お前もこいつの図太さを見習え」

状況にも怯えず言い放つから、その面の皮の厚さや大したものだ。

「冗談ついでに遺灰はコンラートに撒いてもらえますか。貸しがあるのですから、そのくらいはしてくださりますすね」

「おい、なんの貸しだ。私には帝都の者達を恨む理由しかないぞ」

「誰を恨むというのです。あの時の私はただの子供だ。政治に関わりようもないし、大体コンラートの領民と父母達の貸しなのですから、たかだか数十年程度で消えるはずもありますまい。私は貴女様の良心を信じていますよ。伯母上」

「だれが伯母上だ。お前のような身内などおらんわ」

どちらも年を重ねただけあって老獪になっていた。

なんとなくついて行く傍らで、枯れた桜の木が目に飛び込む。

「……ま、そうさな。いまさら復讐だなんだの言っても無粋でしかないか」

「では、引き受けてくださいますね」

「こんな形で王冠が巡ってくるとは思いもしなかったが、いいだろう。北の民と同様、いまだ帝都の民が私の子供であるのは変わりない。このまま共死にさせるにはあまりにも憐れすぎる」

「それはよかった。やはり貴女を呼んだカレンの考えは正しかった」

「……待て、いまなんと言った？」

すっかり寂しくなった庭を見渡して皇女は言った。

「自分亡き後、もし陛下の歯止めが効かなくなったとき、国を復興できるのは貴女かもしれないと言っていた。私が貴女の継承権を戻す決断をしたのも、その言葉あってのものです」

……皇位は皇女が継ぐらしい。

彼らは空いた年月を埋めるべく話した。中でも皇女が面白がったのは毒殺未遂事件や、なにがどうしてそうなったか、私がライナルトに離婚を言い渡したら遠征が中止になった話で……。

よくもまあ、と思うほど様々話していくけど、夢とはいえ私の想像力って凄くない？

でもいい加減目覚めたい。いまや民の顔は皆一様に暗く、街並みは活気を失っているのだ。

嫌だなあと眺めていると、やっと目覚めの兆候を感じ取れた。

私は長椅子に横になっていて、クッションを抱いた姿勢そのままで眠っていた。

状況が違っていたとしたら、隣に彼が座っていたことか。本を読むライナルトは、私の覚醒を知るなり目尻を下げた。

「余程疲れていたのだろうな、ご苦労だった」

老いた皇帝はいない。眉間に深く刻まれた皺や、常に誰かを警戒するばかりの寂しさもない。

彼は私の知るライナルトだ。

あれは夢、ただの夢。

けれど心臓は馬鹿みたいに痛いし、息は苦しくて無性に泣きたい。誰が好きな人の鮮明な死に様を、楽しい夢だったと言えるものか。

「カレン？　落ち着け、なにがあった」

衝動的に抱きついていた。

本を落としてもライナルトは受け止めてくれる。力いっぱい抱きしめても優しく背を撫でてくれる。

「嫌な夢でも見たか？　……案ずるな、私はここにいる」

夢程度で泣くなんてと思うが、彼は馬鹿にしない。もしかしたら誘拐された時の傷が蘇ったのかと勘違いしたかもしれなかった。

あたたかい声が胸に染みるからこそ、〝あの〟ライナルトはひとり逝ったのかと悲しくて堪らない。

「カレンはどこにも行かせない。あんなことは二度と起こさせないと約束する」

「うん、うん。……あのね、ライナルト」

「ああ」

「お願いだからどこにも行かないでね。置いていったりしないで、ちゃんと帰ってきてね」

「私が帰る場所はカレンがいるところしかない」

「私が……」

でも、私が置いて逝ってしまう場合は、どうしたらいいのだろう。

宰相と話し、これまで漠然と抱いていた恐怖が夢なんて形で具現化したのかもしれない。不安はいつまでも去らず、どんなに尽くされた慰めも恐怖には抗えない。ライナルトはいつまでもしがみついて離れない私を辛抱強く抱き続け、体温を分け与えてくれる。

「夢は夢だ、現実ではないし、そんなものは私が取り払う。だから心配しなくても良い」

そう、混同する必要はない。あれは夢なのだ。いくら鮮明な実感を伴っていても現実ではない。

「どんな夢だったか話せるか」

「言いたくない」

「ならいい。抱え込みすぎないことだ」

ここで深追いしないのがライナルトがライナルトたる所以だ。

「魔法院に、宰相、それにモーリッツと曲者の相手をしてきたのだろう。無理をし過ぎたな」

「かも、しれません。次はもうちょっと抑えるようにする」

「いまはまだ医師という免罪符がある。頻度を控えるようそちらの家令にも伝えておこう」

「……気のせいかもしれないけど、嬉しそう」

「それこそ気のせいだろう」

「嘘」

「実は嘘だ。いまはカレンが頼ってくれて嬉しいと感じている」

肩に頭を寄せていた。意地悪だけれど、こう言いながらも気遣ってくれているのも本当だ。

……こんなときに支え合えるのなら、恋人同士も悪くないのかもね。

「ね、ライナルト様。髪を梳いてもらえませんか。寝ている間にくしゃくしゃになっちゃったの」

「構わないが……そうだな、その様付けを取ってくれたら考えてもいい」

「じゃあお願い、ライナルト」

どうせ櫛を持ってるだろうし、と背を向けたら、案の定持っていた。リボン結びを解いて丁寧に梳き始めると、肩越しに宝飾品を渡される。

初めて見るものだが、蝶を象った繊細な細工にところどころ嵌まっているのは宝石だ。

「随分な逸品みたいですけど……これ、なんの宝石？」

「碧玉を嵌めさせている。揃いで仕上がったものをひとつ持ってこさせた」

「こんなに早く出来上がったんですか？」

「宮廷から注文が入らなくなった、手隙の職人がいたのでな。いずれ方々から瑠璃や紅玉も上がってくる。気に入った細工があれば言うといい、その者に新作を作らせよう」

振り返れば、ライナルトの上着には私のより地味目に仕上げられた衿止めがつけられている。ライナルトに蝶は違和感ある組み合わせだが、似合っているのだから顔のいい人はお得だ。

「少しは気分が持ち直したか？」

「……うん。ありがとう」

嬉しいものの面映ゆい心地で、口元をつい隠す。

髪を梳いてもらい、新しいお揃いで胸元を飾れるのは嬉しい。

「カレンはこうして私に髪を弄られるのが好きか？」

「大好き。こうしてくれるのは特別って気がするし、ライナルトに触ってもらえるのが好き」

恥ずかしい台詞を吐いてしまったが、ライナルトが喜んでいる感じがするしいいのだ。

「痛くなくて丁寧で、間違いのない髪型にしてくれるもの。任せたら絶対素敵にしてもらえる」

「では、これからも弄らせてもらおうか。腕が衰えていなければいいが」

「たくさん私で練習して、勘を取り戻していって飾ってください」

これからもこの時間が続けば良いな。

「その櫛も使わなきゃもったいないもの。本来の役目通り使ってあげられたらいいですね」

「物に思いを馳せるなど、私にはよくわからないが……。一度尋ねておきたかったが、私がこの櫛を持つに至った経緯を聞きたいと思うか」

「それ、秘密は問わないと私に言った口で問うのですか」

「私が拘らないだけであって、私とカレンの考えは異なる。押しつける気はない」

「だったら私も一緒。聞きません。でも、ライナルトが話したくなったときは聞きます」

「本当に構わないか？」

「興味がないとは言わないですけど、私だっていまのあなたが好きなんですからね。どんな内容だったとしても、なんにも変わりません」

ある意味で歪んでしまっているライナルトの過去だもの。ひとつのものを大事に抱え込んで、気軽に語ろうとしないのなら決して気持ちの良い話ではないはずだ。

髪を梳き終わると彼は言った。

「貴方が私の伴侶でよかった」

それは多分、私にとって過日の求愛と同等か、それ以上に嬉しい言葉だ。

「カレンを得ることができたのは、帝位と並ぶほどの成果だったのかもしれん」

「得るってなんですか、人をものみたいに言って」

「それだけ苦労し、大変な思いをした甲斐があったのだとな。なにせ逃げられてはと心から焦ったのは、後にも先にもひとりだけだ」

「……わかりませんよ。これからのライナルト次第でまだ逃げ出すかもしれないんだから」

「だとしても逃がしはしない。離さないと決めている」

「まずは逃げ出したくなるような問題は起こさないと、そちらを約束してください。あと感慨深くなってらっしゃるけど、私だって、あなたが振り向いてくれたのは奇跡みたいなものです」

「奇跡などと曖昧な結果ではなかろうよ。ひとえにカレンが私を好いていたからこその結果だ」

「合ってるけど、いきなり言われた方の気持ちを考えてくださいませんか！」

「愛している事実を隠す方がおかしいだろうに」

これもじゃれ合い……なのだろうか。恥ずかしかったり怒ったりと冷や冷やさせられっぱなしだけど、彼が笑っているのはただただ愛おしい。

視線が交差すると、どちらからともなく微笑み合っていたのだが、唐突に乱入者は現れた。

「わ!?」

ぬぅ……っと影からは黒鳥、次いで窓からはルカがやってきて、両手を振り回している。

「マスター、すっごい、すっごいのよ!」

「落ち着いて、なにがすごいの」

「大猫! 大猫よ、すごいわ。素晴らしいわ。ワタシ、存在は知っていたけど、美しいって言葉が当てはまる生き物を初めて見たの!」

見学に行っていたサゥの贈り物がお気に召したらしい。詳細を聞こうにも手を付けられない状態で、ようやく落ち着いても、なぜかライナルトに対し鼻を鳴らす始末だ。

「マスターの髪型可愛いわね。なぁに、そこの男にやってもらったの?」

「ふふふふ。似合ってるでしょ」

「世間様の常識じゃ皇帝陛下サマにやらせることじゃないと思うけど、好きねぇ」

「一番綺麗に整えてくれるもの。私が知ってる中で最高の髪結い師よ?」

「……そ。ああ、暑い暑い」

「ルカも今度やってもらったらいいのに。すっごく素敵なんだから」

「イヤ」

「断る」

二人から拒絶されてしまったのが残念。ルカのしっしとライナルトを追いやる仕草。シスに感化されたのはいただけないが、嫌々ながらも彼女はライナルトに用があったらしい。

「ライナルト、忘れないうちに大事な話をしておくわ」

「手短にな」

「はいはいはいはいワタシだってお前と話すのはイヤよ。でもワタシだってマスターの一部なんだからちょっとは優しくしてよね！　……で、話だけど、ワタシなりに真面目な意見よ」

「……私、席を外してた方が良い？」

「…………いえ、マスターにも自覚が必要だからそこにいて」

机の上に仁王立ちになるも、後ろでは黒鳥がぽーんと跳ね続ける緊張感のない空気。

「いいことマスター。アナタはね、可愛いのよ」

「はぁ」

「くっ……。家族やそこの顔だけ男のせいで感覚が麻痺しているけど、自分が思ってるよりもずっっっっと、かなり、相当に！　他人に羨まれるくらいには容姿に恵まれてるの」

「あ、うん。それは……自分で言うのもなんだけど、見た目は整ってるんじゃないかなぁと……」

「鈍い！　お馬鹿！」

悔しげに拳を握るも、怒りの矛先はライナルトに向かった。

「ライナルト！　ここまで言えばわかるでしょ！」

「おおよそ察したが、その手の危惧は既に多方面から言われている。忠告されるまでもない」

「馬鹿はアナタもなのかしらー！」

皇帝にここまで真っ直ぐ言う子もいまとなっては珍しい。

「本人の危機感が薄かったらなんにもならないのよ。この人ねぇ、リューベックのみならず、昔っから変なのばっかり引っかけてるのよ！」

「ちょっとルカちゃん、それは言い過ぎよ」

「ぜんっっぜん言いすぎじゃないし！　いい、マスターはね、自分が思ってるよりずっーとモテるの。エルネスタがいなかったら危なかった時があるくらい、変なのに目を付けられてたこともある!!」

「はっ⁉　え、なにそれ、私なにも聞いてないんですけど」

「エルネスタも言ってないわ。アナタの記憶からそうとしか思えない記録を見つけただけよ」

「本当にどういうこと!?」

「アナタは恋愛方面の危機管理がまるで足りないって言ってるの！」

「それはいくらなんでもあんまりでしょ！」

命が危うかったって観点ならぐうの音も出ないが、恋愛方面と言われて納得できるわけない。

「いままでその方面に縁なんてなかったわよ。大体婚約だって決まったし、ライナルト——っていうより、陛下がいるのに変な気を起こす人はいないわ」

「いいこと！　いままでは噂や外国人、寡婦って事実がある程度盾になってたけど、これからは皇妃として表に出るだけ顔が知れ渡りやすいの」

「ライナルトもなにか言ってください。私、他の人に目移りなんてしないし！」

助けを求めるも、彼もなにやら難しい表情を崩さない。

「女の子って、好きな人がいるほど輝くの。アナタ、誰よりもそれを知ってるんじゃないの」

「ルカ！」

「……わかった。助言感謝する」

「ふん。コンラートの使用人達からの助言でもあるんだから、ちゃんと心にしまっておきなさい」

ええ……私が納得してないのに勝手に話が進んでいる。もちろん転生したときから、この美少女顔——いまは大人へ成長途上だけど——は知っているけど、そんなのゲルダ姉さんやリリーといった美女に比べたら霞む勢いだ。褒められるのは嬉しいけど、それはそれとして迂闊に舞い上がらないようにしたい。ライナルトの隣で自意識過剰になって、我を顧みない恥ずかしい言動なんて晒したくない。

「わかったならいいわ。本題はマスターと大猫を触りに行くことだもの」

「その子、触っても大丈夫なの？」

「宮廷で飼ってるんだから触れるわよ。でしょ、ライナルト」

「調教が完璧である保証がない、決まった人間以外、近づける許可は出していなかったはずだ」

「やあね、なんのためにシスがいると思ってるのよ。精霊は自然と大地の調和を司る生き物よ。大地に近しい生物相手なら、最低限手を出さない人間を伝えるくらいはできるわよ」

「待って、シスってそんなことまでできるの」

「カレン、待……」

「行きましょう！」

元々大猫に興味があったのだ。ルカに感銘を与えたのなら、俄然興味も湧いてくる。

いまだ行き渋るライナルトの腕を引っ張ると、仕方なくといった感じで立ち上がった。

「お外は嫌でした？　それともお疲れでした？」

「そうではないが……見に行きたいのだな」

「ライナルトが行きたくないならいまは残ります。……後で見に行くだけはするけど」

「……見たいのなら付き合う」

そんなに嫌だったのだろうか。疑問に感じつついるとルカと黒鳥が先行しはじめるのだが、廊下に出る直前、一瞬視界が塞がれた。

唇に柔らかいものが触れたのだ。

ふんわりと軽い感覚、いつかあるだろうと思っていた恋人同士の儀式は想像よりもあっさりで、一瞬のうちに終わってしまった。金髪が頬に掛かって、少し機嫌を取り戻した微笑が翻る。

「これで良しとしておこう」

低く喉を鳴らすライナルトに手を引かれながら、無駄に火照った顔を必死に取り繕う。

後ろを振り向いたら、合流していたジェフが穏やかな笑みを浮かべている。雰囲気がどことなく保護者めいているのは気のせいじゃないはずだ。

「次はもうちょっと雰囲気を大事にしてください」

「なるべくな。――手を」

「……いいの？」

「いいもなにも、この腕を預けられるのはカレンしか居るまい」

腕を組んで、隣り合っても誰にも眉を顰められないのは、少し前なら考えられない光景だ。

ご機嫌のルカと黒鳥に案内してもらった先には大型の猫型動物が座していたのだが、その光景には感嘆の声を上げずにはいられない。

「うそ、虎がいる……！」

「オルレンドルではその呼び方だけど、ヨーでは大猫って呼ぶのよ。素敵よね！」

以前は四妃ナーディアに与えられていた区画に大きな虎がいて、芝の上にだらりと横になっている。お腹の上に頭を乗せているのはお馴染みの半精霊で、へらりと笑い手を振った。

「やあ、なかなか良い寝心地だぜ。きみらも背中にどうぞ」

「どうぞっていわれても……」

いざ間近にすると、初めて見る巨大肉食動物の迫力に緊張を隠せない。ぱたん、ぱたん、とゆったりした動作で尻尾を波打たせているが、それだけでも貫禄に溢れていた。

前足は爪を引っ込めているが、本気になればこの身を引き裂くなんて一瞬だ。

ライナルトがいつでも引けるよう肩に手を寄せている。

「大丈夫大丈夫、オルレンドルに来てからというもの、こちらの美女は大変機嫌がいい。なにせ檻に閉じ込められないし、隠れ家に緑に泉、食べ物を満足に与えてもらえる環境だ。僕がいればきみでも背中くらいなら許してくれる」

「わかった風に言うけど、言ってることとわかるの？」

「なんとなく。心配するなよライナルト、不肖の弟子は傷つけたら駄目だって教えてあるから、間違っても噛まれる心配はないいさ」

「また精霊とやらの御業か？　人の政が行われる場所で奇妙な業を残すのはやめてもらいたい」

「なにいってんだボケナススカポンタン。人に比べたら虎なんて自然由来の優しい成分しかない守護者だぞ。で、寝るの寝ないの。そこの弟子は乗り気みたいだけど」

「ライナルト、この子の背中を借りましょう」

彼は厭々だったものの、熱心に勧誘したためか腰を下ろしてくれた。さすがに横たわりはしないが、毛の上に手を置くくらいはしている。

私は想像以上にがっしりしている虎の背に身を預けた。思った以上に獣臭さがなかったのは、今朝温泉に入ったばかりらしい。巨大生物は私の重みなどものともせず、素知らぬふりで伸び動作を行う。

……大きさや牙と爪の凶悪さはともかく、ほんとに猫科だぁ。

虎もとい大猫に名前はないという。サゥはライナルトに名付けを任せたが、肝心のライナルトが放置しているせいだ。

「名前付けましょうよ」

「名が必要ならカレンが付ければ良い」

動物嫌いではないのだが、このように興味を示さない。

「シス、この子――彼女？　サゥではなんて呼ばれてたの」

「知らね。なんとなく感情が伝わるだけで、言葉が通じるわけじゃないんだ。名前つけたかったら適当に呼びなよ。彼女は頭もいいから、呼び続けるうちに伝わるさ」

「名前くらい付けてあげたらいいのに。二人ともそういうところは似通ってるんだから……」

一緒にするな、と二人から無言の抗議が聞こえる。

「ライナルト、なんでこの区画に大猫を置いてるの？」

「深い理由はない、いま空いているのがここだけだった。わざわざ檻を作るのも手間になる。……何故そんなことを？」

「飼い続けるなら気軽に撫でにいける距離がいいなって」

黒鳥は草木をかき分けるがごとく毛の間を移動する。

大型動物を刺激しないため最小限の人間しか近寄れないせいか、親しい人しかいない環境はシスも心地よさそうだ。

「また旅に出たら、今度はあちこちできみたちの恋歌を謳ってやるよ。時の皇帝と、外国から来た貴婦人の詩は、きっとみんな大喜びさ。悪い噂だってたちまち塗り替えられる」

「そう簡単に変わるかしら」

「人は面白い方に飛びつく、そういうものだ。だからさ、その先は悲劇にならないように頼むよ」

この台詞は、彼もまたライナルトの危うさを間近で見てきたからなのかもしれない。

眠気に誘われたのか目を閉じるシスと、じゃれ合うルカと黒鳥に、のんびり横たわる大猫。

一見おもしろおかしくも穏やかな光景に、隣のライナルトを見て思った。

「ライナルトは私を幸せにしたいって言ってくれたじゃないですか」

……私のやりたいこと、もうひとつ見つかったかもしれない。

今回は私から手を伸ばし、ライナルトの頬を一筋撫でる。

「でもね、幸せにしてもらうばっかりじゃなくて、私もあなたを幸せにしたいなって思うの」

「私は充分に幸福を享受しているが、カレンの語る幸せとはそれとは違うものか」

「ですね、ちょっと違うかもしれない。だって与えてもらうばかりが愛じゃない。与えたい、してあげたいと思うのも愛の形だもの」

夢を思い出している。

たかが夢の産物と言えど、嫌なものほど理由を探し続けてしまって、なんであんな結果になったのかと原因を考えれば、理由は簡単に見えてくる。

ライナルトが大事にしているのは私であって、私以外の人はその限りじゃない。

これだけはうぬぼれじゃなくて絶対の事実だ。彼は自分を含めて命に無頓着だから周囲を顧みない。

だから戦は始まる。目標を前にしたオルレンドル皇帝は止められない。

その事実はまだいい。でもこの人が孤独のまま終わるのは認めない。

「だからね、私だけじゃなくて、ライナルトにとっても大事なものを増やしていきたいんです」

私はもう大事な人に置いていかれたくない。だから本当は、彼が逝くときには連れて行ってもらうのが一番なんだけど、そうそう都合良く運が巡るとも考えがたい。

彼を置いて死ぬ気なんてさらさらないけど、それでも万が一、たとえば私が亡き後も大事にしてくれるような存在がひとつでもあるのなら何かが変わるはずだ。

これははっきりいって無理難題。計画だっていま思いついたばかりで上手くいくかもわからないが、もし成功したら、彼に滅びを見出した人々に胸を張って言ってやれる。

年老いた彼の隣で、私も同じだけ年を取って、しわくちゃな顔で笑うのだ。

「私の愛した人は国を滅ぼしたけれど、同時に誰よりも人々を栄えさせたのです」と。

……悪くない未来だ。ライナルトは賢王の資質だって備わっているのだから難しいはずがない。

「さて、どうだろうな。カレン以上の大事なものとは難しい」

「いいの。そういうのは私が頑張るから」

「無理はしてほしくない」

「無茶はしませんけど、でもそうなっても助けてくれるでしょ?」

無理せず、押しつけず、嫌がられない範囲で時間をかけて。

シスの前でこれを語ったのは、長い時を生きる私たちの友人に、私の決意を知っておいてほしかったから。寝たふりをしているけど聞いているはずだ。

こんな風に考えるようになったのも、彼から告白をもらったからなんだけど、それにしたって壮大な話になってしまった、と他人事のように思う。

別れと破壊と殺戮を経て、好きな人を追いかけていたらオルレンドル帝国の皇妃になっていたなど、転生前の私だったら絶対信じなかった。

物語で言えば、それこそ正真正銘のめでたしめでたし。王様とお妃様は幸せに暮らして本は閉じられるが、生憎と私の大事な人は覇道か、或いは修羅の道を行くしかない人だ。

あの夕陽に染まる孤独な姿が脳裏に焼き付いてしまったが、私はあんな終わりを認めない。

〝狂王の時代〟は起こさせないと、たったいま決めた。

「私の顔になにかついているか？」

「んー……大好きだなあって」

「真意を隠そうとするのはよくない癖だが、まあいい。許そう」

「見なさいよシス。皇帝陛下ったらマスターが可愛いからってほだされちゃった。あら……砂糖を吐くってこういうのを言うのかしら。ワタシ、またひとつ賢くなっちゃった」

「けっ。ひとり身の前でいちゃつくやつらは全員爆発しちまえばいいんだ」

「素直じゃないわねえ」

なにせこの人が私の手を掴んでくれて、私が彼の手を取れた事実がここに在る。

私の数奇な人生は続く予感がするけれども、ライナルトが傍にいてくれるのなら世界は眩(まばゆ)く輝き続けるし、何度だって立ち上がれるだろう。

まだまだやるべきことがたくさんある。

ほんとうに、成さなければならないことばかりで、先々だってめまぐるしいばかりだ。

だけど助けてもらう分だけ、私もたくさんこの人を抱きしめて――。

お互いを補い合いながら、過去より未来へ多くのものを紡ぎ、繋げていく。


新たな歴史を目前にひかえた、いっときの休息だった。

遺跡に封じられたもの

そもそも遺跡とはなんなのか、この問いにシスは答える。

「元は僕が生身だった時代、帝国の前身になった国が確保していた拠点のひとつに過ぎなかった」

「首都として在ったわけではなかったということ？」

「何を思ったか遺跡を中心に街を構え始めたのが始まりだ。当時は独自組織だった『神の目』って名乗る魔法使い集団が遺跡の秘密を解き明かそうと占拠も狙ってたんだが……ま、軍には勝てないよ」

それまで黙って話を聞いていたシャハナ老が口を開く。

「わたくしたちオルレンドルの魔法使いの祖となった組織ですね」

「その通り。オルレンドルは金に飢えていた『神の目』の連中を取り込んで、『神の目』は技術を売り込んで互いを利用した。後々組織は二分したけど、残ったのはオルレンドルの魔法使い達だ」

「もしかして嫌悪してる？　その人達のこと好きじゃなさそうね」

「実際嫌いだからね。『神の目』の信念は自分たちが絶対的な存在であることの証明だ。遺跡を探ったのも精霊が作った建築物だと見抜いたからだ。僕も半精霊だってばれたときが厄介だった」

「それってどんな意図で？」

「縛って使い魔みたいに使ってやろうとか、力を奪ってやろうとかさ。まったく分不相応な企みだ」

「半分とはいえ精霊にそんな扱いするなんざ、昔は色々あったんですねえ。大体いまじゃいくら仲が悪くたって、組織を二分するのだって躊躇しちまうのに余裕があるもんだ」

現代では知る由もない昔の事情を聞けて興味津々なサミュエル。

シスは壁に手を触れつつ先へ先へと進んで行く。地下の通路は真っ暗で、彼が頭上に照らしてくれた明かりが私たちの目印だった。

「昔はそれだけ魔法使いも多かった。死霊使い狩りなんて組織もあったくらいで、同胞だからって手加減はしない。いまみたいに仲良しでもなかったさ」

「……魔法院の連中が仲良しですか」

「昔に比べたら、だ。いまじゃ魔法使いの数も減ったし、おかげではた迷惑な魔法もなくなったよ。ぶっちゃけ、あの時代に比べたら脳吸いなんて可愛らしいもんだ」

後ろにはシャハナ老をはじめとする魔法使いが続いているが、誰もがシスの話に耳を傾けていた。

「大分下に降りてきたと思うけど、まだ歩くの？」

「かなり近付いてるさ。そんなにはかからないはずだ」

「さっきもそう言ってたじゃない。一体どれだけ続いたのかしら、感覚が狂っちゃったみたい」

「勘が良いな、あたらずとも遠からずだ。中央に近付くにつれて見た目以上に広くなってるし、時間感覚も狂うように出来てる。僕が一緒だから平気みたいなもんなんだよ」

一体いつになったら目的地に着くのか、疲れを誤魔化すためにシスへ話しかけているのは否めない。

現在私たちは地下水路から遺跡に突入して進んでいる最中だ。きらきらと目を輝かせながら遺跡を見渡しているシャハナ老が隊を編成した。

いまは遺跡の機構が半壊したために露呈したらしい中央部に向かっている。本来の計画だと他にも護衛を付けてもらう予定だったが、シスが彼らは足手まといになると断った。しかし宮廷側も魔法使い達だけに任せられないのか、帝国騎士団所属であり魔法使いのサミュエルを同行させたのだ。

「精霊の作った遺跡っていったけど『箱』の時はそんなことといってなかったわね。いつ知ったの？」

「確信を得たのは『箱』を出てからさ。それまではなんとなく、くらいの感覚だった」

「……ルカが遺跡の機構を壊したから、っていうのは関係あるかしら」

「だな。上手い具合に、中心部には霧がかかっているみたいに隠蔽機能が働いてたんだ。『箱』でもそちらに意識が働きすぎないようにな」

下層に下りるにつれ幾何学模様が彫られた壁が増えている。いくらロストテクノロジーといえど人の手で建設できるとは思えず、紋様はシスを封じ込めていた『箱』に刻まれた文字と酷似していた。

「わかりやすく言えば封印が破られた……って感じだろうな。中央から微かにだけど精霊の気配がするから、精霊が残ってるんだろ。だから大体の推測ができた」

「精霊が⁉」

思ってもみない発言にバネッサさんが驚き、一同がどよめいた。これには飄々とした態度を崩さなかったサミュエルさえも目を見開いている。

「そんなに驚くことか、と言いたいけど、きみたちは実物は見たことないだろうしなー」

「シ、シクストゥス……本当に、その、この遺跡に精霊が残っているのですか？」

おそるおそるといったシャハナ老に、シスはやや冷めた目で肩越しに振り返る。

「精霊は定命の者とちがって永遠を生きるものだ。昔行われた『撤収』に賛同せず、この遺跡を作っただけの力を持つものなら、いまだって残ってる可能性はあるさ」

「そう、それです。よければ教えてほしいのですが、どうして精霊達はわたくし達の世界から去ってしまったのでしょう。彼らはある日を境に忽然と姿を消してしまったと聞いています。それまでは共存しより良い関係を築けていたというのに……」

「それは人側の視点だろ。僕の爺さんの代までは真実も残ってたんだけどな」

「では真実は違うと？」

「かなり違うね。精霊に撤収を求めたのは当時の王たちだったと聞いてる」

王様たちが精霊の撤収を望んだ？

「人からの頼みに合意しちゃったの、なんだか意外だわ」

「簡単に納得したわけじゃないさ。時間をかけて話し合いが行われて、最終的に精霊側が合意した。だけど彼らは人と違って簡単に群れるものじゃない、一気に撤収——ってわけにはいかなくて、五、六十年かけて彼らだけの世界に行った」

「残った精霊もいたのよね」

「土地に愛着を持つ精霊もいたからね。人と共存を図ったのもいたけど、最期は大地に同化した」

「そこからは私も聞いてるわ。たしか孤独に耐えきれなかったというけど……」

バネッサさんは祖先に精霊を持つから知っていたのだろう。シスは皮肉げに笑った。

「人と精霊じゃ寿命が違う。長い間ひとりでいれば長い孤独に耐えきれなくなるから……それに大半の同族が『向こう』に行って世界に満ちていた魔力が薄くなった」

「……たしか、精霊にとっては魔力の薄い大気は大変苦しいものだとか」

「苦しいなんてもんじゃない。海の中で呼吸しろっていわれてるようなもんだ」

だから大地に同化するしかなかったのだ、とも言う。

「精霊世界に行くための扉が閉じられた彼らができるのは、存在と意識を消すことだけだった。大気に溶けゆくこと、これが彼らにとっての『死』だ。残った連中は、全部承知の上で残ったのさ」

そこからは魔法が衰退した理由を語る。

「人が精霊に撤退を願ったのは絶対的な力を自分たちだけのものにしたかったからだ。だけど当時の連中は精霊がいるから大気に魔力が満ち、大陸中を循環して、人に影響を与えていたことを知らなかった。いや、気付いていた連中もいたんだろうが、同胞を止めることはできなかった」

「……ああ、じゃあ、もしかして年々魔法使いの数が減っていってるのは」

「そういうことさ。お母さん、お菓子がもうないよぅっていわれても、ないものはないんだ」

当時の人がその事実に気付いたのは大体の精霊がこの世界を去った後であり、この語りには魔法院の人々は驚いた。聞いたことがない、と言えば嘲笑された。

「そりゃあ身勝手な理由で世界を独占した結果がこれなんだ。指導者が馬鹿をやったから魔法が使えなくなりましたー、なんて言えるわけないだろ？」

だから真実を隠蔽した。精霊達は自らこの世界から去って、理由は不明とされているのである。思わぬ話に魔法院の一同は場も忘れ討論をはじめたが、彼らを尻目にシスは言った。

「ここからの会話はシャハナ達には聞こえないようにするけど、大声は出すなよ」

「……なにか秘密にしたい話があるの？」

「ビンゴ。さっきはああ言ったけど、僕にもまだ理解できないことがあって、ぶっちゃけなんでここの精霊がまだ存在してられるのかわからない」

その目元は気難しげに前を睨んでいる。

「これだけ時間が経ってるのに、まだ存在できてるのは僕もまだ知らない遺跡の機構が存在するか、あるいは余程の化物がいるかのどちらかだ」

「それって大丈夫なの？」

「わからない。精霊だから敵意はないと信じたいが、敵意がないからといって人の味方とは限らないのが本物の精霊だ。彼らの行動概念は人と同じとは、到底言い難い」

「……人の倫理が通じない？」

「そういうこと。本物相手じゃ余裕がないから魔法が使えない連中は断ったんだ。僕が守れるのはきみひとりくらい、他の連中は……自分の身は自分で守れるだろ」

「危険だって言ってあげれば良かったのに」

「興味を取った時点で自分の命の責任は自分で取るのが当然だろ」

「……それで、なにが心配なの。まさか精霊が地下に閉じこもっているからとか言わないわよね」

「それもあるけど、なぜ遺跡の機構に、きみが生まれる前の世界の言語が複数組み込まれていたのか、この理由がわからない。明らかに異質なんだ」

「あとは？　それだけじゃないはずよね」

「わかるようになってきたじゃないか。あとは遺跡の核と思われてた魔法の術式だ。あれは間違ってもここに閉じ込められてた精霊とは別物の存在だから、きっと後発的に生まれたなにかだ」

「んー……ルカを遺跡に送るとき、明確な意思や複数の存在を感じたけど、私は害を加えられなかった。だから力は強く……はないわよね」

「そうだなぁ。だからなんというか、悪意の塊ではあるんだが、その意識が外に向く感じじゃないんだよな。仕方なかったというか、そういう融合体の群れに感じる」

これらを踏まえた上で、なんとも嫌ぁな笑みを浮かべた。

「待って心の準備をさせて」

「嫌だと言うね。なんで作られたかわからなかったこの遺跡だけど、どう考えても中にいる『精霊』を閉じ込めるために作られて、その機構に違う世界の仕組みを使ったようにしか見えない」

「……あなたみたいに騙されて閉じ込められた？」

「どうだろうな。術式に怨念じみた執念を感じるんだが、ただの術式がこんなにはっきりと憎悪を抱くのはおかしい。明らかに人の意志を感じる」

「隣家にあった、あの人を使って入り口を隠してた魔法は関係ある？」

「案外遺跡と相性が良かったからなのかもしれないな」

「じゃあこの外法(げほう)は……」

「この遺跡に他世界の言語が使われてるなら――遺跡の意思達は異世界の人間達だったものかもな」

などと語り終える頃、私たちの目の前には身の丈の何倍以上もある重厚な石扉が出現し、私の足元からは大きな影が伸びた。すでに変態を遂げている黒鳥にサミュエルが後ずさる。

「ちょっと、そいつ、俺には近づけないでもらえますかね。悪いもの思いだしちまうんで」

「……サミュエルが逃げようとしたら頭をつついて髪の毛毟っちゃいなさい」

悲鳴を上げるサミュエルの傍ら、黒鳥はこころなしかご機嫌で頬をすり寄せてきた。この子も扉の向こうにルカの鼓動を感じるのだろう。

やっと迎えに行けたと安堵の息を吐いて扉を見据えていると、シスが一同を振り返る。

「僕はきみたちを気にかけないし、なにがあっても助けない。全員自分の身の安全を優先しろ」

こんな重そうな扉、何人がかりでも開く気がしないのだけど、シスが扉に手の平を押し当てると、そこを中心に円状の光が走った。

「……精霊による封印だぞ、外から閉じ込めてるってどういうことだ？」

土埃を上げ、地響きを立てながらゆっくりと開く二枚扉。全員が喉を鳴らして見守っていたが、たちまちそれどころではなくなった。

「対防御！」

シャハナ老の叫びと同時に、隙間から無数の黒い塊が襲いかかった。不快な音が耳を襲ったが、塊はぶつかる直前で見えない壁に阻まれる。シスの作った透明の防護壁が私の身体を守っていた。

塊の正体は蠅の群れで、ブンブンと耳障りな音を立てて飛び交っている。生理的嫌悪感を掻き立てる音は絶え間なく耳を犯し続けるが、もし防護壁がなかったらと思うとゾッとする。

後ろでシャハナ老が叫んでいるけれど、蟲の群れに邪魔されて連携が取れない。足元では脇を黒々とした百足が通り過ぎていき、思わずシスの袖を摑んだ。私は彼の姿しか視認できないのだ。

「ちょ、ちょっとこれ、実物じゃないわよね!?」

「僕たちに危害は加えない、大丈夫だろ」

よく見たらシスには防護魔法がかかっていない。何故彼は大丈夫なのか、疑問はすぐ解決された。

「認めたかないが、多少性質が精霊寄りに戻ったとはいえ、結局は僕もこれと一緒のもんだからね。

……なんだよきみが傷ついた顔するのは違うだろ」

「……ごめん」

「それだけ僕も変化があったってことだ、許してあげよう」

性格がすっかり丸くなったたから勘違いしていたけど、シスの『半精霊』はあくまでも自己申告、変質してしまった事実は変わらない。

塊は絶えず私たちを襲おうと飛び交っている。

「これ、ただの蟲じゃないわよね。さっきから人の声みたいなのが聞こえるのは、まさか……」

「きみも隣家に攫われて見たことあるから知ってるだろ。ああいう連中が……もっと悪くなった進化版だ。こうなったら人の話なんてろくに聞きやしない。ただ怨嗟を吐くだけの代物だ」

意図して耳を澄ませば、聞き慣れない発音ながらも様々な人が喋っている。言語が違うからすべてはわからないけど、英語の「ＨＥＬＰ」、日本語の「殺してやる」といった声が混ざっている。

まともに聞けば精神が参ってしまいそうだが、呑まれずにすんだのはシスのおかげだ。

「こいつらがこの中に閉じ込められ、まとめあげられた意思が遺跡全体に渡ったんだろうな。上階の認識阻害は副産物なんだ、中にいる彼女をここから絶対出させない、救わせないためのものだ」

「すごい声の数よ。どのくらいの数になるの」

「少なくとも百はくだらない。その上みんな死んで魂だけの存在だ。こんなの昔の死霊術士だって扱いきれないだろうな。触っただけで発狂しちまう」

彼女、と言い切るシスには何が見えているのだろう。明かりが届く範囲には蠢く闇しかない。鳥肌は立ちっぱなしで、中に入ればただではすまないと肌が感じ取っているとシスは片手をかざす。

「待って、この人達はただの犠牲者なんじゃないの」

「犠牲者だったかもしれないが、混ざりあったものは元に戻せない。どうにもできないんだ、もう何にもなれやしないし、消滅させてやった方が救いにもなる」

百はくだらないといった全員、なぜ遺跡に集っているかは知らないが『向こう』の世界の人達なのではないか。だから自然と待ったをかけたけど、シスは止まらなかったし、容赦もなかった。

指先から波紋のように魔法陣が広がっていく。

光の波に呼応して室内に漂う闇が人の形を作ったけれど、それも一瞬だ。

「どうしてこちらに来て、こんなところに詰められていたのか、その是非を問う暇はない。わかるのはひとつ、そんなんじゃあきみたちはもう何処にも行けない。そんなものに成り果てては『こちら』じゃ馴染めないし、大地には還れない。まして生まれ変わるなんてできるはずもない」

語るまでの間、おそらくは危機を察したソレらはシスに攻撃を加えようとした。

人を象(かたど)った目から涙を流して嫌だと言った。……言った気がした。

集約した光が、やがて粒子となり細かな線となって解けていく。それらは一つ一つが人の形をしていたソレらを貫くと、黒い靄(もや)が剝がれ落ちる。その下にあったのは衣一つまとっていない裸の人間だけど、誰もが頬をこけさせ、落ち窪んだ眼窩(がんか)からぼたぼたと涙を流して訴えている。

様々な人種の人がいた中で見つけた一人は、その身体的特徴から日本人だとすぐに知れた。

『帰りたいの』

嘆いた直後に苦しげに喉を引っ掻き、ぱちんと弾けて消えてしまった。

私たちを襲っていた蟲や音の洪水も消えて静寂がやってくる。

背後には仲間を抱きかかえたバネッサさんがいるも、彼らを気遣う余裕はない。

中は……想像していたより広かった。石の壁に囲まれたそこは玄室と称しても差し支えない。

中央には、かつて隣家で見たものと同じ横長の祭壇があり、大人が横たわれるくらいのそこに少女達がいた。

一人は黒髪の美しい十代前半の少女だ。瞼は閉じられているが、鼻梁の整った顔立ちは儚くも美しく、幼いながらも見る者を魅了する雰囲気がある。磁器みたいにつるりとした白い肌に、下着に似た薄地のドレスが張りついている。

　微かに胸が上下しているから生きているのはわかったけれど……。

「まさか本当に残っているなんて」

　シャハナ老が驚く理由はわかるが、驚愕より心配が先に立って走り出していた。

「ルカ……！」

　少女の傍らに私が捜し求めていた子がいた。身体は半分透け、大人の姿に戻っているのは、もう少女の形すら保てないから。無機質といって差し支えない眼差しで少女を見つめ、手を握っていた。

　彼女を構成するための魔力が殆ど残っていない。

「マス、ター、間に、あ」

「いま私の中に戻す、そうしたら元の形に戻れるから！」

「い、いい、いいいえ」

　言葉は拙く、それでいて必死に何かを訴えている。

「この子、外に、出し、できるだけ、はやく」

「ルカ？」

「それ、が、ワタシ、と、この子、ケイヤクした」

　皆まで言えなかったのは、姿が解けて消えたからだ。

　駆け寄った瞬間に手を伸ばしたら、指は一瞬だけ交差した。

「お、なんだ小娘は死んだか？」

「本当にぎりぎりだけど、最後に私に戻せた。だいぶ削れてるけどちゃんと眠ってます」

　シスに怒るより、ルカが戻ってきた安堵が勝っている。元の彼女を知ってる身からすれば、指先ほどに小さくなってしまったけれど、たしかにちゃんと帰ってきていた。

「そのくらい存在が希薄だと、かなり自己を削ったんだな。最低限のリソースだけ残してるくらいだから、自我が残ってるかわかったもんじゃない」

「私のことはちゃんと覚えてたからそれでいいの」

迎えに行けたから一旦は良しとする。それより気になるのは祭壇で眠る少女だ。ドレスで隠れているけれど、膝から下が存在していない。シスがまじまじと少女を観察した。

「精霊なのに、これまたなんてものが……」

少女の正体は懸念通り精霊だ。シャハナ老が驚いた理由も同じであり、こうして間近にみると、確かに少女は人ではないなにかだと五感が訴えている。

しかしシスの驚愕は別にあった。

「そりゃああんなのと閉じ込められても無事だし、いまでも存在できてるわけだ。普通だったら数十年と持たず消滅しちまうだろうに、たしかにこいつは大物だぞ」

「……その口ぶりだと、この子のこと知ってるのね？」

「いやあ知らない。会ったこともないね」

知らないのに知っている。その理由はこうだ。

「精霊なのに黒いなら、正体は一目瞭然だよ」

「綺麗な黒髪だと思うけど、そこが問題なの？」

「精霊が黒を纏うのはあり得ない」

「色なんて関係ある？」

「あるよ、大ありだ。精霊は大抵色で出自を見分ける。僕の白銀だって血脈にちなんでいるからだ」

「……じゃあたとえば、ありきたりだけど火山地帯出身だと赤だとか？」

「流石にその辺の知識はあるな。だとしたら黒ってどんな色が混ざったら出来上がると思う？」

「色々……かしら。無差別に混ぜないとできないかも」

「そういうことさ。通常、そんな精霊は存在しない。稀に生まれても力に溺れて自滅する」

「精霊でそれは異質？」

「人で言うところの忌み子に当てはまるんじゃないかな。僕が小さい頃に聞いたのは、むかし人の世から精霊をまとめて去っていった精霊の王様。その王様の片割れの黒い月のおとぎ話なんだけどね。……爺さん、作り話してたわけじゃなかったんだなぁ」

精霊って超自然的な存在のイメージなのだけど、王様なんているのだろうか。

この疑問、あっさり「いない」と言われた。

「そもそも群れる特性じゃないから世界に散らばってたんだ。だから国家なんて概念は存在せず気ままに過ごしてたんだけど、それじゃ困る事態が起きた。大撤収だよ」

それが人の王に請われた大撤収。この時に精霊に総括役が必要だったため、誰よりも強くて、それでいてすべてに通じる一つの個体に総意を託した。

この個体が精霊世界における最初で最後の「王様」だ。

「王様には片割れがいた。王様とはまるで正反対の嫌われ者の黒い月。大撤収の後は、人々を見守るためにこの世界に残って、やがてゆるやかに大気に溶け月の片割れになった。それ以来黒い月は人々を見守る宵闇の母になった……と爺さんに聞いたかな」

「現物がここにいるから溶け……てないわよねえ」

「死に体だけどまだ大地には還っちゃいない。……というよりここじゃどこにもいけない」

「どういうこと？」

「僕の時と同じさ。いまでこそ扉を開いたから現世と繋がってるけど、閉じられてる間はあれら共々世界から切り離されてた。これは還るより還れないと表現する方が正しい」

シスは少女を横抱きに抱えたが、動かされても目を覚まさなかった。姿を戻した黒鳥は動きを止めて肩に乗り、不気味に静まりかえっている。

一応無事だったらしい魔法院の面々、彼らは興奮の声を上げようとしたが、シャハナ老の一睨みががきいた。唯一無遠慮に少女を覗き込むのがサミュエルだが、本当に怖い物知らずである。

「……足がないのは、消滅しかけてるからですかねえ」

「そうだよ。じゃ、この子は連れて行くから、お前ライナルトに報告しとけよ」

「連れて……？　お、お待ちなさいシクストゥス、その娘はどこに連れて行くつもりですか」

「どこって、そりゃ僕の居候先。魔法院に連れて行く必要もないだろ、シャハナ」

「容認できません。現存する精霊ともなれば何が起こるかもわからない。シクストゥスが語る強い方ならなおさらです」

魔法院に連れて行くのが自然だと思っていたから、行き先がコンラートとは私も驚いた。

当然ながら渋るシャハナ老だが、シスも譲らない。

「なにも起こせないよ。彼女はまだ存在できてるし個としての意識は感じるけど、それもあの小娘が魔力を与えたからだ。多分見つけるまで本当に死にかけだったんじゃないか」

「使い魔にそこまでの判断ができるとは思えません」

「なーにいってんだ。あれの創造主はエルネスタだぜ。通常では考えられない思考から判断までやってのけるから今回の秘密兵器だったんだろ」

いくらか問答があったものの、結局シスはシャハナ老の要請をすべて蹴り、道を戻ると馬車に乗り込んでしまった。コンラートなのは一応理由があって、ルカが「契約」したのであれば宿主である私に関わってくるからだそう。あとは単に魔法院が嫌だからだ。

「それにどうにも家に帰らなきゃいけない予感がするんだよな」

「……なにそれ？　うちにはなにもないわよ」

「さぁ。なんとなく思っただけだから。でも、こういうときは勘に従うに限る」

シャハナ老達はいまごろあの玄室を念入りに調べているはずだ。

シスに膝枕された少女はずっと目を覚まさない。

「ルカの言っていた契約ってなにかしら」

「さあね。それは本人から聞くしかないが、小娘はまだ応答しない？」

「かなり弱ってるから当分目を覚ましそうにない。それこそ残ってくれてるのが不思議なくらいよ。黒鳥もあの子に魔力を回すためにすぐ消えたもの」

「節約を覚えるとはきみよりも賢いな」

「真面目な話をしてるのだけど」

「僕だって真面目だし、それなりに焦ってるんだけどね」

「なにに？　……嫌がってるみたいだけど、あなたは同族を歓迎すると思ってた」

「……普通の精霊なら歓迎してたよ」

そう言って半眼で少女を見下ろす。同胞だというのに、そこにあるのは親しみよりは嫌悪だ。

「お伽噺級の大物だぜ。いくら死にかけでもヤバいのは変わらない」

「もしかしてシャハナ老に嘘を言った？」

「そうでも言わなきゃ逃してくれなかったろ。……きみは僕の記憶を覗いたんだからわかるだろ。僕が閉じ込められた環境は劣悪だった。それよりももっと最悪な状況で、長い間閉じ込められてたのに彼女はいまだに姿を残してる」

「膝から下が無い、それでも？」

「それだけで済んでるのがおかしいんだ。あの怨念じみた連中は、内にあった彼女に対して呪う力だけは絶大だった。そうでなくても孤独なのに、普通は侵される痛みに発狂して自我を手放す」

「……なんで『向こう』の人達がこの子を閉じ込めたがったのかしらね」

少女を連れ帰り、運ぶ最中で、通りかかったのは我が家の料理人だ。シスが帰ったと聞いて何か食べるか聞きにきたらしいのだが、少女を目撃したリオさんの表情はなんとも形容しがたい。

「リオさん？　どうしたのいったい」

目を見開き、言葉を忘れ、動きを停止させた。持っていたパン袋を落として浅い息を繰り返す。何度話しかけても意識は少女に向いていて、肩を叩いてようやく我に返ってくれた。

「あ、ああ、すみません……。ふる、古い知り合いに似てたので……」

目線は少女に向かったままだ。残念ながらこの子がリオさんの知り合いであるはずがない。

「わけありの子なんです。素性は一応知れているので、残念ですけどリオさんの知り合いでは……」

「い、いえいえいえ！　あくまでそっくりってだけで……知り合いでは……では…あぁ……はい、知り合いでは、ないのは、わかります」

「……気分が悪いなら部屋で休んでください。無理に作らなくてもいいんですよ」

「い、いいえ、いいえ、いいえ……！」

初めて見る勢いで首を振られた。今度はなぜか必死の形相で落ちた袋を拾い上げたのだ。

「なにか元気のつきそうな……美味しいものを作ります！」

「リオ、悪いけどこの子は食事は必要としないんだよ」

「行って参ります！」

シスの言葉も届いていない。脱兎の如く駆け出すと地下に姿を消してしまったのである。

美味しいの宣言通り用意されたご飯は凝っていて、しかもその後も厨房に詰めている。

一体なにがリオさんを突き動かすのか。

張り切りすぎて倒れないといいけど……と、眠った夜中である。

「こちらにおいで」

呼ばれて目を覚ました。

室内には誰もいないが、上着を羽織って階下に下りると、空のお皿を持つリオさんがいる。

不思議と声をかけたらいけない気がして身を隠した。

彼は私に気付かない。明かりに照らされた横顔は嬉しくも、どこかもの悲しい。肩を落としながら、その足は階下に消えていく。

　入れ替わり気味で食堂に向かうとカーテンが揺れている。誘われるように外へ出ると、庭の中央に少女がいた。肩を露わにした薄衣のドレス。足元まで届く黒髪の美しい少女などひとりしかいない。

　少女は両足の膝から下がないにもかかわらず、穏やかな顔つきで月を見上げている。

　私をちらりと見やり、柔らかく口角を持ち上げた。

「こんばんは。いい夜ね」

　鈴を転がすような軽やかな声だった。

「おはよう」

「お……はよう、ございます。私を呼んだのはあなた？」

「用事があったのはあなただけだから」

　声こそ抑揚が少ないが、ことのほかはきはきとした口調だ。

「えっと、あなた、精霊さん？」

「そうね、他になにに見える？」

「……私はシス以外の精霊を知らないんです」

「ああ、あの子。ずいぶん世界からかけ離れちゃったけど、わたしの半身の、とおい端くれの子ね」

　知っている口ぶりだったが、彼女の興味はシスにはなかったみたい。

　おいでおいで、と手招きされると向かい合って座った。膝のないこの子を連れてきたのはリオさんだろうか。それにしたって誰も起きていないのが不思議だった。

「……あの、もし質問して良いのなら、どうしてあなたはあの地下にいたんでしょうか」

　知りたいことは山ほどあれど、質問は一つに落ち着けた。

　少女はしばらく考え込んでいたが、やがて「ん」と両手を伸ばす。

「はい？」

「説明するのはむずかしい。だからこっちへ……すこし、借りるね」

小さな手が私の頬を包む。目が合うなり柔らかなぬくもりが入り込んできて、侵食されていると気付いたが、嫌な感じはひとつもしない。拒絶ではなく迎え入れたくなるあたたかさが、少女の力量や偉大さを示している。

目に映りこんだのは私が「なぜ」と問うた少女と、少女と瓜二つの顔をした白髪の女の子だ。

「どうしてわたしを連れて行ってくれないの。みんなはあちらに引き上げるのに、またわたしだけのけ者にするの？」

私は黒髪の精霊になっている。彼女の目線、彼女の口で喋りはするけれど、私の思い通りに動きはしない。これは過去の記憶をなぞっている。

「みな、精霊の世界に行くのだとあなたが触れを出した。望むものはみんな一緒に行こうといったのはあなたなのに、どうしてそんな嘘をつくの」

少女の手を取る白い少女は言った。

「好きでお前を残すわけではないよ。我が半身、私の片割れ」

白い少女は悲嘆に暮れていた。悲しいけれど言わねばならない、同情するけど怒っている。愛情の中にそんな感情を含めていった。

「お前は罪を犯しすぎた」

「つみ？　それはわたしが森を出たこと？」

「違う。あの男と森を出たのは許しがたくはあるけれど、それだけなら私はお前の手を引いていた」

「ではなにを罪と言うの」

「……お前はそれがわからぬから、私はそれを罪としなければならない」

困惑する黒い少女。白い少女ははじめて泣き出しそうになった。

「お前の罪は、この世界に不要な魔法を編み出し、違う世界の人々の魂を呼び込んだこと」

それを白い少女は『山の都』の儀式と呼んだ。

「違う。リイチローは転移人だし、わたしは呼び込んでなんかいない」

「だが亡くなった彼の魂を引き寄せようとした結果、お前が編み出した魔法を使って、いまなお『山の都』の人間達が数多くの転生者を作り出している。それが罪だ」

「あの人達は、わたしとはもう関係ない」

「……向こうから来た人々は別の世界の人間であり、違う世の理（ことわり）の下（もと）に生きていた」

戸惑う半身にこつん、と額を合わせる。

「死した後、我らが心と称するものが何処にも行けず、こちらに馴染むまで……それこそ人では耐えられぬほどの時を彷徨（さまよ）うしかないと知っているね」

「ええ、そうよ。わたしはリイチローを救い出さなきゃならなかった。ひとりぼっちは寂しいもの」

「寂しさを知ってしまった我が宵闇よ。だからこそ、お前は果てなく救いのない迷子となった、あの人間を救い出そうと魔法を編み出した。だが、彼は見つからなかった」

「彼はもうわたしの元には帰ってこない。だからわたしは、わたしの半分と一緒に……」

「彼を救いたかったのだね。けれど我が半身よ、お前は、お前が編み出した魔法によって呼びだした人々もまた〝還れない〟のだとは思わなかったか」

「……ん？　そうね、でも、それはしかたのないことだわ」

黒い少女は小首を傾げ、その仕草に白い少女が半身の手を取り、両手で握りしめた。

自らの額に手を押し当てる。

「私たちは人の政（まつりごと）に干渉してはならない。それを知っていたのに……森を出たお前は楽しそうで……はじめて笑ってくれたから、たかだか数十年だと見逃してしまった」

白い少女は自らの罪を懺悔（ざんげ）して、ぽろぽろと涙を零す。

涙は落ちたそばから真珠となって石畳を鳴らした。

「どうして泣いているの、わたしの半分。泣かないで、あなたが悲しいのはいやよ」

「お前は向こうに連れて行けない。こちらに呼びだされた、これからも呼びだされ続ける人間の心を救わなければならないと皆が判断した」

「……どうして？」

「精霊は大地と共にあるべきもので、命を弄んではならないんだよ。もし徒(いたずら)に命を奪ってしまったのなら、その責任を負わねばならない。世界の理を破ってしまったのならなおさらだ」

「でもその世界がリイチローを呼んだのよ。わたしが彼を助けるのは、背信ではないわ」

「なんであろうと故意に人を呼び込んだ、それそのものが世界への裏切りだ」

黒い少女に罰が宣告される。

「大陸の中心部に近いここに、私たちはお前を封じ込める。そしてこれまでに、これから先呼び込まれる異世界人の心がこの建物に引き寄せられるよう大陸に魔法をかけていく」

心はすなわち魂という。

「お前は彼らの良き話し相手になり、この世界で再誕できるよう祝福を授けてあげなさい。人の世に滅びぬ国はない。いつかあの都が滅び、悲しむ心が消え去ったとき、一度だけ私のもとへ繋ぐ扉を開くから……」

「わたしひとりで残れというの。リイチローのいないこの世界で、あなたとも引きはなされるの？」

「……心を視(み)て、意思疎通を図る。死を司ることができるのは宵闇と謳われるお前だけ。本来なら許されざる行いだが、他ならぬ我が半身だからこそできる贖罪(しょくざい)だ」

残念そうに手が離れ、嫌だ、と言わんばかりに少女は手を伸ばしたけれど……。

「なんで？　なんでわたしの半分は、またわたしをひとりにするの？」

「そうだな、許せ。同胞のこえに惑い、傍らに在るべき宿命を怠った」

眩(まばゆ)いばかりの光の壁によって二人は隔てられた。

それどころか少女がどこにもいけないように、身体に黄金の鎖が絡みついて身動きを奪う。

「すまない。お前が世界の理を破ったのなら、気付くのに遅れたのは私の罪だ」

「わたしの半分。どうしてあなただけがいつも輝いているの。わたしはずっとひとりだった、誰にも話しかけてもらえなかった。わたしにはリイチローとあなたしかいなかったのに」

「……だが学ぶ機会はあった。我が半身、無知は罪ではない。人の世にとけ込みながらなにも見ようとせず、知ろうとしなかったことがお前の許されざる所業だった」

——そうして、少女は玄室に閉じ込められた。

少女との接続が切れて自意識と視界を取り戻すが、不思議な感覚だ。シスの夢をのぞき見したときと違い、これはもっとリアルな体感に近い。

「これ……あなたが閉じ込められた経緯……です、か？」

「そう。それがわたしの犯した罪なのですって」

覗き見た記憶は一部分だ。彼女が召喚魔法を編み出したのは理解したが、唐突すぎて混乱している。それに疑問だって残る。あの玄室に集まっていたのは『向こう側』の人々だ。この世界で所謂生まれ直しができるよう、祝福を授けてあげるのが彼女の償いらしいが、私たちが見たのは変質してしまった魂たちだ。

白い少女の言い様だと、祝福を授ければ罪は償われるはずなのに、どうして彼らはあんな状態に変わり果てたのだ。もしかして、彼女は彼らを祝福しなかったのではないか。

「どうして……彼らに祝福を授けなかったの。なにか理由があったとか？」

「え？　……別に、そういうわけではないけれど」

きょとんと首を傾げている。

「……ひとは、悪いことをしたときにごめんなさいをするでしょう？」

「そ、そうですね。それが謝罪です」

「……だから、そういうことなんだけど」

「……は？」

「そうね、ちょっとうるさくて、困ってはいた、かも」

それきり黙り込むだけだ。答えを知ろうにも語ろうとせず、私ははじめて人でないものと、話の通じない会話をしているジレンマに総毛立っていた。

「は、話を変えます。どうして私を起こしたんですか」

目の前にいるのはとても美しい女の子なのに、人並み外れた容姿が恐怖心を煽る。

「わたしは、さいごに願ってたの」

少女は私の心臓あたりを指で差した。

「あんな暗いところじゃなくて、もっと明るい、リイチローが漂うこの空のもとで消えたいって。でもあの人たちに縛られて思うように動けなかった。でもそこにあなたの子がきた」

「……ルカですね。そこであなたと接触を図った」

「ほんとうにか細い声でも気付いてくれた。……あの子は玄室を覗いて、あなたの行く末を悟ったの。わたしの正体に気付いて、あなたと自分の情報を渡して、問いかけてきた」

それが私に記憶を見せてくれた理由。

『向こう』からやってきた人は、死した後すら還れなくなる。私なりの言葉に解釈するならば、事実がどうあれ生まれ変わることも不可能になると受け取った。

「……ルカはなんて質問したのか、教えてもらっても良いでしょうか」

「あなたが肉体を喪った後に、壊れてしまわないように、この世界でひとりぼっちにならないようにすることは可能かって」

「それで、なんて返答を？」

「できる、っていったの。でもその代わり、わたしを外に出して欲しいと願った」

こうして契約が交わされた。ルカは残っていた自身すら削って精霊の維持に努めた。

「約束は契約。約束を守ってくれたからには、わたしはあなたを祝福する。あなたと、あなたのお家の人たちが心穏やかに過ごせるように。あなたの心がこの世界に馴染んでくれるように」

……少女が祈るように両手を組んだとき、わけもわからず空を見上げた。

心臓がどくんと脈打てば視界が揺れる。空に浮かぶ二つの月、その片割れが目に飛び込んだけれど、輝きに目を奪われている余裕はない。

それよりももっと重大なことがある。

「あ、れ――」

「あなた、あの坊やがすこし混ざっているから、肉体がなくなっても長く彷徨(さまよ)いはしなかったでしょうけど、それでも百年くらいは必要だったとおもう」

「私に、なにを」

「もちろん、ひとりぼっちにならないようによ」

ひとりは寂しいから、と自嘲気味の笑みを浮かべる。

「わたしの祝福が時間をかけて、心をこちらに馴染ませる。こわくはないわ、だいじょうぶよ」

心の奥底で、パリン、となにかが割れた感触があった。大切な記憶、大事にしていた人たちが遠くに行ってしまった気分だ。なのに恐怖はなくて、少女の言葉が当然のものだと受け入れている。

……いま、私はなにを失った？

「じゃあ、約束は果たしたわ。これでわたしの役目はお終い」

「えっ、あ、身体が……」

透けている。指は腕をすり抜ける。なにがおかしいのか、少女はクスリと笑った。

「外に出してもらえてよかった。これでわたしは大気に還ることができる」

「へ、え、え？　いえ、還る……んですか」

「そう。おかしい？」

「いえおかしくは……ないですけど、多分」

そもそも精霊に詳しくないのでわからない。

「……白い人に会わなくていいの？」

「うん。わたしも諦めることをおぼえたから」

「……還るって、どこにいくんですか？」

「さぁ。どこか、深い森の奥。……むかし住んでた場所が残ってたらいいな」

皆が本物の精霊だなんだと盛り上がったのに、その成果がたった一日で消えてしまう。

そして少女も自身が消えてしまうだろうに穏やかだ。

「あなたリイチロ一さん？　に会いたかったんですよね。その人がいつ亡くなったのかはわかりませんが、そのくらい時間が経ってるなら生まれ変わってる可能性はないんですか」

「わたしのリイチローはもういない」

少女はリイチローなる人を求めて『山の都』の魔法を編み出したはずなのに、これもまた諦めてしまったのか。だが、彼女は嬉しそうに微笑んだ。

「でも、約束は守ってくれたからいいの」

……正直なにを言ってるか、まったくもって意味不明だが、少女があまりに嬉しそうで二の句が継げない。そうしている間にも彼女の存在が希薄になっていく。

「待って！　その前に……どうして私に記憶を見せてくれたんですか！」

「誰かに覚えていてほしかっただけ」

「じゃあ、じゃあ……転生した人の心があなたのところに行っていたなら、私の友人は――！」

「それはあの子に聞いた方がいい。わたしはわからない」

消えていく、どこかへ行ってしまう。

まだ駄目だ！

「どうか待って！　私一人では意味がないの、もうひとり祝福を授けて欲しい人がいる！」

……どうやって？

無理だとわかっていても叫ばずにはいられなかったが、少女は消えてしまった。

あとはいくら探そうが、ウンともスンとも返ってこない。

……うそ、これで終わりなの？

立ちすくんでいると、後ろから人がやってきた。

「ちくしょう、やられた。あの女、無害なふりしてやってくれる」

「シス！　どうしよう、あの精霊さんが……」

「消えたんだろ、最後に礼を言ってきたから飛び起きたんだ」

「まさかさっきまで寝てたの？」

「弱りかけの婆（ばばあ）かと思ったらちゃっかり僕に介入して、いまのいままで眠らせてきやがった」

「彼女、弱ってたのにシスが魔法で負けたの？」

「悔しいけど毛先ほどの魔力しか消費してないだろうな。お伽噺になるだけあって何倍も上手（うわて）だ」

さらに家人が誰一人起きてこないのはこのせいだ、とシスは言うけど、でも待って。

私と入れ替わる前にリオさんが起きていたのだ。

「で、なにを話したんだよ」

不機嫌極まりないといったご様子。『祝福』と私の異常を話せば、鼻を鳴らして家の方を見る。

「さっそく精霊の祝福が作用したな。心穏やかにって言葉自体はありきたりで普通に生きてる分にはそんなに意味あるもんじゃないが……」

「まさかなにか悪いことでも起きる!?」

「……どうだろうな。でもしばらくは家の中に気を配っておくといい」

なぜ家人なのか、シスは言う。

「あれはかなり特異な存在だ。そもそも純精霊ってヤツは人と価値観が異なるってのに、宵闇ときたもんだ。祝福の言葉が曖昧になるほど、どんな作用が起きるかわからない」

「そんな呪いみたいな」

「実際呪いだ。幸いなのはきみがメインで、家の方はついでなんだろうけど」

シスは「あなたのお家の人たちが」と言われたのが引っかかったらしいが、事実、彼の言葉は後になって的中する。

ひとつは私の変化。

無事ルカの救出を果たしたので、シスに「目」を返却したのだが、身体能力は元通りになっても、いつまで経っても魔法が使えなくなる形跡がなかった。さらに魔力貯蔵量は少ないが、魔法使いとしての素養が形として残ったといえる。

二つ目はチェルシーの変化で、なぜか彼女が落ち着きを取り戻しはじめた。時々だけど、心に異常をきたす前の顔をするようになったのだ。

最後に、これは救出劇の締めと呼べる結果なのだけど……。

「ワタシ、しばらくシスと一緒に旅に出るわ」

魔力を補塡したルカが新たな目標を掲げた。同行される側は嫌がっているが、決定してしまったらしい。ルカはいまや出会った頃の半分以下の力しか有しておらず、存在は弱々しくなっていた。魔力で身体をつくるのも惜しみ、手の平サイズの人形に宿ったのだ。

「外を見て知識に触れることで、遺跡で削れてしまった分の補塡をしたいの。それにワタシなら造物主との繋がりがあるのよ、エルネスタを探し出すことができるかもしれない」

いい歳した青年が女の子の人形を持ち歩く……。

なんとも奇妙な図だがルカはやる気だし、シスも嫌々ながら反対はしない。

「遺跡で探したけど、あそこにあったのは古く変質した魂ばかりで彼女の気配はなかった。どこか漂っていたら大変だし、見つけ出してこの男に祝福とやらを授けさせるわ」

意気込む彼女に、首を縦に振るしかなくなった。

記憶で見た「心と意思疎通を図ることができるのは宵闇だけ」が引っかかるけれど、希望を胸に抱くくらい良いではないか。

こうしてルカはシスと一緒に旅に出てしまい、幻の精霊を一日足らずで失った魔法院の人々からは、しばらく後も隙を突いては恨み節を零される事態になる。

いまでも夜、月を見るとあの少女を思い返すけれど、あの子は何処に行ってしまったのだろう。シスやルカ曰く「一月も保たない」らしいから、近いうちに消えてしまうだろうけど……。

そういえばコンラート地方に少女を指し示すかのような伝承が残っていなかったか。

思い出したのは偶然だったが、確かめる術はもうどこにもない。

誰の迎えも拒否して、孤独に消えていった純精霊。

彼女は最後に安らぎを得られたのか、それを知る術はもうなかった。

とある復讐鬼の結末

カレンを送りとどけた後、古い友人に会うためにヒスムニッツの森にいた。

ゆっくり身を休めたかったが、嫌なことは早めに済ませてしまうに限る。

シスは不機嫌さを隠そうともせず、空に浮かびながらあぐらを掻く。

その眼下に広がるのは広大な森、そして脆くも崩れ落ちたシュトック城と、焼け落ちた屋敷だ。

「あの野郎、好き勝手やりやがって」

クラリッサの屋敷はどうでも良かった。

彼が悪態をついたのは遠方に見える木こり達の天幕で、早くも森を伐採する不届き者達の明かりが灯っている。

ライナルトがヒスムニッツの森を捨てると決めたのだ。

またひとつの森が人間によって消え去ってしまうと怒りを募らせていた。

邪魔をしてやりたい反面、しかし時の権力者に逆らう愚かさも知っている。個としては強い生命であろうとも、群れにはいずれ大敗を喫するのだ。それを知らぬシスではないから口を噤むしかない。

彼に出来るのは人の営みが変わりゆく様を眺め、厭だ厭だといいつつ昔を懐かしむくらいだ。

屋敷の上を飛んで回った。ニーカからもらった見取り図を開き、地上と地図を交互に見る。あたりをつけたのはしばらく経ち、それも瓦礫（がれき）に埋もれた厨房跡を見つけ出してからだ。

腕を一振りすれば残骸は取り除かれ、床を探ると目的のものを見つけ出した。

地面に張りついた鉄の扉があったのだ。一人では決して持ち上げられない分厚い鉄。これまた指先ひとつでこじ開けると、暗い穴を覗き込んだ。

古めかしい臭いだが、空気は通っている。梯子も使わず垂直に落ち、狭い通路に着地した。

幅としては人が三人並んで通れたら良いくらいの通路。長らく使われていないのか、こもった空気に黴と埃が混じっている。

道は一本道で、真っ暗闇の中を進んだ。

三叉路ではためらいなく右の道へ進むも、その先は鉄格子が立ちはだかっている。奥にも道はあったが、足元にはどこからか流れ込んだ水が溜まっている。

普通ならここで引き返すところだが、シスに限ってはその必要はない。

顔を顰めたものの、まっすぐに進むと肉体に鉄格子が埋まり、そのまますするりとすり抜けた。

不気味な光景だが、なんらおかしな話ではない。

いまでこそ半精霊を名乗りその本質も取り戻しているが、この体は作りものだ。霧化程度は容易であり、壁や鉄格子なんてものは障害にすらならない。

裏を返せば、いまみたく人に近づけた肉体である必要もないのだが、この形状に拘り、手間を愛おしむのは半精霊であった己を忘れないためだ。肉体あってこその不便を愛するからこそ、ライナルトから帰還の要請があったときですら、人間が本来かける時間をかけて帰還した。

シスの足はある場所を目指している。

そこは行き止まり。上階が崩落した影響で床が沈み、瓦礫が地下まで流れ込んでしまった区画。

ここは本来シュトック城から屋敷までの隠し通路として使われていた道だった。屋敷が脱出口だった場所に後付けで建てられたと知っているものは少ない。

「おーおー見事に塞がれてらぁ。これはもう絶対自力じゃ脱出できないなあ」

ニーカによれば、外側から鍵をかけ、扉に封をしたというから元より脱出できないはずだ。

さて、青年の目的は崩落した瓦礫の先にある。やはりこの程度は問題にすらならず、黒い霧と化しわずかな隙間をくぐり抜けた。

抜けた先で実体化した瞬間、彼は思わず鼻を塞ぐ。

「うわくっせ」

到底耐えきれる臭いではないと嗅覚を切り取った。

ポリシーとして五感は削りたくないが、どうせこの場においては人外でしかありえない。

そう彼に考えさせるだけの理由が目の前にいる。

「…………わぁお、まだ生きてやがったのか」

狭い部屋だ。樽の上に置かれた蠟燭(ろうそく)の炎がゆらゆらと部屋を照らしている。古い木とボロ布でできた寝台と、備え付けの箪笥が一つだけ。大量の蠟燭と松明、火打ち石、それと油に、食料が入っていたと思しき容れ物の痕跡。それらすべて『彼ら』を閉じ込めた者が悪意のもとに置いていった。

寝台に腰掛ける男がゆっくりと顔を持ち上げる。

「よー、生き延びたのはあれか、水が流れ込んできてたからか。きったねぇ水だったろうに飲んだんだ。よく腹壊さなかった……あ、いや、とっくに下してたのか」

「……『箱』か」

「残念ながらそれはもう僕の名じゃない」

バルドゥルだった。

立派な騎士の体をしていた男が、いまや汗や埃まみれとなり、浮浪者もかくやな姿となっている。

シスに拳を振り上げるも、下半身は体重を支えきれない。いくら鍛えていたといえど、もはや最低限の体力しか残っていないのだ。正面から倒れ込むと、やがて時間をかけて壁に背を預け座り直す。

もはや満身創痍なのは傍目にも明らかだ。

「あははは、ぶっざまぁ！　コルネリアとは大違いだなと言ってやりたいが……でもさぁ、いっそ壊れた方が楽っちゃ楽だったろ」

そういって、先ほどから壁に向かって座り続けている女に目を向けた。

「コルネリアー？　おーい、僕の声聞こえてるかーい。聞こえてないなー………うん、そうだな。完全に逝っちゃったかー。まあここ厠（かわや）もないし、正気じゃきっついもんな」

「……それは、もう、壊れている」

かつて皇太后と持てはやされた女は、もはや見る影もない。

豪奢だったドレスはすでに捨てられている。下着姿で呟き続ける女には男に強姦され、糞尿を垂れ流しにした痕跡があったが、シスの感情は揺さぶられない。どちらかと言えばこんな時にも雄の本能を隠さない獣に呆れていたし、ある意味感心もしていた。

その最大の理由が、蠟燭の光を避けて置かれたある塊だ。

「お前人食いに忌避（きひ）はないの？」

俯きがちのバルドゥルの口元がつり上がっていた。それはようやく誰かと話せる機会を得たからなのか、少なくともカールの元にいたときの従順な騎士の姿はない。

「生きるのになにを躊躇う必要がある」

「息子だったんじゃん。一応実子だろうに、食用として飼ってたわけじゃなかっただろ」

「薄汚れたオルレンドルの女が生んだ子だ、躊躇う理由は、ない」

「はぁ。まあ、もしかしたらお前ならやるかもしれないって思ったけどさ」

残された食料、流れ込んでくる水で飢えを凌いだとしても、この長期間を生き残るには足りない。人が生きるのにもっとも必要なものは水といえど、腹は減るのだ。

シスの目線の先にあるのはある残骸と、使い古され錆びた斧だ。

ここに収容されたのは三人。しかし生きているのは二人。

「まともだった長女達はお前の本性に気付いてよかっただろうな。親と家を捨ててでも、逃げて正解だったよ。まさか豚みたいに食肉になって終わるなんて人生、誰も想定しない」

嗅覚をカットした理由はこれだ。糞尿に混じって、腐った肉の臭いが充満している。

クラリッサとて、ずっと座っているのは体力がないからだけではない。本来あるはずの膝から下や、片腕が消失しているためだ。血の滲む切断面には、汚れていながらも丁寧に包帯を巻かれていた。ご丁寧に傷口を火であぶり止血したのだ。

クラリッサに何が起きたかを踏まえれば、人格が崩壊したのは当然だった。時折咳き込んでいるし、こんな不衛生な環境にいるのだから、なにかしら感染症も併発している。バルドゥルも同じ状態のはずだが、男の場合は彼自身を持たせている狂気がその人間性を保たせていた。

「誰も彼も憎くてたまらないって目は懐かしい。カールに会ったばっかりのころ以来じゃないか？」

「……ふん」

「顔を変えて、バルドゥルを乗っ取って……うん。奴隷がよくぞまあそこまでやったもんだよ」

少なくとも生存に対するバイタリティーだけは褒めてやっても良い。この男はヨーの奴隷であった時代から、復讐を果たすことにかけては誰よりも暗い炎を燃やしていた。

「で、どうよ。楽しかったか？」

宙に浮き、男を見下しながら足を組んだ。

「父親をヨーに置き去りにしたオルレンドルへの復讐はどうだった。元のご主人様であるドゥクサス首長の首をはねてやった。カールに取り入って忠義を尽くすふりをして、あいつの狂気を加速させた。コルネリアの愛人になって、好き放題もしたっけ。僕も箱だった頃は屑だった自信があるが、お前も同じくらいには向こうを張れるかもしれないよ」

『箱』は長年オルレンドルを守護し続けたからこそ、その闇を知っている。

ライナルトに、他の誰にも決して語らなかった秘密を有していた。

この男はオルレンドル人の父と奴隷の母を持つミックスである。

オルレンドルの前々皇帝時代、父親は戦の名残でヨーに置き去りにされたことで奴隷商に捕まり、ヨー連合国はドゥクサス氏族の首長に買われた。

「……あれらの死に様は、いまでも笑えるな。まさか裏切られるなんて、って顔をしてたね。もっとも、気付いたのは死ぬ寸前だったけどさ」

同じ奴隷であった母との間にこの男が生まれた。父はオルレンドル人としての誇りを捨てきれなかったのもあり、息子は外見がオルレンドル人そのままだったせいで蔑まれながら育ってきた。

だから恨んだ。

ドゥクサス氏族を恨んだ。この境遇に己と父を追いやった前々皇帝、ひいてはオルレンドル帝国人達を憎んだ。父と所帯を持ちたくなかったと泣いた母を恨んだ。

ゆえに男はなんでもやった。働いて、働いて、汚れ仕事も引き受け続けてドゥクサス首長のお気に入りになった。努力が報われると首長の側仕えになることで国外にまで同行できたのだ。カールの人となりを調べ上げ、時間をかけて接触し、彼の正義に揺さぶりをかけた。綿密に内通を図って、賭けに勝つと主人を殺させた。

ドゥクサス氏族首長の殺害は、世間的にはカール皇帝陛下の失政と悪名高い。

一見思いつきじみた行動に思えるが、その実慎重な裏切りの果てにあの事件が起きている。

「笑えるのは誰もきっかけになった『奴隷の若者』のその後の行方を考えないことだ。もっとも、それはお前が頑張ったのかな。なんにせよ、関わり合いにならない方が良かったんだろうけど」

実際はこうだ。

『奴隷の若者』はとある貴族を乗っ取った。

当時は世間からも注目されていない家柄の若者だった。新たな主の協力のもと若者を殺し、そのまま顔をそっくり作り替え、毒を盛られて声が変わったと周囲に言い張った。やたら用心深くなった男だが、疑心暗鬼に陥ったのだろうと納得させたのだ。若者にも友人はいたが、告発するより前に彼らはどこかへ消えてしまった。賢い者は自らに危害が及ぶ前に国外へ逃げた。

あるいは『箱』の協力もあって記憶があやふやになった。

この男はそうやって「バルドゥル」になったのだ。

シスは頬杖をつく。

馬鹿だな、と本気で呆れていた。

間違えてはならないのは、いまのシスならいざ知らず、『箱のシクストゥス』は自らの解放のためにはなんだってやる存在だったのだ。

自由になれるならなんでもよかった。この男が本気でオルレンドルを壊し、たとえば皇帝の座を狙ってもよかった。『箱』を壊してくれるなら協力してやったのだ。だからわずかなりともチャンスがあると考え、誰にも男の秘密を話さなかった。

「お前はどこまでもカールに従順だったから、もうその気なんてないと思ってたよ。カールの元に居続けておいて、なんで最後に見捨てた」

「……はっ」

「どうせあの時もあとで迎えに来るとか、退路を確認してくるとかいって置き去りにしたんだろ。あれはびっくりしたんだぜ。身も心もカールの部下になってたのかって思ってたからさ」

「あの皇太子は、オルレンドルを強固にしそう、だったのでな。まだ……皇女の方が、周りを見ていない。ヨーに進軍の隙を与えるのは、皇女だ」

「はぁ、コルネリアもお前についてるからやりやすいもんなぁ」

「……どうせ私は、あの皇太子の信用がないのでな」

「なんだ、よくわかってんじゃん。ライナルトに降（くだ）ったところで首ぃ斬られてただろうな」

げらげらと『箱』を思わせる笑い声が谺（こだま）する。その間も壊れた女が彼らに反応を示すことはなく、ひたすら在りし日の栄華を繰り返し呟いていた。

「お前の誤算はカールが無能じゃなかった点か。たしかに、あいつは愚かで馬鹿で宗教狂いでも王様だった。無茶やってもぎりぎりの線で保ってたもんな。次代に賭けられず、そりゃご愁傷様」

「……………まったく、最後の一線を保っていたのは、厄介だったな」

「んじゃさー、ついでにもう一つ教えて欲しいんだけど」

これはシスではなく「もし男が生きていたら聞いておいてくれ」といった者の問いだ。

「侍医長と侍女頭に皇妃の件を話したのは誰だい」

バルドゥルは答えない。あえて黙っているのだとわかって続けた。

「周りがぼやいてたんだぜ。あの子を皇妃にするってのは限られた人間にしか話さなかったはずなのに、侍医長と侍女頭に話が回ったせいでややこしくなっちまった」

「宮廷に遮れる噂はない」

「嘘つけ。あの二人が皇太后派ってのは周知の事実だ。そのせいできみにまで話が行っちまった」

「察しはついているだろう」

「僕が聞きたいのは推測じゃなくて確実な名前だよ」

「……知らんな」

笑みの意味は誰にもわからない。

正直秘密を漏らした犯人はどうでも良いのだが、相手が今も格好付けていることは鼻につく。

そこでもう一つカードを切った。

「でもさあ、お前が余裕ぶっていられるのって、いつか自分の出自が明るみに出て、オルレンドルとヨーの諍い（いさか）の原因になればって目論んでるのもあるじゃん?」

無言は肯定だ。この男はどんな些細なきっかけでもオルレンドルとヨーが戦争を起こし、両国が疲弊し、朽ち果てるのを期待している。

無論、将来的にヨーとオルレンドルは戦を起こす。ライナルトが皇帝である以上、絶対に避けられない道だが、それはバルドゥルが知らぬライナルトの野心だ。異母妹であるヴィルヘルミナこそライナルトの本性を見抜いたが、この男は最後まで見抜けなかった。新皇帝はただサゥ氏族を引き込み、オルレンドルとヨーの仲を強固にする存在として忌避してしまった。

バルドゥルはヨーとオルレンドルの仲に亀裂を生みたい。

カールはヨーとの国交回復を良しとしたが、バルドゥルとしては不本意だったのだ。故にヨーの裏切り者をオルレンドルが匿い続けていた事実が明るみに出るべきだと考えた。

いつか彼自身の名がヨーに渡り、世が乱れて欲しい。それが男の置き土産でもあるし、公開するための準備と機会は用意していた……はずだった。

「ところでさ、なんのために僕がお前の正体をだーれにも喋らず、それどころかライナルトにも伏せていたと思う？」

シクストゥスが優しい表情を向けるときほどろくなことは起きない。

そして常にカールの陰にあったバルドゥルがこの表情を向けられたことはなかったために、その企みには気付けなかった。

「何を考えている」

「何ももどうも、わかんないかな。僕はお前が嫌いなんだよ」

両手を広げ道化師じみた仕草で大仰に言った。

「お前の存在自体をここから先、ぜーんぶ消すために決まってるじゃーん」

「なに……」

「その鈍さは栄養が回ってないせいか？　うん、そうだな。だから教えてやるよ」

新しいおもちゃを与えられた子供のような無邪気さで目を輝かせる。

「もうすぐ明かされるはずだった皇室の不祥事の数々、ヨーの本国じゃオルレンドル人がどんな扱いをされているかを記した文書、それらを真実とするため立てるつもりだった連中！　お前がヨーの人間だって知ってる数少ない人間は、ずうっと罪悪感を残してた医者と、顔を治療した魔法使い！」

そこではじめてバルドゥルがまともに顔を上げる。

「僕はお前のアテを全部潰してやった！　全部だ！」

高らかに宣言する。シスはようやく満足感を得たのだ。

「特に無理矢理手術させられた医者なんて、記憶を消してやれるって言ったら泣いて承諾したよ。怖かったろうなあ、いつ消されるかわかったもんじゃないって恐怖にさらされ続ける生活はさ！」

やっかいだったのは魔法院の長老シャハナか。

当時の手術には彼女も加わっていた。

あの老女はどんな苦い記憶でも自らの行いを手放す気がなかった。長老だけあって魔法に対する防護を備えているし、抵抗されるのも面倒だと考えていたところで、思いがけないチャンスを得た。

『いいよ、魔法院、ひいては彼女からの要請を承諾した時だった。

魔法院、ひいては彼女からの要請を承諾した時だった。

渋るふりをしてから応えた。ほっとしたシャハナが気を緩めた隙間を縫って、記憶を奪ったのだ。

そしてバルドゥルの文書を預かっていたのは、オルレンドル帝国騎士団第一隊の名も無き者だ。ライナルトの目をくぐり抜けたいまも第一隊に所属しているが、その者を含め市井に交じっていた『従順な部下』の記憶を弄くった。

「でさ、僕の証言だけじゃちょっと信じ切れないだろ。だからちゃんと持ってきたんだ」

懐からある紙束を取り出すと、バルドゥルがまともに立ち上がった。

「ほぅら、これがお前の撒くはずだった火種だよ！」

「貴様！」

「ぶつかってくるなよぅ、危ないったらありゃしない」

撒かれた文書が燃えていく。男の咆哮（ほうこう）が部屋に轟いたが、異様な速さで文書は燃え、燃えかすが足元に落ちると男が震える手でそれらを掬いだす。

かすかに震える背中に優しい声が掛けられる。

「お前は失敗したんだよ」

優しく、慈悲を持って、これまでの皇族に対する怨みを八つ当たりに変えてシスは言った。

「長い間、裏の支配者気取りでせせら笑ってたんだろ？　まだ皇帝は入れ替わったばっかりだ、お前の文書が公表されたら世間に混乱が生じるのは目に見えてる。騒ぎに乗じて、残した部下がお前を救出しにくると期待してなかったか」

それは到底不可能だし、ライナルトはそこまで甘くないけどな、と内心で付け加えて。

「…………うんうん、安心しなよ。私は『箱』だぞ。どんなに嫌々でも、お前の行動はちゃんと把握していたさ。信頼する部下に漏れはない、全部処理済みだ」

嫌味を込め、可愛らしく小首を傾げた。

「カールの〝忠節者〟バルドゥル。みんな殺すために、復讐のために名前を捨ててオルレンドル人になったきみは、いまやわずかに残った前皇帝カールの支持者にとっての英雄だ」

皆まで言えなかったのは、バルドゥルが斧を拾い、シスに斬りかかったためである。

しかしながら斧は空を斬り、シスもまた無事だった。

「ああ、ああ、そうか。そいつはよかった。きみが生きてたからこそ僕もこの知らせを届けられて嬉しいよ。やっときみのことが少しだけ、爪の垢程度は好きになれそうだ」

「私の……いや、そんな、私の希望が！　そんなはずはない！」

「心配するなって。希望の芽は全部潰してきたから、これから先は、そんなわずかな光に縋って期待しなくていいんだ」

「ふざけるな、あれは私のすべてだ、ヨーで虐（しいた）げられている奴隷達の光だ！」

「希望を見せてやりたいならとっとと助けに行ってやりゃあよかったんだよ。大言壮語を吐くだけなんて、結局ぬるま湯に浸って好き勝手するのが楽しかっただけだろ」

「違う!!」

「違わないよ。ヨーの奴隷達にどんな約束をしたかは知らないが、戻らなかったお前は裏切り者だ」

理由など思い込みと後付けでなんとでもなるとシスは疑っていないが、おそらくこの男の中では今の言葉が真実なのだ。

……この男も大分変わった。

だからこれ以上の会話は無意味だと、落胆を隠しもせず別れを告げる。

「お前はもう、名前は取り戻せないし、かつて憎んだオルレンドル人そのものだ。だからさオルレンドル人、息子と愛人を食った畜生として、飢えに苦しみながら死んでくれ」

男は他にもなにか言っていたが、斧を取り上げると颯爽と部屋を出て行った。刃物がなくとも死ぬ手段はあるが、どちらにしてもバルドゥルに未来はない。

月に照らされた大地に戻るとぐっと背伸びをした。

「案外すっきりしないもんだな」

これは歴代の皇帝に復讐できなかったシスの八つ当たりである。

これまでの鬱憤を考えれば到底足りるものではないが……あとはまぁ、可愛い弟子を苛めてくれたお礼も含んでいる。

シスにとって、愛しいシスティーナと、相互理解を得られるはずだったエルネスタを殺したオルレンドルに未練は無い。ライナルトがオルレンドルに滅びをもたらそうが、時の流れとして受け入れるが、彼を『箱』から解放した転生人の行く末だけは気になっている。あの人らしくずるっこくて、憐れで、弱いのに情を捨てきらない。ときどき馬鹿みたいに胆力を見せるかわいい人間をだ。

きっとこの先は放っておくこともしないだろう。

もっともこれは彼なりの友愛行動なので、あらゆる行動は人の基準には当てはまらないのだが……。

「ああ、めんどくせぇ。馬鹿弟子め、なんて男に惚れて、おまけに惚れられてやがるんだ」

悪態を吐いても簡単に関係を切れないのは知っている。

これが半精霊シクストゥスと人を結ぶ愛情だ。

再び中空に浮かぶと森を見下ろした。

森が消える、神秘の名残がまたひとつこの世界から去っていく。

取り残される側。半精霊のようでちがうものになったシクストゥスは、せめて繋いだ縁を捨てられない宝物みたいに抱え込む。

カレンとていずれは彼を置いていってしまうのだ。

だったら……だったらせめて、面白おかしく、強烈に記憶に刻まれるくらいに楽しく騒いでもらわないと、あまりにも寂しいではないか。

いまごろ地下で絶望している男や、とうにこの世を去った愚か者なんて片腹痛いくらい、強烈に、鮮やかに。

いつでも、どこでも、どれだけ時間が経っても思い出せるように。

そして長い旅の果てに見つけるだろう、『彼女』の魂を有した存在に、その生き様を語るために。

思い出という名の記憶の共有を図っていこうではないか。

想い人ではなく兄として

オルレンドル帝国帝都グノーディアは、思い出的には最低で最悪でも、街としては嫌いではない。それどころか他者を受け入れやすいという意味では、故郷ファルクラムより人々は寛容だ。

ましてこの間まで滞在していた北の地が閉鎖的すぎた。

帝都近辺は本格的に寒気が流れ込む兆しはあるものの、衣類の上から突き刺さる冷気の刃はいまだ鈍く、毎夜凍傷を心配して眠る必要はない。

グノーディアに近付くにつれ、さて宿ではなにを食べるか、場合によっては娼館も悪くないが、思うだけで実際行く気にはなれない。

実のところアヒムがグノーディアに戻る必要はない。たしかに彼はキルステン前当主の元で働いており、いまもなおその人を友と信じているが、栄光は過去と成り果てた。皇位争いに負けた皇女の連れ合い、その側近となれば新皇帝の治世では心証が悪かろう。引退を取りやめた現キルステン家当主アレクシスにそう進言し、母のことだけを頼んで彼はキルステンから外れた。

けれどアレクシスは幼い頃から見続けていたアヒムを心配した。いつでも頼ってくれて良いと言ってくれ、次期当主にあたるエミールも、いつか行く当てがなくなったらと再雇用を約束してくれた。

実は以前から少年とは折り合いが悪かった。次女カレンはいつの間にか二人が仲直りしたと信じていたが、お互い表面を取り繕うのが上手かっただけだ。皮肉にも、二人から完全にわだかまりを取り除いてくれたのは亡きヘルムート侯だと、彼女が知ったらどんな顔をするだろう。

グノーディアに向かうのは親切心と恩返しからだ。

アレクシスには世話になったから、彼とアルノーのために今後も北とこの地を行き来する。会えない親子のために、彼の目から見た互いの様子を伝えるのが新しい役目のひとつと信じているが、かといって帰る場所がキルステンかと問われたら、答えは否だ。

「どこにだって行けるのに、どこかに縛られたがるのがおれの悪い癖だな」

アヒムは周りの人間が思うほど強くない。振られた相手とはしばらく顔を会わせたくなかったから、アレクシス達がいなければしばらく流浪していただろう。

北からの帰りは、ほぼ初めてともいえるひとり旅。

日頃誰かを守り、世話を焼き、傍に人がいた日々を比べれば、なんと自由で寂しい旅路だ。

自分は旅人には不向きかもしれないとさえ考え始めた時だ。

グノーディアへ続く街道、見覚えのない場所で検問が敷かれているのに気付いた。

「嘘だろ」

見渡しの良い場所で実施されているが、簡易見張り台まで置いて検問を抜ける者がいないかチェックしている。開けた場所だが道以外は整備されていないし、検問を無視するなら即御用だ。

検問など行きにはなかった。グノーディアの警戒はどうなっているのか眉を顰めていると、通りすがりの商人達が話しているのを小耳に挟んだ。

「あんなの昨日通ったときには無かったと聞いたよ。いつ設置されたんだい？」

「早朝からだと。すごく急いでいる様子でね、憲兵隊も関わってるらしい」

「ふぅん。帝都で集団殺人があったのは関係してるかい」

「耳が早いね。多分そうだろうさ。噂じゃ殺されたのは軍人だってよ」

「こりゃあしばらく色々と控えた方が良さそうだ。なにせ新しい皇帝陛下はおっかない」

商人は流石に耳聡い。

物騒な噂話にアヒムの心中も穏やかではない。

しかしながら怪しい物は所持していないし、持ち前の愛嬌で検問を乗り切ったのだが、気になる点は他にもあった。

「キルステン家に……?」

やましいことはなにもないはずだ。縁者だと言えば通してもらえたが、彼を追い抜いた早馬が帝都に向かっていたのは気になった。この早馬の理由を知ったのは、帝都到着わずか数時間後だ。

宿に到着し、荷物を広げていたときだ。

何気なく窓から外を見れば、宿の二階を見上げる人物がいる。

アヒムと目が合うとさりげなく目をそらされたが、違和感は見逃さない。格好はともかく撫でつけた髪が綺麗すぎた。

「なんだ?」

たったそれだけなのだが、薄ら寒さを感じて気味が悪い。

あえて窓から離れ、時間をおいてからもう一度外を見ると、離れた場所に軍人が数名集まっている。気のせいかアヒムのいる宿屋の方を指さしていた。

これはおかしい、と不機嫌に上着を羽織る。

いますぐ宿を替えるべきか、誰かを頼る必要があるか。考えあぐねていると、階下が騒がしくなった。廊下を窺いながら扉を開けたとき、一階の酒場から駆け上がってきた軍人と目が合った。

赤毛の、と軍人が口にした瞬間に扉を閉じる。まったくもって意図不明。まだ悪事を働いてないし、働く予定もないが、軍人に目を付けられたとなれば逃げるしかない。

悲しいかな、元主と違い綺麗な生き方ばかりしていないので、小悪党精神の方が根付いている。それになにより、元々ヴィルヘルミナ皇女陣営の人間である事実がこの考えを加速させていた。帝都不在の間になにか皇女の不正がバレたのかもしれないし、罪を押しつけられた可能性もある。

　しかし彼はもうオルレンドルとは関係の無い人間なのだ、軍人に囲まれる謂れはない。アヒムの決断は早い。ひとまずアレクシスを頼り、彼を介して軍人と相対しようと決めた。

「悪いね。おれは軍人ってやつは信じてないんだ」

　大人しく扉を開けるわけでもなく、話を聞くわけでもない。

　財布をポケットに突っ込み窓を開けた。剣を放り投げると同時に飛び降りるも躊躇は一切ない。酒場前でも昼間の通りに人は少なかった。二階からの着地だが、地面に足が付いた瞬間に重心を膝から腰、腰から上体にずらしていく。背中からくるりと一回転し、起き上がると同時に剣を取る。

　走り出す間際に赤毛の女と目が合い、いっそう逃げる決意を固めた。

　アレは数度顔を合わせただけだが、ろくでもない女だ。

　同じラトリアの血を引いているからわかるし、ヴィルヘルミナの元で噂も聞いていた。そのうえアヒムの脱走をすぐさま見抜いたのだ。女が外套を脱ぎ部下に押しつけた……ところまで見た。

　駆け出せばすれ違う人々が目を剝いて振り返る。

　街中にもかかわらず、足は絶え間ない速度で動かされていて、それは人通りが多くなっても止まらない。彼の反射速度は常人を超えており、人とぶつかりそうになっても避けられた。道ばたでしゃがむ子供がいればジャンプで飛び越え、避けられないと判断すれば恋人繫ぎをする男女の間をすり抜ける。回り込んだ軍人が通せんぼすれば、果物売りの籠から果物を奪って投げた。

　人混みはアヒムにとって足止めにはなり得ない。

　長旅のちょっとした鬱屈を晴らすつもりで振り返れば、ぎょっと目を見開いた。

　赤毛の女軍人が落ちかけた籠ごと果物をキャッチし、数歩後には倒れかけた部下とすれ違いざまに腕を引いて起こした。たった数秒の間に起きた出来事でも、なおも顔はアヒムを向いている。

　そしてなにより、目が合った途端口角をつり上げたのだからたまらない。

「おいおいおいおい！」

緩めていた速度を上げる。

この瞬間、アヒムの中で女軍人ニーカ・サガノフに対する評価が完全に変わった。

あれはラトリアの血を引く人間の中でも殊更ヤバい種類の人間だ。さらに悪いことに、おそらく彼女は、アヒムの勘が正しく働いているなら、とっくに向こう側だ。ライナルト麾下であるのが隠れ蓑になっているだけで、まともな感性や倫理観はあってもそれらを無視できる女だ。

こいつには関わってはいけない、逃げるのが得策だ。

アヒムも本気になるべく覚悟を決めたの——だが。


「いや、ひでぇわこいつは」


頑張って三十分も逃げ切れなかったとは、なんとも情けない。

宮廷に運ばれ、どんより顔であぐらをかくアヒムの胴と腕は縛り付けられている。隣では何食わぬ顔をしたニーカがしれっと言った。

「そうか？　私としては久しぶりに本気で走れた。貴殿の逃げっぷりは見事だったし、こんなときでなければもっと楽しみたかったくらいだ」

「あーあーそうだろうよ途中まで楽しんでたもんなあんた！」

「そんなことはない。他人のご家庭の中を通ったときは流石に焦った」

「焦ったとかうそつけ。なんなんだまったく、いったいなんでおれを捕まえる必要があった」

民家を抜けた際、彼女が余裕で金貨を机においてきた事実をアヒムは知らない。知っていたとしたらさらに悪態を吐いていただろうが、そんなことはおくびにも出さずニーカは背筋を伸ばす。

「少なくとも濡れ衣を着せるつもりはない。本当さ」

「じゃあ外で話せ、ちゃんと言えば逃げる必要もなかったんだ」

「先に逃げたのは貴殿だし、たとえ小声でも口にはできん内容だ」

先ほどからこれなのだ。追いかけてくるニーカも、軍人も、アヒムを捕まえても決して事情を語らない。そもそもあんな風に宿に押しかけてくる事態が異常であり、アヒムが不審がるのも無理なかった。

「貴殿、とにかく気を引き締めろ」

「あぁ？」

「その余裕もなくなるぞと言っている」

従者が皇帝の来訪を告げると、今度こそアヒムは顰めっ面を作った。思い出を大事にしたいからこそ会いたくない人がカレンとすれば、複雑な感情を伴う嫌悪感から会いたくないのがこの人物だ。

なんて言葉を投げてやろうか。

「皇帝陛下御自らお越しとは恐縮でございます」とでも言ってやろうか。どうせ皮肉が通じる相手ではないが、鬱憤を晴らすくらいは個人の自由だ。

それに状況に流されたとはいえども、彼が皇帝として担ぎ上げたのは皇女ヴィルヘルミナ。現皇帝に媚び諂うなど断じて御免だと、そのつもりで態度も崩さなかった。

「居たか」

皇帝はこれだけを問うた。

ニーカは黙って頭を垂れるが、アヒムはこの瞬間から後悔している。

キルステンをバラバラにしたこの悪い男が嫌いなのは変わらないが、その顔を見た瞬間、胸に燻る皮肉を引っ込ませた。

一瞬で皇帝の怒りに気付いたのだ。否、怒っているなんてものではない。これは憎悪が冠を突き上げ、感情がマイナスを振り切り無感情になっている。たった一言で激昂の波が全身を打ってアヒムをもして黙らせたのだ。

「で、何の用ですかい」

しかし勢いに負けて怯えてやるのは屈辱だ。

せいぜい傲岸不遜に言ってやれば、男は挨拶も無しに言った。

「カレンが攫われた」

ニーカに言わせればアヒムとてライナルトと良い勝負を張っている。

攫われた、と言い終わる前に垂れ目がちの目尻がつり上がり、殺意が眼差しに乗った。

「なにがどうしてそうなったとか、あんたがいながらクソふざけた状況になったとか、そういうのは後にしといてやるこの能無し野郎」

「甘んじて受け入れよう。私がいながら攫われたのは事実だ」

「ボケが、反省してるからって許すなんてあり得ねえからな」

皇帝相手に罵倒する人物も珍しいが、そんなことに男は興味ないだろう。近衛は露骨に反応を示したが、ニーカの手が彼らを止めた。

なぜならライナルトとニーカの判断が正しいなら、この男は汚れ仕事をこなせる人物だからだ。その証拠に、アヒムは皇帝の怒りを見抜けなかった有象無象とは違った。ライナルトに余裕がないと即座に見抜き、本能で危機を悟った。これに失敗し怒りを買った文官とは大違いだ。

赤毛の元護衛は隠し持っていたナイフで縄を切っていた。身体検査は行ったはずなのに隠された武器も、まるで手品師のような所業も、ニーカですら見抜けなかった男の技だ。

「それで、あんたたちはおれに何を求める」

その切り替えの早さは、カレンには見せてこなかった貌なのかもしれない。

皇帝も無駄口を叩かず告げた。

「潜入を。万が一の事態になる前に救い出せ」

「請け負ってやる。準備する間に状況を説明しろ」

たった数分で成立した契約。

そしてアヒムの情勢をうかがう把握の早さがシュトック城への潜入と、彼らの愛する人物の救出に繋がるのだが、いまの彼らはそんなことなど知る由もない。

もうひとりの『兄』の、隙を縫った拳が皇帝の頭に直撃する直前に、ニーカの手の平が彼の怒りを受け止める。彼女が止めるとわかっていた皇帝は平然としたものだ。

舌打ちをしたアヒムが踵を返し退室していく。

続いてニーカに雑事を託したライナルトを見送ったが、ぽつりと彼女が呟いた言葉を副官に聞かれていた。

「隠密として雇えんかな」

「絶対にお止めください。こんな状況で不敬でございますよ」

「市民や憲兵隊の犠牲には心が痛いさ。犯人は残らずなます斬りにしてやりたいが、私まで余裕をなくしてはならないと理解しろ。陛下を宥めながら指揮を執るためにもな」

「それはそうですが、陛下のお気持ちをお考えください」

「充分考えている。私とて本気なのは忘れてくれるな」

どうせ後で誘拐犯共は地獄を見るだろうしな、と心中で呟き、アヒムの後を追う。

「シャハナ老に連絡をとれ。それとシクストゥスは見つけ次第私に知らせろ。やつには先に渡りを付けておかねばならん」

「陛下には……」

「まだ保険の段階だ、知らせる必要はない」

〝追いかけっこ〟でアヒムの身体能力は把握した。あれならば人質の救出は可能だと確信したが、ニーカが考えなくてはならないのは、もっと先の、女としても致命的な〝最悪〟だ。

もしカレンにどうしようもない心の傷が残った場合は、禁忌に手を染めてでも、魔法院や半精霊に彼女の記憶を弄(いじ)らせる必要があるとニーカは考えている。

……こんなことをしているから、もはや死後に天の国など望めないだろうが、どうせライナルトやモーリッツあたりも同じ地獄行きだ。

あいつらが一緒ならいいか、と呑気に結論を出し、打ち合わせに臨むべく軍靴を鳴らした。

愛している、愛したいから

求婚の熱が微熱ぐらいに落ち着けば、考えたのはあることだ。

搬入されてくる生地の山を前に、片手を伸ばし、採寸してもらいながらゾフィーさんに尋ねていた。

「皇妃って、なにから勉強したらいいのかしらね。一応これかしらってものはいくつかあるんだけど、全部は浮かばないわ」

「ひとまず際立つものからでしょうね。舞踏会に礼儀作法が第一ではないでしょうか」

採寸記録を受け取ったマリーが難しい顔をしながら口を挟む。

「語学はどうかしら。優先順位は低いかもしれないけど、短期間で身につかないでしょう。皇后として外国の方に会うときは、向こうの言葉を使えた方が便利かもしれないわ」

「マリー殿の提案も悪くありませんが、陛下のことですから、カレン様に無理はさせないのではと思います。初めから相手国に合わせ喋(しゃべ)らねばならぬような相手との対峙(たいじ)はないでしょう」

「でも学ぶのは必要なんですね」

「優先は先に述べた二つにオルレンドルの歴史です。その次が祖国とヨーにラトリアでしょうか。私が浮かばないだけで他にもあるかもしれません」

「あ、もっと身近で言えば、オルレンドル貴族の関係性は知る必要があるんじゃないの」

「気が遠くなりそう」

ぐったり天井を仰ぎ見てしまう。

「ねえマリー、さっきから採寸表を見て変な顔してるけど、どうしたの」

「大したことじゃないわよ」

「大したことないならそんな顔する必要ないじゃない」

「なら言っちゃうけど、貴女もゲルダの妹だったなって思っただけ」

「なにそれ」

マリーの視線の先がおかしい。私の顔というよりは、やや下に……。

「ちょ……!?」

「はー……私はこんなに努力しているっていうのに、神様ってほんと不公平だわ」

「やめてよ、胸は関係ないでしょ」

「あるわよ」

「なんで!?」

「元から素材がいいくせに何もせずにその体型だもの」

「褒めてくれるのは嬉しいけど、こういうのっていまだけだから。私だって努力しないとこれから崩れるのは変わらないから!」

「そのわかったような口を利くのもむかつくわ。元が良いやつがなに言ってんだって話よ」

「どうすればいいのよ!」

これぱっかりは遺伝や体質だからどうにかなるものじゃない。上着を羽織り直したところで、今度はどん、と音を立てて一抱えはある箱を三つ並べられた。

箱は両開きで広げられるようになっている。

中には天鵞絨(ビロード)が敷かれており、等間隔で宝石類が並べられていた。

「とりあえず選んで、あとは前もそうだったけど、好きな題材なんかを伝えてもらえたら、元にして作ってくれるそうよ」

「どのくらいの職人に依頼する予定？」

「そりゃもうたくさん。自分が自分がって手を挙げるところは数多よ」

予算は潤沢にあるから、とマリー様。

わかってはいたけれど、ひくつく頬を制御できずに宝石を手に取っていく。

……予算を考えるなら、むしろ作らない宝石を除外していった方が早くない？

「動物でもなんでもいいから好きなものを挙げときなさいよ。じゃないと作ったはいいけど好みに合わないなんて羽目になるんだから」

「じゃあ猫と犬と虎。動物の模型だけど、普段着分だから構わないわよね。あとは普通にお花とかありきたりなものにしておいて。ドレスに合わせるなら職人さんの方が得意だろうからお任せする」

「猫と犬と虎ね。そう来るだろうとは思ってたけど、リリー様のところのエリーザちゃんいたでしょ。貴女、あそこの職人は唯一指定して依頼してたじゃない。よかったらうちの猫たちを見せてくれないかって申し出があったんだけど、どう？」

「クロはともかく、シャロは人見知りするけど大丈夫かしら」

「腕の良い絵画職人がいるから、さっと見て、二匹とも絵にして残してくれるって。向こうもそれを参考に作ってくれるならいいんじゃない？」

それは是非とも欲しい。

エリーザの家のお抱えの職人さんは、かつてライナルトと初めてのお揃いになる腕飾りを作った人だ。彼女達にはそのことを伝えていたのだが、殊の外喜んでくれていて、今回も真っ先にお願いしていた。他の職人さんの自宅訪問はお断りするけど、彼女の仲介だったら構わないかな。うちの子をモデルに作ってくれるなら是非お願いしたいし、これはお招きしてもいいだろう。

しかし子猫の時からシャロを見てきたせいか、最近ちょっと親馬鹿になってきた気がする。

「でも私の好みでばっかり作ってもなんだし、明日ライナルトに聞いてこようかしら」

「無駄なことするの好きよね」

「なんでよ。無駄じゃないもん」

言われてしまったので反論してみたが、彼の答えはわかりきっている。

予想していた通り、翌日のライナルトの返答は簡素だった。

「カレンの好みでいい」

「もう、またそればっかり」

執務室でのやりとりだ。今日は少し詰まっていたらしいのだが、ジーベル伯に執務室へ通してもらえた。自分はお客さん用の席に座って昨日の話を交えながら、書類を目で追う婚約者を尻目に紅茶に口を付ける。

「あ、これ美味しい」

ただの紅茶かと思ったらベリー系の風味が混ざっている。

「カレン」

「お、お土産は結構ですからね！」

「そうではない。ここで出すものはあらかじめ毒味されているから、警戒する必要はない」

顔も上げずに言うものだから、どこに目が付いているのか疑ってしまった。

実は少し前、とある侍女から下剤を盛られたために酷い目に遭った。そのせいで外での飲食をやや疑う傾向にあるのだが、すでに犯人は見つかり、下剤の混入を見逃してしまったほかの侍女達は反省している。お怒りのライナルトを宥（なだ）め、紆余曲折（うよきょくせつ）の末に犯人以外は減俸で決着をつけたから、彼の前で殊更（ことさら）びくびくしてはならなかったのだ。侍女達にライナルトの目が向いてしまうのを避けようと考えての行動だが、ばれていた。

蒸し返してしまったらごめん、と侍女達には心で頭を下げる。

「もう少し落ち着いたら人前で不作法を晒（さら）すこともなくなります。いましばらく目を瞑（つむ）ってくださいませ」

「作法は気にしていない。私が気付いただけだから、安心して良いと伝えたかったまでだ」

「……もー」

どんどん口が上手くなっていくなー。

その気遣いをもう少し他の方に向けてくれたら万々歳なんだけれども、いまそれを言ったらご機嫌を損ねてしまうし、贅沢（ぜいたく）は止しておこう。

「それよりも、ライナルトもなにか好きなものがあったら挙げてください」

「そこまで困るものか」

「私も好きにやっちゃってくださいって言うんですけど、先方はやっぱり題材が欲しいみたいなんです。動物でもなんでも良いですから、私は限界です」

まさかパンダとかゆるキャラがあったら面白いですよね、なんて言えないし。

「題材と言われても、私がその手のものに拘（こだわ）りがないのは知っているだろう」

「知ってるから言ってるんです」

「花でも四季でも適当に言ってやればいい。作らせた中から選んでやるのもカレンの仕事だ」

「作ってもらったものを無駄にしたくないですー」

初回の頃なんて、なんとなく薔薇っていったらそればっかり集まって大変だったから、できるだけ飽きのこないものにしていきたい。

「拘りはひとつしかない」

「じゃあそれ、それを言って」

ここで初めてお仕事モードから変わって顔が動いた。

じっとこちらを見つめてくるけど、一向に口を動かす気配がなかったのだが……。

「訂正する。ひとりしかない」

しまっ……！

んんっ、とその場にいた文官が咳払いをした。

そんなつもりはなかった。断じてなかったから！

だがここで照れてもいけない。

「……そういうこと言ってるといつか可愛らしいにゃんこのブローチ付けさせますからね」

この話題をこれ以上引っ張るのはよろしくない。

書類仕事を間違えさせてもいけないし、黙っているべく机に置かれていた本を手に取った。ライナルトの蔵書だが、奥付やタイトルを鑑みるに、初版はオルレンドルで発行されたものではない。いつだったかグノーディアには好みの本がないといっていたから、取り寄せたのかもしれなかった。

手に取っても苦言を呈さないのなら、読んで良いということだ。学術書の類かと思っていたら、中身はなんと悲喜交交で人気の恋愛物語。マルティナがお勧めしたから覚えていたのだけど、意外な読み手に固まっていたら「それか」と隣から声が掛かった。

「あら、お仕事は？」

「いま急ぎのものを終えた。後はどうにでもなる」

隣に座ると肩を抱き寄せられる。お付き合いを始めて判明したのだけど、この人はけっこうくっつきたがりだ。曰く「貴方は目を離すとどこに行くか知れないから」だそう。

「こういったご本は読まないと思ってたんですけど、心境に変化でもありました？」

「特別興味は湧かないが、目を通さないことはない。必要であれば読むくらいはする」

「ってことは自発的に読んでいるのではありませんね。なんで必要になったんでしょうか」

「歌劇場を新設する計画がある。その初回演目の候補だから読んでみてはとニーカがな」

「感想は？」

「私の糧になるものがひとつとして存在しない」

これは完全にお友達が勧めたから読んだって雰囲気だ。

「歌劇場は古かったですけど、優先的に新設するほどでしたっけ。公衆浴場の方が古いからどうにかしてくれって声が上がっていませんでした？」

「そちらも改築させるが、グノーディア周辺に街を伸ばす上では、帝都内も順次区画整理を行っていく。歌劇場が邪魔と言ったら、リヒャルトから移転の提案をされた」

詳しく聞けば、歌劇場を大きくする計画が動くらしい。オルレンドルの歌劇場はそれなりの収入を見込めるとの提案から、近場に公衆浴場を合わせて本格的に観光資源にするつもりとのことだ。

「観光客向けも結構ですけど、帝都民向けのも忘れないでくださいね」

「忘れてはいない。そういえばカレンは公衆浴場に行ったことは？」

「挑戦はしてみたけど、結局入れず終いでしたね」

それは苦い思い出。オルレンドルに来たばかりの頃、掛け流しの天然温泉だと意気込んで地域のお風呂屋さんに行ったら、外国人だからと職員にお断りされてしまった。

人々の突き刺さる視線は気持ち良いものではなかったな、と思い返す。

「お家にお湯があるからそちらで充分堪能しました。オルレンドルはいいお湯が出ますから、人気なのも頷けます。……聞いてます？」

「聞いている。浮かない顔だが、湯を気に入ってくれていたのなら良かった」

「なんでもありません。変に疑り深いんだから」

なにか考え込んでいた様子だが、こういうときのライナルトは絶対なにも明かさない。

「最初の話に戻るが、たしか皇后に必要な学だったか」

「そうそう、それですそれ」

「当面はゾフィーの言った通り、いまやっているものだけで充分だ。必要なものは私とリヒャルトが順次提案するし、そこまで考えずとも良い」

「いまのところやってる習い事はお作法類に新宅の下見くらいですよ？」

「他にも細々と手を付けているだろう」

苦手な刺繍やお花に手を出してるのがばれてそう。私が生けるのではなく、一通りの美的感覚や感性を磨くための勉強だ。

「無理をさせたくない。それにまずは衆目の前で踊れるようになるのが最優先だ。リヒャルトの寄越した教師に苦労させられていると聞いている」

「う。まあ、でも宰相閣下が紹介してくださっただけあって、しっかりした方々ですから」

礼儀作法はオルレンドル式となれば細々と違いが出てくるも、下地は学んでいるから苦労はしていない。問題は舞踏で、これはもう前帝の誕生祭以降、久しく練習していなかったツケが回っていた。

稽古は自宅か宮廷かのどちらかだけど、比較的自宅で行われることが多い。良い先生だけど厳しくて、練習後は毎度くたくた。翌日に疲れを持ち越すせいで、宮廷の侍女頭の一人たるルブタン婦人が寄越してくれた侍女にマッサージをしてもらうのが習慣になっているくらいだ。彼女達のおかげで翌日もなんとか動いていられた。

「だがそうだな。新しく何かを習う必要はないが、私からひとつ提案したいものはある」

ライナルトからこんな話が出るのは珍しい。

期待を込めて見上げると、彼は何気ないことのように言った。

「カレンはもう少し私に愛されている自信を持ってほしい」

彼の言いたいことが掴みかねる。この人の唯一という自覚はあるつもりだけど、それだけでの意味ではなさそうだ。

「無論、私は今のままでのカレンを好ましいと思っている。だが権力者に時に必要になるのは、他者を前にした絶対的な自信だ。迷いを見せてはならないときもある」

「……そんなに足りてないでしょうか」

「ないとは言わないし、それを補うのは婚約者の役目だ。ゆえに私の努力次第の部分もあるが、貴方は元々自信が欠落している」

「そうかなぁ……」

そうかもしれないけど……。

ライナルトは肩に抱いた手を髪に回して梳(す)きはじめる。

「責めているのではない。少なくとも、いままでの貴方という人に救われた人間が存在しているのだからな。ただ、今後宮廷で立つ場合においては、口さがない者たちを相手取るに自信は武器になると伝えたかった。なにせ連中は人の足を掬(すく)うことにかけては追随(ついずい)を許さない」

「もうかなり慣れているつもりだけど、それでも？」

「慣れているから傷つかないものではないだろう」

見抜かれてるよねぇ、と力を抜いて背もたれとライナルトに身を預けた。一応覚悟はしているつもりだけど、覚悟以上に傷つくことだって出てくるのは想像に難くない。

「無論、私が対処しても構わない。ただし私は貴方のことになると狭量になる、あまりに口喧(やかま)しいと舌を抜いてしまうが、暴力沙汰は許してくれないだろう？」

「だめ、ぜったいだめ」

「私もしばらく口を利いてくれなくなるのは困るのでな、それは避けたい」

喉(のど)を鳴らして笑っているが、笑う場面じゃない。

「私は相談に乗れても、カレンが決断し片付けねばならない問題も発生する。そのときのために、カレンは私のただ一人だと念頭に置いてもらいたいのだ。貴方は覚悟や勇気が備わっている人だと知っているが、そうすれば心の傷は減らしていける」

「それ、下手をすると暴君が誕生しちゃう台詞ですからね」

「問題あるか？」

ありのあり、おおありだけど、この人は気にしていない。

「私を見て、私だけにその笑顔を向けるのであればなんであれ構わん。ともあれなにがあっても貴方だけに味方をする」

熱は微熱になったと述べたけど、また火を点けられるとしたらライナルトだ。調子に乗ってはダメと言いきかせ、顰めっ面で腕を組んでみるけれど、様々な問題発言も「しょうがないなぁ」と受け入れてしまう。

……うん！　惚れた弱み！

「頑張ってみます」

「そうしてくれ。貴方は私の権威を頼みにするくらいが丁度いい」

思い返せば、これまで散々な目に遭ってきた経緯がある。ましてようやく落ち着いて過去を振り返れば、私の逃げの姿勢は筋金入りだ。ちょっと調子が出てきて自信を付けたら失敗してと、目も当てられなくて記憶をなぞるのが嫌なくらい。

心が簡単に従ってくれるかはわからないけど、彼が言うのならやってみようと思うのだから、恋と愛の力はすごい。

まどろんでいると良い雰囲気になってしまい、危うく口づけするところだったが、さっと手で口を塞いだ。明らかに不満げだが、ここは執務室だし、なにより恥ずかしい！

いつの間にか文官は退室しているし、彼らを待たせ続けてもライナルトの仕事に障る。

名残惜しげに指が離れるが、その事実だけがもう嬉しいので、私はかなりお手軽だ。

「クーインに会って帰ります。お仕事頑張ってくださいね」

「昼餉は？」

「お昼はバーレのイェルハルド様と約束があるからだめ。ライナルトがクレナイのお料理品評会に興味があるならお誘いするけど、苦手でしょ？」

納豆とか酢漬けとか。

今日はうちのリオさんがお豆腐を作ってくれるから、それを持って行く手筈になっている。各々も腕によりをかけた料理を持ってくるから、楽しみにしていたのだ。

ライナルトには以前試食してもらったら、一口で「不味いな」だった上に、とりあえず出されたものは完食する彼がお残しをした。なので今回もクレナイの料理と聞いた途端に引き下がったのだ。

「最近クレナイの特使が本格的に米の貿易を提案してきた。カレンが必要なら考えるが、どうする」

「価格と向こうが欲しがる物、第一はオルレンドルの利益次第ですね」

いくら流通させたいからって不利益を被るのは御免だ。

イェルハルド老はクレナイ料理好事家の知り合いを紹介してくれると言ってたし、その辺りのお話も聞いてこよう。

ライナルトとも会えたし、気分はすでに上々だ。サゥからオルレンドルへ贈られた大猫、もといクーインの元へ足を向けていると、いつの間にか後ろには侍女のベティーナ達が付き添っている。

彼女達も律儀だなあ、と思う。今日の訪問は予定していなかったのに、毎度ながらこうしてついてきてくれるし、宮廷仕えも長いから大抵の疑問は答えてもらえる。そのうち一同にジェフを加え、さらに彼やマルティナが選び抜いてくれた護衛も付くのだから、移動だけで大所帯になるのがうかがい知れた。

「飽きないなぁ」

渡り廊下に差し掛かったとき、たまらず呟いたのは、二階にいたご婦人と目が合ったから。

どこかの役人の奥様とお見受けしたが、お友達と外を見ながら談笑していたのが、こちらと目が合うなり露骨に顔を顰め、扇子で口元を隠して窓から離れた。その家の侍女らしき人物が窓を閉めるのだが、どことなくこちらに申し訳なさそうだ。

ライナルトが宮廷を掌握したとはいえ、すべての人心は得られてはいない。特に貴族の腹の内なんてわからないもので、外国人の私を良く思わない者は数多いる。

同じ光景を見ていた侍女のベティーナが問うてきた。

「どうされますか」

「どうにもなりません。ただ気付かれないように、名前だけは控えておいて。良くない感じの目だったから覚えておいてもらいたいの」

「かしこまりました。共有しておきます」

あれはまだ実害がないからいい。だけどそれ以上となれば、だ。

ライナルトの告げたとおり、細かな問題は私個人で処理しなくてはならない。それに些末事(さまつじ)をいちいち持ち込むのも、度が過ぎれば周囲から諫(いさ)められるだろう。彼に相談するのは限度があって、ほとんどは個人の裁可で終わらせなければならない。いまになって侍女ではなく個人で動いてくれると言ったマリーや、侍女を選定してくれたモーリッツさん達の存在が身に染みている。

なにより宰相閣下は感情だけで処断しなくて本当に良かった。

宮廷でライナルトの次に頼りにするとなればこの人になるし、あとはもの凄く個人的な理由だけど、息子のレーヴェ君は父親に似ず、大変素直で可愛い子だ。女の子と見紛(みまが)うばかりの美少年はエミールに懐き、ヴェンデルの良き友人になりつつある。あの子から父親を取り上げるのは胸が痛くなるし、円満にとは言わずとも穏やかにやっていきたい。

感謝する気はさらさらないけど、皇太后クラリッサの一件は、ある意味貴族に対する警戒心を強くした。リリーやバーレの知り合いを通すと面白い人、良い人柄の貴族がいるのも伝わるが、私も段々疑り深くなりつつある。

……こんなのはライナルトには知られたくないなぁ。

一度心がささくれ立つと際限ないが、そんな心を健全に戻してくれるのがクーインだ。

さしもの大猫クーインでも、雪が降りだしては外にいられない。彼女のために与えられた居室は家具が取り払われて暖炉が焚かれている。寝床の絨毯……ではなく床の上にだらりと寝そべっていた。

「こんにちは、クーイン。ご機嫌いかが？」

身体は動かないがぱたん、と尻尾が揺れる。朝ご飯はたらふく食べたと聞いていたし、年若い調教師も今日は大丈夫と太鼓判を押した。彼女はこの調教師に懐いており、つい先日、この人の反対を無視した文官がクーインに首輪を着けようとして、五人の重軽傷者を出したのは記憶に新しい。

もちろん大事件だ。通常なら彼女は処分されるけど、サゥから親交の証として贈られた獣は、酷な話だが文官より価値があると判断されている。

他には、大変言い辛いのだがクーインは一名の死者を出していた。

発見は宮廷の庭である彼女の縄張り。彼女の隣で命を落とした下級士官が発見されたのだが、噛み傷は腕で、命に関わる外傷は見受けられなかった。被害者が貴族の子息だったためかなり騒がれてしまったが、詳しく調査したところ、この士官が盗みを働いていたと判明したからさあ大変。同僚の証言多数、宮廷に保管されていたはずの婦人用の装飾品が故人の部屋から見つかっており、足が付かぬよう解体した痕跡も見つかった。検分としては、おそらく盗みを働いた先で彼女に手を出すなりして噛まれた。驚いた衝動で心臓が止まったのかも、というのが調査にあたった文官とお医者様の見解だ。

皮肉にもこの事件でクーインの株は上がり、ライナルトからの評価も上がった。

力の差があるから扱いは気をつけなければならないが、基本は温厚だから乱暴を働いた人以外には吠えないのも、この結果に繋がったのかもしれない。

この通り、クーインは大変頭が良い。

シスの言うことを聞いてくれたのか、私にのし掛かりはしても爪を立てないし、頭を撫で頬をぐにぐに弄るのも許してくれる。頻繁に会いに来ているためか、この間はお腹の上に頭を乗せるのも許してくれた。これは調教師さん、シス、ルカ、黒鳥に続く偉業だ。

「あなたはいつも綺麗ね。その寝そべってる姿も様になるし、あなたほど素晴らしい虎はいないわ」

時々ちらっと覗く牙は肉食獣の恐ろしさを思い出させるが、彼女が美しい獣なのも本当だ。

ふすん、と鼻息をついて撫でられるままになってくれる。

落ち込んだときの方が自由にさせてくれるのは深読みし過ぎか。どちらにせよ評価は「賢い」しか浮かばないから変わらないのだけど。

「春になったら外に出られるし、夏の宮廷は過ごしやすいと聞いたわ。次の冬にはあなたのお家を移動させるけど、近くにいるから仲良くしましょうね」

将来的にはクーインに私たちが住む区画の庭を縄張りとして分けるつもりだから、シスのいう天然の護衛人ならぬ護衛獣だ。聞き分けのない暴れんぼうだったら難しかったが、いまのところはライナルトにも可能だろうと言ってもらえている。

「あなたもだけど、私の新しい生活はどんなものになるのかしら」

それは期待と不安の入り交じる、きっと式が訪れる当日まで逃れられない感情だ。

ライナルトが私を愛し続けると決めたように、私もまた彼を愛し続けたい。だから互いに尊重し合いたいし、そう感じ合えるだけの人でいる難しさを感じている。

一緒にいたいわよね。

そう呟いて、大猫の頭をぎゅっと抱える。落ち込んだ人間に優しい彼女をいいことに好き放題だ。

オルレンドル人で私にしかできない特権は、たしかな慰めになってくれている。

物言わぬ獣が寄り添ってくれるあたたかなひとときだった。

あとがき

物語は一時間もすれば書き出せますが、あとがき数行に一週間はかかる作者です。最近お茶の消費量が著しいためノンカフェインを導入しました。

さて、これにて「転生令嬢と数奇な人生を」、カレンの両思いになるまでの物語が落ち着きました。本篇を辿れば見えてくるのですが、ライナルトはこうと決めると早い男です。恋愛関係になったら一気に詰められる反面、誰か一人を決めるまでが非常に難解なため、しっかりとした経緯を辿った物語を書きたいなと連載を始めました。

読者の皆さまにおかれましては、長らくのお付き合いありがとうございました。

書籍化から最終刊まで進められたのは早川書房の編集を初めとした校正や営業といった販促チームの方々。そして連載開始間もなくからお付き合いいただいているイラストレーターのしろ46さん。他にもイラストをお願いしていたイラストレーターさん達。

なによりいままで見守ってくださっていた読者の方々のおかげです。

心より御礼申しあげます。

特に編集の小塚さん。はじめて感想をいただいた折に文面を拝見し「この編集さんできる人なのでは？」と印象を持ってからしばらく、こちらから書籍化をお願いしたのが始まりです。しかしながらこちらは新人ですし、どうなるかなと憂いていたところ、企画を上げ書籍化を通してくださったおかげでいまに繋がりました。おそらくそのせいで大変ご苦労もおかけしてるのですが、毎度本当に感謝しています。

……と、振り返りはしているものの、実はあまり完結した実感がありません。

と言うのも、本篇後の世界観やカレンだからこそ書きたい内容が出来たために、続篇の連載に手を付けました。しろ46さんもお手すきの際にファンアートを描いてくださっているのですが、なんとこの続篇も書籍化が決定いたしました。

他にもこれまで書店特典になったお話や、外伝や閑話を纏めた短篇集が出ます。こちらはあるキャラクターの退場、キヨやシュアンの決意に、ジェフの片思いも含め、本篇や本篇後の細かな部分を補塡していった話となります。

この決定も読者の方々のお声がSNS上や手紙などを通して発信され、声が出版社に届いたからです。他にも様々なランキング入りがありまして、本当にありがとうございます。

その他にもプロのナレーターが朗読した本をアプリで聴けるサービスも決まりまして、本は基本紙媒体で読む身としては、いまや様々な形態でお話が読めるようになったと感慨深いです。

コミカライズも時間はかかっていますが、企画は生きておりますし、まだこの転生令嬢の世界とカレンの物語に興味をお持ちなら、「数奇な人生」のその後にいましばらくお付き合いください。

それではまた、短篇集や続篇でお会いできれば幸いです。

二〇二三年　二月上旬　かみはら

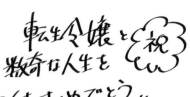

転生令嬢と数奇な人生を 祝 完結おめでとうございます

カレンの物語がついに完結です。

たくさんの人や国の終わりに立ち会いながら、
只人であるカレンにはどうすることもできない。
そんなどうしようもない世界の流れの中で、
ただひたすら置いていかれないように
必死に喰らいついて追いかけた人が
カレンの方を向いてくれた。
最高の"異世界恋愛"のエンディングを
見せてもらいました。

カレンちゃんの未来に幸あれ！

2023.3　し346

追伸
Webで続篇が始まっていますが、
さっそくとんでもないトラブルで
穏やかな幸せはなかなか
遠いようです。

本書は「小説家になろう」サイトで連載された小説を大幅に
加筆修正し、書き下ろし短篇二篇を加えたものです。

転生令嬢と数奇な人生を6 恋歌の行方

二〇二三年三月　十　日　印刷
二〇二三年三月十五日　発行

著　者　かみはら
発行者　早川　浩
発行所　株式会社　早川書房

郵便番号　一〇一 - 〇〇四六
東京都千代田区神田多町二ノ二
電話　〇三 - 三二五二 - 三一一一
振替　〇〇一六〇 - 三 - 四七七九九
https://www.hayakawa-online.co.jp

印刷・株式会社精興社　製本・株式会社フォーネット社

ISBN978-4-15-210219-5 C0093

転生令嬢と数奇な人生を2

落城と決意

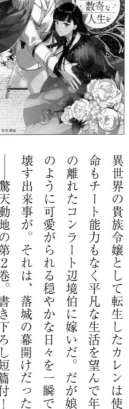

かみはら
イラスト しろ46
46判並製

異世界の貴族令嬢として転生したカレンは使命もチート能力もなく平凡な生活を望んで年の離れたコンラート辺境伯に嫁いだ。だが娘のように可愛がられる穏やかな日々を一瞬で壊す出来事が。それは、落城の幕開けだった――驚天動地の第2巻。書き下ろし短篇付！